法医秦明

VOICE OF THE DEAD

玩偶

法医秦明

著

众生皆有面具
一念之间，人即是兽

北京联合出版公司
Beijing United Publishing Co.,Ltd.

我过着幸福美好的生活。
我身边的每一个人，
都非常快乐。

法医秦明
VOICE OF THE DEAD

我的父亲非常乐观开朗。
他从来不会把工作上的情绪
带到家里。

我的母亲非常温柔自信。她在这个家里没有受过半点儿委屈。

法医秦明
VOICE OF THE DEAD

我的丈夫非常善解人意。
我们之间从来没有任何秘密。

我的闺密非常聪明独立。她谈恋爱从来都不需要我操心。

我就像是舞台上的华丽人偶，
永远都在闪闪发光。
但你永远不会知道，
玩偶的里面藏着什么。

谨以本书献给热爱法医的你

——————

法医秦明
VOICE OF THE DEAD

序言

　　万劫不复有鬼手，太平人间存佛心。抽丝剥茧解尸语，明察秋毫洗冤情。

　　一双鬼手，只为沉冤得雪；满怀佛心，唯愿天下太平。

　　众生皆有面具，一念之间，人即是兽。

　　法医秦明系列的第九本，也是众生卷的第三季，来了。

　　元气社的小伙伴们，给法医秦明系列，暂时定下了一共三卷，每卷六本的目标。我知道，我的读者朋友在看到这一句话的时候，一定很开心。其实我自己倒是很担忧，害怕你们会审美疲劳，不再喜欢法医秦明系列了；害怕自己的素材枯竭，写不出好的故事了。

　　好在，我们有的，不仅仅是目标，更有长远规划的内容核心。

　　最近，我把之前的八本法医秦明系列小说都重新看了一遍，捋了一遍。虽然说这八本书涵盖了大部分法医知识和实操常识，甚至还有各种稀奇古怪的死法、各种匪夷所思的稀奇事，我能写的，都已经写给你们看了，但是，法医学博大精深，还是有不少可以挖掘的内容的。有了这样的想法，我对接下来的系列写作，也有了足够的信心。

　　而且，我还是一名光荣的中华人民共和国公安法医。虽然现在的命案比起我刚工作的时候，少了四分之三，但是有人的地方还是会有犯罪的。我的职业，就是我源源不断、永不枯竭的素材库。每个人都有他人生的故事，有的令人扼腕，有的令人唏嘘，我会把这些故事都搬运过来，以作前车之鉴。我相信你们看法医秦明系列的故事，不仅仅过了故事瘾，更会有一些思考：对死亡的思考，对生命的思考，对人生的思考，对人性的思考……希望这些故事，能对你们精彩的人生有所裨益；希望这些思考，能成为你们生命的护航和人生的借鉴。

为了你们，老秦不会停下自己的脚步。

这些年来，我的感觉是，法医职业在群众的心中，已经逐渐有了地位。每次我介绍自己是个法医的时候，群众的目光已经从二十年前的鄙夷变成了现在的崇敬。我不知道这是不是我的错觉，也不知道我在其中有没有发挥作用，但我的自我感觉，真的是良好的。

有的时候，我接待了信访案件，当信访群众得知我是法医秦明的时候，就会对我的鉴定结论表示认可，这种自我感觉，更加良好。

如果写书这种方式真的能为法医职业的宣传做一些贡献，那么我的初衷就达到了。这也会鼓舞着我，继续把这种方式的宣传工作做下去，做得更好。

我们把话题再拉回来，说一说法医秦明系列为什么要成卷。

很多熟读我小说的朋友，可能已经看出来了，由《尸语者》《无声的证词》《第十一根手指》《清道夫》《幸存者》和《偷窥者》六本小说组成的法医秦明系列万象卷，主要是对一些精彩的命案侦破工作进行阐述，通过故事中主人公的经历，感悟世间万象、人性百态。而从众生卷开始，虽然写作风格没有发生变化，主题却有了变化。

《天谴者》讨论的是社会责任感，而《遗忘者》讨论的则是腐朽的女德思想。

现在，到了《玩偶》。

最近两年，网络上频繁曝光一些家暴事件，网络关注度非常高。很多案件，最终还是警察来背锅。大家谴责最多的是，遇见这种恶劣的事件，警察为什么不管呢？却很少有人思考家暴事件的成因，探讨家暴受害者摇摆不定的心理状态，关注办案过程中遇到的巨大难题以及相关立法的完善问题。

家暴产生的原因是什么？施暴人的心理状态是什么？施暴人施暴后的表现是什么？受害人的心理状态是什么？家暴事件处置的难点在哪里？警察又有哪些为难的地方？

这些问题，很少人会去关心。毕竟，用键盘敲下几行谴责的话语，要简单得多。

所以，我觉得有必要把我经历过、办理过的涉及家暴的案件进行一些改编，目的是希望大家通过看别人的故事，来思考上述问题，对这类事件有更深层次的理解。这样大家不仅能学会保护自己，还能对家暴有更全面的认知。在这样的基础上，如果让更多的人关注家暴这一现象，从根本上解决各类家暴事件的根源，就可以减少家暴事件的发生了。

如果自己被家暴了，应该如何去做？如何去取证？如何去摆脱困境？如果身边的人被家暴了，你又该如何去说服他／她，让他／她勇敢地和违法犯罪作斗争？你如何发现他／她一些不正常的心理苗头？如何让他／她受损的心理状态复原？

我希望你们可以通过这本书，找到自己的答案。

我想说的是，家本该是最安全的地方，一旦将暴力带入家庭，最美好的东西也都会被毁坏殆尽。家暴没有轻重之分，一旦发生了，就会造成伤害。

如果你在现实中遇到了家暴受害者，请伸出援手，帮助他们认清现实，借助法律的工具，走出泥潭；如果你不幸遭受了家暴，也不要抱有幻想，默默忍耐，家暴有第一次，就会有第二次。

经历家暴的家庭中，无论是否直接遭到暴力，每个人都是受害者。

他们就像是玩偶一样，即便外表光鲜亮丽，似乎没有异常，但内在的裂痕，同样触目惊心。只有离开家暴的环境，才能让每一个有形与无形的伤口慢慢愈合。

希望我们未来生活的世界里，没有家暴。

照例申明，**本书中所有人名、地名、故事情节均属虚构，如有雷同，概不负责**。书里真实、接地气的内容，便是那些公安刑事技术人员兢兢业业的工作态度和**一丝不苟的严谨精神，以及卓越超群的推理细节**。

相信大家可以看到，有那么一群人，正在守卫着共和国的蓝天白云。

英雄的武汉人民，英雄的中国人民，在我写下序言的时候，已经有效遏制住了新冠肺炎疫情，而国外的疫情正在肆虐。不知道这本书出版的时候，人们每天是不是还在关注疫情。

只希望我们的世界，更加平静，更加安全。

2020年5月1日

目录

目录

-CONT 目录 ENTS-

法医秦明
VOICE OF THE DEAD

引子

法医秦明
VOICE OF THE DEAD

1

陈诗羽背着小书包，蹦蹦跳跳地回到了自己家的楼下，此时已夕阳西下。乌黑柔顺的短发，随着她的脚步，活泼地飘动着。夕阳把她的影子拉得老长。

我长大后，能长这么高吗？她想着。

她住的小区，就在省公安厅办公区的后面，虽然被称为省公安厅家属大院，其实这里面住的一大半人都和省公安厅没有半毛钱关系，不过往早些年追溯追溯，或许他们的长辈和省公安厅有半毛钱的关系吧。

陈诗羽的父亲也是不容易，辛辛苦苦工作到快四十岁，才将将赶上最后一批省直机关福利分房政策，在两年前分到了这套房子。虽然房子挺破的，但至少比她小时候住的筒子楼要好很多了，她也有了自己的房间。

既然以后再也不会分房子了，那后面来省公安厅工作的叔叔阿姨们，住哪儿呢？陈诗羽百思不得其解，就不再去想它。

陈诗羽家在六楼，也就是顶楼。妈妈经常说顶楼不好，爸爸则说能分到就不错了，还管他几楼呢。陈诗羽也觉得六楼挺好的，至少视野开阔，从自己房间的窗户，能看到楼前那绿绿的草坪，还有篮球场上大哥哥们打篮球的样子。而且，每天爬楼，有助于锻炼身体。

陈诗羽每爬过两段楼梯，就上了一层，而两段楼梯的转角处，是她最喜欢的地方。楼梯转角处的平台朝外的一面，是一米多高的围墙，围墙上面是菱形镂空的装饰墙，中间则有将近一人高的敞开空间。

夕阳投射到装饰上，再在楼梯上印出一个个菱形的影子，就成了陈诗羽"跳房子"[①]的天然图形。她一蹦一跳地上着楼梯，毫不费力地，就来到了自己家的门口。

_____

① 跳房子：一种民间传统儿童游戏。

"小诗诗回来啦？"一个女人招呼道。

陈诗羽也不知道对门的大妈为什么要这样叫她，但是她挺喜欢这个小名的，听起来很亲切，又或者是，对门的大妈本身就很亲切。每次看到陈诗羽，她都会一脸慈爱，还经常拿很多自己做的好吃的给陈诗羽吃。

"大妈好！"陈诗羽声音脆脆地回答道。

"爸爸又出差了吧？"大妈问道，"妈妈呢？"

"妈妈今晚加班。"陈诗羽说。

"那你来大妈家吃晚饭吧，我今晚做了糖醋排骨。"

"不了，谢谢大妈！"陈诗羽说，"妈妈留好了饭菜，我自己热一下就好了。"

"小诗诗真是乖啊！"大妈说，"你姐姐当年要是有你一半好就好了。"

大妈有个女儿，已经大学毕业去了外地工作，只留下他们老两口儿。不过，住过来两年了，陈诗羽见到大妈丈夫的机会不超过两次，总感觉他有点神出鬼没。听爸爸说，那个大爷五十多岁了，游手好闲，没有职业，就靠在棋牌室出老千赚一点打麻将消遣时间的钱。所以，他经常早出晚归。这个大爷的父亲，活着的时候是在公安厅大院里卖卤菜的，不知道怎么也分到了一套房子，这算是祖传的财产了吧。

陈诗羽反手关上了房门，将冰箱里的饭菜放在微波炉里热好，吃完，然后就安安静静地坐在自己的小房间里，开始写作业了。

作为警察和医生的女儿，一个人在家写作业，稀松平常。她小学二年级的时候，就已经习惯一个人写作业、一个人睡觉了。妈妈说，今晚医院有手术，可能会回来很晚，让她自己写完作业就睡觉。

晚上九点半，陈诗羽终于写完了自己的作业，伸了个懒腰，准备去洗漱。突然砰的一声，吓得陈诗羽肩头一震。

声音是从对门传来的，好像是一个人重重摔倒的声音。紧接着，便是啪啪啪的击打声，以及大妈的低泣声。

"糖醋排骨！糖醋排骨！明知道我血糖高！你巴不得我早死！"

这种事情对陈诗羽来说，不是什么稀罕事了。这座隔音很差的建筑物，很轻易地就把对门的声音传了过来。两年了，这样的事情发生了很多次。

不过，在此之前，这种事都是爸爸或妈妈在家的时候发生的。陈诗羽记得，一年多前，爸爸在家听见这样的情况后，就去对门敲门了。毕竟，爸爸是警察，他应该有能力保护该被保护的人。可没想到的是，敲门只是让打骂声停歇了，对面的大门并没有被敲开。第二天，陈诗羽看见了邻居大妈青紫的眼眶和结痂的嘴角。不过，大妈还没等陈诗羽开口询问，就笑着说，自己老了，收衣服的时候摔了一跤，真是不中用了。陈诗羽当时很疑惑，为什么被欺负了，还要撒谎掩饰呢？难道大妈不想让警察去惩治坏人吗？陈诗羽不知道该不该揭穿她。

为了这个事情，陈诗羽思考了很久，也没得出答案。

后来有一次，对门闹得动静更大，妈妈不敢去敲门，就打了爸爸的电话，爸爸从单位赶了回来，还带来了辖区的派出所民警。这一次，门倒是被民警敲开了，可是人家老两口儿似乎啥事也没发生，把民警给拒之门外了。那一次，爸爸很严肃地对出警民警说了事情的严重性。爸爸说，两年前他出了一个现场，报案人声称自己的女儿神秘失踪了，警察经过一番调查后，了解到失踪者有个丈夫，平时经常家暴她。警察于是怀疑她遇害了，可是丈夫一直不交代。警察找了两年，但活不见人、死不见尸，无法立案，刑警们又不甘心，一直安排几个民警想方设法侦查此案。所以，这样的苗头如果不能及时扑灭，后果真的不堪设想。可是，当派出所民警苦着脸问爸爸，针对眼前这事儿，他们该怎么办的时候，爸爸顿时语塞了。

是啊，大妈都说没事儿了，警察叔叔该怎么办呢？

陈诗羽记得，那一次爸爸也很苦恼，而且苦恼了很久。不过好在那一次之后，有半年时间没有听见对面的声音，看来不管怎么说，警察还是能保护大妈的。

但这次不一样了，陈诗羽一个人在家，"久违地"听见了大妈被家暴的声音。虽然陈诗羽从小就被人称为"假小子"，但说老实话，她毕竟还是个孩子，现在还是有一点害怕的。

究竟是该自己去敲门，还是该告诉爸爸妈妈？爸爸出现场的时候从来不接电话，妈妈上手术台的时候也没法接电话。要不然，拨个110试试？可是，如果还和上次一样，让派出所民警白跑一趟，实在是不知道该怎么交代。

那一刻，陈诗羽懊恼自己不是个警察。如果自己是一个警察，那现在是不是就可以挺身而出，去帮助那个慈祥和蔼的大妈了呢？

幻想归幻想，可是现在自己又该怎么办呢？听着从对门传来的愈来愈剧烈的击打声，听着大妈夹杂着惨叫的低泣声，陈诗羽一时拿不定主意了。

时间在惶恐和焦虑中度过了，在陈诗羽不知所措的时候，对面的动静停止了。

不一会儿，对面传来了男人的呼噜声。对，就是这么夸张，这座建筑物里，若有人打鼾声音响，家家都能听见。这让陈诗羽一直悬着的心，暂时放了下来。

不一会儿，对面的大门打开了，传来了大妈细碎而蹒跚的脚步声。

怎么？大妈是要来找我求助吗？陈诗羽的心口又是一紧。这一次，她再也抑制不住内心的冲动了，她几步跑过去，打开了大门。

门口的声控感应灯噌的一下亮了，可自己家门口，并没有大妈的身影。陈诗羽顺势向台阶下方的楼梯转角处看去，那将近有六层楼高的小平台上，是大妈熟悉的背影，她静静地蹲在那里。

"大妈。"陈诗羽怯生生地喊了一声。

楼梯下的大妈抱着膝，慢慢地转过头来。陈诗羽有些不安，这是她第一次看见大妈的脸上没有挂着慈爱的微笑，而是满脸泪珠。大妈头发散乱，嘴角还有血迹，鼻梁明显肿高了很多。她看了陈诗羽一眼，勉强挤出了一丝微笑。楼道中白色的日光灯管，把大妈的脸映照得很白，惨白惨白。

陈诗羽刚刚想回应一个微笑，眼前却陡然一晃，大妈瞬间就消失在了视野当中。陈诗羽顿时愣住了，不对啊，那堵墙的后面是空的，什么都没有……这，这是什么情况？

她还没反应过来，楼底猛然传来一声钝重的巨响，陈诗羽彻底惊呆了。她很清楚眼前发生了什么事情，所以她全身不自觉地颤抖了起来。

接下来，好像是对面楼的好几户都打开了窗户，然后有女人的尖叫声和嘈杂声，再然后，就是警笛声。陈诗羽大脑一片空白，只能怔怔地站在原地颤抖着，直到下班回来的妈妈快步冲上了楼，用肩膀遮住她的脸，把她抱进了家里。

那一夜，陈诗羽躺在床上，瞪着天花板，一分钟也没睡着。楼道里的低语声，听不真切，强光手电不停地掠过房间窗帘，牵动着她的心弦。

以后，再也看不到大妈了吗？

2

男人坐在池塘边，颤抖着从上衣口袋里掏出烟盒。

一个小时过去了，他依旧无法抑制住双手不停的颤抖。他打开烟盒，没想到只有最后一根烟了。他恨恨地抽出最后那根烟，用颤抖着的火苗点燃，然后使劲捏扁了烟盒，向池塘中央扔了过去。

随着小小的水花溅起，烟盒起伏了几下，最终漂在水面上打着转。

男人紧皱着眉头，深深地吸了一口烟，辛辣的烟气将他的气管灼得有一丝疼痛。是啊，不能扔在这里，这片池塘，经常有人来。尤其是这个炎热的夏天，每天都有小孩子在这个池塘里洗澡、摸鱼。这里，太容易被发现了。

男人深深地叹了一口气，仰望了一眼星空。天上没有月亮，依稀能看到几点星星，闪啊，闪啊，透过他喷出的烟雾讥讽着他。一个小时前的情景，历历在目，恐怕一辈子也无法将那恐怖的记忆从脑海里剔除了。

一个小时前，男人从自己的办公室里走了出来。本来是想到办公室里躲个清净，可没想到，那一桌子的债务资料，让他更加烦躁。他负责这个村办工厂已经五年了，刚开始还算是顺风顺水，可没想到这两年说不行就不行了。眼看着工厂就要不堪重负，那么多村民还时不时地索要工资，他的精神压力之大，实在是难以言表。

一边抽着烟，一边回到了家里，大门居然是虚掩着的，他明明记得自己离开的时候，重重地摔上了院门。她不会离家出走吧？这两年来，他确实经常动手打她，但那也是因为她总是拿一些鸡毛蒜皮来烦他，所以这可怪不了自己。每次动完手，说几句好话哄一哄，也就没事了。不过这一次，他也承认自己下手可能是有点重了。

男人推开门，快步走进了里屋，还好，她躺在床上，并没有离家。

"臭丫头，人呢？"男人梗着脖子呼喊他们的女儿。

没有动静。

"臭丫头，出来！"男人恶狠狠地又叫了一句。

还是没有动静。

"臭丫头跑哪儿去了？你看到没有？"男人转头问床上的妻子。

妻子一动不动。

"我问你话呢！装什么死？"男人捏紧了拳头，烦躁地说，"还没挨够吗？"

一向言听计从的妻子，这一次居然顽固地违抗了他的命令，依旧躺在那里纹丝不动。

男人的气不打一处来，女人果真都是这样，有钱的时候，言听计从，再怎么动手，也是受着。现在没钱了，居然连问话都懒得回答一句！

他三步并作两步，冲到床边，一把拽住女人的衣襟，狠狠地一扯。女人软绵绵的，随着他这一把拉扯的力量，从侧卧变成了仰卧。那一张说不出有多恐怖的脸呈现在男人的眼前。

眼前的这张脸，密密麻麻地布满了出血点，一双眼睛微微张开，黑眼珠的周围也都有密集的出血点。有血液从口角和鼻孔里流出来，因为她右侧卧位的姿势，血液向右侧面颊流注，并且在面颊处汇集、堆积，将整个右侧面颊都染红了。因为体位突然变化，又有一股血液从她的鼻孔里流了出来。

男人连忙往后退了几步，一屁股坐在地上。

"别、别装死吓唬老子。"男人喃喃自语。

虽然这样说，其实他心里已经知道，这样的一副面孔，当然不会是装出来的。自己这一次确实是下手很重，但他死也没想到，那一番激烈的殴打，居然能把自己的老婆打得七窍流血而死。

男人感觉自己的血压在飙升，血液充斥了大脑，让他感觉有些恍惚。他捂住胸口，想尽力控制住那几乎要跳出胸膛的心脏，接着又重重地做了几次深呼吸。然后，他伸出颤巍巍的手，探了探妻子的脉搏。

哪里还有一丝动静！

男人喘着粗气，狠狠地甩了甩头，确认自己并不是在梦里。他此时的心情，除了惊恐就是后悔，他懊悔不已啊！要是再给他一次机会，他说什么也不再打老婆了。动了手，情绪激动了，根本就控制不好自己的力道，这个道理他懂。这两年来，有了第一次，就忍不住有下一次，每一次殴打，似乎都能给他最好的减压效果。但是，如果他知道有朝一日会出这样的事情，一定会克制自己的冲动。

毕竟，中国几千年来，都是杀人偿命的。工厂虽然要倒闭了，但他可从来没想过去死。

男人颤抖着摸到了床头柜上的水杯，将一杯水灌进了肚子里。冰凉的水，刺激得他清醒了一些，他似乎又有了思考的能力。

那个臭丫头不见了，肯定是去派出所找警察了。这样看起来，幸亏家里没有安装电话，而唯一的一台"大哥大"①也在自己的手上。妻子有一台呼机，而呼机是不能打电话的。如果那臭丫头打电话报了警，此时自己恐怕已经被戴上手铐和脚镣了吧。

———————————————

① 大哥大：手提电话初面世那几年，人们对手提电话的俗称。

不，我还不想死，我不能偿命。

男人想了想，站起身来，虽然腿还是很软，但是为了能够活下去，他还是仔细地整理了一下思路。那个臭丫头只有十岁，警察不一定会相信小孩说的话。只要我把尸体藏好，把她的随身衣物一起藏好，警察肯定发现不了，我就说她是离家出走了，又有谁能证明是我打死了她？对！就这么办。而且要快，要在那个臭丫头带来警察之前，抓紧离开。

男人找出两个行李箱，一个装尸体，另一个塞满了妻子平时换洗的衣服，一只手拖着一个箱子，逃也似的离开了家。

此时此刻。

男人又狠狠地甩了甩头，像是要把自己从恐怖的记忆里甩出来一样。他看了看自己脚边的两个行李箱，又掂了掂手中装满液体的塑料瓶。

不远处，就有亮着灯的人家，房屋间的小路上，似乎还有行人经过，影影绰绰。

好在自己还是很机灵的，在村子周围绕了好几圈，有几次差点被人看见，都被他敏捷地躲开了。直到现在，还是没有人能够发现他，可能这就是运气吧，或者，这是天意？

而且，他一直很关心，或者说是很担心的事情，也没有发生。每次他来到地势较高的地方，就会朝村子的方向看一看，虽然村庄里到处都是炊烟和灯火，时不时有狗叫，但他确定的是，没有警灯的亮光，也没有大批陌生人进村。

难道那个臭丫头，居然没有去报警？

没有去报警，她会去哪里？难道是她没有发现她妈死了？不不不，不可能！我可千万不能松懈。她一定是去报警了，而狡猾的警察此时正潜伏在村子里的某个地方，等着我出现呢！说不定，现在整个村子都被布下了天罗地网。越是平静，则说明越不平静。

男人开始庆幸自己逃离得快了，假如他再稍微慢一点，一定会被抓住。看起来，自己在村子周围绕圈子找地方的行为也是很危险的。毕竟如果警察在村子里等不到他，一定会到村子外面来找。如果等到警察放弃守候，开始大规模在村周围搜索的时候，自己怕是插翅难飞了。现在不能再犹豫了，必须尽快处理干净！

男人犹豫着，捏了捏手中刚才点过烟的那个打火机。

他原本以为自己对家周围的环境，算是比较熟悉的，可没有想到，已经这么晚了，村落周围，居然还有人经过。这里这么黑，一旦有了亮光，就会被发现，目标实在是太大了。

看起来，自己原定的方案，是行不通了。

可是，这样又不行，那样又不行，这么大的尸体，又怎么处理呢？我们这里是农村啊！为什么农村的人口也这么密集？

男人想了想，还是不死心，从腰间解下一把工兵铲，对着坚硬的土地，狠狠地铲了几下。

当，当，当。

铲了半天，他只挖出了个拳头大的小坑。因为连续一周时间没有降雨，烈日炎炎，这附近的土地都被晒得十分干硬。他是农民出身，知道电视剧里动不动就挖个大坑埋了尸体的，都是胡扯淡。尤其是晒了这么久的土地，想挖个浅坑把尸体掩埋，都是很难做到的事情，更不用说想要深埋得严严实实，不被人发现了。

已经走了很久的路了，自己的体力即将损耗殆尽，他知道他不可能再有力气挖出一个浅坑了，更何况浅埋一具尸体，和将尸体丢入水里一样，根本就不保险。被发现，只是迟早的事情。

不，无论如何，这具尸体永远都不能被人发现！

男人这样想着，咬了咬牙，转过头，向远处眺望。远处大山连绵不绝，漆黑的山体上缘和青色的夜空自然地分了界。

男人举起了手中的瓶子，晃了晃，黄色的液体在透明的塑料瓶里翻动着。男人苦笑了一声，顺手将塑料瓶向池塘扔了过去。

没有办法了，只有去那里了！他坚信，那个地方，只有他熟悉，而其他人根本就不会去那个地方，去了也会迷路！一定的！

能不能活下去，就看自己的这一次选择了！

男人咬了咬牙，又擦了擦额头上的汗，腾地站了起来，拼尽自己最后的力气，拖着两个大行李箱，消失在了夜幕之中。

第一案　污泥

法医秦明
VOICE OF THE DEAD

她躺在那里，一动不动。睫毛不再微微颤动，鼻翼也没了起伏。若不是因为她的脸上有伤，我还以为她只是睡着了。

这些天来，这样的场景一直在我的脑海中萦绕。闭上眼睛，想要忘记，可总是挥之不去。尤其是每天晚上躺在床上，半睡半醒之间，她总会闯进我的脑海，还是那样，一动不动，像是睡着了一样。

不，与其说她像是睡着了，不如说她像个玩偶。

无数次闯入我梦中的玩偶。面无表情的玩偶。

1

大宝神秘兮兮地坐在办公桌前，说："做好准备了没有？准备下一题了啊。"

韩亮、林涛、陈诗羽和程子砚则像小学生一样，各自端坐在自己的办公桌前，神情专注地昂着头盯着大宝，摩拳擦掌似的等候他的下一句话。

疫情当前，警察不退。过完年后，所有市民都在家里继续宅着享受假期的时候，警察可都纷纷上路了。虽然这种时候，恶性案件是没有了，但是作为省厅的年轻人，我们都加入了青年突击队，被分派到各个派出所，和派出所民警一起协助社居委做好辖区内的小区管控工作和秩序的维护。

现在，疫情基本已经遏制住了，各个小区解封，大家才卸掉了厚重的防护服，回到了办公室里，恢复了往日的工作状态。

不过，伤情鉴定暂时也没有了，恶性案件各地能处理的都自己处理了，所以这段时间我们似乎有点清闲。本着清闲的时候也要学习的态度，大家闲着没事，玩起了知识竞赛。

今天玩的是，医学术语英文缩写的抢答。因为我是学医的，所以我被取消了参赛资格，只能坐在旁边，一边写着小说，一边听他们抢答。

"CPR。"大宝突然说道。

"人工呼吸！"林涛终于抢到了一题。

"是心肺复苏吧？"陈诗羽说道。

"心肺复苏是标准答案。"大宝说。

"不都一样吗？"①林涛表达了抗议。

---

① 心肺复苏：是针对骤停的心脏和呼吸采取的救命技术。这一整套技术里包含检查患者是否有呼吸、脉搏，对患者进行胸外按压，给予人工呼吸等一系列操作。本文中，林涛的抗议是不对的，心肺复苏不能简单等同于人工呼吸。

"下一题，IMP。"

"初步诊断！"陈诗羽说。

"正确。再下一题，HBCO。"

"这个我知道，这个是那个，那个叫什么来着？"林涛说。

"碳氧血红蛋白。"陈诗羽再下一城。

"正确。下面，就要来点有难度的啦。"大宝卖着关子，说，"PTSD！"

"创伤后应激障碍。"陈诗羽甩了甩头发，说，"能不能再加大点难度？"

"真是士别三日当刮目相待啊！"大宝说，"看来你工作这几年，都在学法医知识啊！"

"近朱者赤，近墨者黑。"陈诗羽笑了一声。

"这题连'活百科'都不知道吧？"大宝说。

"那怎么可能？"韩亮自从不再沉迷于《贪食蛇》游戏，感觉每天的时间多了不少，总是喜欢拉着我们找点事情做，他不服气地说，"你觉得以我的知识储备，你这几个小问题我还能答不出来？"

"可是，你终究还是输给了小羽毛。"大宝耸了耸肩膀，说道。

"你看不出我在让着她吗？"韩亮笑道。

"你就知道吹牛！宝哥，你再出个更难的，你别让着我，看看谁厉害。"陈诗羽重新昂起了头，说道。

"那行，最后一题，一题定胜负啊。"大宝说，"输了的人凑钱请赢了的吃小龙虾。"

"宝哥，咱不吃龙虾行不？"陈诗羽像是想到了不好的东西，说道。①

"吃啥都行，到时候赢了的说了算。"大宝挥了挥手，说，"题目来了啊，注意听好！ARDS！"

办公室里一片沉寂，大家都沉浸在思考当中。但是显然，他们的知识储备里并没有这个英文缩写。

"艾滋！"林涛叫道。

---

① 见法医秦明系列众生卷第二季《遗忘者》一书。书中法医小组一行人去鱼塘钓小龙虾的时候，发现了一具腐尸。由于小龙虾食腐，尸体上布满了小龙虾。本文中，陈诗羽是想到了这件事。

污 泥

"那是AIDS，我说的是ARDS！"大宝眉开眼笑地说，"不知道了吧？你们猜不出来，那就是你们凑钱请我吃！"

"急性呼吸窘迫综合征。"我一边敲着键盘，一边说道。

"你说的不算，赖皮。"大宝抗议道。

"真搞不懂你们这些学医的，搞那么多缩写，是怎么记得住的。"林涛怀着强烈的挫败感，说道。

"还不是为了说起来简便吗？"我说，"你看ARDS说起来简单，还是急性呼吸窘迫综合征说起来简单？"

"看不出来，秦科长的英文这么好。"程子砚敬佩地说道。

"噗。"大宝一口水喷了出来，笑着说，"你知道他英语四级当年考了几次吗？"

"能换个话题不？"我白了大宝一眼。

大宝笑着说："你不知道他英语四级考了几次，总看过他2013年发的那两条自暴的微博吧？"

"什么微博？"程子砚一脸茫然，说，"2013年，我还不认识秦科长。"

大宝继续坏笑："哪哪，我找出来念给你们听啊。"

"大宝，你不考虑后果的吗？"我扬了扬拳头。可是手机在大宝的手中，我也没有什么办法。毕竟现在再去删那些年少轻狂的时候写的微博，也来不及了啊。

"某一年，老秦参加四级考试，起晚，翻箱倒柜，终找到听力耳机一枚，可是电池盖丢失。因来不及出校买电池，唯有硬着头皮戴着耳机参加了考试。听力考试部分，我看别人动一下笔，我就动一下笔。监考老师在我身边转了数圈后，感叹道，科技发展得真快，耳机都太阳能了。"大宝一边念，一边笑得直拍大腿，"你们知道不？我们那时候考四级用的耳机，都是耳罩外面有个电池盒子，里面要放两节五号电池，才能收听的。"

几个人听完，笑得前仰后合。

"哎，哎，这儿还有呢。"大宝接着补刀，继续读道，"昨晚说的那次四级，差几分，没过。于是我得出规律，靠运气说不准还高分。在下一次四级考试中，我拿到试卷没拆封就把答题卡涂满。正考虑是否拆卷做主观题时，发现居然还是上次的监考老师。他走近我，似曾相识地看了一眼，疑惑地看着没拆的试卷和涂满的答题卡，朗声问：'一共90题，你为啥涂了115个空呢？'"

几个人又是笑作一团。

我说:"看来你们真是闲得没事做了,没现场出,你们就嘲讽我是吧?"

几个人同时停下了笑,林涛一脸惊恐地看着我说:"拜托!不要因为恼羞成怒就祭出乌鸦大法好不好!"

我也甚觉不妥,用眼角偷瞄了一下办公桌上的电话。好在,它并没有那么应景地响起来。

"那既然这样,那么多英文缩写,秦科长你是怎么记得住的呢?"程子砚一本正经地问道。

"喂,子砚同学,虽然我英语不太好,但是24个英文字母还是能够熟练运用的,好吧!"我说。

"噗。"这回轮到陈诗羽喷出了一口水,她说,"26个啊,大哥!"

大家再次笑作一团。

我很窘迫地挠了挠脑袋,说:"口误,口误好吗?你们再这样,我就要ARDS了。"

丁零丁零,指令中心的电话铃声在大家的笑声中响了起来。

不会吧?我心里想着,拿起了听筒。

"云泰,一个居民在小区里死了。"师父严肃地说道,"今天早晨六点钟报案的,当地警方经过两个小时的工作,觉得有难度,希望你们可以去支援。"

接完电话后,我去师父办公室里拿来了有厅长批示的报告,说:"走吧,云泰市云顶小区。"

"看来你不是乌鸦大法不好使了,而只是有点网络延迟罢了。"林涛垂头丧气地起身去收拾他的勘查箱,"一顿龙虾没了。"

"巧合,好吗?"我辩驳道,"不要迷信!"

从我开始工作算起到现在,全省的命案发案率逐年下降,已经降到了原来的25%左右。命案数量的大幅下降,就意味着领导对我们每起案件的侦办精度要求大幅提升。现在只要是发生了命案,还是那种没有立即抓获真凶的,我们都要出差支援。甚至于所有有一点疑点的非正常死亡事件,我们也要赶赴现场。

这样算起来,我们每年的工作量,不降反升了。但是看着每年要么100%,要么99.5%的命案侦破率,看着每年非正常死亡事件均妥善处置的数据,心中的荣誉感和自豪感是丝毫未减。

老百姓的安全感和满意度,就是通过我们这些人的不懈努力而逐渐提升的。

污 泥

今年因为有新冠肺炎疫情，所以前一段时间我们没有出现场。这时候突然接到了现场指令，最为激动的是大宝。他兴奋得涨红了脸，一蹦一跳地就拎来了勘查箱，催促着大家。

"快点啊！出勘现场，不长痔疮！"大宝说。

韩亮开着那辆大而开不快的SUV，晃荡了两个小时，才抵达了位于云泰市东侧的云顶小区。这是个老式的小区，由二十几幢六层四单元的居民楼组成。因为小区建设在十几年前，所以没有考虑到停车的问题。整个小区，没有地下停车库，车辆都停在小区主干道、分支道路的一侧。这让本身就不宽阔的道路更加狭窄了。现在是周三的上午，一半车辆都开走了，但小区所有道路边都还停有车辆。这样看起来，等到了晚上，大家都下班回来，即便是路边，也是一位难求了。

小区是有门禁系统的，业主需要办理门禁蓝牙卡，才能开车进出小区。虽然警车抵达小区的时候，保安给开了门闸，但我们还是在小区门口停了车。

"不行，咱们这辆车，开不进去。"韩亮说道。

我跳下车，用步子测量了一下小区道路可供通行的宽度，只有两米不到。这样看，一般的车辆还能在道路上缓慢通过，像这辆SUV，想在道路上通过，即便是韩亮这种技术纯熟的司机，也是做不到的。

车辆开不进小区，我们只有把车停在小区门口，等着黄支队来带我们进入现场。

"这个小区，消防检测是怎么通过的？"林涛皱了皱眉头，看着小区里密密麻麻停着的车辆，说道，"要是哪家着火了，消防车都开不进去。"

"物业也很差啊。"韩亮指了指小区的道路，说道。

道路上有很多泥巴车轮印，可想而知，一些车主因为找不到车位，不得不将自己的车开上绿化带。一旦下雨了，车从绿化带上开下来，那就是一辆沾满泥巴的车了，开到哪儿，车轮印就印到哪儿。物业看起来也不经常做清洁，因为这都晴了好几天了，车轮印却依旧醒目。

远处，黄支队一溜小跑过来，和我们寒暄之后，带着我们向位于小区正中间的一块草坪上走去。

"前一段时间疫情，小区都是封闭的，这才解封一个多月，就出事儿了。"黄支队说，"死者是这个小区八栋五〇一的住户，男的，叫李春，是我们云泰市工程设计院的员工，三十二岁，结婚了，有个五岁的孩子。今天早晨五点半，有一位老大爷出小区去买菜，看到他就躺在草坪里，一动不动，以为是喝醉了酒躺那儿睡觉呢。等这个老大爷回来，发现两位晨练的老人家正远远地看着地上的人，心想：他怎么还躺在那儿不动呢？所以就壮着胆子，走上前去看了看，发现人已经死了。"

"有头绪吗？"我问。

"毫无头绪。"黄支队说，"现在只是进行了一个粗浅的尸表检验，发现死者的身上有伤，但看起来不是那么严重。为了保证万无一失，就和省厅汇报了。"

"他不是有老婆孩子吗？"林涛问。

"孩子太小，问不出啥，送他爷爷奶奶家去了。死者的老婆，现在在派出所接受调查。"黄支队说，"根据初步询问，什么线索也没得到。"

"什么叫什么线索也没得到？"我好奇地问道。

"这个女人说自己和老公关系不好。"黄支队说，"她说昨天晚上她老公出去喝酒了，什么时候回来的，她不知道，什么时候走的，她也不知道。"

"喝完酒，回来了？"我问。

黄支队点点头，说："嗯，死者的脚上，穿着的是拖鞋，身上穿着的是棉毛衫、棉毛裤，外面披了一件外套，看上去像是临时从家里出来的，肯定不是从外面回来就遇害的。"

"他们夫妻俩不睡一起？"林涛问。

"嗯，两个卧室分床睡，说是很多年都这样。"黄支队说，"我们去他家看了，没有异常，看起来，应该是他一个人睡一屋，哦，对了，他老婆叫方圆，带孩子睡另一屋。"

"睡眠衣着状态出来，这个确实很有意思了。"我说，"要么就是他老婆的问题，要么就是有人喊他出来。既然他老婆没有听见动静，那打电话的可能性最大。"

"不敢说是不是方圆的问题。"黄支队说，"但是方圆的眼角有皮下出血。"

"哦？受伤了？"我转头看着黄支队。

黄支队点了点头，意味深长地说："我问她这个伤是怎么回事，她说是摔的。我干了这么多年的法医，摔跌伤还是拳击伤，这还分辨不出来吗？"

"既然故意隐瞒，那确实就有意思了。"大宝插话说，"你是怀疑，死者家暴，而家暴有可能是凶案的动机？"

"反正这个嫌疑是不能排除的。"黄支队说。

"不是说有个五岁的孩子？"我边走边问，"孩子可问了？"

"在孩子的爷爷奶奶在场的情况下问了。"黄支队说，"不过孩子太小，还说不清楚情况，我大致理解了一下，孩子应该是说，当晚爸爸回来很晚，喝醉了，和妈妈吵架、打架。妈妈受伤了，于是把房门关紧了。爸爸砸了门，没砸开，就去他房间睡觉了。爸爸妈妈原来就不在一个房间睡觉。"

陈诗羽的肩膀抖动了一下。

"这事儿，不一定靠得住。"黄支队叹了口气，说道，"毕竟孩子太小。而方圆否认了当晚两人有冲突，说丈夫回来的时候，她和孩子都已经睡了。"

"不，我觉得反而小孩子的话更可信。"陈诗羽说，"我认为，父母之间的冲突，受伤最深的是目睹一切的孩子。心理受伤的孩子，这些细节都会记得很清楚。"

"是啊，方圆否认就更有嫌疑了。"大宝说，"你不是说她身上有伤吗？"

"不，她眼角的皮下出血已经呈现绿色了，是含铁血黄素出现导致的，肯定不是昨天晚上受伤的。"黄支队沉吟道，"应该有几天了。"

"也许她身上有其他损伤呢？"陈诗羽说，"反正我觉得孩子肯定不会乱说的。"

说话间，我们已经走到了中心现场。开始听说这里是小区的中心，从位置上看，也确实是中心，只是这里并不会常有人走动。因为这是一块不小的草坪，所以一到晚上，这里肯定是停满了车辆。这一点，从被轧得满是坑洼的草坪上可见一斑。此时，草坪上还三三两两地停了几辆车，已经被警察的警戒带围在了里面。草坪的周围有一圈小树，长势还不错，郁郁葱葱的。一圈小树围成的圆，有几个缺口，可能是树死了，也可能是被砍伐了。如果没有这几个缺口，车辆就开不进来了。如果不是站在缺口处，还真是不容易看到草坪里发生的情况。所以，说起来，看似是小区中央草坪，实则是个比较隐蔽的所在。

"这个现场地面，估计全是足迹了，想找出点什么有用的，看来没戏。"林涛蹲下来看了看，地面上凌乱的足迹坑互相交叠着，他绝望地重新站起身，继续说，"最怕室外现场，室外现场最怕这种地面。新旧足迹交叠在一起，根本无法甄别。"

"破案未必要依靠刑事技术，我们公安还有很多技术可以破案。"我说，"有捷径，最好走捷径。比如，给死者打最后一个电话的人，是谁呢？"

"你先看看这个。"黄支队引着我们走到草坪中央，我这才发现，原来这里居然还有一个喷泉池！之所以之前没有发现这个池子，是因为这个池子实在是太脏了。脏就是保护色，它坐落在草坪中心，居然和草坪的颜色没有什么两样。整个池子大约有三十厘米深，里面有大约二十厘米的积水。这些积水并不是喷泉水，实际上看到那锈迹斑斑的喷泉头就知道，这个喷泉至少有十年没喷过水了。池子里的，都是下雨天积攒下来的雨水，里面漂浮着落叶和其他杂物，污秽不堪。

"死者是在距离这个池子十米远的地方被发现的。"黄支队顺手一指，那块草坪上，有几个技术民警正蹲在地上拍照，不过尸体已经不在了。

"哦，尸体就在那个位置，仰卧位，毕竟是在小区里，尸体在这里影响不好。"黄支队说，"被人拍了照，传上了网，就不知道会怎么瞎说了。开局一张图，故事使劲编嘛。"

"我在问死者手机的事情，接听的最后一个电话是哪里的？"我把黄支队的话题拉了回来。老黄真的是年纪大了，原来他不会这么东一句、西一句没有条理地介绍现场。

"哦，对对对，手机。"黄支队一拍脑袋，指着水池说，"他的手机是在这个池子里捞出来的。可想而知了吧？"

"恢复不了了吗？"我皱了皱眉头。估计手机在这水里泡上一泡，想修复那可就难了。

"几乎没可能。"黄支队说，"不过，我已经安排人手去移动公司调取他的通话记录了，估计很快就会返回结果。"

"所以，现场勘查，你们并没有什么发现？"林涛拉着我走到几名技术员的身边，问道。

这一处的草坪上，小草被压折了，能大致地看出一个四仰八叉的人形轮廓来。其他，并没有什么异常。

"这个地面，实在是找不到什么线索。"技术员苦着脸说，"少说有两百种鞋印。"

"新旧程度呢？"林涛也蹲下来看。

"也看不出来。"技术员说道。

"老秦，看来这案子，得靠你们了。"林涛抬起头，看着我说。

"别急，这不还有子砚呢吗？"我指了指程子砚，她正拿着云泰市公安局视频侦查技术员提交的监控点图在看。一听我提起，她显得有些紧张。

"啊？哦！这个小区，有三处监控是好的，但非常可惜，都离现场挺远的。"程子砚说，"根据我的经验来看，都绝对不可能直接照到现场。"

"那能照到他家单元门吗？"我追问道。

"更不可能了。"程子砚说，"不是一个方向。"

"不管怎么说，也要看。"我说，"既然死者老婆不知道事发具体时间，或者是故意隐瞒，我们就要通过我们的技术来判定。一方面，通话记录要抓紧时间调取，看昨晚有没有通电话；另一方面，我们现在在马上去殡仪馆检验尸体，确定一个大概的死亡时间。这样，子砚你看起监控来，也可以有重点。"

"行吧，你们去吧，虽然是海底捞针，但我也得把鞋印都过一遍。"林涛蹲在地上，愁眉苦脸地说道。

2

尸体平躺在解剖台上，我和大宝以及市局的高法医穿戴整齐，分立两侧，陈诗羽挎着相机做我们的摄影师。

疫情之后，我们所有的解剖工作，都必须穿着厚重的防护服进行。在这炎热的天气里，即便是身处条件好到有空调的解剖室，人罩在这密不透风的防护服里，也是极为痛苦的。不过，大到为了支持国家防疫，小到为了身边人的健康，没有人会偷懒。

死者穿着藏青色的棉毛衫和棉毛裤，一件灰色的夹克放在尸体旁边。从衣服外裸露的皮肤看，并没有明显的损伤，而且衣服上也没有血染，看起来死者并没有开放性的创伤。

在大宝观察死者面部、颈部和手脚的时候，我将死者的外套检查了一遍。外套的口袋里，除了一个钥匙包，没有什么其他的东西。可想而知，死者下楼的时候，也只带了钥匙和手机。

当然，在这个信息化的时代，出门带这两件物品就足够了。

我打开死者的钥匙包，里面有几把普通的铜质钥匙，还有一把大众牌的车钥匙。钥匙包里很正常，没有什么可疑的物品。

"死者的面部有不少泥巴，他的眼睑球结合膜未见明显出血点，但是口唇青紫，指甲青紫，还是有一些窒息征象的。"大宝说。

"说不定是猝死呢？猝死征象和窒息征象没有多大区别。"高法医说。

"口鼻腔内和颈部，都正常吧？"我将钥匙包放进一个透明的物证袋里，又将整件外套放进了另一个物证袋。

"正常，没有能够导致机械性窒息的外伤征象。"大宝说着，放下手中的止血钳，握着尸体的腕部，等我和他配合工作。

我和大宝合力将死者的肩关节尸僵①破坏，让他高举双臂，这样才能将他的棉毛衫脱下来。

"尸僵较硬，应该是形成期；尸斑②已形成，压之褪色；角膜中度混浊。"我说，"死者死亡不超过十二个小时。"

大宝一边拔出插在死者肛门内的尸温计，一边说："室外环境，春天，死亡前十个小时，每小时下降一度，嗯，他差不多是十个小时前死亡的。"

我转头看了看解剖室的挂钟，时针指向中午十一点整。

"这样算，那他就是凌晨一点钟左右死亡的了。"我喃喃自语道，"和衣着情况倒是符合的，但是大半夜的，他去楼下做什么呢？"

"谁知道呢？你现在问他，他也不会答了啊。"大宝一边说着，一边拿出毛巾，对尸体的面部进行清理。

"看到没？他还是有伤的。"高法医指着死者胸腹部的条状红晕说道，"只是，损伤看起来不重。"

尸体胸腹部和四肢，有一些浅色的红晕，如果不是仔细看，确实不容易看出来。看来高法医在第一次出现场的时候，还是很认真的。如果漏看了这些损伤，很有可能就会把此案当成普通的猝死而略过，虽然现在我们还不清楚死者的死因究竟是什么，但是毕竟有伤，就有很大的疑点了。

一个地市级的法医，每年要看两三百具非正常死亡的尸体，而这些死者当中，隐藏命案的可能没有，也可能只有个别，这就要求法医们随时保持着警惕性，才能

---

① 尸僵：是一种非常有意义的尸体现象，法医经常运用。尸僵几乎在所有的尸体上都会出现，而且有着较强的规律性。人体死亡后1～3小时，尸体上就会开始出现尸僵，尸僵形成时，先是固定一些小关节，然后逐渐扩展到大关节，在24小时左右，尸僵最为强直，把所有关节都牢牢固定住。随着死后时间的延长，尸僵又开始逐渐缓解，在48小时左右缓解完毕，尸体再次呈现软绵绵的状态。这一特征，对法医粗略推断死亡时间有着重要意义。
② 尸斑：指的是在尸体上会出现的淡红色、鲜红色、暗红色的斑块，斑块连接成片，位于尸体低下未受压处。

不让逝者蒙冤。

"酒精大法来喽！"大宝此时已经拿着一瓶无水乙醇走了过来。利用酒精擦拭尸体皮肤上不明显的损伤，有利于让有挥发性的酒精带走皮肤的水分，使得皮肤通透性增强，皮下的轻微损伤也就更加明显了。

经过酒精的擦拭，死者身上的浅色红晕慢慢暴露了它的真实面容。

"竹打中空。"我说。

所谓"竹打中空"，又叫铁轨样挫伤或中空性挫伤，是指圆形棍棒状致伤物垂直打击在软组织丰富的部位形成的一种特征性挫伤。表现为两条平行的带状出血，中间夹一条苍白区。这种挫伤能清楚地反映致伤棍棒的宽窄、直径或形态特征。原理主要是棍棒打击在平坦位置后，受力部位毛细血管内的血液迅速向两边堆积，导致接触面两边软组织内毛细血管爆裂，形成两条平行的皮下出血。根据这一特征，说明凶器可能是一根圆柱形的棍棒。

死者的胸腹部和上臂、大腿，都可以看到竹打中空的损伤，数了数，有二十多处。我拿出标尺，在损伤中央的苍白缺血区测量了一下，说："这是一根大约4厘米粗的圆形规则棍棒，从这么多条损伤可以看出，棍棒很直，没有不规则的侧面，所以不太可能是树枝之类的东西，应该是人造的规则工具。"

现场有很多树木，所以要根据损伤情况，来排除就地取材的可能性。

"可是，这只能说明他被人用棍棒打了一顿，打得不重，都是轻微的皮下出血，不能作为致死原因啊。"大宝说，"如果是大面积的皮下出血，还可以考虑挤压综合征①或者创伤性休克，但是这种轻微的皮下出血，不可能导致上述致死原因啊。"

"是啊，死亡过程也不符合。"我说，"要造成挤压综合征，是需要一个过程的，不可能在他还没有回家的时候，就死亡了。"

"所以，还是因为外伤引发了潜在性疾病导致的猝死吗？"大宝问道。

"从目前看，这个可能性是最大的，不过，如果真的有这种疾病，在组织病理学结果做出来之前，我们观看死者的器官，就能有个大致的判断了。"我说，"所以，解剖还是第一要务。"

---

① 挤压综合征：指人体四肢或躯干等肌肉丰富的部位遭受重物长时间的挤压，在挤压解除后身体出现一系列的病理生理改变。最轻的挤压综合征致死，常见于虐待案件。受害者遭受家暴后，全身大面积瘀青，血浆大量渗出，有效循环血量减少，挫伤的软组织产生多种毒性代谢物，同时这些杂质堵塞了肾小管导致急性肾功能衰竭和创伤性休克，最终导致人的死亡。

说完，我拿起手术刀联合打开①了死者的胸腹腔皮肤，而高法医则用一个理发推子，给尸体剃头。

切开皮肤、分离肌肉、切断肋骨、分离胸锁关节、夹断第一肋骨，一系列的操作之后，我们取掉了死者的胸骨，打开了死者的腹膜，将死者的胸腹腔脏器暴露了出来。

"哎呀，这个脏器概貌，看起来不像是有毛病的样子。"大宝皱了皱眉头。

我用剪刀按"人"字形剪开心包，暴露出死者的心脏。那是一颗很健康的心脏，除了心尖处有几处出血点，心脏大小、室壁厚度、瓣膜和冠状动脉都是正常的。从大体上看，这不符合一颗能够导致人猝死的心脏的特征。

"心尖出血点，内脏瘀血，还是有窒息征象啊。"大宝皱皱眉头，说道。

"这就奇了，没有能够导致窒息的损伤，却有窒息征象。"我也是百思不得其解。

"咋了？死因找不到？"高法医说道。

"看起来也没有中毒的尸体征象，结合现场调查情况，也不太可能是中毒。"我说，"你还别说，我还真是有些摸不着头脑了。"

"开完颅再看。"高法医此时已经分离好了头皮，打开电动开颅锯说道，"不会有那么蹊跷的事情的，说不定答案就在颅内！哦，对了，头皮和颅骨都是完好的，没有损伤。"

我点点头，从颈部纵行切口中，将手术刀伸到死者的下颌下，沿着下颌骨切断下颌的肌肉。这样，死者的口腔就可以从底部和颈部相通了。然后我再将手指从下颌下方伸进死者的口腔，将死者的舌头从下颌下掏出来，切断舌根后方的肌肉，一边向下拽着舌头，一边用手术刀分离组织器官下方的筋膜。一直分离到气管中段，再使劲一拽，双侧肺脏被拉离了胸腔。这就是法医常说的"掏舌头"的解剖方法，通过这种方法，一是可以整体提取颈部和胸部的组织器官，二是可以将食管、气管的背后完整地暴露出来，方便检验。最后，我拿起一把剪刀，顺着舌根，先剪开了食管。

"哎，这是什么？"我用剪刀尖挑起死者食管内的一个异物，说："小羽毛，来拍照。"

"我最看不得你们'掏舌头'了，太粗鲁。"陈诗羽皱着眉头从观摩间走进解

---

① 联合打开，也叫联合切开，一种手术技法。法医解剖时一般不用先开胸腔，再开腹腔，而是一刀同步打开胸腹腔，这就是联合打开。

剖室，说道。话虽如此，她拍照的时候，依然保持着专业的稳定性。不知不觉中，小羽毛已经对法医的操作习以为常了。

"黑色的异物，还有好几处呢。"大宝说，"不过这个可不好说，食管内壁黏附异物太正常了，而且你闻闻，死者是醉酒状态，有呕吐也很正常。"

"是啊，他老婆说他当天晚上是出去喝酒了，说不定还是醉驾呢。"高法医说。

"食管内有异物很正常，但是气管里有的话，就不正常了，对吧？"我说完，又用剪刀剪开了气管。

这一剪，我发现没有那么简单。

死者的气管内壁有明显的充血迹象，也附着了一些黑色的杂质，还有少量的泡沫。我想了想，用力挤压了死者的肺部，随着我的按压，死者的气管内又有一些泡沫涌了出来。

"啥意思啊？你说是溺死啊？"大宝看到我的动作，立即明白了我的用意，说，"这不可能，死者的肺部没有肋骨压痕，这么点泡沫，顶多算是呛进去几口水。还有，死者的胃内有不少食糜，都是干燥的，不可能是溺死。"

"我也知道这么轻微的呛溺，不可能溺死，但是你不能否认死者生前有呛溺的过程，对吧？"我说，"还有这些黑色的杂质，你想到了什么？"

大宝翻着眼睛想着。

"颅内正常，除了颞骨岩部有些微出血，其他都正常，没外伤。"高法医说道。

"所有的溺水窒息征象都存在，又有呛溺的反应，也要考虑这个过程啊。"我说。

"可是，这种呛溺，能作为死因吗？"陈诗羽问道。

"我们喝水的时候呛了水或者游泳的时候呛了水，可能都会出现这样的征象。在绝大多数情况下，这种征象是不能作为死因的。"我说，"可是，少不了有特殊情况啊！还记得今天你们的知识竞赛最后一题是什么吗？"

"ARDS。"大宝说。

"那个急性什么窘迫什么的？"陈诗羽使劲回忆着。

"是啊，急性呼吸窘迫综合征，大宝，你都知道英文缩写，却不会运用吗？"我笑着奚落大宝。

"这、这不是没见过吗？那是极小概率事件。"大宝说道。

我点点头，说："我记得曾经有一条国外的新闻传进了我们的微博，说是小孩子外出游泳的时候没事，回家以后就出现了发热、呼吸困难的症状，只是家里人当成感冒治了，结果小孩子死了。博主把这种现象翻译成'干性溺死'。"

"这不是干性溺死。"陈诗羽说，"干性溺死是指人在落水的瞬间，因为冷水的刺激，导致声门痉挛、喉头紧闭，这样水进不了人体，空气也进不了人体，活活被憋死。"

"对，这样解释很好记。"我笑着说，"博主因为不懂得法医学知识，所以张冠李戴了。"

"那条微博我也看到过，我还以为是谣言呢。"陈诗羽说。

"不，不是谣言。"我说，"这种死亡，叫作急性呼吸窘迫综合征，也就是我们今天早上说的ARDS。人体受伤、呛水后，微血栓、血管活性物质、炎症反应介质引起肺泡-毛细血管膜损害，产生肺水肿，肺泡上皮细胞损害，破坏了肺泡-毛细血管在血管屏障中的完整性，直接影响了肺泡表面活性物质的数量和质量，肺泡内的溺液又降低了活性物质的活性，引起了呼吸窘迫，甚至窒息死亡。这种疾病，有的很快，有的较慢，但一般都是在48小时之内发病。急性ARDS起病急，发展迅猛，预后差，死亡率超50%。发病的主要症状就是发热、呼吸困难等。如果发病急骤，会在很快的时间内就死亡。"

"你是说，死者就是符合ARDS，发病急骤迅速致死了？"大宝说。

"在排除了其他的死因后，虽然这种死因很少见，但一定就是真相了。"我说，"而且，死者身上受了这么多的损伤，会更加容易导致ARDS的发生。"

"那你的意思是说，死者是在家里呛了水，出了门，被人家打了一顿，然后ARDS死了？"大宝说。

"不。"我说，"在家里无论是喝水还是用水，都是干净的水，那死者食管、气管里的这些黑色杂质哪里来的呢？"

"喷泉池。"陈诗羽恍然大悟。

"对！"我说，"大宝，你刚才还在说死者的面部都是泥巴，可是你想过泥巴的颜色问题吗？"

"哦，现场草坪的泥土是黄色的，而喷泉池里的淤泥是黑色的。"大宝说，"他是在喷泉池里呛了水，导致ARDS的。看来，这个人还真是喝多了，要去喷泉池里游泳吗？或者是去喝水？"

"显然不会。"我说，"你还别忘了，他身上有伤，是有被侵害的迹象的。"

"啊？你说，这是他杀？"大宝惊讶道。

我没有说话，用止血钳夹开了死者的口唇，指着死者的牙齿，说道："刚才你清理了死者面部的黑色淤泥，但是口唇内部没有清理，也幸亏你没有清理。"

"口唇内侧有黑色淤泥。"大宝说。

"不只是口唇内侧。"我说完，从勘查箱里找出了一根探针，塞进了死者的牙缝里。随着我探针针头的刺入，死者的牙齿后方被挤出了一些淤泥。

"牙缝里有泥？"大宝说。

我点了点头，说："如果是死者自己跌进喷泉池的，可能会导致面部和口内有淤泥。但是他满嘴的牙缝里也有淤泥，一定是有一个力量，将他的头摁进了淤泥里，才会形成。"

"那么脏的水，想想就恶心，这人也太狠了。"陈诗羽摇了摇头。

"那是怎么摁他头的呢？摁他的头，没留下损伤吗？"大宝问道。

我转头看着高法医，高法医一脸茫然，说："没啊，头皮和项部都没有损伤。"

我见高法医还没有开始缝合头皮，于是走了过去，掀起死者的枕部头皮说："你看，死者的枕部头皮全是暗红色的。"

"那是正常的啊，根据报案人的描述，死者被发现的时候，就是仰面躺在草坪上的。"高法医说，"根据尸斑形成的原理，枕部到项部之间，就是低下未受压处，所以这里的头皮，尽是尸斑啊。"

"对啊，就是因为有尸斑的掩盖，所以我们没有发现控制死者头部造成的损伤。"我说，"但是，肯定是存在的，只是我们找不到了而已。"

"被人打了一顿，然后把头摁进了污水池里。"大宝说，"多大仇啊。"

"也是这个人的一系列行为，导致了死者ARDS急性发作，而要了命。"我沉吟道，"不过，不得不说的是，这种死亡，是有很大的偶然性的。"

3

"什么？艾滋病？死者有艾滋病？那你们还好吧？没破手吧？"林涛喊道。

我们解剖完尸体，重新回到位于现场附近被公安局临时征用的一处民房，这里是本案的临时指挥部。其实在我们确定是故意伤害致死案件之前，指挥部就已经搭建了。这就是我们国家的好，人命大于天，对于人命案，是没有任何一个人敢马虎的。这也是我们国家命案发案率很低、破案率很高的原因。

林涛正在一大堆足迹卡中间忙着什么，看我们回来，立即抽身拉着我们询问情况，于是我也将具体情况和他说了一遍。

"ARDS啊！不是AIDS！你这脑袋怎么记不住事儿呢？"大宝拍了林涛后脑勺一下。

"哦，哦，我想起来了。"林涛捂着后脑勺，不怀好意地对我一笑，说，"现在你不会说我迷信了吧？我知道你的乌鸦大法厉害，可完全没想到有这么厉害啊！死因都能猜到！"

"这题是我出的好不好！"大宝居然像是在争功。

"别废话了。"我见林涛刚刚放下手，于是也在他后脑勺拍了一巴掌，说，"你的足迹看得怎么样了？"

"发型！发型！"林涛挥了挥手，说，"足迹太多了，我们正在分门别类，把这两百多个足迹整理一下，不过这样看，新鲜的也不少。"

"那也是有用的，不能认定，还不能排除吗？"我说。

"对，能排除。"林涛说，"我们试了试，只要走进这片草坪，一定是会留下足迹的。"

"那就成了。子砚呢？"我问。

"子砚还在分析视频，量比较大，需要时间。"黄支队突然走进了指挥部，说，"不过，我估计也用不着她分析了，因为案子就要破了。"

"破了？"我们几个人异口同声地说道。

这个时候，我们的心情是复杂的，一方面为破案而感到高兴，另一方面因为不是靠技术破案而感觉有些失落。

"线索是从调取通话记录的那一组侦查员开始突破的。"黄支队说，"通过对死者的通话记录进行调取，确认了死者接到的最后一个电话，也是最不正常的一个电话，是一个固话号码。经过对固话的调查，你们猜，是哪里的？"

我们一起摇了摇头，我心里暗想，这个师兄，现在居然会卖关子了。

"是小区保安室的。"黄支队说。

"啊！保安！对对对！是保安！"大宝有些语无伦次，但是我知道他想说什么。

"我们检验发现，死者全身有二十多处规则棍棒伤。"我说，"极有可能就是保安经常使用的橡皮棍造成的。"

污 泥

"是啊，保安室里，还确实少了一根橡皮棍。"黄支队神秘一笑，说道。

"这案子，也太简单了，没意思。"林涛说道。

"那，不对啊，保安为什么要打他？"我问道。

"这个，很有意思，你们别着急，听我慢慢说来。"黄支队又是神秘一笑。

看来啊，人年纪大了，话确实多，这个谁也逃不过。

　　根据黄支队的叙述，经过侦查员们的调查，昨天晚上是一个叫作张跃的保安单独在保安室值夜班，到早晨五点钟才下班。案发后，我们就派出民警去找他了，当时他还在家里睡觉，在被警方传唤的时候，支支吾吾，表现出了明显的不正常。虽然到目前为止，张跃还是没有向警方交代出什么有用的信息，但是通过外围调查，侦查员们发现，这个小区有好几个居民都有所耳闻，这个张跃在他值夜班的时候，经常不在岗。小区里都在风传，他和某个女业主有不正当男女关系，经常会趁着自己值夜班、女业主老公不在家的时候，溜去女业主家里过夜。但是这个被风传的女业主是谁，住哪栋哪户，倒是没有人知道。

　　程子砚那边反馈回来的第一拨信息说，保安室附近是没有摄像头的，所以这个张跃当天晚上究竟在不在保安室，或者去了哪里，不得而知。

　　"从保安室打出了电话，伤害他人使用的工具又是保安室里的工具，这不是他，还能是谁呢？"黄支队说道，"交代，只是早晚的事情。"

　　"可是，我有个问题。"我说，"如果真的是保安张跃和死者李春的老婆方圆有瓜葛，他们为什么要伤害李春呢？"

　　"这可不好说，十命九奸，有了奸情，奸夫淫妇图谋杀害正主的事情还少吗？"黄支队说道。

　　"不，绝对不会是这个动机。"我说，"我刚才说了，死者的死因，是ARDS，这是一种很偶然的死因，死者死亡，虽然是建立在外伤和被迫溺水的基础上，但致死绝对也是偶然的。根据死者肺内的水分可以判断，这个摁头溺水的动作虽然凶狠，但是时间并不长。死者身上的打击损伤，也都很轻微。从这一系列动作来看，凶手的目的并不是要直接杀死死者，而是教训教训他而已。只是没想到，会触发极小概率的ARDS。"

　　"所以你一直在说'伤害'，还没有说过'杀人'。"黄支队捻着下巴上的几根胡须说道，"动机只是故意伤害，而不是杀人，死亡的结果是偶然性的。"

我点了点头，说："我相信我通过尸体解剖得出的结论。"

"其实，这也好理解。"黄支队说，"李春的妻子方圆被带到派出所后，并没有太多的悲伤情绪。民警在追问后得知，这个李春经常会家暴方圆。"

"会不会是李春殴打方圆的事被保安知道了，保安看不下去，才下手伤害的呢？"陈诗羽说道。

"我们派一个女民警带着方圆去医院做了检查。"黄支队没有回答陈诗羽的怀疑，说，"她的身上确实有很多陈旧性的损伤，最严重的，还有陈旧性的烟疤。"

"这个畜生！"陈诗羽说，"如果是我，我也会帮她揍这个李春一顿。"

"是吧，你看，假如这个方圆和张跃有染，张跃伤害李春的动机就成立了。"黄支队说。

"昨天晚上，方圆挨打这事儿证实了没有？"我问。

"没有。"黄支队说，"医院检查，没有发现新鲜损伤。我们询问了周围的邻居，确实有邻居听到过他们家吵架打架，但昨晚没有，很安静。所以我们分析，是小孩子记错了时间。"

我看了眼陈诗羽。

陈诗羽果然嘀咕道："我还是觉得这种事小孩子不会记错。"

"如果真的是小孩子记错了时间，那案发当天就没有引发故意伤害的导火索啊。"我说。

"被家暴者的心理，不是我们能理解的。"陈诗羽说，"他们有的一直缄默，有的会突然爆发，有的则用结束自己的生命来逃避。也许，这一天就是突然爆发的一天。"

我看了一眼陈诗羽，没想到这个还没谈过恋爱的小姑娘，居然会对被家暴者的心理有所研究，或许是上大学的时候，老师说到过吧。

"可是，动机说不清楚，我还是认为这案子里面有蹊跷。"我说，"假如是张跃去和方圆幽会了，为什么伤害行为不是发生在李春的家里？既然小区里都有风言风语，假如这风言风语里说的女业主就是方圆，那么张跃和方圆的关系已经维持了好久了，为什么这时候才动手伤害？这个说不过去啊。"

"我赞同。"大宝举了举手，说，"而且没道理在李春入睡了之后，又打电话把他喊下来进行伤害啊！"

"是啊。"我接着说，"虽然这块草坪在半夜三更的时候还是比较隐蔽的，但是总没有李春的家里隐蔽。如果是张跃憋着气，要报复，那只要等李春喝完酒回来就动手好了，为什么要等他睡着了以后再打电话喊他下来呢？"

"而且，半夜三更，打什么电话才能把李春喊下来呢？李春又不傻，一喊就下来？"大宝和我一唱一和。

"对了，大宝说的这个问题很是关键。"我说，"可是，电话又确实是从保安室里打出来的，只可惜电话没有录音。"

"哪有那种捷径？"林涛笑着说，"不过没关系，越复杂越有意思嘛。我现在就去提取一下保安室的电话机，看看能刷出多少指纹来。"

"对了，有足迹证据也可以说明一些问题。"我说，"提取张跃的足迹，让林涛看看他最近有没有进过草坪。林涛都说了，虽然不能认定，但是可以排除啊。"

"可是，张跃当天晚上穿的是哪双鞋，我们也不知道啊。"黄支队说。

"那就把他家里所有的鞋子都提取。"我说。

"那假如被他烧毁了呢？"黄支队问。

"不，我说过，这种死亡是偶然性的。即便是张跃干的，他也想不到人会死掉，那么就不至于立刻想到去销毁证据了。"我说，"对了，方圆的鞋子也顺便一起提取。"

韩亮在帮着林涛排查鞋印，陈诗羽去给程子砚帮忙分析视频，我和大宝两个人已经完成了尸体检验，没有什么工作了，于是去现场小区里溜达。我相信这种"外围搜索"，总是可以找到一点什么的。

"你说，会不会和打电话没关系啊？"大宝说。

"和打电话没关系，那他半夜三更醉酒状态下楼做什么？"我说，"刚才理化部门来电话，说死者的BAC是110毫克每一百毫升。"

BAC是指血液酒精浓度，既然大宝那么喜欢炫耀英文缩写的知识储备，我也就故意考考他。不过，大宝显然是可以听懂的，说："那如果是……梦游呢？"

"别瞎说了，梦游，你以为是你啊？"我不禁想起当年和大宝一起出差，他半夜梦游找解剖室的事情①，哑然失笑。

"我现在不梦游了。"大宝挠了挠脑袋。

---

① 见法医秦明系列万象卷第二季《无声的证词》"红色雨衣"一案。

"现在，我们捋一捋啊。"我说，"我们好像没有分析过张跃、方圆的供词，对吧？"

"怎么分析啊？"大宝问。

"如果真的是张跃、方圆干的，我之前说过了，不太符合作案人的心理状态。"我说，"如果不是他们干的，那他们的供词就应该是真实的。"

"对了，张跃有了新的供词是吧？"

我点了点头，刚刚黄支队他们对张跃进行了二次审讯，给我传来了最新的询问笔录。

"他说对方圆家是有印象的。说是一个月前的一天晚班，他在巡逻的时候，听见了方圆他们家里有吵架声，于是就上去看了看。当时上去的时候，方圆的嘴角是流血的，看起来是夫妻动手了。当时他觉得这是别人的家务事，就没管，离开了。"

"都受伤了，他一个保安也不管？"大宝惊讶道。

"很多人其实都是这样。"我说，"你想想，一个巡逻的保安都能听见打斗声，邻居听不见吗？可是黄支队他们查了报警记录，居然一个报警都没有。"

"冷淡啊！"大宝咬了咬牙。他的这副模样，看起来很像陈诗羽。

我接着说："既然张跃没有回避和方圆的交集，那么有没有一种可能，就是他确实是出去和某个女业主幽会了，但是为了不影响别人的家庭，所以不愿意交代出是哪个女业主，而这个女业主并不是方圆呢？"

"当然有这种可能。"大宝说。

"那就有个问题来了。"我说，"如果张跃离开了，保安室是不是就没人了？保安室没人的话，凶手是不是就可以用保安室的电话来打电话，再拿走保安室的橡皮棍了？"

"逻辑上，是这样。"大宝说，"可是，如果是想伤害殴打某个人，没必要去保安室打电话啊，而且，他怎么知道保安室没人？如果有保安的话，他不是自投罗网，给警方提供个线索吗？"

"你说得也是，这一定是中间有个结没有解开。"我皱着眉头说道。

"所以，你在溜达什么呢？"大宝问。

"你说，如果是保安干的，他为什么要把橡皮棍丢弃，而不是带回去？"我说，"死者全身没有开放性损伤，不可能沾染血迹，没必要把橡皮棍丢了啊。"

"对啊！"大宝拍了拍脑袋，说，"只有可能是别人去保安室拿了橡皮棍，打完人也没必要再给保安室送回去，对不对？”

“你现在知道我在溜达什么了吧？”我说，“只要凶手没把橡皮棍带回家，那么，我们一定会在小区里找到这根棍。”

“你早说啊，我们来翻翻垃圾桶。”大宝说。

“没关系，小区被警方封锁了，所有的垃圾都没运出去。”我说，“我这不是存着侥幸心理吗？不想扒拉垃圾。现在看起来，小区外面是没有橡皮棍了，最大的可能性，就在这七十多个垃圾桶里。毕竟从伤害他人的凶手角度想，把橡皮棍带回家没必要，还有风险。”

“你一路走过来，都数过了？”大宝瞪大了眼睛。

“既然扒拉垃圾势在必行了，那我们就以现场为中心，由近到远去搜索。”我说，“近处找到的概率大一些，要扔嘛，不会扔太远。哎，大宝，你人呢？”

说话间，我一侧脸，发现大宝已经不和我并肩而行了，再一回头，原来这老人家已经开始扒拉垃圾了。我不由得赞叹，论吃苦，法医职业毫不逊色于其他职业；论吃苦，大宝在法医里，也是佼佼者。

“物证袋呢？”大宝依旧低头看着垃圾桶里，说道。

“啊？啥意思？你总不能运气这么好，扒拉第一个就扒拉出来了吧？”我嬉笑着说。

“是的，在这儿。”大宝抬起头，看着我，用手指了指垃圾桶里。

我顿时一惊，立即打开勘查箱，拿着一个大号透明物证袋就蹿了过去。

“我说你小子，什么时候转运了？你不都是以‘黑’为特征的吗？”我一边说，一边戴手套。果真，一根黑色的橡皮棍插在垃圾桶的一角。

“所以才能找到这黑色的东西啊。”大宝帮着我把橡皮棍旁边的垃圾拨开，我小心翼翼地拿出橡皮棍，放在物证袋里。好在垃圾很干燥，棍柄没有被污染，应该可以提取到一些痕迹物证。

“林涛还在指挥部吧？”我拿着物证袋一溜小跑，和大宝一起向指挥部跑去。

林涛此时正像是热锅上的蚂蚁，一边指挥着几名技术员将从张跃家里提取的十几双鞋子的鞋底花纹和刚刚清理出来的草坪上的几十种新鲜足迹进行对比，另一边用一台便携式502指纹熏显仪，对保安室里提取回来的电话机进行熏显。

他看到我们跑回来，说：“还是你们法医好，尸检完了就没事儿做了，全撺给我了。”

"谁说我们闲得没事做？"我扬了扬手中的物证袋，说，"作案工具给你找回来了。"

"橡皮棍？没被污染？"林涛瞪大了眼睛。

"是啊，来，一块儿熏显吧。"我笑嘻嘻地把物证袋递给林涛。林涛小心翼翼地把橡皮棍拿了出来，放进了熏显柜里。

接下来的时间，我们陪着林涛，蹲在熏显柜旁，看着里面的物件逐渐被熏黑。然后看着林涛把物件拿了出来，仔细地拍摄指纹。再然后，紧张地等待着林涛进行指纹特征点的比对。

"嗯，看来你想的是对的。"林涛在电脑上将一枚枚清晰的指纹放大，说。

"啥意思？"大宝问道，"什么是对的？"

"我们从保安室里的电话机上，提取了好几枚指纹，其中有张跃的食指指纹。"林涛说。

"快点说，磨磨叽叽的。"我说。

"不过这根橡皮棍上，倒是只有一个右手四指连指指纹。"林涛说，"却不是张跃的。"

"那……"我正想开口追问，却被林涛打断了。

林涛说："我知道你想问什么，就是这个电话机上，有没有和橡皮棍上指纹一致的指纹。"

林涛像是在说顺口溜，却概括出了我的中心思想。于是，我咽了口唾沫，静静地等着林涛下判断。

"有，电话机上有一枚完整的右手食指指纹，和棍上的一致。当然，指纹也不是方圆的。"林涛说道，"其实我们之前做的足迹分析，也基本排除了张跃和方圆。"

"那说明……"大宝还在翻着眼睛思考。

我拍了大宝后脑勺一下，说："别想了，张跃不是凶手，凶手另有其人。我们思考的家暴这一条线，很可能是不对的。"

"你说，这是好事儿，还是坏事儿呢？"林涛抬起头，看着我，问道。

"案子没那么简单，有挑战性了。"我抱着胳膊，说，"可是，我们现在除了拥有凶手的指纹，似乎没有丝毫线索了。"

"是啊，总不能把死者的所有关系人都排查一遍吧？"大宝说。

"那是笨办法，有没有捷径，就要看一下子砚那边的结论了。"我说。

4

不知不觉，此时已经晚上九点了，我们到达市局视频侦查室的时候，程子砚、陈诗羽和几名视频侦查的民警已经在做扫尾工作了。

"现场视频环境有限，能看到特定的时间点有不少人经过。"程子砚见我们走了进来，于是说道，"但是，视频的质量实在是不敢恭维，这即便是能看到有疑点的人，也不知道画面中的人是谁，根本无法清晰化处理。"

"也就是说，有疑点喽？"我问道。

"疑点还是有的。"程子砚调出一段视频，说，"你看这个人，在这辆车附近绕着圈，又拿手电筒往车里照。喏，还有这一段，应该是一个人，在做一样的事情。"

程子砚调出了三个视频片段，分别是被三个摄像头拍摄下来的。画面中一个穿着浅色上衣、深色裤子的男人，分别走到几辆白色车辆旁边，先是在车辆周围绕着圈，窥探着什么，然后用手电筒往车里照射。看上去，他就像是一个专门砸玻璃盗窃车内财物的小偷。

"小偷吗？"大宝问道。

"像。"程子砚说，"不过，和本案应该无关，而且这个监控的品质，连他的体形都看不清楚，更不用说面孔了。所以，没啥意义。"

"昨晚，有车内物品被盗窃的报警吗？"我问身边的黄支队。

"啊，没有。"黄支队看了看警务通里的信息，说道，"今天这个派出所只有李春死亡这一起报警。"

"子砚，你的发现很重要。"我若有所悟，"不能说没意义，很有可能这就是破案的关键啊。"

"你从哪里能看出这要破案了？"林涛好奇道。

"别急，我们现在要去现场一趟。"我神秘一笑，说道。

"这刚来，又要回去？"大宝往椅子上一瘫，说，"你不累啊？"

"如果这一趟，就能破案呢？"我说。

"那我就请你吃小龙虾！"大宝说道。

"一言为定，出发。"我说。

韩亮开着车，带着勘查小组和黄支队，重新回到了案发现场。这个时候已经快晚上十点了，小区里的行人已经很少了。小区的中央，依旧围着警戒带，有两名派出所民警正在把守。因为草坪被围了起来，小区内的停车位就更少了，车辆停得密密麻麻。

"我们先去找一下，死者的车在哪里？"我说，"是个大众对吧？"

"对。"黄支队说，"我知道在哪里，我们下午来看过。"

黄支队带着我们，走到了一辆白色的大众高尔夫旁边，指了指，说："这就是死者的车，每天上下班都开着。我们在车里搜过了，没看到什么有价值的东西。"

我点了点头，绕着车辆看了一圈。车辆的右侧挡风玻璃内侧，放着一个挪车电话号码牌。看到这个，我心里笃定了一些。另外，车头右侧有一处擦痕，我让大宝打着灯，仔细看了看，发现擦痕上沾着一些红色的油漆。

"怎么着，要对车辆进行尸检了？"林涛打趣道。

我没理他，顺着小区的小路走了一圈，把停在小区里的几十辆红色的、白色的轿车都看了一遍，边看，边在纸上进行记录。到最后，虽然有些失望，但我依旧胸有成竹。

"怎么破案？"陈诗羽问道，"我们等着吃小龙虾呢。"

我转头问黄支队："所有进出小区的车辆，都要有小区的蓝牙卡对吧？有蓝牙卡，说明在电脑系统中，有车辆的登记，对吧？"

黄支队点了点头。

"那么，现在把小区所有登记车辆的车牌照录入交警系统，然后把红色的车辆给我挑出来。"我说，"再排除我记在纸上的这些车牌照，剩下多少，看看。"

"这个不难。"黄支队转身走向指挥部。

"我好像知道你的意思了。"陈诗羽恍然大悟。

"我也知道了。"林涛也恍然大悟。

"知道啥了？"大宝丈二和尚摸不着头脑。

我也不再卖关子了，笑着说："道理很简单，从解剖的时候，我就确定，这应该是一起激情杀人的案件，而不是预谋报复。"

"嗯，死因和损伤可以说明这个问题。"大宝说道，"能找到凶手的指纹，也说明了这个问题。"

"既然是激情杀人，破案线索就比较难找。"我说，"但是子砚的视频，给了我提示。首先，我们来看看视频上的这个人，如果不是一个小偷，那么他的动作有什么意义？他一定是在找车，找什么车呢？问题先放在这里。其次，死者是在居家准备就寝的状态，带着手机和钥匙下楼的，而且钥匙包里有车钥匙。”

“挪车！”大宝大叫道。

我点了点头，说："结合上面两种情况，排除巧合的话，打电话要求挪车可能就是叫死者下楼的方法。而且，死者的车内确实有挪车电话，具备条件。可是，为什么视频里的人要左右看车呢？这时候我就觉得，挪车可能只是个借口。”

“轻微交通事故引发的报复心态，可能才是真相。”我说，"我看了死者的车，是白色的，而且他的车头有红色的油漆和擦痕。假如一个有红色车的人，半夜要开车出门，却发现自己的车子被人剐了，而且剐伤上有白色的油漆，那么他的第一反应，是不是要去找一下是哪一辆白车肇事的呢？”

“啊！怪不得视频上的这个人几次看车，都是在看白色的车！”程子砚也恍然大悟了。

“对，凶手发现自己的车被白色的车剐了，于是在小区里专门找白色的车，看哪辆白车上有红色的油漆。”我说，"结果，他找到了，死者的车上有。我刚才看过小区内所有的白车，除了死者的，都没有沾着红色油漆的擦痕。凶手和我一样，能发现这一点。所以，他怒气冲冲地就去保安室找保安，这也是正常动作，对吧？结果呢，保安不在。作为凶手来说，他的气不打一处来，只能自己解决了。”

“所以凶手用保安室的电话，冒充保安让死者下来移车，同时又拿了保安室的橡皮棍在死者的车旁守候。”我说，"后面的事情，就不用我来推理了吧？”

“所以，找这个小区的红色车辆就对了。”陈诗羽暗叹道。

“对，凶手把死者打死，这是他自己也始料未及的。”我说，"所以，他可能是今天上午才知道此事。那么，他今天晚上很有可能不会把自己的车辆开回来，这是正常的犯罪心理。我刚才也进一步进行了确认，小区内的红色车辆，都没有擦蹭的痕迹。如果是临时补漆，一天的时间也来不及。”

“精彩！”陈诗羽说，"子砚，这次又是你立了大功！”

“不，不。”程子砚连忙红着脸推说道，"是有你帮忙，还有秦科长的推理。”

“大宝，你准备在哪里请我们吃龙虾？”我笑着问道。

“好说，好说，我正好藏了几百块私房钱。”大宝挠着头说道。

“不喊上黄支队吗？”林涛问。

“他们还要去抓人、审讯，怕是没有时间了。”我说。

这一觉睡得很踏实，源于我对自己推理的自信。

一觉睡醒，案件也就破了。

排查抓捕的工作进行得很顺利。在经过车辆排查之后，黄支队他们发现这个小区内，有一辆红车当天没有开进小区。而这辆车是在车管所因为疫情而暂停工作之前，刚刚入户的。入户后，这辆车每天都停在小区，唯独昨天晚上开出去后没有回来。

于是侦查员就对车主进行了调查，并且调出了他其他时间在小区里遛狗的视频，经过体态和步态的比对，大致认定这人就是视频里找车的男子。

在确定男子住处的门牌之后，侦查员开始了抓捕行动。当然，这个男子看到警察站在门口的时候，直接束手就擒了。毕竟有指纹和足迹这么直接的证据进行佐证，所以犯罪嫌疑人张力连抵抗都省了，直接交代了。

从审讯的情况看，这个张力本身就是个很情绪化的年轻男子。他今年二十八岁，身材敦实，从大学毕业后，就一直从事旅游行业。去年下半年，张力从原来的公司辞职，自己办了一个旅游公司，可没想到刚刚赚了一些钱，买了房，买了车，就遇见了疫情。疫情对旅游行业的冲击可想而知，他的公司破产了。张力每天为了房贷、车贷焦头烂额，却找不到谋生的出路。张力很是郁闷，只能在刚买回来还没开过一百公里的新车里坐坐，考虑着疫情过去了是不是要把车卖了，周转资金。

案发当天，半夜零点，张力接到了一个朋友的电话，说是要带他去见个老板，有可能帮助他恢复公司的运转。当他兴高采烈地下楼开车的时候，却发现自己的车头被一辆白色的车给擦蹭了，而且伤得不轻。新车被剐再补漆，这辆不是原厂漆的车很可能因此而卖不上价格，张力顿时暴跳如雷。这本来就够让人生气的了，更何况剐车的人居然肇事逃逸，这样没素质的行径，让张力气急败坏。于是，张力挑着白色车辆进行寻找，很快就找到了李春的车。张力用手机照亮李春的挪车电话，开始想去保安室让保安做个见证。可没想到的是，保安室门关着，没上锁，里面居然空无一人。张力在保安室门口等了十分钟，都没有等到保安，这更是火上浇油。这是什么小区！什么邻居！什么物业！他打开保安室的门，走了进去，用保安室的电话给李春打了电话，准备骂他一顿。可没想到，电话一接通，自己居然因为半夜打电话而被李春骂了一顿。张力强压着怒火，以挪车为名，骗李春下楼。当看见李春醉醺醺骂骂咧咧地从楼上下来，他立即抄起从保安室里带出来的橡皮棍冲了过去，对李春进行了殴打。两人一路追打到草坪中央的污水池，李春滑了一下摔倒了，张

污泥

力冲上前去，将他的头按在水里。你让我的车受伤，我就让你喝喝脏水！张力这样想着。

一番殴打结束后，李春不知道是由于酒精作用，还是由于精疲力竭，从池里出来后，仰卧在十米远的草坪上喘着粗气。张力也打累了，见李春躺在那里还骂骂咧咧，于是走上前去一脚将李春身边的手机踢开，最后扬长而去。

当然，张力怎么也想不到，就这样看似不严重的殴打行为，居然让李春丧失了性命。

"想想，也觉得可悲啊。"韩亮说，"如果方圆及时发现丈夫出门没有回来，而出去寻找的话，只要经过抢救，肯定不会死亡的吧。"

"如果抢救及时，应该不会死。"大宝说，"一个死了，另一个重判，真是悲剧。"

"所以啊，夫妻之间，要是多一分牵挂，"韩亮说，"估计会少死很多人呢。"

"我真是搞不懂你的三观。"陈诗羽说，"方圆都被家暴成那样了，你居然要求她牵挂？"

"你是ETC吗？自动抬杠啊。"韩亮说，"我没有要求方圆牵挂，而是在说和谐的家庭关系有多重要！"

"不和谐，也都是家暴渣男导致的。"陈诗羽似乎想到了什么，语气也缓和了一些，只是不甘地喃喃道。

"都少说两句。"和事佬林涛顺势出场，"快到了，快到了。"

之前提取了方圆的鞋子进行比对，现在案件既然已经破获，排除了她参与案件的可能性，这些鞋子自然要给人家还回去。

陈诗羽自告奋勇要求去帮忙还鞋，我们只好跟着一起。

"您好，方女士，这是您的鞋子。"陈诗羽敲开了门，说道。

方圆没有说话，默默地点了点头，把装着鞋子的袋子放在门口。

"这个，我们只是例行排查，还请您不要往心里去。"陈诗羽在没话找话说，看起来是想找个切入点来安慰安慰方圆。

方圆还是没接话，微微低着头，将自己眼角的瘀青藏在阴影里。

"以后有什么困难的话，可以去找派出所，他们会给予你帮助的。"陈诗羽说，"你们辖区派出所的所长是我的师兄，我都和他说好了。"

"谢谢你。"方圆低声嘟囔了一句。

见方圆并不想和我们多说些什么，陈诗羽只能告辞离开。离开之前，陈诗羽的眼神透过大门，定格在客厅里。

我顺着她复杂的眼神向客厅里看去，里面一个五六岁大小的小男孩正坐在地毯上，左手抱着一个变形金刚玩具，右手不断地拍打着它，嘴里还说着："打死你，打死你。"

这一幕，让陈诗羽在整个返程途中都心不在焉。而林涛似乎察觉出了陈诗羽的心不在焉，也有些心不在焉。

车开了一会儿，韩亮猛然一脚刹车，车里全部人都因为惯性向前一个趔趄。坐在副驾驶上的陈诗羽系着安全带，也被勒得一阵皱眉。

"今天你们都是怎么了？"大宝一张大脸结结实实撞在前排座椅上，捂着鼻尖说道。

"这可不怪我，前面的车急刹，若不是我反应快，就得追尾了。我估计啊，隧道里有事故。"韩亮耸了耸肩膀。

我把头探出车外，前面不远处，隔着三四辆车，就是隧道了，因为有光线反差，所以看不到里面的情况，但是能看到前面有车似乎正在冒烟。

"糟糕，是有事故。"我说，"去看看要不要救人，韩亮，你报警。"

除了韩亮，我们五个人跳下车，穿过车辆之间的间隙，急忙向隧道内跑去。进入隧道后，光线陡然一暗，我们适应了一会儿，才看见前面是一辆小轿车不知怎的就撞上了隧道的墙面，车引擎盖下呼呼地冒着烟。为了防止车辆起火，我们冲到了车边，拉开车门，见车内坐着一男一女两个人。两个人都和陈诗羽差不多岁数，正坐在车内龇牙咧嘴。

女人坐在驾驶位，系着安全带，方向盘上的安全气囊已经打开了，她泪盈盈地坐在座位上，双手掩面。男人伏在副驾驶的操作台上，因为没系安全带，而且安全气囊也没有打开，所以可能伤得比较重，一直在呻吟。好在汽车的驾驶舱还没有变形，所以他们并没有被卡住。

"估计是突然进隧道，光线变暗，导致驾驶失误的。"大宝说。

我心中一动，对大宝的判断并不赞同，虽然进隧道确实是光线变暗，但是隧道内又没有什么障碍物，为什么会突然打方向盘，导致车辆撞上墙壁呢？

污 泥

"要紧吗？"我拉开车门，问道。

女人依旧是在掩面低泣，没有回答我。男人倒是挣扎着说："我好像，肋骨断了，呼吸困难。"

肋骨骨折，如果断端错位，就有可能刺破胸膜，导致血气胸甚至危及生命；如果骨折的肋骨多，就会导致胸部塌陷，呼吸肌失去作用，也会丧命。所以，这个男人自称呼吸困难，让我们很是紧张。

我和大宝还有林涛跑到副驾驶的门前，拉开微微变形的车门，把男人扶了下来。这是一个身高一米八的壮硕男子，我和林涛两个人搀扶，都有些吃力，好在他不需要人背着。

"怎么样，还能走吗？"我问道。

男人一脸痛苦地点了点头。

此时，陈诗羽和程子砚也把女人给搀了下来。

"怎么样，哪里伤了？"女人下车的时候，穿着的长裙撩了起来，露出的小腿有很多处皮下出血。我是法医，一眼就能看出，那是陈旧性损伤。

"嘿，扶人！"林涛踹了我一下，说，"非礼勿视！"

我没理林涛，让大宝帮忙搀扶着男人，而我则走了过去，对女人问道："你好，我们是公安厅的，一会儿120会过来送你们俩去医院。但是，你得告诉我你伤到哪里了。"

"没有，我没事。"女人撤下一只掩面的手，撩了撩头发。

这时我才发现女人的鼻根部肿得老高。

"哎哟，你这撞了头啊。"陈诗羽关切地说道，"那得去做个CT。"

"没事，我真的没事，谢谢你们。"女人又捂住了额头，看得见，她面颊上的泪痕未干。

不仅如此，我还发现这个女人在掩面的时候，还不时地拽着袖口，像是怕被人看见什么似的。

此时，交警已经抵达了现场，用灭火器对受损车辆喷了一圈，走到女人的身边说："你们什么关系啊？120来了，你们先去医院，是单方事故吧？把你的驾驶证和行驶证先给我。"

"哦，他是我老公。"女人说道，"是我自己不小心。"

女人拿出钱包掏证件。趁着这个时候，我也看清楚了她的伤情。她的鼻根部和右眼部有明显的肿胀，肿胀的区域还没有变成紫红色，这说明是刚刚受伤。

交警收了证件，120拉着两个人向附近的省立医院开了去。我们重新坐回了韩亮的车，陈诗羽指了指前面，说："跟着他们。"

"为啥？"韩亮莫名其妙地问道，"你这是多管闲事吗？交通事故，和我们有什么关系？"

"你把我送去医院，后面的事情我自己跟。"陈诗羽白了一眼韩亮，说，"你们该干吗干吗。"

韩亮扭头看了看我，我默默地点了点头。韩亮耸了耸肩膀，踩了一脚油门，跟着闪烁着蓝灯的救护车飞驰而去。

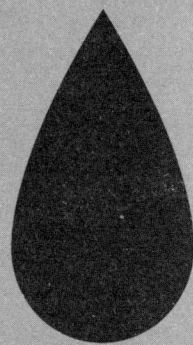

第二案　赤足男孩

法医秦明

VOICE OF THE DEAD

这些事情，我怎么会不知道？

刚刚受伤的时候，应该用冰箱里的冰块冷敷，等八小时以后，再用热水袋热敷，这样可以加速伤痕的恢复。

长裙和长袖是必备的，在伤痕消失之前，只能穿这些。

尽可能地避免脸上受伤，因为脸上的伤实在很难隐藏，一旦被人看出来，就会有很多麻烦。

如果真的伤在了脸上，也不是没有办法。只是轻微的擦伤和瘀血，用粉底就可以盖住。瘀血严重的话，粉底就盖不住了，但可以用腮红和眼影稍微挡一挡。

实在是没办法盖住的话，就只能说是摔跤了、不小心撞着了。

反正，只要想瞒住，就总是有办法。

我太清楚这些伎俩了。

1

第二天早晨，我起得早了些，所以到办公室也就早了些。办公室的门是开着的，里面没人，但看见陈诗羽办公桌上的皮包，我知道陈诗羽又是第一个到单位的。

正在泡着茶，办公室的门开了，陈诗羽一边说着"好了，那就这样说，我挂了"，一边走进了办公室。

"这么早啊，秦科长。"陈诗羽放下电话，又合上了桌子上的《法医损伤学》。

"这么早就煲电话粥啊？"我笑着说。

"哦，是刘鑫鑫。"陈诗羽说，"就是昨天车祸的那女生。"

"对了，你昨天去医院了，看到啥了？"我问。

陈诗羽沉思了一会儿，坐了下来，看着我说："本来这也不是我们的职责，我知道，但是碰见这事儿，我心里真的过不去。"

我把泡好的茶端到自己的办公桌上，也坐了下来，笑着说："咱们勘查组没有配政委，算是我兼任了，组员有思想问题，及时干预还真的是我的职责。"

"好的，我告诉你，你也帮我分析分析。"陈诗羽说，"这起车祸，我觉得是男人打了女人，才会导致女人不小心猛打方向盘而撞上墙子的。你想想，女人系着安全带，面前的安全气囊也打开了，她脸上的伤是怎么来的？而且，她面部的损伤部位是鼻根和眼眶，都是面部低下位置，不符合交通事故损伤的特点。"

"所以你刚才在翻《法医损伤学》？"我指了指陈诗羽面前的教科书。

陈诗羽点了点头，接着说："除此之外，我还注意到她的腿上和胳膊上都有淡黄色的损伤痕迹，那是因为含铁血黄素生成了。"

"陈旧性的钝性暴力损伤。"我说，"这个，我也注意到了。可是，你怎么知道车祸是家暴引发的？"

听到"家暴"一词，陈诗羽微微怔了一下，说："那是因为我去找了医生，医生说，刘鑫鑫的鼻骨骨折、眼眶内侧壁和下侧壁骨折、鼻腔流血、软组织肿胀，这都说明这些伤是刚刚形成的。刚才说了，车祸不能形成这样的伤，更不可能是受伤后还肿着眼睛开车，所以只有一种可能了，就是开车过程中受伤。"

"开车的时候夫妻互相打架啊？"

"不是互相。"陈诗羽说，"她的丈夫叫赵达，损伤是多根肋骨骨折，医生说，那是因为没有系安全带，胸部撞击副驾驶操作台形成的。他的伤比较重，在胸外科住院。"

"那刘鑫鑫和你说了什么？"我问。

"她说她在离职专心做全职太太之前，是在龙番的一家生物制剂公司工作，赵达是她的丈夫，这次是自己开车不小心导致的车祸。"陈诗羽说，"也就是说，她否认了家暴。后来，陪着她去做鼻骨复位手术的过程中，我一直想套出她的话，可她就是缄口不言。"

"鼻骨骨折，不用住院吧？"我沉吟道。

"不用。虽然经过CT检查，她头部正常，但毕竟是车祸，医生害怕会出现迟发性颅内出血，要求她在急诊科住院部观察两天。"

我点了点头，说："可能她不想让别人知道她被家暴吧。事实上，很多受虐者出于所谓的面子或者缺乏勇气，是不愿意把家暴的事情声张的。有的家庭，施虐者只要一道歉，受虐者就会原谅。一而再，再而三，好了伤疤忘了疼。殊不知，家暴只有零次和N次，如果道歉有用的话，要警察干吗？"

"如果她真的是不愿或不敢声张，我还真的不知道怎么帮她。"陈诗羽说，"但是，我觉得她是有可能被挽救的。"

"哦？"我有些兴趣了。

"因为她一开始不愿意说，但在我的旁敲侧击下，她似乎有些动摇了。"陈诗羽说，"于是我就去她户籍所在的辖区派出所，想打听一下她的情况。结果一说到她，民警们都知道。据说，不少民警在值班的时候，都接到过刘鑫鑫的报警。后来我就把报警记录调出来看，发现还真是，好多次报警记录。我当时就特别生气，人家都报警这么多次了，你们派出所为什么不管？所长就很委屈地让我仔细看每次出警的情况记录。原来，每次民警到现场之后，赵达就会跪下来给刘鑫鑫磕头，说是自己一时糊涂，以后绝对不敢了。然后，刘鑫鑫就会立即原谅他。民警要求对赵达进行行政拘留，要求刘鑫鑫去进行伤情鉴定的时候，就会被刘鑫鑫一口拒绝，她还要求民警不予处理。本身就是治安案件，当事人、报警人不要求警方介入，那警方是没办法介入的。"

"一边报警，一边又不要求警方处理。"我苦笑了一下，说，"时间长了，别说刘鑫鑫麻木不麻木了，辖区派出所都要被磨得麻木了。"

"正是这样，用所长的话说，这是'狼来了'的故事。"陈诗羽说，"虽然之前的刘鑫鑫看起来有点荒唐，但这次不一样，这次她的伤很重，我看应该是轻伤二级了，那就可以追究赵达的刑事责任了。关键是，我得说服她勇敢地站出来，不要麻木，不要把受虐当成习惯。这是任何一名警察应该拥有的正义感。"

"好的，我支持你，如果有需要我帮助的话，你就告诉我。"我被陈诗羽的正义感所感染，于是说道。

"刚才我就是给她打了电话，把我查到的报警记录告诉她。"陈诗羽说，"她在电话里已经承认了我推测的事实，但还是没有同意去报案。"

这一整天，陈诗羽有些心事重重，时不时地会跑到办公室外面打个电话。这倒不是坏事，高度的责任感是成为一名人民警察的基础。我曾经说过，想要在环境艰苦、收入微薄的法医岗位上坚持下去，必须凭借胸中的一腔热血和满心热爱。当警察，又何尝不是这样呢？在黄埔军校创建之初，孙中山先生曾为学校写过：升官发财，请走他路；贪生怕死，莫入此门。现在也有警校会将此作为楹联。对于陈诗羽来说，如果不是内心渴望用自己的毕生去保护人民，一个姑娘家天天出入各种环境恶劣的命案现场，确实很难。

下班后，陈诗羽搭乘我的车，希望我可以和她一起去医院看看刘鑫鑫，我想也没想，就同意了。

走进省立医院急诊外科整洁的病房，我看见了躺在床上穿着病号服的刘鑫鑫。此时她的额头和鼻根部肿胀很明显，眼圈已经发紫了，尤其是右眼因为眼睑肿胀，几乎眯成了一条线。这个收拾得很干净的姑娘，此时有点狼狈。

一个短发女子坐在刘鑫鑫的病床前，正在和她说着什么，一脸的痛惜表情，见到我们进来，赶紧站了起来。

"鑫鑫，这是我的领导。"陈诗羽走到床头，看了看刘鑫鑫的伤势，说，"他是法医。"

"法医？"刘鑫鑫有些惊恐地看着我，不知所措。

"不要紧张，我今天就是个驾驶员。"我笑着说道。

"想好了没有？报警才是让你走出目前处境的唯一办法。"开门见山一直是陈诗羽的风格，"我有很多派出所和律师事务所的师兄弟，我可以帮你顺利解决的。"

"那以后？"刘鑫鑫还是有很多顾虑的样子。

"没什么以后。"陈诗羽说，"离婚，判刑，以后你和他就是陌路人。"

刘鑫鑫咬着嘴唇没有吭声。

她身边坐着的短发女人，长相甜美、举止优雅。听到陈诗羽的叙述，她似乎想说些什么，但是看了看我们，又把话咽了下去。陈诗羽聚精会神地观察着刘鑫鑫的表情，没有注意到身边的女人。

"离婚……"刘鑫鑫沉吟道，"诗羽，让我再想想，可以吗？"

"给她点时间吧。"我见陈诗羽步步紧逼也不是办法，于是插话道。

陈诗羽有些失望，但还是嘱咐了几句后，站起身和我一起告辞走出了病房。

"真的希望她没有变得麻木，真的希望她能够想通。"陈诗羽垂头丧气地说道。

"每个人有每个人的想法，身处不同的环境，顾虑也不同。"我说，"我了解你的正义感，但是也要讲究方式方法，更要尊重本人的意愿。"

接下来的几天，陈诗羽似乎有些焦虑，也一反平常，经常关注手机，经常会有微信提示音，或者是电话。我也不知道她劝说刘鑫鑫劝说得怎么样了，我想，如果有进展，她是会告诉我的吧。

这一天，大家一如既往地在自己的办公位上忙活着，师父拿着一个文件夹，推门走了进来。

"龙东县，一个高一学生失踪，刚刚找到尸体，割喉了，是命案。"师父说，"所以你们抓紧收拾一下，去现场支援。"

很快，韩亮就把车开过来了。我们坐上车，径直向龙东县赶去。车上，师父已经把内部传真电报拍了照，通过警务通发给了我。

龙东县二中的一名高中男生，叫万联联，十七岁，今天早晨七点从家出门，去上学。可是到八点上课的时候，老师发现他还没到校，于是打电话询问其父母。其父母都是县城郊区大湾村的农民，在地里干活没带手机。老师还是非常负责任的，电话没人接，于是从学校赶到了五公里外的万联联家里，找到了他的父母。但是从他父母的角度看，他是正常时间背着书包去学校的，也没有异常的表现。

赤足男孩

　　万联联这个学生，学习成绩不算非常好，但还算是很老实听话的，翘课出去玩这种事情，是从来没有发生过的。于是家属立即报了警，和派出所民警、亲属数十人，在从他家到学校的路上，沿途寻找。

　　派出所民警也是很负责任的，不仅派出专人帮助寻找，还向周边几个派出所发出了协查请求。也是幸亏这个动作，才有了音讯。

　　一直到中午时分，大湾派出所和万联联的亲属都没有能够发现万联联的踪迹。然而，隔壁辖区的小湾派出所民警，却发现了万联联的尸体。他们在对小湾村进行巡视的时候，发现一处废弃的住房门是开着的，起了疑心。他们走进杂草丛生的小院落的时候，发现万联联的尸体正躺在院墙的一角。

　　小湾村、大湾村和二中的地理位置，组成了一个三角形。这说明，从大湾村到学校，是完全没必要也不可能经过小湾村的。万联联在早晨上学的时候，为何要绕道小湾村？为何会在这个杂草丛生，而且大门原本上了锁的旧房子里死亡？最重要的是，死者的颈部有一个巨大的哆开创口，是被利器割开的。

　　死者是一名高中生，作案时间又是大白天，所以这个案子立即在当地引起了轰动。龙番市局的董剑局长已经带领侦查、技术人员赶往龙东县支援指导了。

　　龙东县是省会龙番市的下属县，所以距离也不算太远，我们开了四十分钟车，就拐进了村村通公路。前方一马平川，远远可以看见有很多警车和围观群众，我们知道，案发现场到了。

　　下了车，我们就看到又高又帅的董局长穿戴整齐，站在警戒带的外面，急切地等待着现场里技术员传出的消息。见我们赶到，他一脸欣慰地说："你们来啦，那好，赶紧进去看看吧。里面现在争论不休，有的说是自杀，有的说是他杀。"

　　这个信息倒是始料未及的，本来以为这确定是一起杀人案件，可是现在居然对死亡方式有了异议。警戒带里的，是省会市和百强县两级的技术人员，技术能力在全省也是首屈一指的。既然有了异议，说明这个现场肯定不是一个简简单单杀了人就走的现场。这让我们好奇心大起，连忙穿好勘查装备走进了现场。

　　这是一个废旧的院落，周围连续好几座房子，都是没人居住的。据说，这个位置，原先是村落的边缘，这里的居民生活不方便，后来村里实施"移民建村"的政策，将这边的村民都移居到了靠近村落中心的区域。这里除了几户老人家不愿离开，大多数家庭在五年前迁居了。而这里的老房子，也都被迁居的各家闲置在这里，各自锁着大门。

"这个房子，是谁的？"我在钻入警戒带之前，问董局长。

"这家的房主，叫胡万金，农民，目前这家的情况，我们的外围侦查员正在调查。"董局长一脸急切地说道。

我知道，对于董局长来说，先搞清楚是自杀还是他杀，才是最为关键的。

小院落的院墙有两米多高，经过前期的勘查，肯定没有新鲜的攀爬痕迹，说明进入这个院落的唯一通道，就是这个大门了。大门是由两扇木门组成的，被一把挂锁锁住。现在，两个技术员正在大门处检验，期望能在这把被撬开的挂锁上发现指纹，或是找出撬压挂锁的工具痕迹。

我们走进了现场，小院不大，也就二十来个平方米，里面杂草丛生，几乎没有下脚的地方。院落的一边，是一排房屋，不大，但是门窗完好，大门也是被一把挂锁锁着，而这把挂锁则没有被撬开。

"白天选择这个地方还是不错的，闹中取静。"我一边说着，一边抬高了腿，向院墙一角的尸体走过去。

"哎哟，这草都带刺，我新买的裤子啊。"林涛心痛地低声说道。

韩法医见我们进来，从尸体边直起身迎了过来，说："秦科长，你们来啦。来，我先给你介绍一下情况。"

我点了点头，费劲地迈着步子。

"整个现场，就是这个小院落。"韩法医说，"虽然算是半室内现场，而且面积也不大，但是到目前为止，我们找不到任何有价值的痕迹物证。"

"这个可以理解。"林涛补充道，"如果凶手戴了手套，撬压门锁的时候，不会留下指纹。现场的地面，全是杂草，不可能在地面找到足迹。"

"是啊，而且这些杂草，真的很杂。"韩法医苦笑着摇摇头，说，"我们到现场的时候，觉得草的倒伏状态都毫无规律可循，根本发现不了什么线索。"

"所以，焦点还是在尸体上？"我问。

韩法医点点头，说："如果要说现场有问题，那问题就在于血迹了。"

说完，韩法医带着我们走到尸体旁边，指着墙面说："现场的围墙墙面上有大量的喷溅状血迹，尸体的周围也全都是密集的血迹。大滴的血迹有的还没有完全干透，肯定是新鲜血迹。"

大宝看了看仰卧在杂草当中的尸体，颈部有一个被割开的巨大创口，说："哦，割颈的，那有这么多血也很正常。"

赤足男孩

"可是，我们用生物检材①发现提取仪观察，死者周围的血迹密布，没有空白区。"韩法医耸了耸肩膀，说，"所以，看起来这像是自杀。"

这个道理很简单，如果有人在死者的身边对他进行割颈，那么大血管喷出的血迹到处都是，唯独凶手站着的地方会因为凶手身体的遮挡，而出现一个空白区。如果死者的周围尽是喷溅血迹而没有空白区，则说明他遇刺的时候，身边是没有人的，那么就只能是自杀了。所以这个血迹空白区，对于法医判断是自杀还是他杀非常重要。

"啊？没有空白区？"大宝说，"那割颈的刀呢？"

"在死者的手边。"韩法医说，"而且，我们询问了死者的父母，确定这把刀是他们家的水果刀，是死者自己带出来的。"

"指纹呢？"林涛问道。

"这个刀柄不行，看不清指纹。"市局的一名痕检员说道。

看起来，韩法医是依据现场情况做出的判断，倾向于自杀了。

"但有个很大的问题。"县局的顾之森法医反驳道，"死者的颈部创口，是一刀就形成的，并没有自杀常见的试切创②，而且，最关键的是，创口我怎么看起来没有什么生活反应③呢？"

如果是自杀，自然是生前割颈，那么创口就应该有生活反应。当然，如果是死后割颈，那就是凶手杀人后的加固行为了，自然不会是自杀。

看起来，顾法医是依据尸检情况做出的判断，倾向于他杀了。

我一听，立即蹲在了地上，用戴着手套的手指拨动了一下死者颈部创口的边缘。因为血液涌出，血染了颈部的软组织，所以究竟有没有生活反应，还真是不敢轻易下结论。但是，颈部皮肤并没有卷缩，看起来确实不太像有生活反应的样子。

"这个无须争执，即便是尸体解剖的时候也不好判断颈部创口有没有生活反应，至少我们可以通过尸体身上其他地方有没有损伤来判断他的死因。"我说，"如果真

---

① 生物检材：泛指有生命的动植物的组成全部及部分残留于刑事案件中的痕迹物证。本文中的法医用生物检材发现提取仪观察现场时，没有找到与人体有关的毛发、分泌物、人体组织、骨骼等物质。

② 试切创：指自杀者在形成致命性切创之前，由于心理矛盾或试探锐器的锋利程度以及体验疼痛感觉等目的而采取的轻微切割。创口一般较表浅、短小，数量不定。

③ 生活反应：人体活着的时候才能出现的反应，如出血、充血、吞咽、栓塞等。法医观察尸体创口是否有生活反应，是判断生前伤、死后伤的重要指标。

的是割颈致死的，那其他地方就没有损伤呗。通过解剖，这个问题可以解决。"

说完，我习惯性地用手捏了捏死者衣服的前襟。

乳胶手套相比于普通棉布手套的好处，不仅仅是能有效防止液体透过手套沾染到我们的手部皮肤，还有一个好处就是手感更好，对于温度的感觉也更灵敏。我捏了捏死者衣服的前襟，就觉得不太对劲，如果是颈部血管被全部切断，大量的血液喷出，最先被浸染的，就是他的前襟。除非是倒立姿势，不然无论是什么体位，前襟都应该血染，因为血染，手部感觉温度就会较低。可是，死者穿着的这件毛线衣的前襟很干燥，温度也不低，这就有点奇怪了。四周都喷上了血，衣服前襟却没血？

我没有提出这个疑点，转了个身，去看围墙上大块的喷溅状血迹。

我们都知道，运动中滴落的血迹，会呈现出一个类似于"彗星"的形状。一头是圆弧状，而另一头是毛刺状。毛刺状指向的方向，就是血滴落的时候，载体或者血滴运行的方向。如果是死者躺在草地上被割颈，那么血迹是从地面开始向上喷的，血滴毛刺状应该指向上方。可是，墙上的喷溅状血迹，几乎全是毛刺向下指的。

现场部分血迹形状示意图

"这个滴落状血迹形态，方向好像不太对啊。"我指了指墙面，说，"血滴是从上往下的，那么是什么情况下才能形成呢？"

"很简单，血滴被喷了出去，划过一个抛物线，降落的时候附着到墙壁上了。"韩法医解释道。

"可是死者距离墙角的距离太近了。"我说，"你说的血滴抛出论确实可能成立，但是在抛出的时候，也应该有直接喷上墙的血迹啊，不能说所有的血滴都没有喷上墙，而是在空中划过了一条抛物线再上墙啊。"

韩法医被我说服了，颦眉思考着。

我用双手把死者颈部创口的皮肤拼接起来，看到他的颈部中段到下巴之间的皮肤有一大块明显的擦伤，具有很明显的生活反应。

"这块擦伤是怎么形成的？"我问道。

"不知道。"顾法医摇摇头，说，"感觉这里都是杂草，不可能形成平整创面的擦伤。或者，这处损伤和他的死亡没有什么直接因果关系？"

我撩开死者的衣服，发现他背部低下未受压位置的皮肤上已经出现了红晕。这是尸斑开始形成的表现。

"死亡时间呢？"我问道。

"从尸体温度大致判断了一下，上午八点左右，距离现在六个多小时。"韩法医说道，"这个，通过死者失踪的时间，可以判断得差不多。而且，尸斑也开始形成了，处于形成期，也是六到八小时之内。"

我查看了一下尸体的其他部位，除了躯干和四肢有很多处皮下出血，没有其他明显的损伤。皮下出血的中央已经有些青中泛黄了，不是新鲜的损伤，但是这孩子身上的皮下出血确实有些偏多了。

韩法医见我盯着死者尸体上的皮下出血，于是说道："这些损伤，都是一个时期形成的，吸收状态都很相似，但是都很轻微，没有能够致命的损伤。我猜想，会不会是家暴？"

听到"家暴"一词，陈诗羽打了个激灵。

"你是说，这是家暴而引发的自杀？"我侧脸问道。

韩法医点了点头，说："当然，这都是猜的，尸体没有解剖，我说的也都没有依据。"

"含铁血黄素已经出现了，小孩子吸收代谢能力强，那也说明受伤已经两天以上了。"我一边说着,一边继续向下进行尸表检验。

我拿起了死者的双脚,没有穿鞋,也没有穿袜子。

"死者,没鞋子?"我问道。

"现场搜索了,没鞋子。"韩法医说,"但死者的父母说,他不喜欢穿袜子,穿的鞋子也一直是透气宽松的大鞋子,说是怕捂脚。我觉得,有可能是在行走的过程中丢失了。"

"不,不可能。"我说,"不管是自杀还是他杀,这反正是一个抛尸现场。"

2

"怎么,确定是他杀了?"董局长依旧站在警戒带外,但是面部的表情已经没有那么焦虑了。

我摇摇头,说:"哥,我可没说是他杀,我只说了这是个抛尸现场。"

"有区别吗?"林涛说。

"当然有。"我说,"你不记得我以前做过'自杀碎尸'的科普吗?碎尸不碎尸,抛尸不抛尸,和死者本身的死亡方式是没有关系的。"

林涛点点头,陷入了沉思。

"依据确凿吗?"董剑局长问道。

"那必须的。"我说,"死者双足是光着的,现场又没有鞋子,如果他是自己走过来的,足底必然会被满是荆棘的杂草地划伤。然而,他的足底除了一些泥土,并没有任何损伤。由此可以判断,这是一个抛尸现场。"

"这案子真是神奇了。"韩法医虽然赞同我的观点,但是依旧觉得疑点重重,"一般有喷溅状血迹的,必然是杀人的第一现场。不然人都死了,再割颈也没有喷溅状血迹了呀。你说,会不会是被抬到现场再割颈的?"

"可是死者身上没有约束伤①啊。"我说,"而且那么大费周章地运到这里来割颈,意义何在?"

---

① 约束伤:指凶手行凶过程中,对受害者约束的动作中,有可能控制了双侧肘、腕关节和膝、踝关节,造成受害者这些关节处的皮下出血。

"还有一种可能性，就是死者中毒致晕，然后被拉来这里割颈。"大宝说，"我刚才现场抽了一管子心血，小羽毛已经送去进行毒物化验了。"

"当然，这种可能性从理论上说，也是有的。"我说，"这个案子，从现场情况和尸表情况上看，那真的是疑点重重，只有通过解剖来一一释疑了。"

"相应物证提取了吗？"董局长说道。

"现场没有什么好提的。"韩法医报告道，"除了凶器和现场多点提取血迹进行检验，我们没有发现任何痕迹物证了。当然，这并不是说凶手反侦查能力强，只能说现场的载体真的很差，或者，这案子本身就没有凶手。"

"不管你怎么怀疑是自杀，这种案子都要当作命案来办理。"董局长一脸严肃道，"目前，通过外围调查，已经有些眉目了，或者说，已经有嫌疑人了。但是，我先不告诉你们，不干扰你们的判断。"

董剑局长在刑侦方面真的是极具天赋的，他主张的技术、侦查之间只互通必要的信息，而不去充分沟通的理念是非常有必要的。我曾经办过的一起案件[1]，明明不是枪杀，但因为出勘现场的法医一句无心之言，被侦查员传了出去，很多群众被误导了，都认为是枪杀，甚至都觉得案发的晚上睡着以后听见枪响了。这些调查材料被反馈回来，又误导了法医，觉得肯定是枪杀。险些因为互相误导，而把案件办错了方向。技术部门和侦查部门只互通确凿的信息，对于一些推理性的、经验性的猜测，则进行保留，这样有利于不误导别人先入为主，有利于每一个警种都独立思考。这样办出来的案子，才能更加客观、准确。

这一起案件，确实是疑点重重，韩法医和顾法医的观点都是有理有据的，却又自相矛盾。还有就是看过尸体以后，我总觉得有些不太对劲的地方，但一时又想不明白究竟是哪里不太对劲。这让我们更加急切地想去解剖尸体，找到真相。

尸体的尸僵已经形成，但还不是最硬的时候，我们抓紧时间把尸体的衣物脱了下来。这一脱衣物不要紧，我立即找到了之前想过的不对劲的地方在哪里。我把死者的衣物整理好，交给林涛说："你和子砚去给衣服拍照，然后对衣服上的痕迹进行检验。"

---

[1] 见法医秦明系列万象卷第五季《幸存者》"蒙辱的西施"一案。

看着林涛和程子砚拿着衣服去了隔壁的物证室，我用双手支撑着解剖台，看着尸体说道："不对啊，尸斑不对啊。"

尸斑的产生原理，是血管中的血红细胞因为机体死亡后血管通透性增强而漏出了血管，沉降在尸体低下未受压处的软组织里。可是，如果死者的死因是急性大失血，因为体内血液的匮乏，就会导致尸斑浅淡。在现场的时候，死者的尸斑处于沉降期，也就是尸斑形成的初期，所以并不是十分明显，大家也都没有在意。可是如果在现场仔细观察，就会发现死者的尸斑并不是淡红色的，而是淡紫色的，这说明体内还是有大量的血液的。

现在尸体搬运到了解剖室里，又过去了一个多小时，尸斑表现得更加明显了。很显然，这么浓重的尸斑，加之其暗紫红的颜色，和他急性大失血的死因，是完全不相符的。

"这么重的尸斑，他不是急性大失血死亡的？"大宝奇怪道。

我甩了甩脑袋，不去想现场大量喷溅状血迹形成的原因，而是仔细去看死者颈部大创口内的形态。我心里想着，如果只是割断了气管，而没有割断大血管，那么气管因为有弹性，就会回缩，回缩后的气管一端会闭合起来，那么机体也就无法获取氧气了。这样的情况下，死者是有可能窒息死亡的。

可是，通过对颈部大创口的检查，这种想法也破灭了。因为死者的颈部创口创角处没有皮瓣，说明割颈的动作只有一刀。而这一刀，直接把死者的颈前区肌肉全部割断，动脉、静脉全部割断，食管和气管也全部割断了。

窒息的发生是需要一个过程的，而如果血管和气管同时割断，那么在窒息发生之前，死者也会因为急性大失血而立即死亡了。

一大堆问题涌进了我的脑袋，让我一时不知所措。而且，解剖还没有进行，陈诗羽就传来了消息。市局理化实验室经过对现场提取的死者血液进行毒化检验，确定死者体内没有任何常规毒物。他不是被毒死的，也不可能被毒晕。

案件更加扑朔迷离了。

现场有大量喷溅血迹，但死者似乎不是失血死亡；

现场喷溅血迹中没有空白区，但死者肯定不是自己走进去的；

凶器是死者自己从家里带出来的，但他颈部的创口似乎没有生活反应；

现场的血迹喷溅方向不太对，而且死者的衣服前襟没有血染……

这一大堆矛盾点都困扰着我，一时找不出合理的解决办法。

我耐着性子，决定先易后难。把尸体除颈部外的其他部位，按照常规术式进行解剖后，最后再来研究这个让人莫名其妙的颈部损伤。

我们剃除了死者的头发，切开了头皮，发现死者的枕部有几处小的圆形的头皮下出血。出血痕迹应该比较新鲜，可程度是很轻微的。颅骨没有损伤，颅内也没有出血，更不用说脑组织了。显然死者并不是死于颅脑损伤，虽然枕部有一些小的皮下出血，但只能说明他在生前有枕部受力的过程。取下脑组织后，我们发现死者的颞骨岩部是有明显出血的，这是一个窒息征象。

打开胸腹部，我们发现了异样。死者的胸前肋间肌有多处出血，其胸部的皮肤表面倒是看不出明显的皮下出血迹象。我按了按死者的胸廓，能感受到明显的骨擦音①。

"死者的肋骨骨折。"我一边做着判断，一边麻利地取下死者的胸骨，从胸腔内部观察其肋骨骨折的形态。

"左侧4至6肋骨骨折，右侧3至5肋骨骨折。"我说，"双侧肋骨都骨折了，但是没有明显的错位。"

"这么多肋骨骨折，会不会导致胸腔塌陷，或者血气胸？"大宝问道。

"骨折都是不完全性骨折，断端没有错位，胸腔没有塌陷的迹象，也没有血气胸的迹象。"我说，"这几根肋骨骨折也就是定个轻伤，重伤都不够，不能作为致死原因。"

"可是，胸部皮肤没有损伤啊。"大宝奇怪道。

"所以，这应该是挤压伤。"我说，"很多人进行CPR的时候，会造成双侧肋骨骨折。你说，这个，会不会是有人抢救啊？"

"不管有没有人抢救，这死因还没找到呢。"大宝说道。

我们对死者肋骨骨折的情况进行了拍照固定，继续进行着解剖工作。死者的内脏器官都是完好无损的，胸腔内有一些积血，但是并没有特别多。多数内脏器官的浆膜层都可以看到出血点，肝脏、脾脏瘀血的迹象很明显。这些都是窒息征象。

我轻轻地叹了口气，重新观察死者的口唇和指甲，这些部位此时已经开始呈现出一些淡淡的青紫色了。这也是，窒息征象。

---

① 骨擦音：是法医按动尸体可能存在骨折的部位时，感受到内部有骨质断段相互摩擦产生的声音和感觉。这是初步诊断死者是否存在骨折的一个方法。

"大宝，你怎么看？"我问道。

"窒息。"大宝毫不犹豫地说道。

"窒息的方式呢？"我接着问道。

"这，不好说。绝大多数窒息方式是可以排除掉的。"大宝思忖半晌，说，"对了，你说死者的颈前区有一大块擦伤，是不是被什么压住了颈前区导致的窒息？"

"你说的，确实是一种思路。"我犹豫着说道，"可是，能够在颈前区形成大块擦伤的力量，压住颈部，他的舌骨和甲状软骨势必会骨折。"

"对，我们现在就来看看颈部吧。"大宝跃跃欲试。

我没说话，再次查看了死者身上的十几处皮下出血，确定了那是至少两天前形成的，而且损伤都不严重，这才下决定，和大宝一起，对死者的颈部进行仔细解剖。

这一刀可够狠的，直接切到了颈椎，甚至在颈椎上，都留下了刀痕。肌肉、血管和皮肤的断端，都被血染了，此时用纱布已经擦拭不干净了，这就导致我们根本无法判断这一刀究竟是生前伤还是死后伤。除非切下这一块的皮肤进行组织病理学的检验，可是那样耗时太长，我们根本就等不起。

大宝倒是没操心这个问题。创口是从死者甲状软骨下方切开的，所以死者的舌骨和甲状软骨都缩到了死者的颌下，大宝正一手拿着手术刀，一手拿着止血钳，分离死者的颈部软组织，想取出舌骨和甲状软骨来观察。

"究竟有没有生活反应呢？"我沉思着，说道。

突然，我有了办法。我在死者的胸腔里，用止血钳找到了他气管的另一头断端。这一处断端的边缘已经卷缩，把气管口几乎都封闭了起来。我小心翼翼地将气管口展平，然后把气管剪开了。

"你看，死者的气管内有血液！"我说道，"这说明死者气管断裂的时候，是有呼吸的，不然不可能把血液吸入气管！"

"活着割颈，倒是可以解释现场血迹了。"大宝一边说着，一边已经分离出了死者的舌骨和甲状软骨，"那就说明，死者的肋骨骨折不是心肺复苏造成的。不然，一边割颈一边做心肺复苏，这人该有多分裂？"

我没有说话，心想这样还是解释不了问题啊。如果死者是清醒状态，那他是如何脚不沾地、毫不抵抗被人运到了现场？我用一只手挤压了一下死者的肺部，从气管里涌出来的血液并不多。如果是颈部大血管和气管同时断裂，应该会有大量的血液被吸入气管内，现在看起来血太少了。可是，死者的颈部只有一刀，气管、血管断然不会有先后断裂的可能。

想到这里，我心中一动。

"死者的舌骨、甲状软骨都没有骨折。"大宝颓丧地说道，"看来并不是形成颈部擦伤的这一次外力导致的机械性窒息了。"

"不一定。"我站着没动，其实脑子里在不断地转动。

想好了办法，我就动手了。我将气管的断端剪了下来，然后在一张黑色的无纺布上展平。因为气管是白色的，这样黑白出现色差，就可以清晰地观察到气管断端的形态痕迹了。我招呼着技术员对我剪开的这一段气管进行拍照，然后把照片放入解剖室的电脑里，放大，放大，放大。我似乎有所悟了。

"你这是在干什么啊？"大宝莫名其妙。毕竟以前解剖，从来没有过这样的程序。

"我快有答案了，但是必须经过一些辅助检查来判断。"我沉吟着说道，"而且，现在我们需要对死者的后背进行解剖，结合后背解剖的情况，再结合辅助检查，我相信真相不远了。"

大宝好奇地看着电脑上被放大很多倍的照片，丈二和尚摸不着头脑。

"看断端，整齐不整齐？"我提示道。

"不，不整齐。"大宝还是没意识到我的意思。

"行了，边想边干活儿。"我说道。

在我的催促下，我们迅速缝合了尸体的解剖切开口，然后将尸体翻了个个儿，俯卧在解剖台上。

此时，尸体的后背尽是暗紫红色的尸斑了。

"还记得上一起案件吧？因为尸斑的覆盖，死者后枕部的掐扼伤被隐藏了，如果不是发现死者牙缝里的泥巴，我们可能想不到那里有损伤。这个也是，如果因为有尸斑的覆盖，死者的后背有轻微损伤没被发现呢？"

"那也没意义啊。"大宝说。

"谁说没意义？"我一边笑着说道，一边用手术刀切开了死者后背的皮肤。

尸体后背的皮下脂肪层里，可以看到很多红色的局灶性的出血斑块。我和大宝一左一右，把后背的皮肤完全分离开来，暴露出了死者后背的脂肪层。脂肪层里，那些局灶性的出血斑块，有二十多处。我嘱咐着技术员拍照，说道："知道这是什么损伤吗？"

大宝摇了摇头。

我笑着说："这是衬垫伤。还记得死者枕部的小斑块皮下出血吧？和后背的是一体的，这说明他在非常非常凹凸不平的地面上受压，造成了后背和枕部的几十处皮下出血。"

"非常非常凹凸不平？"大宝莫名其妙地说，"有啥用？死因是啥？"

"你刚才不都说了吗？机械性窒息啊。"我说。

"可是，咱们没有找到窒息的方式啊。"大宝说。

"找到了。"我微笑着说，"后背缝合吧，现在只需要辅助检查的支持，我就可以下结论了。"

"下结论？下什么结论？"大宝一边喃喃自语，一边穿线缝合尸体。

我胸有成竹，但是对于现场，还是有些担忧。我脱掉解剖装备，走到隔壁，看林涛和程子砚正挤在一起探头看着操作台上的一件毛线衣。我认得，这是死者穿着的那一件毛线衣。林涛正一只手拿着一个放大镜，在毛线衣的前襟上看着什么。

"怎么样了？"我一边用免洗酒精搓着手，一边问道。

"其他没什么，就是这件外套，我们俩正在研究。"林涛头也不回地说道。

"看有没有血迹沾染对吗？"我问道。

"不是。"林涛神秘兮兮地说道，"血染肯定是没有的，顶多也就几滴滴落状血迹，但是没有大块的血迹。我们在研究别的东西，研究好了，说不定案子就搞清楚了。"

"你们在研究，死者的毛线衣前襟上有没有车轮印，对吧？"我被林涛故作神秘的姿态逗乐了，于是说道。

林涛一拍大腿，转过头来，问："你怎么知道的？"

"那就行了。"我笑呵呵地说道，"现在就差最后一个问题了。我们去专案组吧，等候实验室传来的消息。"

3

在烟雾缭绕的专案组会议室里，董剑局长正襟危坐。此时他的脸上，那种平静和自信的表情又消失了，重新恢复了最开始焦虑的神情。

赤足男孩

董局长见我们走了进来，连忙问道："结果怎么样？"

"说来话长了。"我说，"不过，我需要等候DNA检验结果，再一起和您汇报。"

"你小子，还和我卖关子。"董局长说，"侦查这边，我很犹豫。"

原来，在我们进行现场勘查的时候，侦查部门发现了一条重要的线索。现场所在的老宅，户主叫作胡万金，而胡万金的大儿子胡立生，居然也是龙东二中的高一学生。这一条线索，引起了侦查员的重视。他们顺线索调查，发现胡立生和万联联虽然不是一个班的，但是之前发生过矛盾。原因是万联联喜欢一个女生，而胡立生也喜欢。在上个学期，胡立生和万联联因此发生了斗殴，当时胡立生吃了点亏。随后就是过年放假，再就是受疫情影响推迟开学，两人在此期间没有交集。直到前不久，高中开始复课，胡立生和万联联再次见面。仇人相见，分外眼红，胡立生找了同班的几个同学，在三天前放学之后，逮到了一个人回家的万联联，然后把他狠狠打了一顿。

这个行为，就解释了死者身上为什么会有那么多较为陈旧的皮下出血。开始大家都以为是家暴引发的自杀，这样看起来，这种想法也就直接否决了。

听到这里，陈诗羽也是松了口气。

侦查员发现了这条线索，如获至宝，继续调查。经过调查，胡立生在案发当天上午，上学迟到了一个小时。也就是说，按照法医推断的死亡时间，死者死亡的八时左右，胡立生无法出具不在场的证明。而对于胡立生三天前约人殴打万联联的事情，有十余名同学可以证实。万联联在被胡立生殴打后，自己也对多名同学扬言要报复胡立生。

嫌疑人有作案时间、有明确的犯罪动机，侦查员立即在老师在场的情况下，探了探胡立生。胡立生在面对警方的时候，针对自己和万联联的矛盾以及自己约人殴打万联联的事情没有隐瞒，对案发当天上午为何迟到，却是支支吾吾，没有说明白。关键是胡立生的身上，居然有较为新鲜的损伤。这些疑点，迅速让胡立生成为重点嫌疑人。侦查工作完全围绕他展开。

可是，唯一一点让董剑局长放心不下的是，胡立生上午上学的时候，和警方约谈他的时候穿着的衣物是完全一致的，但是警方没有在他的衣物上发现任何血迹。

这就有意思了，现场的地点恰恰在有杀人动机的嫌疑人的老家里，这绝对不是巧合。现场有大量血迹，嫌疑人身上却没有一丝血迹，这显然是不可能的。于是警方继续对胡立生的家里人进行了全面的调查，他们要么没有作案时间，要么对胡立生和万联联的矛盾并不知情，总之，都排除了嫌疑。警方还对万联联的父母进行了调查，令人意外的是，这一对失去孩子的父母，对于万联联遭受校园暴力的事情丝毫不知情。

"为什么这些人遭受了人身权益侵害，都闷在心里不说呢？"陈诗羽没头没脑地来了一句。

我看着董剑局长疑惑的表情，说道："哥，别着急，我这边心里有谱。"

"怎么？你能找到证明胡立生犯罪的证据？"董局长转头看着我问道。

我摇了摇头，刚想要说些什么，电话铃声响了起来，显示是市局DNA实验室的陈主任。在尸体解剖前，我让小羽毛去送检的时候，就嘱咐她找到陈主任，务必在第一时间内对现场血迹进行DNA检验，并且第一时间告诉我结果。因为血迹的DNA检验速度快，现在看起来，应该是出结果了。

我将手机打开免提，说："陈主任好，结果出来了吧？是不是血呢？"

陈主任本来急切切地要反馈DNA检验的信息，但是听我这么一说，怔了一下，说："血倒是血，不过，那不是人血，是猪血。"

哄的一声，专案组就像是炸开了锅，大家纷纷议论起来。原因很简单，这个突如其来的DNA检验结果大大出乎了大家的意料。当然，同样出乎了我的意料。我略一思忖，顿时更加有信心了。

"好了，究竟是怎么回事，你说说吧。"董局长做了个安静的手势，对我说道。会场顿时安静了下来。

"如果没有这个结果，我也不敢妄下结论，所以见谅了。"我笑着说，"现在，事情已经基本清楚了，要从死者气管断裂的形态开始说起。"

其实在尸体解剖的前一阶段，我和大宝一样，同样是丈二和尚摸不着头脑，完全想不明白为什么会有这么多疑点存在。但是，我坚信，一旦一个案子疑点重重，这就说明凶手煞费苦心地做了很多多余动作。不过，我曾经说过，世界上没有完美犯罪，多余的动作越多，只会让警方发现越多自相矛盾的地方，而且，也会给警方提供越多的破案线索。

自相矛盾的点，就是从气管开始发现的。

赤足男孩

当我对气管的断端进行观察的时候，我发现了断端处有类似"组织间桥①"的东西，于是把气管剪开、展平、放大进行了观察，确定了一件事情，那就是气管的断裂不是刀切的。因为如果是刀切开气管，断端应该很光滑，除非是刀刃不快。可是，这把刀在我们手上，可以看出那是一把很锋利的水果刀，而且，如果刀刃不快，是不可能一刀就将颈前皮肤和颈前肌肉全部割断而不留下一个皮瓣。

这样，基本可以判断，死者的气管断裂不是锐器伤，而是钝性外力导致的撕裂、断裂。

那么，就出现了两种可能性。一、在割颈前，死者的气管已经断了。气管断裂后回缩，导致割颈的时候，没有伤及气管。二、割颈后，肌肉和血管断了，但是气管没断，于是凶手又用别的办法，用钝性暴力使气管断裂。

很显然，第二种可能性是可以排除的。因为一来凶手这样做毫无意义，割断了血管就足以致死了；二来则是无法做到，因为我们通过创口判断，凶手只切了一刀，而且这一刀深达颈椎，并在颈椎上都留下了切割痕。颈椎上都有切割痕，位于颈椎前面的气管和食管没有不断裂的可能。

因此可以判断，在死者被人割颈前，他的气管已经断裂了。

这个结论，就可以解释死者颈部皮肤创口没有明显的生活反应，而气管内又吸入了少量的血液，是有生活反应的矛盾了。因为死者在气管断裂的时候，是活着的，所以可以吸入血液；而被割颈的时候，早已窒息致死。从死者尸体上的种种现象，法医如果抛开所有的影响因素，一定会确定死者并不是死于急性大失血，而是死于机械性窒息。而这一具尸体，能够造成机械性窒息的，只有气管断裂挛缩这一种方式。

董局长认可地点点头，问道："下一个问题，就是什么样的外力可以导致气管在颈部皮肤和肌肉的保护之下被撕裂？"

我说："很显然，人类的气管是有弹性的，正常情况下，我们无论怎么仰头、扭头，都是不可能发生撕裂的。无论别人怎么殴打，也都不可能导致气管的撕裂。但是，如果是超过人为力量很多倍的外界因素作用，可就不一定了。"

———

① 组织间桥：由于结缔组织纤维、神经纤维和血管皆具有韧性，当皮肤受钝器作用形成创口时，常有一部分纤维或血管不会发生断裂，横贯在两个创壁之间，这种未完全断裂的血管和结缔组织，就是组织间桥。

非人力可以形成的损伤，多见于高坠和交通事故。高坠伤会很复杂、更严重，而这个死者的损伤并不复杂严重，所以可以果断排除。那么，他有可能死于交通事故吗？

死者的颈前区皮肤有一大块擦伤，延伸到颌下，不是被直接打击所致，而是受到有平面的钝性物体挤压所致；死者的胸部多根肋骨骨折。这两处损伤，基本确定了我的判断。假如是一辆汽车的轮胎，碾轧上了死者的胸部，并且猛然间向上顶住了他的下巴。这时，肋骨骨折就可以解释了，颈部擦伤也可以解释了。这个瞬间暴力，让死者的头部立即上抬，加上死者反射性的吞咽动作，就可以给气管造成一个非常大的拉扯张力。这个力，超过了气管的弹性极限，就会使气管断裂了。气管断裂后，断口回缩封闭，而且还吸入了血液，自然也就导致了死者的机械性窒息死亡。

"可是，这个拉扯力，不仅仅拉扯了气管和食管，而且还拉扯了肌肉和血管啊。"大宝说。

"是的，但是别忘记了一个道理。"我说，"血管的弹性和韧性比气管要强，肌肉就更不用说了。所以这个力，只是拉扯断了气管。不然，如果血管断裂，会瞬间在颈部形成巨大血肿，甚至出血死亡，而尸体上，并没有这一个表现。"

"车祸？"董局长的眉间似乎舒展开一些。

"我有了这个想法之后，还希望能找到更多支持这个想法的依据。"我说，"如果事情真的是这样，尸体是被车轮碾轧其胸腹颈面，那么势必会导致死者后背和枕部的衬垫伤。如果道路平整，可能损伤不太明显，但是在肩胛骨下方也一定可以看到挤压伤。如果道路崎岖不平，那么衬垫伤就会非常明显。经过我们对尸体后背的检验，确定这是一段非常凹凸不平的路面。"

"真的是有衬垫伤？"董局长说。

我点点头，说："至此，我基本可以确定我的判断了，而且林涛那边也有发现，支持我的判断。"

林涛打开幻灯机，放映一张照片。这是死者上身最外面穿着的毛线衣，虽然是深色，而且有很多泥土沾染，但林涛还是用红圈圈出了上面的一块，说："死者的毛线衣上，有污染，但是在污染之中，我们发现了一处有特征性的泥土附着形态，你们看，这种波浪形的，绝对不可能是因为巧合造成的，而是有波浪形的物体直接按压上去形成的。"

"车轮印。"董局长平静地说道。

林涛点点头，说："这种轮胎印，以我的经验看，通常是小型面包车具备的。"

"农村里的小型面包车很多啊。"董局长说，"有比对的可能吗？"

"这个不行，毕竟污染较重，有特征性的这一段很小，没有比对的价值。"林涛说。

"虽然车轮印没有比对的价值，但是路面有特征性啊。"我说，"我刚才说了，事发路段非常凹凸不平。这样的现象，只有可能出现在一种路面，那就是铺满石子，却还没有浇灌水泥的路面。"

"你是说，找路，再找监控。"董局长说，"找到铺满石子的路面，这个非常容易，但是不是有监控，我心里实在没底。"

"这个工作，我已经安排程子砚去做了。"我说。

"车祸导致死者死亡，这种死法还挺少见。"董局长说，"从你获取的DNA结果来看，这是一起伪造的现场了。"

"对。"我说，"我刚才说了那么多，都只能解释死者的死因和损伤情况。但是，对于现场的血迹，是无法解释的。而且，现场的血迹有些都没有干涸，不可能是陈旧的血迹和本案产生了巧合。所以，我一开始觉得那只是一些伪造的血迹。不过DNA的种属鉴定出来，确定了那是血，还是猪血，这就解释了现场的疑点。"

"也就是说，肇事者割断了死者的颈部之后，原本以为会有大量的血迹，但是因为死者那时候已经死亡，所以并没有血液喷涌出来。"董局长说，"所以，凶手用喷洒猪血的方式，来伪造了一个生前割颈的现场。"

"是啊，这一招看起来很高明，其实非常愚蠢。现场血迹提取，是警方必须做的工作。可能，凶手不知道DNA是可以查出种属不同的。"我笑了笑，说，"是肇事者自己抛洒血液，就可以解释为什么尸体周围都是喷溅状血液，而其衣服前襟却没有被血迹浸染；也可以解释为什么墙面上的血迹都是自上而下的方向，而没有自下而上的方向；还可以解释为什么颈部这一刀明明是别人造成的，喷溅状血迹却没有出现一个空白区。因为这是一个抛尸、伪造现场，所以可以解释，为什么死者赤足躺在杂草当中，而其足底没有任何损伤。"

"也就是说，通过现在的检验和检查，做出这样的一个推论，是唯一可以解释所有矛盾点的办法。"董局长说，"那应该就是真相了。"

我点了点头。

董局长接着说："如果是交通肇事导致人死亡，没有实施应有的抢救措施，反而移尸、抛尸、伪造现场，这个行为，涉嫌间接故意杀人罪了。"

"是啊，所以这个案子不能只定为意外。"我说。

"也就是说，我们之前调查胡立生的工作，是误入歧途了。"董剑说，"因为胡立生是中学生，没有车也不会开车。可是，他为什么恰巧那一天会迟到，而且对于迟到原因会支支吾吾呢？"

"这个问题，需要进一步调查和勘查。"我说，"林涛，去胡立生现在的住处以及万联联家附近进行勘查。"

林涛点了点头。

"下一步工作呢？"董局长问道。

"那我也来猜一猜。"我说，"死者今天上学为什么要带刀？这个动作很奇怪，一个中学生上学的时候带刀，可能是想报复，也可能是想自卫。而他的尸体又恰恰被人运去'仇人'家里进行了抛尸并伪造现场，那么这绝对不是巧合，只能说明抛尸、伪造的人，知道他们之间的恩怨。"

"嗯，对。"董局长说，"这说明，凶手不仅仅和死者万联联熟识，万联联会把自己被欺负的事告诉他，而且，他还和万联联的'仇人'胡立生熟识，知道胡立生家的老宅所在，知道他家的老宅里和老宅附近都没有什么人，这才会选择老宅作为大白天抛尸、伪装的地点。不错，这个范围已经很小了。"

"不仅如此，范围还可以进一步缩小。"我说，"你想，想要用猪血来伪装现场，难不成现杀一头猪吗？一个人能做到吗？"

"是了，凶手的猪血从哪里来的？"董局长说，"这个可以好好调查一下，看看什么人能轻易地获得猪血，或者，去菜市场进行调查，看有没有人去买猪血。"

"我觉得买猪血的可能性实在不大。"我说，"因为猪血放置一段时间后，就会凝固，无法再进行抛洒了。只有可能是……"

"杀猪的。"董局长说道。

"反正和屠宰行业相关的人，熟识万联联、胡立生的人，具备小型面包车的人，都要调查。"我说。

我的话还没有说完，程子砚的电话就打了过来。

"秦科长，我们找到了一个路面，正在铺石子，恰恰是从大湾村到小湾村中间的一条公路。"程子砚说，"我们从道路两段调取了监控，在今天早晨七点到八点之间，有二十多辆小型面包车经过，现在侦查部门正在对这二十多辆车的车主进行逐一排查。"

我挂断了电话，笑盈盈地看着董局长说："哥，估计今天晚上就能庆功了。"

"是啊。"董局长也如释重负一般，向椅背上一靠，说，"二十多辆车，半个小时就能查出个端倪了吧。"

4

半夜的审讯，我们没有参与。毕竟这个案件与故意杀人案件是有所不同的，犯罪嫌疑人的抵抗心理不会特别强烈，而且审讯侦查员已经掌握了这么多线索和依据，突破犯罪嫌疑人的心理防线应该不难。

不过，林涛和陈诗羽两个人却闲不住。

在接近凌晨的时候，侦查部门发现了一名重点嫌疑人。万军，今年三十岁，是万联联的一个堂叔，他有一辆五菱面包车，平时主要的工作，就是从大湾村的屠宰场将每天早晨屠宰的猪的血和下水拉到小湾村一个做"杀猪汤"的饭店。"杀猪汤"是用新鲜的猪血和猪下水做的汤，一个著名当地小吃，大多数本地人早饭都是吃这个。

这样看起来，万军是具备所有条件的重点嫌疑人。

为了保证证据确凿、万无一失，在万军被警方传唤的时候，林涛和陈诗羽立即对他的面包车进行了勘查。据小羽毛说，那是一辆腥臭味难忍的面包车，里面尽是血迹、组织块和油脂。当时打开车门，林涛差点吐了出来。林涛则狡辩说，那是因为车开得太颠簸了，他有些晕车而已。小羽毛也承认，司机开的车和韩亮比的确是差远了。因为这一句话，林涛还郁闷了好久。

不过，既然是这么肮脏不堪的一辆车，想从里面精准地提取到死者的DNA来证明这辆车有运送尸体的过程，几乎是不可能的。一来是因为死者在被抛尸的时候，可能并没有被割颈，那么他全身也没有开放性的损伤，不会留下更容易被发现的血迹。二来即便是发现了死者的脱落细胞，意义也不大，因为两人本身就是叔侄关系，死者搭个车很正常。三来就是车辆污染很严重，到处都是猪的DNA，即便有微量的死者DNA也会被污染了。

好在天无绝人之路，死者穿着的宽大板鞋，有一只在面包车里被发现了。虽然还没有经过DNA检验，但是死者父母辨认后确认，那鞋子就是死者的。这只鞋子卡在面包车货仓一角的设备箱后面，位置较为隐蔽，可能这就是万军在抛尸后，没有发现的原因。这个位置的一只鞋子，就排除了死者万联联坐货仓搭便车的可能了，因为货仓里肮脏不堪，如果搭车的话，断然没有不坐副驾驶位，而坐货仓的道理。结合程子砚调取的监控录像的排查锁定，以及前期分析的凶手要点和万军高度吻合的情况，完整的证据链基本已经形成了。

但是对于公安机关刑事技术部门来说，证据是不会嫌多的。不会因为证据链已经形成了，就不再去取证。相反，无论证据链已经有多扎实，我们都会考虑到方方面面，尽可能地多取证。

这个观点在林涛的脑海中根深蒂固，他想到了如果我们没有推断错，是肇事车辆轮胎轧上了万联联的躯体，并顶住了他的下颌，造成了擦伤，那么轮胎上的夹缝里，很可能有没被擦蹭污染掉的死者血迹，于是林涛让侦查员把车的四个轮胎都拆了，送去DNA实验室，让陈主任去头大。

在拆轮胎的时候，林涛也没闲着，他又对车的外体面进行了最后一次巡视，因为灯光角度的问题，他偶然发现面包车的后备厢盖上，有一个残缺的灰尘减层痕迹①。这让林涛如获珍宝，他仔细提取了这枚手印，经过比对，是死者万联联的无疑。胸有成竹的林涛立即减少了拆卸轮胎的侦查员的一半工作，因为只需要拆卸两个后轮就足够了。

全部工作完成之后，已经清晨了。我睡眼蒙眬地看着林涛疲惫地回到了房间，顿时感觉有些惭愧。在林涛介绍完检验鉴定的结果之后，我拍了一下自己的脑袋。作为痕迹检验专业技术人员，这个案子他们已经发挥到了极致。但是作为法医专业技术人员，我的工作并没有完成。

让林涛赶紧睡觉的同时，我洗漱完毕，带着大宝重新回到了解剖室，对死者的衣服进行了再次检验。检验目的很简单，既然抛尸的交通工具是面包车的货仓，那么我们希望在死者的衣服上，找到猪血或者猪的DNA，以进一步敲定事实真相。

一直到下午时分，所有的检验鉴定结果都出来了。面包车上发现的鞋子确实是死者的；面包车的轮胎上，发现了死者的微量DNA；死者的毛线衣和牛仔裤上都检出了猪的DNA。至此，案件真相已经查明。

---

① 灰尘减层痕迹：这里指的是人手碰在有灰尘的盖子上，而抹去上面灰尘所留下的痕迹。

赤足男孩

在这么多证据面前，犯罪嫌疑人万军不得不交代了他的罪行，并且带着警方去一个路边草丛之中指认了他抛弃的属于万联联的另一只鞋子。

原来，万联联和胡立生之间的矛盾，万军在几天前就是知道的。万军和万联联虽然是叔侄关系，但是私交非常好。在万联联的眼里，万军是个非常仗义的人。万联联遇见什么事情，不愿意和性情冷漠的父母说，倒是愿意第一时间告诉万军。三天前，万联联被胡立生等人殴打后，也是第一时间告诉了万军。万军告诉他，这个世界是强者的世界，既然被打了，就要打回去。谁的拳头硬，以后就是谁说了算。如果万联联真的打不过胡立生，万军表示自己会出面帮忙。

不过万联联并没有让万军帮忙，而是在案发前一天下午等到了独自回家的胡立生，并和他一对一打了一架。这一架，胡立生惨败。虽然是惨败，但胡立生这个"校园霸王"嘴上倒是没有服软，他扬言一定会再打回来，让万联联等着。

昨天早晨，照常开车送货的万军在路边遇见了万联联。因为并不顺路，所以万军只是准备打个招呼就走，结果没想到万联联却要求万军驾车带着他去小湾村。万军心感奇怪，就一边开车，一边询问情况。万联联说自己虽然已经打了回来，但是胡立生那个小子还是没有心服口服，而自己也就存在着再次被打的隐患。所以，万联联思来想去，还是觉得一定要让那小子彻底服气，那样自己就是新的"校园霸王"了。于是，万联联带了一把刀，准备到小湾村的村口去堵胡立生，当然万联联不会真的捅他，只是吓唬吓唬他，让他放弃报复的想法。

一路上，万联联都在吹嘘自己昨天下午是怎么把胡立生打到满地找牙的，胡立生这个所谓的"校园霸王"是如何在自己的脚下滚来滚去的。万联联还说，万军说得对，世界就是谁的拳头硬，谁才有资格说话。

车开到一个铺满石子的上坡路段时，突然熄火了，而且怎么也打不着了。万军没有办法，就让万联联站在车后推车，而自己则尝试重新打火。

在上坡时推车，本身就是一件非常危险的事情。而且在这个时候，万军家那个不省事的媳妇打了电话过来，和他争吵为什么上个月的工钱少了一千多块。在争吵的过程中，万军单手操作车辆，导致挂挡和刹车配合失误，车辆猛然向后溜车。这一溜车不要紧，把车后的万联联直接给撞倒了，而且车轮轧上了他的身体。和媳妇争吵过后，心不在焉的万军，居然一开始没有发现。他继续给车辆打火，总算是打着了火，再去喊万联联的时候，才发现对方躺在地上抽搐挣扎、说不出话了。

万军本来想对万联联进行施救，或者拨打120求助，但是看到万联联翻着的白眼和咳出的点点血迹，他觉得万联联是活不了了。要知道，万联联是家中的独子，是他堂兄一系的香火传承啊，就算自己因为交通肇事坐不了几年牢，出来了也会被自己的堂兄给弄死。于是，一个邪恶的念头涌上了万军的心头。他将拨好号码但没有打出去的电话收了起来，再将万联联抱到了车上的货仓里，准备将其送到胡立生家的老宅，伪装成胡立生斗殴杀人的假象。此时万联联还没有死，还在不断地抽搐，而且他的鞋子因为宽松而落在了隐蔽的角落。

抵达老宅后，万军见四下无人，就利用车里现成的、还没有凝固的猪血，随意抛洒，伪造了一个杀人的现场，然后开车逃离。逃离的过程中，他发现货仓中有一只万联联的鞋子，连忙顺手扔掉，也没有心情再去顾及另一只鞋子在哪里了。

至于胡立生为什么支支吾吾，侦查和勘查也都查明了结果。原来，胡立生觉得，在一对一的斗殴中落败，这事儿要是传出去，自己一定会被嘲笑。被嘲笑事儿小，要是因此影响到他在学校中的地位，那可就不好了。思来想去，他觉得必须打回来。于是，案发当天胡立生还真的去了万联联家寻仇。只可惜，胡立生躲在万联联家附近的草垛后面等候万联联的时候，万联联早就已经搭车离开了。这一点，林涛通过草垛后面的泥地足迹，确定了胡立生确实去过万联联家附近。胡立生等来等去也没有等到万联联，因此迟到。而被警察问到迟到的原因时，胡立生隐瞒了自己被打而想去寻仇的想法。很简单，一是怕警察怀疑到他，二是自己被打这事儿是绝对不能张扬的。

案件顺利破获，我们在当天下午打道回府。

因为疫情影响，大家好久没加餐了，而且大宝欠下的小龙虾也一直没兑现，所以，刚刚回到龙番，大家就吵着要大宝请客去吃小龙虾。可是此时上哪里去找小龙虾呢？于是大家改成了吃火锅。

"也是巧了，最近两个案子都是偶然导致的必然。"韩亮把肉片下进了锅里，说道，"这要不是万军媳妇的一通电话，他只要集中精神操控车辆，那也未必会有大事发生。"

"你要以此为戒！驾驶就要专心，不可以分心。你说你开车的时候，是不是经常讲话？"陈诗羽说，"还有，不要把罪责都往女人头上推。"

"是啊，驾车就要专心，不然后患无穷。"林涛附和道。

韩亮耸了耸肩膀，若有感悟地说："万联联的父母也真是冷漠，自己孩子的思想动态完全不掌握。那个万军更是夸张，居然怂恿孩子之间打斗。"

"这不是个别现象吧？"大宝说，"很多家长教育孩子，不都是'挨了打就要打回来'吗？从小我爸妈就是和我这么说的。"

"以暴制暴当然是错误的教育方式。"我说，"无论是家暴还是校园暴力，以暴制暴就是能解决问题的方式吗？万联联和胡立生这两个小孩打来打去，曾经的校园暴力受害者也变成施暴者，这只是在传递暴力，根本没有解决问题。家长和学校都应该教导孩子，防止暴力的滋生和传递。"

"那你是怎么教育小小秦的呢？"程子砚伸头问道。

"我觉得知道自己的孩子被打后，第一件事并不应该是生气。"我说，"应该了解自己孩子和别人孩子出现矛盾的主要原因。你得了解自己孩子的内心，才能知道暴力事件的原因。只有知道事件的根本原因，才能找到解决事件的办法。从根源上解决矛盾，才是最好的办法，而不是不顾一切打回去。"

"是啊，对暴力和控制的盲目崇拜，本身就是愚昧的表现。"陈诗羽说道。

"能找到根源的，解决根源；找不到根源的，寻求家长和老师的帮助、寻求法律帮助、寻求相关部门的帮助，这才是解决被实施暴力的方式。"林涛说，"如果以暴制暴真的有用，那这个社会会成为什么样子？"

"会是个充满戾气的社会。"我说，"这需要国民素质进一步提高，社会上的戾气进一步削弱，才能实现真正的社会和谐、家庭和谐。"

"多读书，可以消除戾气。"程子砚也插话道，"秦科长说的。"

"他是为了卖书吧？"韩亮开玩笑地说道。

"读书本来就有大大的好处，像你这种不喜欢读书的，格局就有限。"陈诗羽立即找机会损了一下韩亮。

"我怎么就不读书了？我不读书，哪来'活百科'的名号？"韩亮否认。

"好的，'活百科'，我来考考你。"大宝已经胡吃海塞了一顿，此时打着饱嗝儿，指着一盘黄喉说，"你知道，这是猪的什么部位吗？"

"我当然知道！"韩亮说道。

"这么简单？黄喉，应该是气管吧？"林涛抢着说，"喉不就是气管？"

"错！"韩亮笑着说，"气管是由软骨、肌肉、结缔组织和黏膜共同组成的。你看，这黄喉这么光滑，哪儿来的软骨？哪儿来的黏膜呢？"

　　"是啊，其实黄喉不是喉，而是猪的大动脉血管。"我说，"血管是由平滑肌、结缔组织以及上皮细胞组成的，比较光滑，而气管则应该是一棱一棱的。血管的弹性比气管更好，韧性更强。这个，我们在之前解剖的时候，好像说过吧。"

　　陈诗羽和程子砚同时皱起了眉头。

　　大宝用筷子夹起一片黄喉，指着上面的一块块斑迹，说："你看，这些血管内壁不光滑，那是粥样硬化斑，这头猪生前吃得比较油腻。"

　　"天哪！"程子砚轻呼了一声，说，"看来是真的不能和法医一起吃饭。"

　　"哦，我约了人，我先走了，你们接着吃。"陈诗羽看了看手表，站起来说道。

　　"啊？好不容易聚个餐，怎么说走就走？"林涛问道。

　　"嗯，我有点事儿。"陈诗羽和大家打了招呼，转头离开了。

　　看着林涛有些落寞的眼神，我有点想笑，我知道陈诗羽是去做什么，她可真是有耐心、有恒心的人。

第三案　泰迪凶案

我忍不住了。

真的是完全无法理解。

她们怎么会为那些打她们的人说谎，帮那些心狠手辣的人找借口，费尽心机去遮掩被家暴的痕迹，想方设法去给他们找理由……醒醒啊，被打的人，可是你们自己啊！

难道她们不明白吗？

是，打人的人，也可以扮演慈爱的家长、温柔的配偶，也会有甜言蜜语，也能够充满关爱，但一旦触动了不知道哪根神经，他们就不是同一个人了，他们下起手，真的把你们当成人看吗？

不，我想她们是明白的。

但是她们不愿意醒来，我怎么叫，也叫不醒。

1

"还是不行？"我一进办公室门，就看见陈诗羽正在看一张CT片。

这都过了好几天了，看来陈诗羽劝说刘鑫鑫的工作还是一筹莫展。

"你帮我看看，我对照着这本《医学影像学》，可还是看不懂CT片。"陈诗羽说道。

我心想这姑娘还真是好学啊，这就开始看起医学专业书来了。没有基础医学、解剖的知识，当然看不懂CT片了。

我拿着这几张刘鑫鑫的头颅CT，对着走廊里的日光灯，仔细地看着。

"怎么样？"陈诗羽问道。

我把CT片递给她，说："刘鑫鑫的鼻骨粉碎性骨折，可以构成轻伤二级，根据软组织损伤情况，可以判断是刚刚形成的损伤。她的右眼眶内侧壁和下侧壁骨折，可以构成轻伤二级，这处损伤骨痂①已经形成，是陈旧伤。这就是一个头颅CT看出来的，如果照个全身CT，说不定能发现更多的损伤。"

"这就两处轻伤了，能判个一两年了吧。"陈诗羽说。

"可是，对于成伤机制，法医不能下确证性的结论。"我说，"如果当事人一口咬定是摔跌、碰撞形成的，我们也没有办法。"

"她想维护的究竟是什么？是家庭吗？又没有孩子作为牵绊，丈夫是个恶魔，她的家庭是家庭吗？"陈诗羽喃喃自语道，"不过，她让我帮她看片子，估计是心里动摇了，想确认一下是否能够追究赵达的刑事责任。"

"我以前遇见过一起命案，男人杀了女人，但女人的父母认为女人遭受家暴，曾多次报警，警察却不作为。"我说，"检察院因此也对辖区派出所民警进行了调

---

① 骨痂：指骨头受伤后愈合过程中形成的伤痂。

查，调查后发现，女子确实曾经多次报警，但每次正当派出所要给予处罚的时候，女子又改变了主意，甚至威胁警察，如果处罚她的丈夫，她就自杀。多次报警当中，有两次是男子报警，最后也是一样不允许警察处理。每次报警的警情和处置过程都记录得清清楚楚，辖区民警也为这两口子的事情焦头烂额，苦于依法依规无法对这二人进行处理，二人每次也不过是用报警来'吓唬吓唬'对方，而对于警察的调查取证则完全不予配合。最后，谁也没想到会酿成苦果，而网络舆情则是对警察口诛笔伐。"

陈诗羽低头不语。

"当然，我不是为了警察形象而说这件事。"我说，"全国两百万警察，全心全意为人民服务，即便是被误会、被曲解、被诬蔑，也从来没有动摇过这颗本心。我之所以一直支持你，是不想让这样的悲剧重演。"

"放心，我相信刘鑫鑫的心里已经被我说服了，我再努努力，她就会醒悟了。"陈诗羽说。

"谁醒悟？"林涛和韩亮同时走进了办公室，问道。

"少管，你们也没兴趣。"陈诗羽回到了自己的办公桌前，将CT片和课本收好。

"你不说，怎么知道我没兴趣？"林涛问道。

话音刚落，桌上的指令电话响了起来，给林涛的追问按了暂停。消停了几天的我们，终于接到了任务。

龙番市某公寓楼中2303号房，一个年轻私企女高管在家中死亡，疑似命案。

听到"疑似命案"这几个字，我们稍微放下了点心，毕竟这么多年中，我们出勤的"疑似命案"很多，但最终被判定为命案的很少。除了很多年前"死亡骑士"案①这类高度伪装的案件，"疑似命案"大多是存在疑点的非正常死亡。毕竟现在的命案少，高度伪装的命案就更少了。

现场距离我们单位也就不到十公里，我们驾车半个小时就赶到了。这是一个比较高档、面积也比较大的公寓小区，四十年产权的公寓楼卖出的价格已经超过了普通民宅。这里不敢说是富人区，但妥妥地都是一些未婚的青年才俊购置的婚前居所。

一看到是这么高档的小区，我们本身就没有拎起来的心，更是安定了。

"这种小区，通常监控设施齐全吧？"我见几天未见的韩法医迎了过来，笑着

①见法医秦明系列万象卷第一季《尸语者》一书。

说道。

"嗯，我大致看了一下。"韩法医说，"没想象中那么多，但是小区门口、单元门口都是有监控的。本来电梯里也是有监控的，不过现场两部电梯中一部的监控坏了半个月了。"

"坏了？总不能是犯罪分子事先干的吧？"我笑着说。

"不会，电梯里监控坏了，修起来比较麻烦，所以我们问了，小区里有十几个单元电梯的监控都坏了，因为疫情影响，暂时还没修。"

"啥疫情影响啊？就是物业懒。"林涛说。

"不管怎么说，单元门口和其中一部电梯都有监控，这一个单元，三十二层楼，每层楼四户，也就一百二十八户人家，而且大多是一个人独居的。"韩法医说，"我觉得监控就可以给我们搞清楚事实了。他们在物业调取监控，子砚，你要不要去看看？"

程子砚点点头，背着她的双肩包，向物业走去。

"看起来，大概率是查死因了。"我说，"死因能查出来，案件差不多就迎刃而解了。这种环境的小区里，谁来作案啊？"

"总之，咱也不能轻视。"韩法医说，"案件本身，还是挺有疑点的。"

"什么疑点？比如呢？"我们一行人一边和韩法医一起坐电梯上楼，一边问道。

"现场有一人一狗，都死了。"韩法医说。

我心中一凛，这种看起来有疑点的非正常死亡大多是猝死，但是如果一人一狗都死了，那用人和狗都是猝死来解释，实在是有点贻笑大方了。

"杀人也不必要杀狗吧？"我说，"会不会是一氧化碳中毒什么的？"

"现场的厨房都没有启用，燃气都没有开通，热水器也是空气能的，没有能够产生有毒气体的东西啊。"韩法医说，"而且现场人和狗都没有呕吐物，看起来并不是中毒死亡。"

"那确实有点蹊跷了。"我不自觉地皱起了眉头。

"我先来给你们介绍一下案情吧。"韩法医说道。

死者名叫穆小苗，今年差几个月三十周岁，单身，老家是山东的。大学毕业后，她在龙番市一家上市公司工作，因为为人聪明伶俐，做事雷厉风行，业绩非常突出，很快就获得了升职，目前是这家上市公司的市场部总监。据说这个人一心只为了工作，对于男女感情之类的事情毫无兴趣。每天除了在家睡觉，就是在公司上班，可以说是这家公司的劳动模范了。虽然性格比较开朗，但是她每天接触的都是生意上的合作伙伴和同事，其他的社会关系非常简单。因此现在侦查部门主要通过她生意上的社会关系在调查。

今天早晨九点钟，公司老总发现穆小苗没有来公司打卡上班，也没有请假，就心存怀疑了。不过她一直都是兢兢业业、准时上下班的，今天偶尔迟到一次，也无可厚非，如果打电话去问，显得有些不近人情了，所以老总也没再过问。直到中午时分，老总发现穆小苗还是没有来上班，于是拨打了她的电话，一直处于无人接听的状态。老总有些不放心了，安排了两名员工到穆小苗家中进行探视。

两名员工到达穆小苗家的时候，发现她家的大门是虚掩的，顿时有股不祥之感，于是他们赶紧推门进入，发现穆小苗正躺在沙发和茶几中间的缝隙里。同事一见，知道大事不好，连忙打了120，并且对穆小苗进行了抢救。其实后来120来了之后，就知道所谓的"抢救"毫无意义，因为尸体的尸僵都已经形成了。

惊慌失措的同事，这时候才想起来拨打110报警。

2

电梯间被围上了警戒带，原本就不太宽敞的电梯间里，此时站满了各个警种的警察，摆放着各种勘查器械，十分拥挤。

现场内铺着一条由勘查踏板搭建的小路，其他位置的地面都贴上了薄膜。这是在用膜吸附法提取现场的足迹。对于一个封闭的室内现场，膜吸附法提取足迹的效果非常好，它是利用静电吸附的原理，将地面上的浮灰都吸在一整张可以通电的薄膜上，这就等于是把整个地面上的灰尘足迹给复制了一遍。

公寓不大，大约四十个平方米，一室一厅，加上一个厨房和一个卫生间。站在门口，基本就可以将公寓内的情况看得比较清楚了。

现场非常整洁，这说明了两个问题。一是房屋的主人很爱干净，屋子也是收拾得井井有条。二是现场并没有被人为翻乱，看起来不像是尾随入室的抢劫杀人。

"好了，现场地面膜吸附完成了。"林涛和其他几名技术员一起把薄膜拿到屋外，说，"你们可以穿着鞋套进入现场了。"

我点点头，穿戴整齐，走到了门边，对着门的边框看着。

泰迪凶案

市局年轻的痕检员苏林说："现场的这扇门，我们仔细看了。门是很好的门，密码锁，用密码、指纹和钥匙可以开启。其他的方式，比如撬压、技术开锁什么的，基本上都没有可能打开。而整个门锁的结构也都是正常的，没有破坏或者企图破坏的痕迹。现场是23楼，也不可能从窗户进入，所以我们分析，如果有凶手，凶手应该是和平进入现场的。"

"对死者的社会关系要仔细调查。"林涛说，"所有的熟人，尤其是有可能获取密码、钥匙的人，要逐个调查。还有，请门锁的厂家来看看，这个锁里储存了几枚指纹口令。"

"已经在做了。"苏林说道。

"你们要把薄膜带回局里实验室看足迹吧，你们先忙着吧，我进去看看尸体。"我和大宝进入了现场。

我在整个公寓里走了一圈，也算是环视了一圈。论整洁程度，这里优于绝大多数人的家里，更谈不上像什么凶案现场了。一只小泰迪侧卧在厨房的门口，看不到有呼吸。当然，这毕竟是狗，这么多人进入现场，它一动不动，肯定不会是在睡觉了。

陈诗羽也看到了狗，走了过去，戴着手套捏了捏它的头，说："舌头都伸出来了，估计是窒息死。"

我一脸黑线地说："所有的狗，死了都有很大概率会伸舌头，因为它的嘴长，肌肉一松弛，舌头可能就会因为体位而掉出来，这和窒息有什么关系？"

"那它是怎么死的？"陈诗羽爱怜地说道，"凶手这么变态，连狗也杀？或者，不会是死者虐狗吧？"

"说不定是嫌弃狗会乱叫呢？"我说，"不过，这样看起来，没有刀伤，头颅也没碎吧？不像是暴力致死的样子。"

"你们要不要把它带回去一起尸检？"陈诗羽抬眼看着我。

我又是一脸黑线地说道："这个没必要吧？现在人的死因还没搞清楚呢，就急着查狗做什么？"

"它也是重要线索好不好？"陈诗羽不死心地问道。

"老秦，你快来看，死者口唇有伤！"大宝在客厅沙发边检验尸体，此时高声说道。

这个发现可不太好，如果死者身上有解释不清的损伤，那这个"疑似命案"的

"疑似"就要去掉了。

我不再和陈诗羽纠结要不要对狗进行尸检，连忙走到大宝身边，打量着尸体。

死者穆小苗面容姣好、身段优美，身高168cm左右，此时呈左侧卧位，躺在沙发和茶几之间的缝隙中，一头短发已经被大宝撩在了右侧耳后。她穿着很整齐的职业装，明显不是睡眠的衣着状态。我尝试着将死者的衣物打开，检查她的尸表状态，但是费了半天劲，也不知道这衣服究竟该怎么脱。

"这是连体裤，裤子和上衣连在一起的。"陈诗羽走到我身边，说道。

"啊？那多费劲啊，上厕所还得把上衣脱了？"大宝难以置信地问道。

"是啊，麻烦了点。"陈诗羽附和道。

"等下再看其他部位，衣服这么复杂，穿着又这么整齐，至少可以排除性侵的可能性了。"我说，"你说的伤，在哪里？"

大宝用止血钳夹住死者的下唇，翻了过来，说："下唇黏膜破损，是牙齿所致，但是唇外的皮肤是完好无损的。"

唇黏膜的损伤，主要有三种形成机制。一是咬合伤，上下齿列同时咬住下唇，会导致唇黏膜破裂，但同时，唇外皮肤也会因为咬合作用而留下损伤。二是磕碰伤，这样的损伤同理，也会在唇外皮肤上留下磕碰形成的皮下出血或擦伤。三是捂压伤，用来捂压的物体如果表面是柔软的，就不会在唇外的皮肤上留下损伤，但由于被捂压的时候窒息的发生，上下齿列抵抗性运动，或者捂压的作用力较大，而受害者上下齿列又正好打开，那么就会只在唇内黏膜形成损伤。

"你说，是捂压口部形成的？"我疑惑地问道。

"不排除啊。"大宝说。

"可是，这人的窒息征象也太轻微了吧？"我拿起死者已经形成尸僵的双手，看了看指甲，说道。

死者的口唇部青紫迹象都不十分严重，更不用说面部了。她的十指指甲也仅仅是甲床位置略有青紫，看上去窒息发生得并不严重。而捂压口鼻导致机械性窒息死亡通常会造成非常严重的窒息征象。

我用止血钳扩展开死者的鼻腔看了看，说道："捂压口鼻导致机械性窒息，前提是口和鼻都要压住。可是死者的鼻尖部，完好无损，似乎没有受到过外力的样子。"

此时大宝已经费劲地脱下了死者的衣服，说："那就奇怪了，死者身上除了口唇部的损伤，其他部位没有任何损伤。如果能排除捂压口鼻导致的机械性窒息死亡，怎么看，都没有其他外力致死的可能了，那总不能真是猝死吧？"

猝死，也会导致尸体出现窒息征象，这一点大家都很清楚。

我沉思着，似乎也想不出什么可能性，这具尸体如果不解剖，肯定是找不到死因的。想到这里，我侧脸看了看，发现茶几上有一台打开的苹果笔记本电脑。我顺手晃动了一下鼠标，屏幕亮了，没有密码。点进界面，发现电脑里正开着一个云文档。

文档是该公司的一个季度报表，死者出事前，应该正在修订、批注这个文档。文档上密密麻麻的，有很多各种颜色的修订痕迹。其中红色的修订痕迹署名是"Annie-MU"，看起来Annie就是死者的英文名，而这个就是死者账号的修订痕迹了。我滚动鼠标滚轮，大致浏览了一下，死者应该正好看到这篇文档的中间部分。最后一个修订痕迹，是昨天晚上八点零五分留下的。

我抬腕看了看表，现在是上午十一点整，又试了试尸体的尸僵，不使上股大劲，都破坏不了。

"尸体死后十五至十七个小时尸僵最硬。"我喃喃自语道，"昨晚八点到现在，是十五个小时，嗯，差不多。"

"你说啥呢？"大宝疑惑地问道。

"死亡时间应该是昨晚八点多。"我说，"电脑上的痕迹和尸体上的征象是吻合的。正在修改文档的时候，突然死亡了，要不要调查一下这个文档的内容？"

陈诗羽点了点头，说："电脑交给我吧，我带去给市局电子物证的同事看看。"

陈诗羽现在在自学电子物证，准备学成后，考一个电子物证的鉴定人资格。这无疑是给我们这个勘查小组再添一对翅膀。

"好的。"我合上电脑，把尸体旁边的一台手机一起放到陈诗羽撑开的物证袋里，说，"手机也看看，有没有来电什么的。"

"OK。"陈诗羽合起物证袋，说，"别忘了也给狗做个尸检啊。"

说完，陈诗羽急匆匆地走了。

"真的，要给狗做尸检吗？"大宝一脸疑惑地问道。

我苦笑了一声，说："不着急，先把尸体带回殡仪馆，解剖完再说。至于狗，想要解剖，在哪里做不行？"

龙番市公安局法医学尸体解剖室。

尸体已经被除去衣物，躺在解剖台上。因为之前她是处于侧卧位的姿态，而且尸僵已经到最硬的阶段，所以此时平躺在解剖台上，姿势有些奇怪。

我已经将尸体的头发剃除干净，再一次从上至下对尸体进行了全面的检验，依旧除了口唇处的那一处新鲜损伤，没有发现任何损伤。死者生前很爱惜自己的身体，甚至连一处陈旧性的疤痕都没有。

"幸亏这名死者的身份是清楚的，不然通过尸体真的很难找到尸源啊。"我说，"毫无特征性的体表，一点疤痕都没有。"

"死者会阴部无损伤，处女膜陈旧性破裂。确定，没有性侵的迹象。"大宝说，"口腔、乳头、阴道、肛门擦拭物以及十指指甲都已经提取完毕了，进一步检验排除。"

我点了点头，用注射器从死者的第四、五肋间隙刺入，抽取了一管心血，让韩亮立即送往市局理化实验室进行常规毒物的排除。虽然现场没有能够产生有毒气体的设备，也没有呕吐物，但中毒还是首先要排除的，毕竟现场死亡的不仅仅是一个人，还有一条狗。

我深吸了一口气，攥紧手术刀，联合切开了死者的胸腹腔。一番操作之后，我们打开了死者的胸骨，暴露出了胸腔内组织器官。

"死者的肺还是淡红色的。"一边正在开颅的韩法医说，"二十九岁的年纪，能做到这样，不容易啊。"

"现场有空气净化器，这个人本身就是很注重保养的。"我说，"估计她单位也有空气净化器，平时两点一线，不出去乱跑，所以吸入的空气污染物就少嘛。"

"胸腔似乎没问题。"大宝翻动着死者的胸腔脏器说道，"胸腔无出血，肺无粘连，形态正常，位置正常。嗯，腹腔也是这样，没有出血和损伤，位置也都正常。"

"不不不，别着急。"我盯着死者的纵隔，说道，"怎么感觉，她的纵隔这么小？"

"啊？这还有大小之分？"大宝问道。

我没理大宝，用剪刀按"人"字形打开心包，暴露出死者的心脏。这可真是一颗袖珍的心脏啊，只有大半个拳头大。但是心脏表面没有出血点，也没有损伤痕迹。

"这人心脏怎么这么小？"我用止血钳指着死者的心脏说道，"正常人的心脏，应该有自己拳头那么大，这个小多了吧。"

大宝点点头，说："是啊，心脏有毛病的，一般都会心室壁肥厚，或者有脂肪心什么的，都是心脏很大，这个正好反了。"

我没有说话，沿着心脏检查了周围的血管，说："右下肺动脉干明显变细，肺门小。如果我没猜错的话，这是小心脏综合征啊。"

"小、小心脏？"大宝似乎没有听过这个名词，他翻着白眼，努力在脑海里的海量医学名词中，搜寻着这个病。

"别想了，我告诉你。"韩法医忍俊不禁，说道，"小心脏综合征，SHS，又称神经性循环无力症、直立性调节障碍症，是比较少见的心脏异常，是在儿童发育过程中心脏体积相对较小，心输血量相对不足，轻微活动后即因心输血量相对不足而产生头晕、心悸、心前区疼痛、呼吸急促、易疲劳、乏力等临床表现的一组综合征。多见于儿童和青年人，发病率低，无性别差异。本综合征无须特殊治疗，一般预后良好。哦，开颅结束了，死者的头颅无任何损伤。"

"女团组合SHE我倒是知道，SHS是真不记得啦。"大宝说，"可是，这种疾病，能导致猝死吗？不是说不需要治疗，也能预后良好吗？"

"SHS，由于心脏发育不全导致心脏偏小，收缩力不强引起心输血量不足，肺换气功能不足，动静脉血氧差增大，组织相对缺氧，影响正常新陈代谢。"我说，"这是这个疾病的病理基础，本来是不至于猝死，但如果她受到了能够导致窒息的外力，本身相对缺氧的组织器官就更加缺氧了，那么，在还没有出现严重窒息征象的时候，就会导致其死亡。"

大宝若有所悟地点了点头。

我补充道："患有这种疾病的患者，轻微活动后会出现心悸、气促、胸痛、心律失常、眩晕、眼前发黑、耳鸣、头痛等。休息或平卧时无特殊症状，站立尤甚，突然起立时可诱发症状产生。常伴有失眠、易激动、自制力减退等自主神经功能失调的症状。查体有脉率加快、血压降低、皮肤苍白、出汗等表现。这可能就是死者不喜欢到处乱跑，而只喜欢宅在单位和家里的原因吧。"

"那你说，她真的是被人侵害，然后疾病发作而死亡的？"大宝问道。

"这个我可没说。"我摇摇头，说，"具体的案件经过推论，是需要结合现场、视频监控等一系列线索综合得出的。好在现场条件非常好，又有那么多监控，不愁这些个问题解决不了。对于法医来说，在我们确定了死者可以排除其他死因之后，外力导致机械性窒息，联合小心脏综合征并发而导致死亡的死因，是可以出具的。"

"现在只需要排除中毒的可能性，就排除其他死因了。"韩法医说道。

"我们来看一看死亡时间吧。"我说，"其实死亡时间已经很清楚了，准确地说，我们用胃肠内容物的情况，再来印证一下。"

"好的，死者昨天中午十二点整在公司吃的饭，吃的是西红柿炒蛋、肉末茄子和基围虾套餐。"韩法医说，"这个我已经让侦查员调查清楚了。至于晚上，她一般也在公司吃饭。但是近期受疫情影响，公司食堂不开门，她怎么吃饭，侦查员还没查清楚。"

"估计是外卖。"我一边说着，一边打开了死者的胃，说，"看来还真不一定。对于这个很自律的女人，晚上不吃饭也是有可能的。"

死者的胃是完全空虚的。

我们捋出了死者的小肠，在解剖台上按50cm一段的长度蛇形排好，然后用剪刀剪开，查看肠内容物的情况。

"死者肠内容物迁移到了距离十二指肠三米的位置。"我说，"胃排空需要六个小时，然后按照食糜每小时在小肠内前进一米的速度来判断，死者是在末次进餐九个小时后死亡的。"

说完，我又在死者的肠内容物里挑出一些食糜，放在托盘之上，用流水冲洗了一下，说："嗯，西红柿的皮、肉末、茄子皮。不会错的，看来她末次进餐就是中午那顿饭，晚上并没有进食，而且也进一步印证了她的死亡时间是晚上八九点钟。"

"晚上不吃饭多饿啊。"大宝说，"我早上吃得那么饱，现在都饿了。"

我抬头看看解剖室里的挂钟，此时已经下午一点半了，我笑了笑，说："走，我们去市局食堂吃饭，休息一下，正好也等等理化结果，然后去参加下午五点的专案组碰头会。"

3

在我们赶去专案组的时候，韩亮打来了电话，说理化检验已经有了初步的结果。可以肯定的是，排除了常见的气体中毒，也排除了常见的药物中毒。现在有没有可能是其他少见的药物中毒或者是食物中毒，还在进一步检验。

我知道这个结果已经足够了，因为死者的胃内容物已经告诉了我们，她死亡前别说吃饭了，甚至连水都没有喝，怎么可能是食物中毒？既然中毒的可能性被排除，那么我的小心脏综合征之说，自然就是可以解释死者死亡的唯一可能了。

我抖擞了精神，走进了专案组里。我发现大家看我的眼神似乎有些急切。果然，我还没坐稳，董剑局长就急忙问道："怎么样？是命案吗？"

对于咱们这个一年不超过二十起命案的省会城市，这一周之内就发生了两起命案，即便很快破获，董局长肩膀上的担子也会很重。我可以理解他的心情。

"是不是命案，这不是法医来说的。"我说，"虽然死者有基础疾病，但是外力侵害的作用还是很大的。"

"什么？有外力侵害？"董剑问道。

我点了点头，也不管侦查员们听得懂还是听不懂，把死者的尸检情况以及小心脏综合征的发病症状和致死原因都解释了一遍。

"死者的内脏器官和尸表情况是一致的。"我说，"窒息征象有，但是很轻微。但既然是有，而且口唇黏膜有伤，那么我觉得她自己造成的可能性还是很小的，还是要排查一下进入她家的人。"

"现在就是排查不清楚啊。"董局长忧心忡忡地说道。

"啊？又有足迹，又有监控，怎么会排查不清楚呢？"我吓了一跳，连忙问道。

董局长只是摇头沉思，没有回答我。我看向苏林，问："哎，林涛哪儿去了？"

苏林说："今天下午，我和林科长在市局痕检实验室对现场的地面吸附膜进行了研究。这个死者真是非常爱干净，家里地面上的浮灰都很少。"

"再少，也是有的。"我说。

"是有。"苏林说，"可是，现场是被死者的两个同事先发现的，120又进入了现场，所以对现场地面本身就少的浮灰造成了严重的破坏。我们找到了很多类似鞋底花纹的区域，但确定是鞋底花纹并且有比对价值的，目前证实全都是死者同事和120的。"

"也就是说，没有其他人的了？"大宝问道。

"不，我的意思是说，即便有其他人，足迹也被破坏了。"苏林说道。

"不会啊，同事和120只进入了中心现场客厅，其他位置呢？卧室什么的？"我连忙追问道。

"卧室肯定没有其他人进入过。"苏林说，"只有死者自己的拖鞋灰尘减层足迹，没有其他人的。"

"那足迹被破坏了，究竟是有人进入还是没人进入？"大宝纠结这个问题。

"从目前看，虽然找不到明确的，除死者、死者同事和120外的其他人的足迹，但是现场地面上，我们吸附到了不同于浮灰的其他印记。"苏林说，"看起来，应该是泥水印，但是看不清鞋底花纹。而死者、死者同事和120的人的鞋底我们都确定了，不可能带有这种泥水印。"

"所以说，你们还是倾向于有人进入。"董局长低头蹙眉说道。

苏林点了点头，说："所以林科长没找到确切答案，自己回现场复勘去了。"

"至少能说明一个问题，即便有凶手，凶手也没有进入卧室，而通常侵财都是要进入卧室的。"我说，"不是为了钱，不是为了色，他是为了什么？"

"你是说矛盾关系吗？查了一下午，几乎找不到有矛盾关系的人。"董剑说道。

"不对啊，不是还有监控吗？"我转脸看向程子砚。

程子砚无奈地摇了摇头，说："真的是非常遗憾，虽然小区的每个单元门外都有监控，但是这个监控的位置安装得有问题。如果单元门不关闭，而是最大限度打开的话，单元门上缘的一个锁扣就会正好遮挡住摄像头。处于这种情况的单元门摄像头，顶多只能看到有人影进入单元楼道，但根本看不到是什么人。现场这栋楼的单元门，因为昨天早晨有人搬家，所以被大开了，一直到死者同事进入的时候，都没有关闭，所以根本看不清有多少人在案发时间进入现场。"

"会不会是搬家的那户人家搞的鬼？"大宝问道。

"查了，不会。"董局长用手指轻轻抚摸着自己的下巴，说道。

"不是还有电梯里的监控吗？总不能也被挡住了吧？"我问。

"现场是四户两梯，一部电梯里的监控坏了，另一部电梯里的监控倒是正常的。"程子砚说，"我们结合死者晚上八九点钟死亡的这个时间点，前后各延长了一个小时，去逐一固定。坐电梯上去的有二十一个人；坐电梯上去不久又下来的，有五个人；没看到上去，只看到下来的，有六个人。这三十二个人，有四个是外卖员，其他都是小区业主。这些人都调查了，而且从监控来看，这些人都不是去23楼的。"

"所以凶手是坐另一部电梯上去，并且坐另一部电梯下来的？"大宝说，"那会不会是了解现场监控情况的人啊？"

"这就没法调查了。"董剑说，"还是要从熟人查起，毕竟是和平进入现场的。一个单身女性在家，如果是不认识的人，怎么会开门？"

我见每一种希望都被无情戳破，于是像是看向救命稻草似的看向陈诗羽。

陈诗羽看见我在看她，说道："电子物证那边，也不行。这样说吧，结合现场的电脑和手机，可以做出如下判断。这个死者穆小苗，工作是真够忙的。据推算，她六点钟下班到家，就一直在接电话，几乎每半个小时就有一个电话，而且通电话的都是她的同事和下属，每个电话都在十分钟以上。一直到晚上八点零六分，她拨出了最后一个电话，是给她的下属的，询问的，就是她在文档上修改的内容。这个电话持续了五分钟，挂断后，再有其他同事打电话来，她就不接了。所有的电话都排查过，没有疑点。"

"一边改文档，一边打电话，直到出事。"我沉吟道。

"哦，还有，查了她手机的APP。"陈诗羽说，"微信里和一个男人断断续续地聊了两句，看起来是这个男人在追她。不过，这个男人也排除了作案可能。还有，就是六点钟的时候，她点了份外卖。"

"外卖？"我跳了起来，说道，"不可能！死者晚上没有吃东西，现场勘查的时候也没有看见外卖的盒子！你确定她点的外卖接单了吗？"

"订单完成了。"陈诗羽说道。

"子砚，你说的那四个外卖员是什么情况？"我转头问程子砚。

"哦，这四个人。"程子砚翻了翻笔记本，说，"三个人都是上去就下来了，没有停留的时间。还有一个，只能看见上去，但是没看见下来。我们分析，他是坐那部监控坏了的电梯下来的。因为这个人我不放心，还专门查了小区门口的监控，确定他是送了外卖就走了，没有停留多久。还有，这个外卖员是去25楼的，不是去23楼。"

"可以先上去，再走楼梯下来啊。"我说。

"可是，这个外卖员抵达25楼的时间，是晚上八点二十一。他离开小区的时间是，晚上八点三十。"程子砚说，"一共就九分钟，从电梯下来的过程，加上中间停一停，说不准都要两分钟，骑车回到大门门口，也得要两分钟。中间这五分钟，作案也来不及吧？"

我沉吟不语。

"外卖员不太可能。"董剑说，"外卖员的身份都很清楚，他们干坏事要考虑后果吧？而且你都说了，现场不侵财不性侵，最大的可能性是因为矛盾，而外卖员接单都是随机的，他们无法选择目标。"

正在此时，我的电话铃声响了起来，我见是林涛打来的，就开了免提。

"救……救命啊！"林涛在电话那边大声喊叫道。

陈诗羽腾地站了起来。

"怎么了？"我也吓了一跳，连忙问道。

"诈尸了！诈尸了！"林涛喊道。

"什么诈尸了？"我莫名其妙地问道。

"狗……那条狗诈尸了！"林涛的声音都在发抖。

我顿时笑了起来，看来是现场的那只泰迪狗其实并没有死亡，而是不知道怎么回事昏迷了。此时，狗醒了，这着实把林涛吓着了。毕竟，狗睡觉不会睡得那么死，更不会装死。在大家都认为它死了的时候，它又活了过来，确实会让林涛这个怕鬼的人吓得要死。而且，此时已经晚上七点多了，天色已黑，现场除了林涛，又没有其他人在。

"别怕，我们马上过去。"我实在是忍不住笑，于是带着笑意安慰道。

"对啊，狗不会假死，那么狗为什么会活过来？"挂断了电话，我沉吟道。

"幸亏你们没解剖它！不然这狗多惨！"陈诗羽心有余悸地说道。

我苦笑着摇了摇头，心想：你真当法医是傻的，不确证死亡就解剖？法医在解剖人体的时候，一定要看到尸体的尸斑、尸僵出现，才会进行解剖。因为尸斑、尸僵是死亡的确证。狗也一样，没有确证死亡，我们哪里会动刀？不过在现场的时候，我们还真是疏忽了，那条狗明明就没有尸僵，可毕竟是动物，我们都没有在意。现在想起来，这还真是一个巨大的失误啊。

走进了现场大门，我立即笑得直不起腰来。

林涛蜷缩在现场客厅的飘窗上，瑟瑟发抖，那只可爱的小泰迪则摇着尾巴站在飘窗下面，一脸莫名其妙地盯着林涛。

我因为笑得太厉害，半天才穿好鞋套，走进现场。我把小狗抱了起来，左看右看，似乎看不出什么异样。陈诗羽走过来，从我手上接过小狗，逗了它一会儿，说："连这么可爱的小狗都怕，你可真够有出息的。"

"我……我哪里是怕狗？我是怕，我是怕……"林涛满脸涨红地辩解道。

我想象着正在独自勘查现场的林涛感觉到身后有异样，猛地回头，看见一条活蹦乱跳的"诈尸狗"时的表情，还是忍不住满脸的笑意。

"笑什么笑！"林涛从飘窗上挪了下来，整理了一下衣服，岔开话题，说，"现场还是有异样的。"

"先别急。"我走到卫生间，见墙角放着宠物狗吃狗粮、喝水的小碗，于是拿了起来，放在物证袋里，递给陈诗羽说："你送去DNA室，给狗抽血检验，还有这些狗粮都要检验。抓紧检验，我们在这里等着。"

"还要带着狗？"陈诗羽说，"你们抽不行吗？"

"我不知道狗的静脉在哪儿。"我耸了耸肩膀，问林涛："刚才你一直在这里，这狗喜欢叫吗？你说，会不会是因为喜欢叫，影响穆小苗工作，所以穆小苗给它下药了？"

"不会。"林涛说，"这狗就追着我闻，也不叫，真是条傻狗。还有，整个家里我都搜索过了，值钱的东西都在，不过没有安眠药。准确地说，什么药都没有，穆小苗应该身体挺健康的。"

我点了点头，说："没有找到，就是最好的消息。你刚才说，现场是有异样的，异样在哪里？"

林涛这才想起要和我说线索，于是拉着我走到客厅，指着地面的两处印记说："你看，可以确定，这几处痕迹，是因为鞋底边缘有泥巴，才擦蹭到地板上的。所有进入过现场的人，包括死者的所有鞋子我都看了，都没有这种黄泥巴。而死者家这么干净，怎么可能留着两条泥巴印不打扫呢？"

"对，可以肯定，有外人进入。"我说道。

"还有，现场好像被打扫过一样。"林涛说，"你看，客厅的正中央这个区域，看起来很干净吧，我用足迹灯给你打一下看看。"

林涛蹲下身子，用足迹灯照亮了客厅中央。大约直径一米的一个圆形范围之内，有明显的拖把形成的印记。因为拖把上黏附的不仅仅是水，所以地面即便是拖过，依旧可以在足迹灯下清晰地看到印记。

"不，不会是打扫现场。"我说，"你见过哪个被打扫过的现场，只打扫这么一小块？"

"哦，如果是死者自己拖地，那就没意义了。"林涛说。

"不，很可能有意义。"我灵光一闪，说，"死者家的垃圾桶呢，垃圾桶在哪里？"

大宝闻言，四处寻找。现场不大，可是我们三个人找了一圈，也没找到垃圾桶在哪里。

"死者家没有垃圾桶。"大宝说道。

"不可能，难道是被带走了？"我沉吟着，问林涛，"你说死者家你都搜索过了，厨房搜索过没有？"

"她家厨房都不开火，我没搜，没意义。"林涛说道。

我赶紧快步走到了厨房，挨个拉开橱柜。果真，在最下方一角的橱柜里，摆着一个垃圾桶。

"看到没？死者生前非常爱干净，所以甚至都不让垃圾桶出现在自己的视野里，而是在橱柜里做了一个垃圾区。"我说，"这不就是死者的垃圾桶吗？"

"垃圾桶有什么好看的？"大宝问道。

"相当好看。"此时我已经成竹在胸，于是说道，"你看垃圾桶里，有外卖的餐盒，有很多剩下的蛋炒饭和菜。现在你们结合一下现场情况，知道怎么回事了吧？"

林涛若有所悟，但大宝还是一脸茫然。

"走，我们去找程子砚，一边看监控，一边等理化结果。"我拉着林涛和大宝，乘上了返回专案组的汽车。

4

"子砚，你之前重点看的，是死者死亡时间前后的监控对吗？"我问程子砚。

程子砚点了点头，说："是啊，死者是八九点钟死亡的，所以我看的，主要是晚上七点到十点之间的录像。"

"现在你把电梯里的录像，调整到晚上六点一刻，开始看。"我坐在大屏幕前面的椅子上，说道。

程子砚一边默念着时间，一边很快调整到了这一时间点，开始快播。

"死者是六点钟点了外卖，按照道理，外卖应该在六点二十到六点四十之间送到。"我说，"重点要看外卖员，好，六点二十二，这儿有一个外卖员，看看他在几楼下的。"

"23楼。"程子砚将画面定格，然后将电梯按键部分放大，说道。此时，她眼睛一亮，虽然她并不知道我在想什么，但是既然我提出了这样的要求，一定会有相应的意义所在。

"好！仔细看看他在电梯里的动作。"我说。

程子砚一帧一帧地播放着电梯里的画面，其实乍一眼看上去，这就是一个普通的外卖员，正常到再正常不过地去送外卖。可是这样一帧一帧地播放，我们还是看出了端倪。

在乘坐电梯的一分多钟里，外卖员两次将手中的餐盒拎了起来，似乎是用鼻子嗅了嗅。动作很轻微，但是此时在我们的眼中，充满了疑点。

"你说是外卖员干的？"程子砚问道，"可是，董局长都说了那种可能性很小啊。而且，这是六点多钟的时候，既然死者只点了这一次外卖，那么她八点多的时候，没有点外卖又怎么会给外卖员开门呢？"

"对啊，这不可能啊。"林涛说道。

"你看，你看，这个外卖员出了电梯，二十秒就回到这部电梯里了。"程子砚指着还在播放的视频说道，"你要是说你死亡时间推断得不对，这点时间，他也没法作案啊。"

"死亡时间不会错。"我说，"而且死者八点多还在打电话呢。"

"是啊，那这个外卖员再回来，也敲不开门啊。"程子砚说道。

"这其中的关键，我还没有想明白。"我说，"也不需要想明白，现在只需要等候理化检验结果出来，我们就可以给专案组反馈情况了。"

"侦查人员已经根据死者APP里的订单，对送货的外卖员进行盯梢了。"林涛说，"如果我们确定是这个外卖员作案，就可以立即下手抓捕。"

"可是，证据真的够吗？"程子砚问道。

"先别着急，你把八点多钟那个去25楼的外卖员的影像调出来对比一下。"我说道。

程子砚点头应允，很快就提取出两个男子的侧面影像。虽然戴着头盔，看不清眉目，但是从衣物和头盔的一些细节特征上可以看出，这很有可能就是同一个人。

"即便是同一个人，在同一栋楼里送外卖，也不算是异常情况啊。"程子砚说道。

我见程子砚满心疑窦，于是把我的推论给她从头到尾地解释了一遍。

根据尸体检验和现场勘查的结果，唯一可以得出的推论就是，现场有外人进入，死者被外人捂压口部，引发了她的基础疾病而死亡。虽然监控不能确定这个外人是谁，虽然现场的迹象表明这不是一起侵财、性侵的案件，但是并不能排除激情杀人的可能性。毕竟凶手捂压口部的动作并不十分严重，死者的身上也没有严重的抵抗伤[①]。

既然是激情杀人，那么就不能用"作案一定会用很长时间"的思维来看待这个案子。

这个案子的疑点，并不是作案动机，而是现场的狗为什么会昏迷。之前大家都怀疑是中毒，因为中毒才会导致某个密闭空间内的所有生物都昏迷甚至死亡。可是死者体内的情况排除了中毒。至此，大家都认为人和狗并不是中毒。可是，这是一个逻辑问题，人排除了中毒，就一定也要排除狗是中毒吗？显然是不对的。另一个疑点，就是死者明明点了外卖，胃内却是空虚的。

复勘现场的时候，我们发现了客厅的一个局限性部位，有被打扫的痕迹，而隐藏的垃圾桶里，有剩下的外卖。综合上述的疑点，基本就可以得出一个逻辑推论。

穆小苗点了外卖，而外卖送到后，穆小苗准备拿去放在客厅茶几上时，不小心掉落到了地上。既然掉落到了地上，穆小苗就不会去吃了。而在此时，狗会不顾一切地过来吃。把狗赶走后，穆小苗把客厅打扫一遍，然后把垃圾扔进垃圾桶里。因为外卖里有油，所以给我们留下了线索。

既然外卖员送外卖到她家之后，二十秒就离开了，肯定不会是外卖掉落在地上而引发的争执杀人。但如果狗真的是中毒了，那么这就不是单纯的见色起意之类的事情了，而是一个有预谋的杀人过程。因为外卖本身不是给狗吃的，而是给人吃的。

"你刚才说是激情杀人，怎么这会儿又变成有预谋了？"大宝问道。

"预谋肯定是有预谋，但是激情也确实是激情。"我故作神秘地说道，"三个小时后，看理化结果，然后要通过审讯才能知道详情了。"

等待的时间总是过得很慢，这三个小时，我们像是等了整整一夜。在大宝的鼾声中，我们接到了市局理化实验室的电话，确定狗的血液内、外卖餐盒以及剩余食物内，检出艾司唑仑（一种安眠镇静类的药物）的成分，而狗的饭盆则是正常的。

这个结论，证实了我的推论。

在接到我们的通知后，侦查员立即对外卖员戴强强采取了强制措施，通宵审讯

---

① 抵抗伤：指受害者出于防卫本能接触锐器所造成的损伤，主要出现在受害者四肢。

后，在第二天一早，获得了突破。

根据戴强强的交代，他经常会给这片公寓楼送外卖。一周前，他接到了这个小区2303房的外卖订单。来送外卖的时候，他发现这个漂亮的女白领，家中甚是整洁，猜想一定有不少值钱的财物。当时穆小苗正忙着接电话，接过外卖后，对戴强强说让他帮忙关门，然后自己坐到沙发上继续打电话了。因为事发突然，戴强强倒是没有什么非分之想。此事也就算是过去了。

非常巧合的是，事发当天晚上六点多钟，戴强强又接到了这栋楼2303的外卖订单。以戴强强的说法，这是上天给他的一个发一笔小财的机会，他一定不能错过。因为戴强强长期失眠，恰好当天又去医院开了几片艾司唑仑放在电动车里，于是他在送外卖之前，在食物里掺入了这些安眠药。以他的想法，是想让穆小苗吃完饭后，尽快入睡，这样他就可以乘机去家里偷盗了。

晚上六点半，他将外卖送到穆小苗家的时候，穆小苗果然还是在不停地打电话，也是和上次一样，对他说，让他帮忙把大门关上。而这一次，戴强强有了准备，他故意将大门砰地关了一下，发出了声音，实则将大门虚掩，没有完全关上。

在出了小区后，戴强强又等待了两个小时，然后壮着胆子，拎着一个塑料袋冒充送外卖，再次回到了现场。

他心想，虽然小区里有监控，但是自己毕竟戴着头盔，看不到脸。而且，自己坐电梯上到25楼，下两层楼，偷完了之后再走下楼，警方一定不会注意到他。毕竟，每天晚上那么多外卖员都会在这个单身公寓小区里川流不息。

戴强强下了两层楼，来到穆小苗家门口，发现门果真还是虚掩着的，而且屋内似乎也没有什么动静。他心中大喜，于是推门而入。

可是他万万没有想到，推门进入的那一刻，穆小苗正坐在沙发上皱着眉头写着什么。这可就不科学了，艾司唑仑对自己的效果非常好，再怎么精神，吃了那五片药，也会困意上头，立即入睡。这都两个小时了，为何这个女人还是这么精神？

听见有人推门，穆小苗莫名其妙地看向了他。戴强强本想编造个走错了的理由，就此退去。可是穆小苗何等精明，她不仅一眼就认出了戴强强，而且还很清楚地意识到，刚才戴强强来送外卖的时候，没有关门。

随着一声呵斥，戴强强的退路被完全堵死。

以戴强强的说法，当时他唯一的想法，就是将穆小苗的嘴巴捂住，按在沙发上，让她冷静下来。毕竟她冷静下来了，才好谈条件。即便是赔一点钱也可以，总好过要被抓去坐牢。可是，这个穆小苗明显是误会了戴强强的意图，拼死反抗着。就这样，一分钟左右的时间，穆小苗就不动了。戴强强这才意识到，自己杀了人。

杀了人的戴强强，此时已经魂飞魄散，哪还有心思去家里翻找财物？他屁滚尿流地逃离了现场，也不管电梯里有没有监控了，坐了另一部电梯就下到楼下，飞也似的逃离了现场。

后来戴强强也冷静了下来，他想来想去，自己只是个外卖员，而且自己在现场停留的时间不过三分钟，警方怎么也怀疑不到他。可实在没想到，警方还真是够神通广大的，不仅在一天之内就把他抓获了，而且连他去医院开药的记录都已经调取到手了。他再怎么想抵赖，也抵赖不掉了。

不仅如此，警方还按照戴强强的交代，在他实施捂压口鼻的沙发某部位，提取到了他的指纹，证实了他犯罪的过程。而程子砚为了保证证据链的完整，还花了一天一夜的时间，对整个小区能够生效的监控进行一次梳理，排除了其他人作案的可能性。至此，案件真相大白。

"真是太可怕了，以后我在家，再也不点外卖了。"程子砚坐在车上说道。

第二天晚上，我们整理完全案的证据资料后，坐上韩亮的车，让他送我们回家。

"这和点不点外卖没有任何关系。"我说，"不管是什么，保护好自己的隐私，时刻保持警惕性和防范意识，才是最重要的。"

"你别一个人在家不就好了？找个男朋友。"林涛一边看报纸，一边说道。

程子砚的小脸唰的一下就红了，连我都看得出来，她绞着双手，微微低着头，都不敢抬头看向林涛的方向。这可真是说者无意，听者有心啊。可是林涛那家伙似乎全然不觉，依旧看着他的报纸。

我为了缓解一下尴尬的气氛，接着说道："只要有足够的警惕性，别让别人帮着关门，就不至于给别人可乘之机啊。因为工作忙，忽略了必要的警惕心，这才酿成了大祸。"

"是啊，是啊，保护生命财产安全，首先要保护个人隐私。"林涛说，"无论是外卖还是快递，丢弃纸盒和外包装的时候，得把上面的个人信息给去掉。防人之心，不可无啊。"

说话间，我们的车经过了一栋大厦，韩亮指着窗外说："你们看，穆小苗的公司就在这栋大厦里。都这么晚了，这写字楼里还是灯火通明的。"

"唉，死了一个穆小苗，公司还是会继续照常运转，她的工作总会有人接手，有人接着加班。你们看，这栋楼里还有多少穆小苗在加班加点呢，有多少穆小苗正在用青春博明天呢。"陈诗羽感慨道。

"你别说得那么吓人。"林涛瞪大了眼睛。

"同是天涯干饭人，相逢何必曾相识。"大宝说道。

"嗯，说得也是，身体健康是高于一切的。"我说，"尤其是努力工作的加班族，真的是要时刻关注自己的身体状态。比如死者的这种小心脏综合征，即便不是遭受外界暴力，过度劳累，工作压力大，也可能会突然发作。防止过劳死，应该警钟长鸣，每个加班族的心里都应该有数，没了身体，等于没了明天。"

"说起大道理，大家都是懂的。但是这个穆小苗这么勤恳，可能就是为了获得女性的经济独立和自由吧。"陈诗羽盯着前方，自言自语道，"那么她是不是也是因为辞去了工作，没有经济收入，所以才不敢离婚呢？"

话音刚落，陈诗羽的手机又响起了微信提示音，她低头开始看手机。

"嘻，怎么什么话题都能扯到女性啊？其实，不管男女，现在大多数人为了工作，都在不顾自己的身体状态而奋斗着。有时候想想，这样真的值得吗？"韩亮摇了摇头。

"你是富二代，当然不用担忧啦。"大宝回掼着。

"我只是在想，有什么事情值得我这样去奋斗呢……"韩亮没有继续说下去，像是陷入了沉思，又似乎只是在专心地开车。

"老秦，这个案子既然破了，我申请从明天开始休年假。"陈诗羽突然扭头，神色不再凝重，对我说道，"我能休一周，对吧？"

"休假？"林涛说，"你这工作几年了，也没见你休过假啊，你休假做什么去？"

陈诗羽没理林涛。

我点了点头，说："休吧，现在部里鼓励民警休假，任何合法休假请求都是不可以驳回的。"

在一起工作了这么久，大家似乎都已经习惯了形影不离。陈诗羽休假的这两天，勘查小组里似乎少了些什么，气氛也冷清了不少。好在指令电话重新响了起来，让大家恢复了平时的热情。

龙番市西郊隋河区，隋河公园。

其实这里是龙番市的一处风景别致的所在。这里本身是城乡接合部，现在已经被逐渐扩张的市区吞并，市政规划先在这里建造了一方公园，然后才有诸多开发商先后在附近建造小区和商业带。目前，高楼已经如雨后春笋，挺拔矗立，只是还没有对外销售，所以几乎没有住民。

如果说整个隋河区在龙番市里是一个闹中取静之所在，那么隋河公园在整个隋河区中，就更像是繁华中的一抹恬静了。公园建造伊始，知道的人不多，而且距离主城区比较远，所以几乎没有人来休闲度假看风景。没有了人为污染，这里的花是红的，水是绿的，隋河横穿公园中心，曲廊流水、亭台楼阁，河边柳枝摇曳、满眼翠色，配上小荷刚露尖尖角的景致，加上夕阳余晖，美不胜收，完全难以和一桩命案现场联系起来。

然而此时这里已经被警察用警戒带围了起来。现场除了里外忙碌的警察，就只有几个看热闹的围观群众了。

我们的车，直接开到了隋河公园河滩边的警戒带，才停了下来。

"什么情况？"我老远就看见了董局长挺拔的背影，于是走到他身边问道。

"一男一女，落水了。"董局长说。

"啊？这种非正常死亡事件，您这么大领导也要亲自过来？"我问道。

"现在涉及性质不清的非正常死亡事件，分管副局长都要到场。"董局长说，"中国自古人命大于天，啥领导，不都是人民给的吗？"

"人呢？"我问道。

"女的被120送去医院了，情况不容乐观。"董局长说，"男的死了。"

"身份呢？"

"身份刚刚查清。"董局长说，"这是一对夫妻，有一个孩子。男的叫史方，三十岁，是咱们龙番一家IT企业的普通员工。女的叫许晶，二十八岁，是龙番市一家生物制剂公司的销售。两个人结婚不到两年，有一个女儿，还不到一岁。辖区派出所调查了，这两个人平时没有问题，没有报警出警的记录，也没有劣迹。看起来，就是对普通的夫妻。"

"夫妻俩来这里的目的呢？"

"嗯，我们在附近找到了一张野餐毯，应该是他们俩用的。"董局长说，"许晶上大学的时候，父母就双亡了。史方父母还健在，都是科技岛的高级工程师，收入不菲。史方有一个哥哥和两个姐姐，都在外面做生意，能力都很强。根据史方父母的描述，史方从小就特别乖，听父母和哥哥姐姐的话，从来不挑事儿。他和许晶恋爱、结婚的过程也很顺利，没有什么坎坷。小两口之间的关系应该是没有什么问题。许晶生过孩子后，史方偶尔会有情绪不佳的状况，但他父母询问他，他却一直在否认。事发当天，史方把孩子送到父母家，让父母带一会儿，说自己要和许晶利用不多的休息时间去野餐。说是史方今天的情绪特别好。"

"野餐毯，有什么问题吗？"我问道。

"没有问题，应该是两个人野餐结束了，把毯子卷好了背着的。但是在落水的时候，落了岸边。"董局长说，"除了毯子和包里放着的一些没有吃完的零食，没有其他东西了，也没有疑点。"

"也就是说，具体他们在哪里野餐的，并不知道。"我说。

董局长点了点头。

"发案情况呢？"我问。

"案件是这样的——"董局长指了指韩法医。

韩法医说道："今天下午三点多，两个来隋河钓鱼的人，突然听见落水声，就沿着河岸寻找。你们也看到了，这条河的两边都长着茂密的植被，外侧才是行人的道路。站在路上，难以看到河里的情况。所以他们找了好一会儿，才发现这一段河中央有类似人形的物体沉浮。这两个钓友很热心，还没来得及报警，就下水救人了。两个人分了两次，把史方和许晶救了上来。先救上来的，是许晶，没有意识。后救上来的是史方，也没有意识。他们在现场对两个人进行了心肺复苏，等到120来的时候，确定许晶是有心跳和呼吸的，但史方已经没有生命体征了。"

"这个地方落水，挺少见的吧？"大宝说道，"就这植被，若不是主动想下水，不容易失足吧？"

"你啥意思啊？你是说殉情？"林涛问道。

"殉啥情啊？人家殉情的都是两个人因为各自父母不同意，所以一起死好吧！"大宝说，"这都结婚生子了，出来野餐，幸福的小日子殉情干啥？"

"说老实话，我总感觉不像相约自杀。"韩法医说，"网络上经常炒作'反绑跳河自杀''封嘴跳河自杀'的事情，就是人跳河自杀之前，有自己背着装有沉尸石块的包袱、自己捆绑双足双手、自己用胶带封嘴的行为，被人看起来像是他杀，其实多半是自杀。这是自杀者害怕自己下意识自救、死心已决的表现。网友们不相信，但是我们见得多啊。反倒是这种丝毫没有多余动作的，不太像是自杀。"

"意外也不是没可能。"我看了看河岸边，说，"河岸陡峭，没有护栏，甚至没有警示牌。在河岸边有过多动作，不排除有意外落水的可能性。看来市政还没有把公园整顿好，小心死者家属索赔。"

"人是在这里救起来的吧？那我逆着水流去找落水点。"林涛沿着水流的反方向向上游寻去。

"你还是没说疑点所在。"我耸了耸肩膀。

韩法医笑了笑，蹲下身子，说："你看，死者是从水里捞出来的，捞出来的时候有没有生命体征，钓友不确定。但我们看起来，死者口鼻没有蕈状泡沫①，胸腹部不膨隆，指甲间，嗯，除了身上刺了不少苍耳子，手指间倒是没有泥沙水草。我们光看尸表，不敢确定他是不是溺死。"

"你是怕，死后抛尸入水？"我问道。

韩法医点了点头。

"你的怀疑有道理。"我说，"那我们就申请对尸体进行解剖吧。解剖过后，是不是溺死，不就一目了然了？"

"附近没有监控。"程子砚从远处走了过来，说，"我去帮林科长吧。"

"好的，你告诉他，不仅要找落水点，还要找疑似野餐的地点。"我说，"让侦查部门对附近水域进行打捞，排除将其他多余用品抛弃入水的可能。哦，对了，死者的轿车也停在附近吧，一并进行勘查。让侦查部门做通死者父母的工作，让他们同意解剖。"

---

① 蕈状泡沫：指在尸体口鼻腔周围溢出的白色泡沫。蕈是一种菌类，这种泡沫因为貌似这种菌类而得名。蕈状泡沫的形成机制是，空气和气管内的黏液发生搅拌而产生泡沫，大量的泡沫会溢出口鼻，即便是擦拭去除，一会儿也会再次形成。比如人在溺水的时候，因为呼吸运动，水和气体在气管、肺之中混合搅拌的时候，就会形成蕈状泡沫，所以它一般是在溺死案件中出现，也可能会在机械性窒息和电击死中出现。

第四案　保姆的录像

法医秦明
VOICE OF THE DEAD

我的预感越来越强烈，说不定这就是暴风雨之前的宁静了。有些事情，要么不来，来了就要命。←

　　嗯，这样说吧，如果我死了，请一定要调查我的丈夫。

1

史方的父母是不同意解剖的，他们在悲伤之余，认为这就是一个普通的落水事件，为什么还要让自己的小儿子死无全尸？警方也不好给他们解释，毕竟这起案件大概率是意外落水的事故，总不能说警方怀疑是命案。万一最后的解剖结果表明不是命案，那家属肯定会对警方有很大的意见。

董局长给侦查员的任务是，在不透露本案有疑点的前提下，劝说其父母同意对其尸体进行解剖。任务很重、很难，一时就没有反馈了。

林涛和程子砚去隋河附近寻找落水点和野餐地点，因为地界太大，野餐不是野炊，一时之间也找不到任何痕迹。

就这样，等到天黑，也没有反馈上来任何线索。

第二天，林涛和程子砚继续去隋河边寻找物证，我们其他人无事可做，总不能闲着。听说本案中的女性当事人许晶已经送去医院抢救，还已经抢救过来了，我们决定去医院看看情况。顺利的话，真相很有可能通过口供，以及我们的印证而浮出水面。如果能这样最好，省去了很多勘查推理的时间。

正准备出发的时候，陈诗羽突然走进了办公室。

"咦？小羽毛，你怎么回来了？你不是在休假吗？"大宝问道。

"哦，秦科长，我申请提前终止休假。"陈诗羽说道。

"你的嗅觉够灵敏啊，我们这儿一发案，你就知道？"韩亮笑着说道。

"你才是狗呢。"陈诗羽笑着瞪了一眼韩亮，转而严肃地说道，"我知道许晶出事了，就问了董局长，是他告诉我具体情况的。"

"你认识许晶？"我也瞪大了眼睛。

"你也认识。"陈诗羽说，"上次我们去医院的时候，她就在刘鑫鑫旁边坐着。"

我有些惊讶，努力回忆了一下许晶的模样。短发，瘦高个儿，长相甜美，落落大方。

"你们这是要去哪里？"陈诗羽岔开话题，反问我们。

"去医院，看看许晶。听说经过了抢救，现在情况应该稳定了。"我回答道。

"走，我们一路上边走边说。"陈诗羽率先跳上了车。

不出我的所料，陈诗羽请假就是和刘鑫鑫有关系。

两天前，当我们办理完上一起案件之后，陈诗羽突然收到了刘鑫鑫发来的微信，说自己已经想通了，决定在以故意伤害罪名起诉赵达的同时，向法院起诉离婚。因为她有明确的被长期家暴的相关证据，陈诗羽相信离婚官司也会进展得十分顺利。

对陈诗羽来说，她是搞刑事案件的，所以她搜集、固定证据的能力很强，她相信只要刘鑫鑫配合，她完全可以按照一起刑事案件的标准来搜集刘鑫鑫长期被家暴的证据。但毕竟是搞刑事案件的，对于离婚案件这种民事官司，陈诗羽也不太在行。于是陈诗羽带着刘鑫鑫找到了一个师姐，这个师姐从公安大学毕业后，通过司法考试，成了一名离婚律师。

陈诗羽休假的这两天，比平时上班还要忙碌。她们一边整理着证据，一边按照律师的要求，在走法律程序。

在忙碌的过程中，陈诗羽也了解到了刘鑫鑫和赵达的一些基本资料。

赵达，三十一岁，凤凰男，在IT大厂工作，商业精英，左右逢源，对外经营的形象很好，性情开朗，待人热情。这几乎是所有认识赵达的人，给予赵达的评价。

刘鑫鑫，二十八岁，性格贤良温顺。陈诗羽根据这两天和刘鑫鑫的聊天得知，刘鑫鑫的母亲经常埋怨她的父亲挣钱很少，没能力。尽管父亲只是个小职工，但家里不至于穷困潦倒，母亲的埋怨仅仅是因为自己有强烈的物质需求，而父亲满足不了她的欲望，于是他们的一生都在为这个争吵。因此刘鑫鑫就发誓一定要嫁个富二代，从此不再为金钱而烦恼。刘鑫鑫大学毕业后，就分配在一家生物制剂公司工作。去年，刘鑫鑫被邀请去她的大学同学、现在的同事兼闺密家里吃饭，认识了闺密老公的同事赵达。赵达认识刘鑫鑫后，立即对她展开了疯狂的攻势。赵达出色的外表、殷实的家境和他猛烈的追求，让从来没有谈过恋爱的刘鑫鑫措手不及，很快陷入了爱的旋涡。两人在认识半个月后，登记结婚。婚后，刘鑫鑫就辞去了工作，成了全职太太。

这个让刘鑫鑫认识赵达的闺密兼同学，就是许晶。许晶的丈夫史方，就是赵达的大学同学，现在是赵达的同事。

经过两天的忙碌，陈诗羽全面了解了刘鑫鑫和赵达的为人，知道了赵达在婚后不久，就露出了真实的面目，开始殴打刘鑫鑫。只要任何一个不顺心、不满意，就会对刘鑫鑫大打出手。刘鑫鑫有苦难言，却又一直迫于对赵达的畏惧和对未来的担忧而选择隐忍。后来有一次，刘鑫鑫受伤后被许晶看见了，许晶力劝她离婚，可是她回到家里，看到一脸愧疚的赵达，最终还是选择了原谅。

结婚一年多，刘鑫鑫被殴打了十余次，报警了好几次，可最终都是以赵达道歉、刘鑫鑫原谅而告终。无论伤得有多重，都是这样。

即便是这次，陈诗羽苦口婆心劝说了她这么久，甚至帮她把后路都想好了，刘鑫鑫还是有诸多顾虑。但两天前，赵达的一个电话，让刘鑫鑫彻底寒心。

这些天来，刘鑫鑫一直在陈诗羽的劝说下，不知道该如何抉择，于是她决定去医院看望一下还在住院的赵达，聊一次，再做决定。她走到赵达病房门口的时候，突然听见了赵达正在打电话。

"有什么关系？警察天天找她也没关系。我保证，我稍微低个头，她立即会放弃一切抵抗。"赵达拿着电话，说道，"没事儿啊，有什么事儿？都是一些鸡毛蒜皮，但我告诉你，女人就得打，你不打，她就不听话。"

这一句话深深刺伤了刘鑫鑫，她终于知道陈诗羽说的一切都是真的，所谓的道歉、承诺、保证都不过是为了应付警察的缓兵之计。家暴就像是毒瘾一样，一旦染上，就根本无法戒掉。之前的她，幻想着赵达能变好，简直就是痴人说梦。

也正是因为这个电话，刘鑫鑫下定决心要按照陈诗羽之前告诉她的路子走了，她要拿起法律武器，维护自己的权益。

这两天，陈诗羽和刘鑫鑫做了很多事。她们先是去报了警，然后按照警察的要求，带着病历资料去市局法医门诊进行了伤情鉴定，目前证据收集得都差不多了，派出所也等伤情鉴定结果下来，就可以以故意伤害罪对赵达立案侦查了，离婚官司的诉状也交了上去。一切都在向好的方向发展的时候，刘鑫鑫接到了通知，说许晶出事了。陈诗羽也是从刘鑫鑫的口中知道许晶出事了，这才提前归队。

说话间，车子开到了龙番市人民医院。120将许晶就近送到了这家医院。

好在我和这家医院的医务处十分熟悉，所以省去了开介绍信、自我介绍之类的繁文缛节，直接通过医务处找到了医院ICU科的主任，季主任。

季主任是一个五十多岁、专家教授模样的医生，一身笔挺的白大褂，脖子上挂着一个听诊器。季主任听说我们是公安厅来了解情况的，非常热情。

"ICU在疫情开始后，就不准任何探视了，你们见不到她，即使见到也没用，还不如听我说。这病人吧，有轻微的水性肺气肿的影像学表现，溺水肯定是溺水了。"季主任说，"但是呢，她的各项生命体征都是平稳的，血氧饱和度正常，也没有过度窒息的征象，所以现在暂时搞不清她处于昏迷的原因。"

"昏迷？"我问。

"那，她有没有机会醒过来？总不能就这样成植物人了吧？"大宝问道。

"这个，我刚才说了，现在请了神经内科、神经外科的专家会诊，也没有能得出结论，脑电图确实有一些异常。搞不清昏迷原因的话，我也就无法估计她能不能苏醒了。"季主任说，"人脑的结构嘛，你们懂的，太复杂了，现在医学科技还搞不清楚。"

"会不会是装的？"我大胆提出了设想。这样一问，身边的陈诗羽皱了皱眉头。

"这个，我觉得没必要和医生装什么吧。"季主任说，"神经外科进行技能反射检查的时候，也没说她的昏迷不正常啊。溺水病人，有可能缺氧严重，影响脑部机能，最终导致神经功能受损害，甚至变成植物人，都是有可能的。"

陈诗羽突然说道："你有在她身上，发现什么不正常的损伤吗？"

我扭头看了看陈诗羽，心想：这姑娘不会最近查家暴查出惯性了吧？总不能谁都经历家暴啊。

"没有。"季主任说，"她入ICU的时候做了全身检查，没有损伤，也没有陈旧性损伤。依我看啊，这就是单纯的溺水事件，没什么疑点。"

"好的，毕竟是一死一伤，我们也希望她能苏醒，好搞清楚事发的经过。"我说道，"麻烦您了，不耽误您工作了。"

"我们尽力。"季主任对我笑了笑，转身走进了病房。

"嘿，老秦快看手机，史方的父母同意尸检了！"大宝拿着手机，说道。

原来董局长给我们几个人都发了消息，约定下午三时，在殡仪馆对史方的尸体进行检验。

这天天色阴沉，但解剖室内通明的灯火，把尸体照射得更加清晰了。眼前的这个男人，面色苍白地躺在解剖台上，尸体背侧的尸斑已经形成，手指也因为尸僵的作用蜷缩了起来。韩法医正在对尸体进行尸表检验，我和大宝立即穿好了解剖装备，走上前去，加入了尸检的队伍。

"确实是没有窒息征象。"大宝检查着死者的指甲，说道。

我走到尸体旁边，静静地观察着。尸体的表面，即便已经除去了衣物，还是挺脏的，可想而知这"缺乏保养"的隋河水有多"养料充足"。死者穿着短袖和长裤，尸体似乎在坠落到河里的时候，在岸上有一个翻滚，所有身体裸露位置，比如头面颈部和双臂，甚至衣襟撩起就可以暴露的腹部和腰部，都黏附着泥土、树叶，还有几枚苍耳子刺入了皮肤，周围有星星点点的血迹。

我们对尸体进行了拍照和摄像固定，然后将尸体上肮脏的附着物清洗干净。尸体上，没有约束伤、威逼伤①和抵抗伤，看起来很自然，没有搏斗的痕迹。除了苍耳子造成的损伤，尸体上还有一些小块状的擦伤，看起来是落水的时候形成的，对案件的整体定性并不能造成什么影响。

尸表检验已经结束，韩法医拿起手术刀，联合打开了死者的胸腹部，开了胸，掏了舌头。死者的气管内确实有一点淤泥和杂物，可以判断他在落水的那一刻，还是有呼吸的。但是，他并不像其他落水者那样，他没有严重的水性肺气肿，肺脏表面没有肋骨压痕，肺叶间也没有出血点。从这一点可以判断，他不是溺水窒息死亡的。

"干性溺死？"大宝脱口而出，转念一想，又不对，说，"不对啊，干性溺死，也是窒息啊，总不能连个脏器出血点都看不见。"

"又有溺水的征象，又不是溺死，最大的可能是中毒了，快死的时候入水。"韩法医一边说着，一边抽了几管子心血，剪下一块肝组织和一块胃壁组织，又取出一些已经消化了的胃内容物，说，"送去加急毒化检验。"

"加做个酒精。"我转头和急匆匆离开的技术员说道。

"你是在怀疑许晶杀夫啊？"在一旁观看的陈诗羽惊讶道。

"我可什么都没说。"韩法医耸了耸肩膀，说，"嘿，头锯开了吗？"

在韩法医的助手魏法医锯开死者的天灵盖的时候，我们还觉得开颅就是个程序问题，不论怎么的，他的颅内都不会有什么问题。

但是这种近乎统一的认识，在魏法医取下死者的脑组织的时候，全部发生了改

---

① 威逼伤：指凶手控制、威逼受害者时，在受害者身体上留下的损伤。伤口主要表现为浅表、密集。

变。非常奇怪，死者的脑底部有大量的出血和凝血块。这些出血挤压死者的脑干，导致了脑疝。脑干是人体的生命中枢所在，这里的出血势必会导致死者立即死亡。

"居然不是中毒！死因在这里，太意外了！"韩法医惊讶道，"毒化是不是没必要做了？"

"既然送去了，做一做也无妨。"我说道，"死者的头皮没有损伤，不可能是外力直接打击头部而导致的脑底出血。这种情况的出血，只有两种可能。"

"基底动脉畸形。"大宝说。

我点了点头。在没有外力作用的情况下，出现不易伤害到的位置——脑底的出血，大多是自身的疾病所致。不过，这也很容易检验。我们取下死者的脑组织，仔细分离了脑组织底面的基底动脉，再用一支注射器吸满了水，从基底动脉环的一端注入。这就是法医检验脑血管所用的"注水实验"了。既然脑底出血，那么脑底的血管肯定有破口。通过注水，法医就能找到脑底血管的破口所在，在破口处进行观察，就知道是外力作用，还是脑动脉畸形了。

注水实验很顺利，但结果再一次出乎了我们的意料。在基底动脉环的中央，我们找到了基底动脉的破口，可是破口处的血管很正常，并无畸形、动脉瘤存在。也就是说，死者的脑底出血，是另一种可能性——外伤。

只不过，我说的这种可能性，并不是头部遭受的直接外力，因为直接外力势必造成头皮、颅骨和相应脑组织的挫伤。这种外力，法医称之为"旋转剪切力"。因为头部猛然旋转，导致脑部血管张力增加，从而被撕裂出血导致死亡。有的时候在互殴的案件中，或者发生摔跤、跌落等动作的时候，会发生这种情况。

"这种死亡，是有一定的偶然性的。"韩法医抿了抿嘴唇，说道，"我觉得，他的损伤一定是在跌落河中的过程中，头部过度旋转、剪切而导致的。因为这种脑底出血，死亡很快，正好符合他的情况，落水刚吸入两口水，还没窒息，就脑干受压而死了。旋转剪切力容易导致大脑桥静脉破裂，但也有可能导致其他脑血管破裂。"

我点头表示认可。

"所以，这样的情况，就不可能是杀人案。"韩法医说，"因为没人能预料到死者在落水的那一刻会出现这种极小概率发生的损伤。"

"你刚才还在怀疑许晶。"大宝对陈诗羽说。

陈诗羽欲言又止。

"还是有问题的。"我沉思着，说，"你们固定、缝合吧，脑组织要带回去进行组织病理学检验。毕竟还是需要镜下鉴定来固定证据。"

一系列工作做完，不知不觉天已经完全黑了。忙了一整天，我真是腰酸背痛。

在解剖完尸体后，我们回到了市局刑警支队。

此时林涛他们的现场勘查工作已经完成了，他们经过一整天的寻找，终于找到了两个人的落水点。落水点附近泥土上，提取到了两个人相伴的足迹，以及他们滑落河中的踩踏状足迹。从痕迹对现场重建的情况看，两个人相伴而行，因为河岸边的泥土潮湿变松软，所以走在外侧的史方一脚踩空而落水。两人可能是挽手或者牵手而行，所以许晶也被带入了水里。既然是两人足迹相伴，那么就可以排除是许晶弄晕了史方，再将他抛入水中这种可能性了。而且，附近的钓友施救也不慢，如果不是史方出现了脑底出血，一定不会死亡。那么，这么不保险的杀人方法，想必许晶也不会用。

在碰头会即将开完的时候，理化实验室传来了毒化检验结果。死者史方体内未发现常见毒物，血液酒精含量为0。

结果一宣布，专案组一片议论之声，声音里都带着轻松和愉悦。大家几乎已经认定，这绝对不是一起命案。尤其是陈诗羽，一脸如释重负的表情。

但是我们几个法医，不这么认为。

"不，案件还是要查。"我说，"对于两名当事人的关系，以及他们的社会矛盾关系，都要继续查。"

"还有疑点吗？"董局长原本已经舒展开的两条浓眉又拧了起来。

"有。"我左右看了看，几名法医都朝我点了点头，表示认可我的意见，我就继续说，"旋转剪切力导致脑动脉破裂，是极小概率事件的同时，还必须有个先决条件。"

"什么先决条件？"董局长神色凝重起来。

"我们正常人都有潜意识里的反射性保护动作，也就是说，我们的头部过度旋转和剪切的时候，颈部肌肉会反射性地预防这类意外的发生。所以，所谓的旋转剪切力导致脑血管破裂极少发生在正常人身上。通常，这样的情况会发生在药物致幻或者严重醉酒的人身上。虽然死者的胃内容物没有酒味，但毕竟他是餐后三四个小时死亡的，有可能消化到闻不出味道了。所以我们开始得知这个结果，都认为他很有可能有醉酒的情况。现在排除了药物和酒精，那么他是因为什么才失去了自我反射性保护能力呢？"

"为什么呢？"董剑问道。

"不知道。"我挠了挠头，说，"我真的不知道。现场足迹显示他是自主行走的，和我上面的论断不一致。我在想，也有可能是极小概率的没有外因，就是纯个人原因，反应太慢，反射性保护没出来，血管就断了。毕竟，个体差异之大，是超出我们想象的。所以，为了防止万一，这个案子还是得查一下。"

"行，案件继续查，有什么情况，我们互通信息。"董局长忧心忡忡地说道。他身边的陈诗羽更是一脸凝重。

2

接下来的好几天，陈诗羽时不时地发短信给刘鑫鑫，含沙射影地问了问她，希望她可以提供一些线索。可是刘鑫鑫似乎对这个闺密的家庭生活并不了解，一问三不知，只说每次和许晶说自己被家暴的时候，许晶都会表现得不自然。起初刘鑫鑫也觉得是不是许晶也遭受了家暴，但是从来没见她受过伤，所以认为自己是想多了。见问不出什么了，陈诗羽这才作罢，将她和刘鑫鑫的精力都重新集中在故意伤害和离婚官司上。

这天早晨，我刚刚来到办公室，就看见林涛和大宝围在电脑前议论着什么。

"这么吸引眼球的视频，肯定会火啊。"林涛说，"'亲生女儿贪图遗产，害死可怜父亲'这标题，也真够劲爆的。"

"网络舆情？哪里的？"我丢下背包，走到电脑后面。

"我们省的，汀棠市。"林涛说。

"什么情况？"我问道。

林涛把笔记本电脑转过来一点，打开了屏幕上一段视频。

视频里，是一个看上去像普通人家客厅的地方，空间不是很大，装修也很简洁，但是从卡通的餐桌、椅子和蕾丝边的桌垫看，像是一个女孩子家的客厅。客厅里有一个老人，一手扶着桌子，一手捂着脖子，像是在痛苦地说着什么。不一会儿，他突然倒地，手脚抽搐，在地面上剧烈地翻滚挣扎了一会儿，就不动了。

这个视频，配着一大段文字，大概的意思就是：录制视频的人，是家中的保姆，而发视频的人，是死者的大女儿，叫作刘落英，今年四十岁了。原本是由她照顾父亲的，但是她的亲妹妹，也就是死者的小女儿刘岚英因为觊觎死者的数十万存款和一套房子，非要争抢赡养义务不可，将老人接回自己家里去住了。结果这还没照顾几年，就觉得老人是累赘了，所以杀死了父亲，还要栽赃给保姆。幸亏保姆机灵，在关键时刻掏出手机，录制了父亲死亡前的录像。

网络上的评论一片哗然，有感叹世风日下、人心不古的；有痛斥刘岚英狼心狗肺，怜悯老人这么大岁数还不得善终的；有猜测老人遭遇家暴，因不堪忍受而服毒自杀的；还有指责这人有时间录制视频却不去施救的。

"哟，这看起来，还真的挺像是中毒的。"大宝说道。

"前几天还在说，很多中毒都有呕吐症状，而视频里的这人没有。"林涛说。

"也不一定，有的中毒不一定呕吐。"我说，"但我觉得，他的这种死亡过程，抽搐、捂住颈部的动作，倒像是哽死。"

"啊？你说是意外啊？"大宝问道。

"对，一般哽死都是意外。"我说，"给我的感觉啊，只是感觉，这个死者在死之前是想告诉别人他嗓子里有东西。"

"说得有道理。"大宝说，"那这个指责小女儿害死父亲的帖子，就是在造谣了。"

"这个不知道，也许就是发帖人的幻想。也许是，真有一些不好的事情，发帖人捕风捉影吧。"我说完，神色有些黯然。

"要是哽死，那就太亏了。"大宝说，"如果拍视频的人掌握海姆立克急救法，那就能救回一条生命了。"

"海什么？"林涛问道。

韩亮恰好此时走进办公室，说："这你都不知道？海姆立克急救法是一种清除上呼吸道异物堵塞，也就是噎住的急救方法，由美国医生海姆立克先生发明。该法的第一次运用在1974年，海姆立克医生运用该法成功抢救了一名因食物堵塞了呼吸道而发生窒息的患者，从此该法在全世界被广泛应用，被人们称为生命的拥抱。"

"快教我，快教我。"林涛说道。

韩亮沉吟了一会儿，一边比画，一边说："对于一岁以内的婴儿，先将婴儿面朝下放置在手臂上，手臂贴着前胸，手卡在下颌，另一只手在婴儿背上拍。不行的话，立刻将婴儿翻过来，头冲下脚冲上，面对面放置在大腿上。一手固定在婴儿头颈位置，一手伸出食指中指，快速压迫婴儿胸廓中间位置。"

"成人呢？"林涛问。

"成人就比较简单了。"韩亮走到林涛的背后，环抱住他，还是一边比画，一边说，"施救者站在被救者身后，两手臂从身后绕过伸到肚脐与肋骨中间的地方，一手握成拳，另一手包住拳头，然后快速有力地向内上方冲击，直至将异物排出。"

恰在此时，陈诗羽和程子砚一起走进了办公室。见到韩亮和林涛正以奇怪的姿势立在办公室中央，陈诗羽一皱眉头，说："你们俩在干啥？"

"没呀。"两个人同时跳了开来。

陈诗羽不顾林涛和韩亮的满脸尴尬，也不管程子砚低头忍笑，径直走到我旁边，把文件夹递给我说："这是汀棠市发来的邀请函，关于今天早晨发生的一起非正常死亡事件。"

"汀棠？"我问道。

"嗯，我爸，哦，陈总刚才给我的。"陈诗羽说，"说是引起了网络舆情，家属又不配合警方工作。所以，他们担心此事会演化成信访事件和网络事件，希望我们提前介入，协助他们查明死因和案件性质。"

"这事儿我知道，应该不难。"我接过文件夹，对那两个手足无措的人说道，"出发了！"

警车疾驰了两百公里，直达位于汀棠市东区的一个小区，小区设施很简陋，道路也很狭窄，估计是汀棠市这个新兴城市里比较破旧的小区之一了。

这个现场，和我们以往去过的现场不一样的是，虽然小区一栋楼的单元门口用警戒带进行了封锁，所有的技术警察也都已经穿戴整齐，但他们并不在现场里，而是在单元门外的警戒带边站着。

"怎么了这是？"我很好奇地走了过去，见年支队长站在单元门口叉着腰，问道。

"死者的大女儿，坐在楼梯上闹着呢，让我们别想抢尸体。"年支队长说。

"啊？她不是要给父亲申冤来着吗？"大宝问道。

"走开！你们都走开！谁也别想碰我爸！"女人的声音从楼道里传出来。

"这都几个小时了，你们还没进去？"我惊讶道，"为啥啊？她不是要求查明真相吗？"

年支队耸了耸肩膀，说："死者的小女儿，刘岚英，今年三十岁，现在正和我们特警支队的一名民警恋爱，这成了她要求我们全局回避的理由。"

"事情的经过是怎样的？"我苦笑了一下。明明是不符合回避规定的事情，警方似乎也没有办法去说服她。

"今早我们接到保姆的报警，说她受雇的雇主家老人突然死亡了。"年支队说，"我们赶到现场的时候，这个女人就拦在楼梯上，不准我们进入，说她妹婿是警察，肯定会包庇什么的。所以现在事情经过还搞不清楚，只能看到网上被炒热的那段视频，你们也看到了吧？"

我点了点头，说："我感觉像是吃早饭的时候哽死了。"

"这倒是一个想法。"年支队若有所思地说道，"不过，这个刘落英现在一口咬定自己父亲是被妹妹害死的，说是毒杀，所以网络舆情也被引导得一边倒了。"

"管什么舆情？我们法医尊重的，就是事实和真相。"大宝说道。

"你们确实不用管，但是我要考虑得出意外死亡的结论后，如何防止她再在网络上带节奏啊。"年支队说，"而且还涉及我们的民警。"

"那个刘岚英呢？"我问道。

"我们先到的，到了不久，就看见刘岚英一路小跑回来了。"年支队说，"她本来要上楼的，结果被她姐姐用两只鞋子砸了下来。后来为了防止意外，我们拦住她，没让她上去。她就一直在那里哭，也不说话。现在被我们带去派出所了。"

"这个家庭的情况，还没调查清楚吗？"我问道。

"现在保姆确定，事发当时，只有她和死者两个人在场，没有第三个人了。"年支队说，"通过调查，也确定了刘岚英、刘落英的不在场证据。保姆说，她是看见老人突然不行了，为了避责，就顺手拿手机录下了一切。视频里可以看出，死者没有受到损伤，也没有外力实施暴力导致的机械性窒息。当时我们还真的认为有可能是中毒，现在你说是吃早饭哽死的，这个我们倒是没有想到。"

"究竟是不是，这个需要看完现场和尸体以后才能下结论。"我说，"我去试试，看能不能说动她。"

"肯定可以。"年支队直了直腰，带着我们走上楼梯。

"刘落英，我们省厅的勘查组来了，虽然你提出的回避是不符合规定的，但是我们照顾你的情绪。"年支队说，"现在省厅来勘查现场、检验你父亲刘青的尸体，你放心了吧？"

眼前的这个女人，留着一头短发，衣着华贵，披金戴银的。简单扫了一眼，她手上至少有三个戒指。虽然她那一身行头看起来价值不菲，但是她身上的俗气也是与之俱来。

"你们终于来了，好，我就相信你们省厅！"女人从楼梯上站了起来，说，"希望你们尽快破案，把害死我爸的人绳之以法。"

这么容易就"相信"了我们，反而让我们几个人有些诧异。走进了现场，年支队一直在苦笑着摇头。

我拍了拍年支队的肩部，说："其实并不是我们的水平高于你们，只是因为是上级单位，就会让很多人自然而然地选择相信。是庙大，而不是僧高。"

"你可拉倒吧。"大宝对我嗤之以鼻，"堂兄！你被告得还少吗？有一些人啊，只愿意选择相信自己，而不是相信真相。"

房屋很小，是两室一厅的结构，但是很整洁。大宝进入现场，就站在勘查踏板上，蹲在尸体旁边观察尸体，而我则在屋内沿着勘查踏板走了一圈。两间屋子，一间里有按摩椅，有足底按摩洗脚盆，还有放在床边的蒲扇，看起来是老人的房间；另一间装饰得很卡通，有几个卡通抱枕，粉红色的床单，看起来是这个怀揣少女情怀的刘岚英的房间。房间里很整齐，没有翻动的迹象。

"这种案子比较麻烦。"林涛说，"基本可以排除有其他人进入，那么，如果是命案，就是保姆或者刘岚英干的事儿。可是，现场全是保姆和刘岚英的痕迹物证，是无法对案件事实进行证明的。所有的杀亲案件，取证上都存在着困难。"

我知道林涛此时已经趴在地上，对地面的足迹看了个大概。虽然有视频证明死者的死亡过程，但警方还是需要从痕迹物证上确证视频内容的真实性。

"网络上的视频确定是手机拍摄的。"程子砚说道，"现场对应部位没有摄像头。"

其实在来的车上，程子砚已经有了推论。虽然拍摄的角度相对固定，但程子砚还是发现了拍摄时候的视频抖动，这说明这段视频并不是固定在某个位置的监控拍摄的，而是有人拿着手机拍摄的。虽然可想而知，这个保姆当时该有多惊恐，但她还是为了避责，选择了拍摄而不是救助，这让人总觉得怪怪的。

"不知道为什么，我突然想起了之前报道保姆虐待、殴打老人的新闻了。"林涛一边看着地面，一边说道。

"不要乱说话。"我朝屋子大门处看了看，说道，"咱们不能因为一起案件而把某一个群体都拉黑了。"

我走到客厅，见客厅的餐桌上放着一个碗和一个牛奶杯。碗里是空无一物的，但是牛奶杯里还有半杯牛奶。和我推测的一样，死者在死亡发生前，应该正在吃早饭。只是，究竟吃了什么东西，只有去往派出所获取第一手口供的陈诗羽能告诉我们了。

我在现场环视了一圈，确实再也找不出什么异样。我蹲到大宝的身边，问道："死者身上有伤吗？"

大宝戴着手套，拿着止血钳，夹开死者的双唇，说道："你看，唇黏膜都是完好无损的，没有损伤，也没有呕吐附着物。"

"其他部位呢？"我问道。

"没伤，一点伤都没有。"大宝撩起死者的衣衫，说道，"颈、胸、腹部皮肤完好无损，没有任何损伤。死者身上也很干净，没有污垢。从这具尸体的状况来看，他生前应该很爱干净，也没有和人打斗的迹象，更没有我们之前猜测的遭遇家暴的可能性。"

"关键就在于他的死因了。"我从头至脚地打量着尸体，突然觉得他的颈子似乎有一点粗，说，"大宝，你有没有觉得他的颈部比人家的粗？"

"脖子稍微粗一点，说明不了什么问题吧。"大宝说，"颈项部皮肤没有损伤，就能说明一切了。"

我摇了摇头，捏了捏死者的颈部，说："不对，我感觉不太对劲。"

"反正一会儿要解剖，你感觉不对劲没关系，解剖开来看看，什么都清楚了，对吧？"

我皱着眉头想了想，突然想到了白领被杀案的现场垃圾。于是，我走到了厨房，找到了放在厨房一角的垃圾桶，用戴着手套的手扒拉了一下垃圾，果真发现了一些异常。

我从垃圾桶里拿出了一缕长发，说："你们看，垃圾桶里有不少头发。"

"哪家的垃圾桶没头发？"林涛说道，"对了，我最近脱发就比较严重，我以后不会秃顶吧？那就真的生不如死了。"

"不，这么一缕头发，明显不是脱落的。"我左看右看，说，"保姆和他两个女儿，哪个是长发？"

"啊，刘岚英是长头发，其他两个都是短发。"年支队凑了过来，说，"嗯，有卷曲的棕色头发，应该是刘岚英的。"

"你是人肉DNA仪器吗？"我笑着把头发放进了物证袋，说，"你们看到刘岚英的时候，她身上有伤吗？"

"啊？你说是父亲家暴女儿啊？"年支队摇了摇头，说，"不太可能吧，我是没看到她身上有伤。"

"而且就算是父亲家暴女儿，也不可能只家暴小女儿吧？你看他大女儿那孝顺的模样，我也不觉得这个死者会家暴。"年支队继续说，"哦，对了，死者的身份调查刚刚传给我。你看，是市政府的退休干部，生前为人非常温和，口碑很好。"

"大女儿发飙，不一定是因为孝顺。"我想到了帖子里关于父亲遗产的描述，心里觉得不舒服，说道，"反正存疑吧，查明白死因，也许一切都迎刃而解了。啊，对了，既然是退休公务员，那么退休后，也有每年体检的福利吧？"

年支队说："那是自然有的。"

"那就麻烦年支队现在安排人去他们单位定点体检的医院。"我说，"近些年来，关于死者的体检报告，全部调阅，然后送到解剖室里给我。有的时候，体检报告是可以和解剖情况进行印证的。"

"说得也是，这个年纪的老人，说不定有很多潜在性的疾病。"大宝说，"咱们也不能排除他是猝死嘛。"

说完，大宝拿着一个试管晃了晃，说："死者的心血，我抽好了，现在麻烦韩亮跑一趟，把这个送到理化实验室进行常规毒物的排除吧。刘落英不就是一口咬定是刘岚英下毒吗？理化检验一下，不就知道喽？"

3

尸体平静地躺在解剖台上，衣物已经被除去。此时，我们已经对尸表进行了更加细致的检验。死者全身并没有任何一点新的损伤或者是陈旧性损伤，全身擦洗得很干净，指甲也修剪得很整齐。

汀棠市公安局的法医赵永带着一名年轻法医和我们一起对尸体进行检验。虽然死者的家属刘落英要求汀棠市公安局全体回避，但很明显，她的这个诉求是不合法、不合规的。按照法医鉴定的制度，对这具尸体进行检验鉴定的主体，还应该是汀棠市公安局的法医部门，而我和大宝只能作为协助。

第四案

保姆的录像

尸体解剖需要通知死者家属到场，此时被指控的刘岚英正在派出所被控制，于是办案单位只能要求死者的大女儿刘落英来解剖室见证。可是刘落英说什么也不愿意来殡仪馆，说殡仪馆里太晦气了，自己绝对不会去那种晦气的地方。

于是，只能作罢，办案单位请了死者生前所在单位的一名工作人员，担任了尸体解剖的见证人。

"那我们开始吧？"大宝拿起手术刀，说道。

"等等。"我对大宝说，"我总觉得，死者的脖子是有问题的，所以，咱们还是按照开颅、开胸腹，最后开颈部的顺序来。"

一般对疑似颈部损伤的尸体，都会最后进行颈部检验。因为在解剖头部和胸腹部之后，体内血管内可以流动的血液都被放干了，解剖颈部的时候，就不会因为切断血管而造成颈部的污染。

切开头皮，开颅锯打开颅盖骨，切开硬脑膜，暴露脑组织。一系列操作刚刚完成，还没来得及取下死者脑组织的时候，陈诗羽一溜小跑来到了解剖室。

"调查情况，摸清楚一些了。"陈诗羽跑得双颊红红的，说道。

"死者其实是个阿尔茨海默病患者对吧？"我一边取脑，一边说道。

"啊？老年痴呆吗？咦，你怎么知道的？"陈诗羽奇怪道。

此时，我已经将脑组织取了下来，指着说："你看，死者的脑组织明显萎缩，脑沟回加深，和硬脑膜之间的间隙明显增加。"

"嗯，脑萎缩到这种程度，肯定会引起认知障碍了。"赵永点了点头，说道。

"这个线索，挺重要的。"我说道。

陈诗羽疑惑地看了看我，说："重要吗？啊，不管了，我来说说大概的调查情况。到目前为止，死者的小女儿刘岚英一直在哭泣，对于警方的询问充耳不闻，什么消息都没能问出来。倒是保姆那边透露了不少信息。"

保姆在整个询问过程中，一直在不断强调自己的辛苦。她说，照顾一个阿尔茨海默病的病人比照顾普通老年人要累上十倍。表面上看死者话不多，但是他头脑完全不清晰，而且每天想着办法开门出去溜达。死者几次都是在保姆做饭的时候，偷偷跑了出去。保姆知道他出了门就回不来，好在几次都及时听见声音，在单元门口把他拦住。这一点，就让保姆的工作困难多了，因为这一整天的工作中，要时刻警惕他出门，中午都不能休息，神经一直都是紧绷着的。要说和死者的沟通，那是完全没有。因为你问他什么问题，他总是抓不住重点。除了总是唠叨一些陈谷子烂芝

115

麻的事，近期的事情是什么都记不住。甚至连自己家的厕所都不记得在哪里，经常会跑到阳台上的拖把池中撒尿。保姆只能把拖把池和拖把又狠狠洗一遍。至于吃饭撒饭、把自己的东西藏起来又找不到这些小事就比比皆是了。

对于死者家的情况，她也从刘岚英那里听了一些。因为死者刘青在三年前走丢过一次，后来在警察的帮助下，刘岚英找到了老人，去医院就诊后，发现老人患有阿尔茨海默病。刘岚英告诉保姆，自己的母亲十年前去世，而现在的住房就是父亲和母亲的家，刘岚英没有购买房子，所以一直和父亲住在一起，顺便照顾父亲。但既然父亲被诊断患有阿尔茨海默病，一出门就找不到家，而且整天还吵着闹着要出门，那就必须加强对父亲的照顾看管的力度了。刘岚英在一家物业公司工作，工作性质是隔天上一整个白天的班。所以，保姆是在刘岚英工作的白天来当值，其余的时间，都由刘岚英自己来负责。

而对于大女儿刘落英，保姆说，她在刘岚英家提供家政服务三年，只见过刘落英一次。是两年前自己下班离开刘青家的时候，在门口见到的，知道那个人是刘青的大女儿，所以这一次为了避责，才会将拍摄的画面交给刘落英。保姆也没有想到这段视频当场就被刘落英给传上网了，而保姆也被很多网友指责见死不救，她心里也很不痛快。

说到视频，保姆振振有词。之前就看过，网络上曾经炒作过保姆虐待老人的事件。所以，保姆觉得，自己遇到的这个死者是个老年痴呆，那如果自己不去把死亡过程拍摄下来的话，很有可能被群众、警方误认为是杀人凶手，或者至少会猜测自己虐待老人。她认为，正是因为以前发生过这样的案件，自己早就想好了，遇到这样的情况，肯定首先得获得证据来自证清白。她本身对医学丝毫不了解，何谈抢救？既然不会抢救，又何谈见死不救？

对于性格问题，保姆说刘青是个性格温顺的老人，再怎么痴呆，对她还是言听计从的，不敢多说几句话，有的时候感觉就像是个不懂事的孩子。而他的小女儿刘岚英平时话不多，不喜欢把心事说出来。但事实情况是刘岚英在保姆不当值的时候，承担了照顾老人的全部工作，想起来，应该挺不容易的。大女儿刘落英则是那种说话声音很大的人，因为今天是第二次见，所以保姆也不清楚她是什么人。但她清楚地记得，上一次刘落英来这里看老人，眼神里尽是嫌弃，而且来了也是为了问刘青原来单位一个什么福利的问题，问完就走了，连一句关心的话都没有。

而对于当天早晨的情况，保姆是这么说的：当天是保姆当值，她去给刘青做了

保姆的录像

早饭，是两个包子、一个煮鸡蛋、一杯牛奶的营养早餐。刘岚英走了不久，保姆就发现正在吃饭的老人似乎有点不对劲，面色发青，总是揉自己的脖子。当时保姆还询问了哪里不舒服，但是老人没有正常表达，只说什么"卡、卡"。突然，老人就倒地了，但是随后他又自己站起来了。保姆知道事情不妙，于是赶紧拨打了120。打完电话后，老人行动不稳，似乎随时要跌倒。保姆说自己从网上看过，不了解情况，不要随便予以施救，不然有的时候会出现反作用。所以她为了避责，拿出手机，拍摄了后续的画面。

事发后，保姆给刘岚英打了电话，但是她的电话无人接听。于是保姆拿了老人的手机，拨了大女儿刘落英的电话。这也是刘落英先抵达了现场的原因。

"老人，尤其是有病的人，吃煮鸡蛋，很容易哽死的。"大宝说道。

"就这些吗？"我一边用手术刀联合切开死者的胸腹部，一边问道。

"其他的没了。"陈诗羽说，"刘落英的说辞和网上的一样，坚称是小女儿在碗和杯子里下了毒，故意制造不在场证据。弄死了老人，她不就能拿到遗产了吗？还说这个狠毒的主意，自己那个笨妹妹肯定想不出来，一定是那个警察男朋友出的。你知道的，舆论热点只要引到警察身上，就能爆。"

"我看啊，这个刘落英才是有人指点。"大宝说。

"不管怎么指点，一会儿韩亮过来告知理化结果，不就一目了然了吗？"我无奈地笑了笑说，"看看我推测得对不对，是不是哽死，结果一出，是不是意外，不也就一目了然了吗？"

"嗯，我也觉得不是他杀。"赵永说道。

"刚才我们做尸表检验的时候说过什么？"我说道，"死者周身非常整洁，衣着也很干净，甚至指甲都修剪得很精致。这是一个只有半自理能力的阿尔茨海默病患者应该有的能力吗？不，即便是保姆，也不会这么尽心尽力，小羽毛刚才带回来的保姆的证言，也没强调对死者的个人卫生无微不至吧？那么，只有一种可能，就是有更多相处时间的死者小女儿对他照顾得很周到。如果是恨不得他早点死，好继承遗产的不肖子孙，会这样无微不至地照顾自己的父亲吗？"

"突然想到你曾经和师父出过的一个现场。"大宝说，"那家儿媳妇照顾植物人的公公，但不懂医学，最后公公只吃不拉，撑死了。结果被老公打了一顿。①

---

① 见法医秦明系列万象卷第二季《无声的证词》"窗中倩影"一案。

唉，是啊，我们除了给逝者洗冤，还得还受委屈的人一个清白。"

我一边点头赞许大宝的总结，一边已经完成了开胸工作，说："死者的胸腹部器官位置正常，无器官、血管的破裂出血。嗯，器官瘀血。"

"窒息征象还是有的，指甲也有青紫。"赵永说道，"喏，你看，心尖还有出血点。"

"看来又被老秦猜对了，哽死。"大宝说道。

我没有回答，用止血钳在死者的腹腔内，找到了胃，然后用剪刀剪开。

"不对啊。"我用勺子舀出了死者的胃内容物，说道，"胃内容物还没有开始消化，倒是确实可以证明是吃饭的时候死亡的。不过，这胃内容物里，有不少清晰的蛋黄样的食糜啊。"

"你是说，他明明把鸡蛋吞下去了，为什么会哽死，是吧？"赵永皱起了眉头。

"对啊，这么多量，有一个鸡蛋的蛋黄了。"大宝说，"难道是吃了两个鸡蛋？"

陈诗羽摇摇头，说："不，保姆说就一个鸡蛋。"

"不用急着猜测，一会儿解剖颈部，再下结论。"我制止了大宝的猜测，将勺子中的胃内容物装进物证瓶，说，"这些胃内容物也要送去理化部门进行检验。"

此时，陈诗羽的手机铃声响了起来，她接通了电话，听了一会儿，对我说："韩亮打你电话你没接，猜到你在解剖。他说，理化检验的初步结果出来了，没有常规毒物。"

"果真不是中毒。但是若也不是哽死，总不能又来一个死因不明的吧？"大宝说道。

"为什么要加'又'？上一起案件，我们可是判断出了死因的。"我说，"现在，我们解剖颈部吧，看看他的气管内有没有异物，就知道一切了。"

万万没想到，结论的出现，并没有等到我们打开死者的气管。我用手术刀切开死者颈部正中的皮肤之时，就发现了异样。

刀一切开皮肤的时候，就暴露出了死者颈部两侧胸锁乳突肌广泛的出血，这显然不是一个正常的现象。

"颈部这么多出血，我还是第一次见！"大宝惊呼了一声，说，"可是他颈部皮肤没有出血啊，皮下肌肉里哪来这么多出血？隔山打牛吗？"

我同样感到奇怪，连忙逐层分离了死者颈部的肌肉，然后用"掏舌头"的办法把死者整个咽喉部位都拽了出来。喉头的周围，都是严重的出血迹象。

不论心里有多奇怪，我们还是把死者喉头周围的各组织仔细地进行了分离，逐一进行观察。可以确定的是，死者的舌骨和甲状软骨这两个在外力作用下最容易发生骨折的骨骼没有骨折，但是甲状软骨和环状软骨的内壁可以看到非常严重的水肿和出血的迹象。会厌软骨上，也都是大块的出血斑迹。声带及前庭皱襞的出血和水肿更加明确，而且声门周围有一个巨大的血肿。

可以说，这是我们见过的最严重的颈部出血。即便是在很多扼颈致死，甚至死亡前剧烈挣扎反抗的尸体上，也不可能看到出血、水肿到这么严重的程度。

"食管和气管内是通畅的，没有异物。"赵永用剪刀剪开了死者的气管，说，"不是哽死。"

"啊？老秦，你推断错了。"大宝说。

我点点头，说："这个情况，我确实是始料未及的。"

"始料未及啥？"陈诗羽说，"这些出血，是致死的原因吗？"

我点了点头，说："大量的出血血肿，加之喉头水肿，把死者的咽喉给堵得差不多了。加上死者吃早饭的吞咽作用，造成了更多的出血和水肿，最终完全堵塞咽喉，从而窒息死亡。"

说完，我用止血钳夹起死者被切开的颈部皮肤，对着窗外的阳光看了起来。颈部的皮肤比较薄，所以有一定的透光性。光线透过皮肤，如果有一些轻微的、尸表检验无法发现的皮内出血，就可以利用这种方式发现。

这不看不要紧，一看果真是看出了问题。透过窗外的阳光，我看见死者的颈部皮肤上，有两个新月形的轻微出血。

"看来，这还真的是外力导致死亡的。"我叹息了一声，说道。

"啊？不是都排除了是中毒吗？"陈诗羽说，"哦，你的意思是说，是保姆干的好事？"

"不，是刘岚英。"我说。

"这、这怎么可能呢？"陈诗羽难以置信地盯着我说，"你刚才还在说，死者全身护理得很干净，说明这个小女儿非常孝顺。你刚才也说了，按照逻辑，她这样的人，不可能杀死自己的父亲啊。"

"我是有依据的。"我说，"现场，我发现了一缕长发，虽然还没有做DNA，但基本可以确定是刘岚英的头发。这缕头发，都是带有毛囊的，而且数量较多，排列整齐，显然不是自然脱落的，而是被人揪下来的。"

"你是说，刘青对自己的女儿家暴，女儿不得已还手杀人？"陈诗羽侧脸问道，"可是，保姆都说了，刘青是一个性格温和的老人，他怎么可能对无微不至照顾自己的亲生女儿动手呢？"

"可能你们不了解阿尔茨海默病这个疾病吧。"我说，"绝大多数人都知道阿尔茨海默病的病人，最突出的症状，就是记忆力显著减退，空间障碍，也就是出了门便无法找到回家的路，即便是住了几十年的老家，也找不到。还有就是，认知会出现障碍，一开始只是表达不清，发展到后来，可能连人都认不清。而且很多人并不知道，阿尔茨海默病的病人会表现出很明显的人格障碍，比如不爱清洁、不修边幅、暴躁、易怒、自私多疑，对自己做过的错事会百般抵赖，如果别人追问，就会立即暴躁如狂。"

"怪不得你说这个干净的老人，肯定是被照顾得很好。"陈诗羽说，"如果没人过多关注他，他肯定会很脏。"

"是啊。"我说，"阿尔茨海默病的病人，还有一个很显著的特征，就是他的暴躁、易怒，并不是针对所有人的。当然，这也分人。如果是得病前就周身充满戾气的人，得病后，他可能会对所有人都很暴躁。但是这个得病前很温和的老干部，他得病后的暴躁症状，主要就是针对他最信赖的人。"

"哦，也就是说，谁对他好、谁离他最近、谁和他最熟悉，他就会对谁最暴躁。"陈诗羽沉吟道，"所以即便是保姆指责他，他也顶多是狡辩和认错。"

"而如果是对他最好的刘岚英指责他，他就会暴跳如雷。"大宝补充道。

"甚至于动手打人。"我说。

"那，会每天都这样吗？"陈诗羽问道。

"绝大多数人暴躁易怒的症状是间歇性发作的。"我说，"这个间歇期，可就说不好了。有的人一个月发作一次，有的人两天就会发作一次。可能到最后，那个照顾他的人，根本就不敢过多地说他一句，否则就会立即招来打骂。"

"我的天哪。"陈诗羽说，"那么多阿尔茨海默病患者的家属，都经历了什么？这，太不容易了。"

"生这病的人，很可怜。他身边的人，更加是一百倍的可怜。"赵永说道。

"这就是所谓的久病床前无孝子吧。"大宝感慨道，"很多人都认为是子女的锅，其实得了这种病的病人，真的就是在对其子女的身心进行摧残啊。试问有多少人在这种环境中，还能做到刘岚英这样，三年如一日地照顾自己的父亲，还毫无怨言呢？"

"是啊，都没有和保姆抱怨。"陈诗羽说道，"你告诉我，怎么预防阿尔茨海默病？"

"你现在就开始预防，有些早了吧。"我笑着说，"少吃油条、粉条这种含有铝和矾的食物，多进行有氧运动，多动脑子思考问题，做一些益智类的活动，减少自身的焦虑，都是有效的预防手段。"

"我才不是自己预防。"陈诗羽白了我一眼。

我明白了过来，说："不，不会的，师父不会的，他天天动脑子。"

"我说，"赵永打断了我，说，"你们是不是聊偏了？现在问题还没有解决呢！"

4

确实，如赵永所说，虽然我们发现了死者颈部的轻微损伤，但是很显然，这样的损伤不可能造成这么严重的颈部出血。而且，事发的时候，刘岚英明明已经上班去了，只有保姆和死者在家。有迟发性溺死，真的也有迟发性扼死吗？掐一下脖子，过了好几个小时再死？这听起来实在是太匪夷所思了。

这个问题不搞清楚，对死者是不负责任的，对刘岚英也是不负责任的。

"这个问题，我现在也不能妄下结论。"我笑了笑，说道，"毕竟我之前轻易下的哽死的猜测，被证明是错误的。"

"变谨慎了吗？"大宝问道。

"在工作中出现的失误，会不断地提醒着我们，不要先入为主，一切要以证据为主。"我说，"走吧，我们去市局，年支队那边，应该拿到我想要的东西了。"

因为这一起案件还没有确定究竟是"案件"还是"事件"，所以并没有成立专案组。不过，年支队的办公室成了临时的"专案组"，里面挤着好几个民警。已经完成了现场勘查的林涛也在其中。

见我们走进了办公室，年支队笑眯眯地看着我们问道："怎么样？究竟是毒杀，还是意外哽死？"

"不是毒杀，也不是意外哽死。"我说。

在年支队骤然变得严峻的神色中，我介绍完了我们的尸检所见。

"你的意思是，掐了脖子，没事，过了一段时间，才窒息死？"年支队瞪大了眼睛问我，"这个真的是匪夷所思。"

"不然，我想不出其他的解释方法了。"我耸了耸肩膀说道，"当然，我的这个理论，建立在你们调查的结果上。"

"调查什么？"年支队问道，"刘岚英还是不愿意说话，其他的调查结果，都让陈诗羽给你们带过去了啊。"

"你忘了吗？我让你调取死者生前的体检记录啊。"我说。

"哦，对对对，这个调来了。"年支队拉开抽屉，拿出一沓纸，说，"我就看得懂'脑萎缩'这几个字，其他也看不懂。"

我接过那一沓体检报告，仔细翻着，慢慢地，我都能感觉到自己拧紧的眉毛松开了。

"果然和我想的一样。"我指着体检报告里复杂的表格，说道，"凝血四项，数值都是有问题的。"

"啥意思？"陈诗羽问道。

"意思就是，从这个人生前体检的结果就看得出，他的凝血机能是明显存在问题的。"我说。

"那，为啥没治疗啊？"林涛问。

"因为没有发现其他可以证实死者有肝病或血液病的依据，所以体检报告上只能写'凝血检查异常，请予以复查'。"我说，"医院已经明明白白告诉他了，可是，很多人对于体检报告上的这些结论并不在意。"

"如果平时没有什么症状，肯定不会在意的，注意力都被脑萎缩吸引过去了。"大宝说。

"其实症状肯定是有的，比如磕碰到哪里，就会很容易青紫一大块，会鼻衄①，会牙龈出血不止什么的。"我说，"只是当事人被护理得很好，受伤少，也没把其他症状放在心上吧。"

"那，这个说明什么问题呢？"陈诗羽问道。

"本来这件事情的最大疑点就是为什么那么轻微的力量，就会造成那么严重的出血，而且还是延迟发生的。"我说，"现在，就可以解释了。某个身体部位出

---

① 鼻衄：即鼻出血。

现了外伤，损伤程度是和施加的作用力有关的。但是如果这人的凝血功能出现了问题，那么很轻微的力量就有可能导致严重的出血。随之而来的，是炎性反应加重，这叫作无菌性、外伤性炎症。因为颈部是闭合的嘛，加上损伤的部位是声带以下，这里的黏膜疏松，空间较大，一旦有出血，不易因周围组织压迫而止血，就会出血严重。严重的出血，加上严重的炎性渗出反应，导致他的喉部堵塞，从而窒息死亡。而且，因为损伤轻微，所以血管破裂面小，出血是缓慢发生的。本来缓慢发生的出血点是可以自凝的，但是死者因为凝血功能障碍，而不能自凝。缓慢发生的出血、缓慢发生的炎性渗出反应，最终导致了死亡的迟发性。有文献表明，无菌性炎症渗出达到顶峰需要48个小时，他这个因为有出血，肯定不及达到顶峰，也就窒息死亡了。看出血的颜色，估计也就12到24小时之间吧。所以想明白了形成机理，这种看似奇怪的死亡，也就不奇怪了。”

“这个时间，也确实是刘岚英照顾刘青的时间。”陈诗羽说道。

“这个事件发生的概率很小，嗯，怎么说呢，是扼颈的位置恰好富含血管，才会导致这样的结果。”大宝说，“极小概率事件，就可以排除刘岚英蓄谋作案了，因为这种杀人手段实在是太不保险了。若是想杀害一个阿尔茨海默病病人，有更多更保险的方法。”

“哦，我明白了。”林涛说，“老秦在垃圾桶找到的毛发，也是有证明意义的。还有，我们现场勘查的时候，发现垃圾桶里，有一个碎裂的杯子和被踩坏的路由器，你说，如果不是发生了打斗，怎么会有损坏的东西呢？”

“垃圾还没有来得及去倒，这也说明了时间并不长。”我说，“而且说明，这个后果，也是刘岚英意料之外的。”

“有了这些证据，就不怕刘岚英不交代了吧？”年支队站起身，说，“走吧，现在刘岚英被请来了市局刑警支队的办案中心，我们去问问她。”

市公安局刑警支队办案中心，此时，刘岚英已经被警方依法传唤。

刘岚英一个人坐在询问室的椅子上，已经停止了哭泣，神色落寞地低着头，玩弄着自己的手指。

“目前，尸检结果已经出来了。”我说，“死者因为喉部被人掐扼，导致了局部的损伤。损伤处不断有炎性渗出和出血，最后导致喉部出血压迫血管、喉头水肿而窒息身亡。实施这个动作的人，应当承担责任。”

刘岚英肩头一震，眼神里更是有说不尽的悲伤之色，很快，眼珠泛红，两汪清澈的眼泪就从眼眶内涌了出来。

"通过现场勘查，现场只有你、保姆和死者的痕迹，也就是说，并没有其他人进入现场。"我说，"根据视频监控，死者刘青在这两天也都没有出门。所以，不会有第三者对他实施颈部作用力，嫌疑人只有你和保姆二人。"

"你们不用查了，是我做的，和保姆无关。"刘岚英慢慢抬起头来，此时她的面颊上已经沾满了泪水，她强忍着抽泣，说，"是昨天上午我掐的，是我杀了他。"

"你不用过于悲伤和自责。"我于心不忍，说道，"通过我们的调查，确定刘青生前患有凝血功能障碍，通过检验，也可以确定扼颈的力量很小。虽然是你的这个动作引发了这个后果，但是导致他最终死亡，自身疾病至少有百分之八十的参与度。"

刘岚英的眼睛一亮，似乎得到了极大的安慰，她连声说道："谢谢，谢谢，谢谢你们！"

"现在，我需要你把和父亲在一起生活的所有事情都告诉我，还需要你把事发当时的所有经过都详细说一遍。"林涛示意侦查员可以开始记录了。

其实，刘岚英已经三十岁了，依旧姿色出众，追她的人也很多。她和那名特警至今仍保持男女朋友的关系、还没有谈婚论嫁的主要原因，就是她的父亲。

十年前，刘青的母亲去世，那时候刘岚英还在上大学。上完大学后，刘岚英就一直和父亲二人相依为命。刘岚英的姐姐刘落英比刘岚英大十岁，那时已经结婚，傍了个所谓的大款，极少回家看望父亲和妹妹，关系也就疏远了。刘青是一个正直的老干部，为人忠厚，对自己的女儿也是照顾得无微不至。那段时间，刘岚英下班回家都能吃到现成的，有什么心事也会和父亲分享，父女二人其乐融融。

可是慢慢地，刘岚英就发现不对了，父亲的记忆力突然开始显著下降，说话也文不对题，甚至连做饭都总是放错调料。刘岚英知道自己的父亲老了，该轮到她照顾父亲了，所以她接过了所有家务的重任。可是，父亲不干活儿了，病情也发展得越来越快了。有一天，父亲还是走丢了。好在一辆巡逻的特警车看到了发了疯似的在街上奔走的刘岚英，并且帮助她找到了父亲。也是这一次，刘岚英认识了自己的男朋友。

在特警男友的提议下，刘岚英带着父亲去医院进行了专科检查，确定父亲已经是中度阿尔茨海默病了。刘岚英没有办法，辞去了自己的高薪工作，去了一家工作时间较为自由的物业公司供职，并且几乎用自己所有的工资请了保姆，日子过得也很拮据。

这三年来，特警男友曾多次表示要和刘岚英结婚，共同来照顾刘青，可是被刘岚英拒绝了。原因很简单，刘岚英自己饱受阿尔茨海默病患者父亲的折磨，她不希望再拉别人来一起受罪。她不仅拒绝了特警男友的求婚，而且还把自己受的委屈全部咽进了肚子里。用刘岚英的话说，那是父亲最后的尊严。

她要是不说，没有与阿尔茨海默病患者生活过的人，永远也不能理解她的苦。

我之前陈述的所有阿尔茨海默病的症状，在刘青的身上都表现得很充分。原本温和忠厚的老人，突然变成了一个自私自利、多疑多怨甚至有暴力倾向的老人。他经常会犯错，可是刘岚英不能说，哪怕是用商量、恳求的口气说一下，他都会暴跳如雷，甚至动手打人。他会口出污言秽语，把刘岚英骂得狗血淋头，侮辱她的人格，践踏她的尊严，让刘岚英苦不堪言。可是，刘岚英知道，父亲这是病了，他是可怜的病人。无论他发脾气、打人还是侮辱人，都不是出于他的本心。所以，刘岚英三年如一日，认真、细致地照顾着父亲，防止他单独溜出门去。

事发当天上午，刘青又在阳台上小便。刘岚英发现后，没敢指责批评，而是默默地去清扫阳台。可没想到，这个默默地清扫阳台的动作，都让刘青暴跳如雷。刘岚英依旧是默默地听完了父亲的污言秽语。可是刘青不依不饶，非要自己出门不可。此时，刘岚英的午饭已经在灶上了，不能陪他出去走，于是只有好言相劝。

好言相劝对于一个阿尔茨海默病患者，丝毫没有作用，反而引起了他更强烈的怒火。刘青又一次殴打了刘岚英。这一次，他揪掉了刘岚英不少头发，打坏了刘岚英最喜爱的一个杯子，甚至连路由器也扯下来踩坏。积压在刘岚英心中的无限委屈，终于在那一刻爆发了。她为了抵挡父亲又一轮拳头，伸手掐住了父亲的脖子。就那一下，父亲颈部受压，脸上一阵扭曲，还吐出了舌头，随之怒气也就消散。

刘岚英见此情形，非常后悔，她安顿好父亲，甚至给他跪下磕头，不过见父亲没事，也就没往心里去了。可没想到，就这么一下，居然造成了这么严重的后果。

事发后，刘岚英悲伤、愧疚、自责的心理几乎让她窒息，她隐隐感觉父亲的死，和昨天她的那个动作有关。姐姐刘落英发的帖子她也看到了，但是用她的话来说，回避的心理比委屈、愤怒的心理更加严重。姐姐根本不了解父亲的情况，也没有受过自己的苦。这三年来，姐姐来家里的次数不超过四次，而前两次也都是简单说个事情就走了。后两次，父亲已经认不出姐姐了。

在姐姐的心里，刘青还是那个温和忠厚、善解人意的好父亲，她完全不会相信刘岚英所说的一切。而对于刘青不认得她这个大女儿的情况，她却认为是妹妹在背后为了遗产挑拨离间，让父亲不搭理她。所以，刘岚英最担心的，还是今后怎么和姐姐相处。她情愿把父亲所有的遗产都给姐姐，只要姐姐不再来揭开她的伤疤。

"你说的一切，都是真话，我们都相信。"我诚恳地盯着刘岚英，说道。

她感激地点了点头，随即低下了头，说："法律怎么惩罚我，我都接受，这是我罪有应得。"

"不，你应该走出来！"陈诗羽说道，"你是一个好女孩！不是所有人都能做到像你一样！"

刘岚英苦笑了一声，不再说话。

我们走出了询问室，看着侦查员们已经开始给刘岚英上手铐了，心中一痛。

"真的，我们就不能帮帮她吗？她多委屈啊！她的心里有多痛啊！"陈诗羽几乎都要哭了，而身边的程子砚早已哭了出来。

"你们别着急。"我安慰道，"我刚才说了，死者患有的基础疾病，是导致他死亡的绝大部分因素，外力轻微，刘岚英没有伤害的主观故意，加之刘岚英有自卫的情节。我相信，此案交与检察机关，一定会免于刑事处罚的。"

"你们要把详情写进鉴定书里啊！"陈诗羽强调道。

"放心，这是我的职责。"我想到了当年"小青华"的案子[1]，心中一痛。

"可是，即便是不追究刑事责任，她今后心理会不会有什么问题呢？"陈诗羽神色黯然地说道，"她那个不是东西的姐姐，把错误全部归咎于她，会不会善罢甘休呢？"

"放心吧，我都分析过了。"林涛轻蔑一笑，说，"那个刘落英，不过就是想着那点遗产。既然刘岚英把遗产都给她，她也一定不会再多嘴了。毕竟这个父亲在她的心目中，根本就不重要。"

"一套破房子，加几十万，这点遗产也要用手段啊？"韩亮摇摇头，说。

"你可拉倒吧！你以为我们都和你一样啊？这不少了好不好！别炫富！"大宝抗议道。

---

① 见法医秦明系列万象卷第一季《尸语者》"大眼男孩"一案。

"就是让那个不孝女最终获利，我心里感觉很不舒服。"韩亮说。

"人在做，天在看。"我叹了口气，说道，"我曾经说过，当一个人把取得的成就全部归功于自己的时候，就说明他膨胀了，而膨胀的最终结果，就是灭亡。和气球一样。同理，当一个人把过错全部归咎于别人，甚至从中获利，那这个人的膨胀最终也会导致灭亡。"

陈诗羽突然停下脚步，把原本就拿在手里的手机拿得离眼睛更近了一些。

林涛最先发现了陈诗羽的异样，于是问她："怎么了？看你的表情，感觉有颗小行星要来撞击地球了。"

陈诗羽收起手机，说："赶紧回去，我拜托师弟去调查许晶和史方的家庭情况，现在好像有些端倪了。"

当我提出明天请一天假，去享受一下二人世界的时候，他似乎很开心。
我想，他一定是以为我彻底放弃离婚的念头了吧。

1

回龙番的过程中，陈诗羽迅速地看完师弟发来的短信后，就跟我提出要单独去见刘鑫鑫。我觉得也好，毕竟许晶案的谜团还没有解开，刘鑫鑫究竟知情不知情还不得而知，让陈诗羽去探一下也好。

第二天一早，我第一个到了单位，正蹲在厕所里的时候，突然听见门外有两个人的脚步声。那两人一前一后进了厕所，显得鬼鬼祟祟的。

"喂，有啥事儿非要来厕所里说？"韩亮的声音。

"就、就问你个事儿。"林涛的声音。

显然，这两个人肯定不是来上厕所的。而且他们也没注意到厕所里藏着一个我。

"你也太不仗义了吧？谈上了恋爱，也不请我们吃饭？"林涛的声音怪怪的，说不出的感觉，仿佛有点酸不溜秋的。

"谈恋爱？"韩亮很惊讶，"你说的是哪一个？"

"我说的是现在这个。"

"现在没有啊，上次的那个分手后，我就懒得谈了，最近对女人没兴趣。"韩亮说。

我吓了一跳，这小子不会对男人有兴趣了吧？

"哦，我是说我现在不想谈恋爱。"韩亮也注意到自己的措辞不对。

"少来了。"林涛鄙夷地说，"因为小羽毛不像女人是吗？"

沉默了好一会儿，韩亮大声说道："你是说我和小羽毛？你脑子坏掉了吧？"

别说韩亮了，连我都觉得不可思议。

"小声点，小声点。"林涛连忙压低声音说道，"咱们可是兄弟，这事儿我都看出来了，还要瞒着就没意思了。"

"你都在胡扯什么啊！"韩亮似乎被气笑了，"你这是听谁在嚼舌根，还是自己脑子突然抽抽了？"

"不是你，那会是谁呢？"林涛叹了口气。

"你说，你咋知道她谈恋爱了？"

"小羽毛以前一天都不看一次手机，现在天天抓着手机不放，我数过，有一天她的微信就响了四十多次。"林涛说，"她以前每天都是最后一个下班的，有的时候还在单位加班。这可以理解，她不和师父一起住，自己在外面租了房子，一个人回去了也没事情做。可是最近呢，每天都是一到点就第一个下班。你不觉得这反常吗？"

"所以你在用一个侦查员的视角来观察小羽毛？"韩亮哑然失笑。

"可这就是反常啊！"林涛说，"而且上次我还听见她在单位上班的时候，往家里叫外卖！你说，她一个人住，叫了外卖谁签收？叫了外卖给谁吃？"

"对啊，她上班的时候，我也上班，所以你咋能怀疑到我呢？"韩亮笑道。

"那天你刚好不在办公室。"林涛似乎还是不死心。

"别纠结了，不如直接去问小羽毛。"我推门走了出来，把两个人吓了一跳。

"你怎么这么喜欢偷听别人讲话？"林涛很生气。

"你这话说的，我在这儿蹲坑，我也并不想听见啊。"我笑着洗了手，向办公室走去，说，"你不好意思，我来帮你问。"

其实我心里有数。

"哎，哎，别价啊，别价，别冲动。"林涛小声说着，追着我跑出了厕所。

我走进了办公室，陈诗羽已经来了，她正拿着一块抹布擦大家的办公桌。我进门一屁股坐在自己的办公位上，对陈诗羽说："林涛怀疑你和韩亮在谈恋爱。"

一句话说完，陈诗羽和刚刚进门的林涛、韩亮同时定在了原地。我心想，只要我不尴尬，那么尴尬的就是别人。

就这样愣了好一会儿，陈诗羽没有拿抹布的手突然捏成拳头，头发像是竖起来了似的。当我以为暴风雨就要来临的时候，陈诗羽对林涛说了一句："我没有谈恋爱！"

"没……没有吗？"林涛的声音都在颤抖着，他摸索到自己的座位旁坐了下来。我估计他是为了掩饰因为恐惧而颤抖着的双腿。

"没有！"陈诗羽斩钉截铁。

"没有？那你为什么电话微信这么多，还一到点就下班？"林涛也算是豁出去了，问道，"还有，我听见你上班的时候给家里叫外卖。哦，对了，还有还有，我上次听见你用微信说什么，什么'有我在，我一直都在'。这这这……这不是谈恋爱这是什么？"

这事儿怎么能说呢？偷听别人发微信，以陈诗羽的性格，不知道林涛接下来的下场会怎么样。

陈诗羽把手中的抹布握成了一团，感觉抹布里的水都要被挤出来了。

"秦科长，我有事情要汇报。"陈诗羽忽然转向了我，大声说道。

这一出，倒是出乎我的意料，陈诗羽居然把这个话题给直接绕过去了。

林涛坐在位置上，也是一脸劫后余生的表情。

"刘鑫鑫的事情吗？你说说。"我说道。

陈诗羽坐了下来，表情平静地把昨天一天的工作徐徐道来。

原来，陈诗羽接到师弟的短信，是市局办案单位在依法对史方、许晶夫妇家进行搜查的时候有所发现。主要的发现是在垃圾桶里发现了两份被撕毁的离婚协议书，协议书的结尾签着许晶的名字，日期是一周前，但是没有史方的签名。

根据离婚协议书的制式模板，警方去调查了这份协议书的制作单位——金亚太律师事务所，事务所的律师配合警方回忆出这个许晶当时离婚的态度很坚决，但是她也说了，她的丈夫坚决不同意离婚，所以协议离婚这一条，是过不了的。当时律师就问了为什么要离婚，是不是有婚外情什么的。许晶则说，自己遭受了家暴。律师说如果家暴属实，也是可以起诉离婚的。

可是，问来问去，许晶提供不出任何自己被家暴的证据，到最后许晶被问得烦了，表示自己遭受的是精神家暴。律师认为，原本精神家暴就很难取证，而许晶甚至连精神家暴的聊天记录什么的都提供不了，那么，打官司就很难胜诉了。

律师告诉许晶，如果不能协议离婚，就要证明感情破裂或分居两年才可以起诉离婚。从现在开始，要么收集感情破裂或者被家暴的证据，要么就收集和丈夫分居的证据，两年后再起诉离婚。律师也告诉许晶，现在他们的孩子不到一岁，如果不是有强有力的证据，在丈夫坚决反对离婚的基础上，她离婚的诉求是很难得到法官的支持的。后来，许晶什么也没说，拿了一份离婚协议书的模板就离开了。

搜查中还发现一份精神科门诊病历。因为医生写的字难以辨认，侦查员没认出来，于是跑了一趟精神病医院，找到了医生并进行询问。这位医生是个老专家，上门诊上得少，所以对一个月前来就诊的许晶还是有印象的。当时许晶是在丈夫的陪同下一起来检查的，本人显得很抗拒。她的丈夫一直很关切地询问医生许晶是不是产后抑郁，但是通过医生几十年的工作经验来看，许晶并没有产后抑郁，顶多是有一些焦虑症状。至于精神分裂症、躁狂症什么的，肯定是没有的。当时医生给许晶下了个疑似产后抑郁的诊断，开了一些安眠镇定的药物就事了。

另外，一名侦查员在对许晶的邻居进行调查的时候，发现在不久前，许晶一直养着的一条小狗坠亡了。当时许晶和丈夫史方发生了激烈的争吵，邻居好事，就隔门听了一下。大概的意思是，许晶怀疑是史方把小狗扔下楼的，而丈夫矢口否认。

"综上所述，我认为许晶和史方的婚姻关系并不像史方父母描述的那样平淡，而应该有潜在的重重危机。"陈诗羽总结道，"我觉得不能排除许晶很有可能遭受长时间的隐形家暴，她的丈夫为了不离婚，故意带她去医院，想弄个产后抑郁的诊断。长期的精神折磨让许晶生不如死，因此她寻找了一个机会，和史方同归于尽，如果她能所幸不死，就准备带孩子逃离。"

"家暴的依据还是少了些。"我沉吟道。

"昨天回龙番后，我就回家了，一直想套出刘鑫鑫的话。"陈诗羽看了一眼林涛，说，"但以我的直觉来看，刘鑫鑫虽说是许晶的闺密，但是她真的是不知道许晶有没有遭受家暴，更不知道许晶是不是有杀夫的意图。不过，刘鑫鑫还是带着我以朋友的身份去看望了史方的父母。这一对老夫妻倒是没什么问题，但是那个不到一岁的小孩子，却让我看出了点什么。在和史方父母聊天的时候，史方母亲抱着的孩子嘴里一直在说'打打、打打'。你们说，这不是家暴影响，是什么？"

我的脑海里浮现出之前那起挪车杀人案中，打变形金刚的小孩。

"你刚才说，'回家'套刘鑫鑫的话？"林涛一直在旁边听着，这时终于鼓起勇气怯生生地问道。

"是啊。"陈诗羽白了林涛一眼，说，"在刘鑫鑫决定进行故意伤害和离婚起诉的时候，赵达给刘鑫鑫打了电话，威胁她要是敢离婚，就把她的腿打断。当时刘鑫鑫很害怕，就来找我求助。我心想我现在反正也就一个人租住在外面，就让她搬过来和我同住了。虽然我经常出差，但是在咱们中国，赵达胆子再大也不敢来一个警察家里闹事吧？于是，刘鑫鑫在决定报警和起诉后，就一直住在我的家里。我每天微信、电话联系的人是她，点外卖什么的，都是给刘鑫鑫。"

"哦，原来小羽毛绕来绕去，还是把话题绕回来了。"我心里想着。

林涛一副如释重负的样子，脸上还不由自主地浮起了笑容。

"对了，我还从刘鑫鑫那里探听到了一些关于许晶的事情。"陈诗羽说，"很多人都不知道，许晶其实是被领养的，她大学时期去世的父母，是她的养父母。所以，我让市局在调查许晶过往身世的同时，把许晶的DNA数据入库，看能不能找出她的真实身份。"

我点头认可，转头问林涛："野餐地点找到了吗？"

"落水点知道了不就可以了？"林涛说，"野餐地点还在找，估计没戏。"

2

刚刚说完陈诗羽对许晶案的发现，还没来得及消化，我们就接到了报警。在彬源市的一个别墅区的小区门口，发现了一名已经死去的学生。

"警方分析，这可能是针对富人区孩子的一起绑架案。"我一边翻着从师父那里拿来的内部传真电报，一边说着，"死者的手、脚、口都被绳索捆绑了。"

"绑架？"韩亮惊讶道，"感觉好多年没遇见过绑架案了。"

"绑了富人区的孩子，撕票后又给送了回去？这是挑衅吗？"林涛皱起了眉头。

内部传真电报写得很简单，看起来是当地公安机关刚刚发现尸体，发现情况不妙，就立即报告了省厅，而对于死者的身份、发案的经过等等，都还没调查出来。

对发案经过的一无所知，让我们觉得有一点担忧，也有一点期待。担忧是不知道此案会不会给我们留下足够的线索，毕竟大多数绑架案都会经过精心策划；期待是很久没有遇见过有挑战性的案件了。

没有挑战性的主要原因，还是社会治安状况空前良好，连命案都极少了，恶性命案更是十分稀有。加上现代刑侦科技的蓬勃发展，破案速度也成倍加快。很多朋友都问我：在如今这种刑侦科技发达的情况下，用传统手段破案的法医，是不是有种被边缘化的感觉？其实，法医工作在破案过程中发挥决定性作用的案件确实有减少的趋势，比如很多案件在法医解剖尸体的时候就已经侦破了，但是并不能简单地说这份职业被边缘化。因为警方破获一起案件，绝对不是抓住犯罪嫌疑人那么简单，当然即便有刑侦科技的支持，抓住犯罪嫌疑人也不是那么简单。虽然案件量大幅减少，但是法医在每一起命案侦破过程中的现场重建、犯罪分子刻画和提取物证等诸多工作中的作用依旧是举足轻重的。而且在物证定案这一领域，法医职业的作用更是无法被替代。

所以，我们希望自己的专业可以在这一起案件的侦破中，发挥出更重要的作用。

因为没有案件前期情况，我们无法在路途中进行讨论，所以大家的关注点还是在史方和许晶身上。可是，毕竟我们对这二人完全不了解，所以对于史方的死，大家还是认为那只是一场意外。家庭刚刚要稳定下来了，却英年早逝，这让大家都扼腕叹息。

不知不觉中，韩亮的车已经开到了彬源市森林花园别墅区的门口。

这座森林花园真的是名不虚传，整个小区之内，都被枝繁叶茂的植物覆盖。初夏翠绿色的植物之间，夹杂着砖红色的屋顶。住在这个小区之内，确实就像是置身于森林之中。不敢说是天然氧吧，也一定是个度假胜地了。小区只有一个大门，由车辆出入口闸门和人行出入口闸门组成。除此之外，小区被两米多高的、有古朴大方的外立面的围墙包绕着。围墙的外周，还有宽约十米的绿化带，里面密密麻麻地种着各种树木。这个小区，还真像是森林中的别院。

现场位于距离小区出入口不远处的围墙脚下，此时已经被警戒带包围了起来。

大宝用满含羡慕的眼神，盯着那一片片别墅楼顶，走下车来，和我们一起，向现场走了过去。

彬源市公安局分管刑侦的副局长赵关强是个老刑警了，和我们都很熟识，见我们走过去，就迎了上来。

"怎么样？这么久了，有什么新信息上来吗？"简单寒暄之后，我问道。

其实在我们一个多小时的路程当中，彬源市局的进展也不甚理想。案发现场是早晨六点多的时候，负责清洁这一片的小区物业保洁阿姨发现的。保洁阿姨每天早晨六点半开始，顺时针沿着小区的围墙，对小区周围的这一片环形绿化带进行清理，清理到案发现场这个位置的时候，通常是在六点五十左右。当时，保洁阿姨远远就看见一个人侧卧在围墙根，以为是哪里来的醉汉在这里睡了一夜，这种事情以前也发生过。可是走近一看，就发现是一个大约上初中的小孩子，四肢都被绳索捆绑，她觉得大事不妙，赶紧报了警。

派出所民警到达后，进入现场确定孩子已经死亡，于是通过指挥中心通知刑警部门出勘现场。刚才的一两个小时时间，都是痕迹检验部门在打开现场通道。他们希望从这一片草坪当中找到例如足迹之类的痕迹物证，可是通过工作，一无所获。

"这种地面，确实不太可能找到痕迹。"林涛把勘查包背在身上，转身走开说，"我去外围搜一搜。"

"那我们，可以进入现场看看尸体了吗？"我问道。

赵局长说："可以的。"

我们穿戴好勘查装备，踏着硬硬的草地，绕过密密的树林，走到了墙根下，蹲在尸体边，开始了静态观察。

尸体是一个男孩，也就十四五岁的年纪，面朝墙面侧卧着，双手被红色塑料绳反绑于身后，双足的足踝部也被红色塑料绳捆绑得紧紧的。比捆绑状态更引起我们注意的，是死者的右侧小腿处被白色的石膏包裹着。石膏的颜色很干净，没有太多污垢堆积，这说明石膏是刚刚打上去没多久的。

"奇怪得很，虽然这个案子看上去像是绑架，但是，我从指挥中心调取的数据表明，近几天都没有报绑架案的。"赵局长说，"而且近两天所有派出所都没有接过这么大岁数孩子失踪的报警。"

"说不定是孩子的父母怕绑匪撕票，所以不敢报警呢？"大宝说，"以前省厅就办过一个'林中尸箱'的案子[1]，警方都发现了，去找失踪人的父亲，他却不愿意让警方管。"

"猪油蒙了心啊？"陈诗羽说道。

"尸源还不清楚的话，不要紧。"我说，"看石膏包裹的位置和形状，可以判断在半个月之内，死者去医院进行了右侧胫骨或腓骨骨折的外固定，调查几个医院的就诊病例情况，很快能找到死者的身份。"

"好，我这就安排。"赵局长掏出了手机。

我伸出手去，摸了摸死者的后脑勺，发现浓密的黑发里，居然也隐藏着红色的塑料绳。我将尸体翻转过来，因为尸僵已经开始形成，尸体呈现出一种奇怪的仰卧姿势。但不管姿势如何，我还是看到了他上下齿列之间有被勒得紧紧的红色塑料绳。看来凶手不仅对他的手脚进行了捆绑，还封了口。不过，更吸引我的，并不是这根意料之中的绳子。

随着尸体被翻了过来，尸体和墙根之间的一个红色物件引起了我们的注意。我伸手拿过那个物件，仔细一看，原来是一个破旧的五粮液的外包装袋。这种袋子，是无纺布材质的，口部穿着一根绳子，只要拉拽绳子就能将袋口收紧。在这里出现

——————————————

[1] 见法医秦明系列万象卷第二季《无声的证词》一书。

了这么一个沉甸甸的袋子，当然十分可疑。

我连忙将袋口打开，把袋子里的东西都倒了出来。袋子里装着一部手机、一串钥匙和一个钱夹。钥匙和空的钱夹没有什么异常，但手机的背面贴着一张大头贴，是一家三口的照片。中间的孩子，看起来就是死者。

"虽然有死者父母的照片，但是想确认身份还是挺难的。"陈诗羽接过手机，试了试，说，"手机没电关机了，打不开。"

"电子物证部门破解手机的时间，估计我们的侦查员也能从医院找到死者的身份了。"赵局长说。

"找什么身份啊？身份都知道了。"远处传来了林涛的声音。

我们转头一看，见林涛拎着一个书包，向我们走来，边走边说道："只要扩大现场搜索范围，很容易就找到这个书包啦，不出意外，这就是死者的书包，和尸体距离大约，嗯……两百米吧。书包藏在一棵大树后面，所以保洁阿姨经过了都没发现。真奇怪，为什么很多人在野外藏东西的时候，喜欢把东西藏在树后呢？换个角度就能看见，有种掩耳盗铃的感觉。"

林涛一番话，说得我心中一动。

"你怎么知道是他的？"我问。

"书包里的书本整整齐齐的。"林涛说，"谁会把一个书包扔这里啊？不管是不是，现在侦查部门已经派人去核实了。这书包的主人，是一个叫作牛林方的初二学生，在彬源市十五中上学。我问了，彬源市十五中是省重点初中。现在侦查员已经去十五中找他的班主任了，还有一组人去他家找家长了。"

我点了点头，看来只要等一会儿就能确定死者的真实身份了。

利用这个等待的时间，我们继续对尸体的表面进行勘验。为了不破坏绳结，我们没有在现场就给尸体松绑，而是将衣物掀起，原状态检验尸体的表面。死者的头面部和颈部，除了嘴角因为有塑料绳的捆绑而出现的擦伤，就没有其他的损伤了。躯干部完全没有损伤，衣着也都完好无损。四肢的损伤较多一些，但几乎都是绳索捆绑而形成的环形皮下出血以及关节部位的新鲜擦伤。

虽然不知道解剖的结果是什么，但是从尸体表面来看，并没有发现可以致命的外伤。或者说，连一些外力打击造成的损伤都没有。死者身上所有的损伤，都可以用被捆绑后挣扎过程中形成的来解释。

虽然死者有口唇青紫、指甲青紫等类似于窒息征象的表现，但是他的口唇黏膜没有损伤，颈胸部也没有损伤，实在是找不到可以导致机械性窒息的原因。而且以我们的经验来看，在被绑架后极力挣扎抵抗的受害者，没有遭受外力打击，这还是挺少见的。

"至少可以说明，他在死亡前就是这种捆绑的状态。"大宝指导着陈诗羽对死者四肢上的约束伤和擦伤进行了拍照，这些伤和绳索的位置都可以一一对应。

我小心地抬起死者的腿部，观察那一圈石膏的形态。在石膏靠近腿肚子的那一侧，有数十个被磕碰掉的小凹坑。我拿出放大镜看了看，每一个小凹坑的一侧边缘，都呈现出一个小小的直角。这说明这些密集的小凹坑是在一种姿态之下，反复磕碰形成的，而且形成这些小凹坑的物体是一个有方形直角棱边的钝性物体。更有意思的是，很多小凹坑的边缘，都泛出淡蓝色的微光，这是有极少量的蓝色油漆黏附。当然，这不会是凶手形成的，而是死者在挣扎之时，反复用腿肚子一侧磕碰某物体而形成的。

就在这时，派出所民警报告，牛林方的班主任来了。我们回头看了看，一个年轻的女老师此时已经在民警的指导下穿好了勘查装备，走进了草坪。远远地看了一眼，她就神色黯然地皱着眉头说："是的，是牛林方。"

看来，尸源确定了。

"他怎么会在这里？最近没有上学吗？"赵局长走到老师身边，问道。

"牛林方是在大约十天前，在校门口遭受了一场车祸。一辆小轿车撞倒了他，后来司机把他送到医院，诊断是小腿骨折。"老师说，"因为需要做内固定手术，所以在医院住了大概一个礼拜。"

"也就是说，你最近没见过他？"赵局长问道。

"见过。"老师说，"他昨天早晨居然来上学了。我告诉他，准了他一个月的假，等拆了石膏，看看能不能活动，再按照医生的嘱咐来确定要不要上学。"

"然后他就走了？"赵局长问道。

老师点了点头，说："后来，我就不知道了，我猜他应该回家了。不过，唉，这孩子很独立，因为据说他的单亲妈妈似乎不太管他。"

突然，一阵哭天抢地的声音传进了耳朵里，我知道，那是死者的母亲来了。不一会儿，两个女民警搀扶着一个面黄肌瘦的中年女人走进了现场，女人一见到死者的模样，立即瘫软在地，用高了八度的音调哭喊起来。

这种场面我们见多了，所以默默地等待着她平静下来。利用这个时间，我走到了老师身边，问道："您刚才说，孩子很独立，您是怎么知道的？"

"因为每次家长签字，他都会来找我，说最近见不到母亲，没法签。因为他学习成绩一直在班上数一数二，所以我也就没有强求过他。"老师说，"而且，大约两个月前吧，我发现他放学后会把教室垃圾桶里的空饮料瓶都带走，我估计他是去卖钱。"

"两个月前……那以前呢，有没有这样？"我问。

"其实，他应该不缺钱。"老师说，"我听说，他父亲虽然去了国外，但是每年会给他母亲打来孩子的抚养费，据说有一二十万，足够他们母子生活了。只有那一段时间，嗯，大概一个月吧，我发现他有这样的行为。后来我准备问他的时候，发现他又不捡了。"

"这，倒是挺有意思的。"我沉吟道，"那您昨天上午见他的时候，他拄拐了吗？"

"当然，他还不能行走。"老师说，"他是用一个老年人用的那种拐杖支撑身体来学校的，他家离学校只有不到两公里。"

"现场没有拐杖，去他家搜一下，看有没有拐杖。"我转头对林涛说，"拐杖在哪里，就说明他是在哪里被抓走绑架的。"

林涛点了点头，对程子砚说："我们一起走吧，你去看看附近监控。"

3

又过了十分钟，牛林方母亲才逐渐平息下自己的情绪。我走上前去，问道："大姐，请节哀。我想知道，你最后一次见到牛林方是什么时候？"

女人瘫坐在地上，歪着头，一脸生无可恋地说道："不知道，忘了。"

这个答案让我大吃一惊，我连忙追问道："你昨天，见过他没？"

"没。"女人说，"我三天没回去了，在外面有事。"

赵局长走到我身边，对我耳语道："她刚才是从麻将桌上被叫下来的，我估计她是一直在打麻将。"

"三天都在打麻将？"大宝惊讶道，"不用管孩子学习？"

口缚红绳

女人抬起头来瞪了一眼大宝。

"那，你最近有接到什么异常的电话吗？"我岔开话题问道。

女人疲惫地摇了摇头。

"那关于牛林方，你有什么要和我们说的吗？"我继续问道。

女人歪着头坐在草地上，沉默着。

"你是他的妈妈，你总不能对他一点也不关心吧？你就没有关注他的什么异常点吗？至少你教育过他吧？有什么印象深刻的吗？"我也有些生气，问道。

"我怎么没有教育他？你怎么知道我不教育他？"女人突然尖声叫了起来，说道，"他上次乱花钱，我就打了他！"

"什么时候？他花钱买什么？"我连忙追问道。

"花了三四百块，买了一大堆破书！"女人怨恨地说道，"三四百块啊！我给他的一个月生活费！"

"他，这么小，就自己生活了？"大宝忍不住问道。

"还小吗？"女人说道，"人家上大学才这么多钱一个月，他一个人买菜做饭，能花多少钱？"

这一番话把我们听得目瞪口呆，我们一直在怀疑，这真的是亲生的吗？

"我听说，他的抚养费，不少钱吧？"大宝问道。

女人低下头，嘟囔道："那些钱我有用。"

"用来打麻将吗？"韩亮也忍不住了，瞪着眼睛，厉声道。

我连忙挥手制止韩亮的质问，担心引起不必要的冲突。可是没想到，女人居然没有反驳，只是低头不语。

"我就问问你，你说的之前教育过他，是怎么教育的？是什么时候？"我问道。

"我也没说什么，他非要顶嘴说阅读很重要什么的。我就奇怪了，阅读能挣钱吗？笑话！我当时确实打了他，踹了一脚，不重，他就跑了。"女人说，"很久没回来。大概，嗯，我记不清了，两个月吧。"

我见小组成员们一个个拳头捏紧、怒目圆瞪，连忙摆摆手，说："走吧，去解剖室检验尸体，尽快破案，不要节外生枝了。"

在去殡仪馆的路上，大家愤愤不平了一路。一个只有十四岁的孩子，每个月靠着母亲给的三四百块钱，自己养活着自己，学习成绩还能在班上数一数二。遭受了家暴，却是因为自己喜欢阅读。离家出走两个月，他的母亲居然都没有去找。大家都完全想不到，如今这样的社会了，居然还有这样黑暗的家庭存在。

"可惜了这个优秀的孩子，真是天妒英才啊。"大宝打量着已经被摆放在解剖台上牛林方的尸体，惋惜地说道。他一边说，一边还捋了捋死者的头发。

我也是强行压抑着心中的怜悯和不忍，从非打结处剪下了捆绑死者的红色塑料绳索，将绳索放在操作台上，让陈诗羽逐一拍照，然后开始研究绳结的打法。

每个人打绳结的时候，都有自己的特殊习惯。不过，捆绑死者的绳结，倒是非常普通，就是普通人捆扎物体经常使用的半活结。虽然绳结的打法很普通，但是一具尸体的三个部位都使用了同样的绳结，而且在捆绑的时候死者可能还是处于抵抗状态，都没有影响到凶手打结，那么就说明这种绳结是凶手经常使用、使用得非常熟练的。

"哎，他头发里有东西。"大宝用戴着乳胶手套的手指从死者的头发中将东西顺了出来，乳白色的手指间，一块小小的黑色物质尤为醒目。

"这，是煤渣啊。"我接过大宝手中的物质，对着灯光看了看，对陈诗羽说，"打个电话问问，他们学校是什么跑道？"

"当然是塑胶跑道，现在哪里还有学校是煤渣跑道的？"大宝一边嘲讽我，一边又用手在死者的头发里捋了捋，又拈出来几块小小的煤渣。

从陈诗羽莫名其妙又恍然大悟的表情中，我看得出，这一届孩子们是没见过煤渣跑道是啥样了。想当年，我上了大学，还在煤渣足球场上奔跑过。不过陈诗羽还是打了电话，确认了学校是塑胶跑道。那死者头发里的煤渣，不是在学校里粘上的，可能会提示一些线索。

"如果排除了有外力导致机械性窒息或者机械性损伤致死，那就要考虑疾病。"我一边说着，一边和彬源市公安局的陶法医一起对死者进行开胸腹，大宝则剃除了死者的头发，同时开颅。

"这么点大的孩子，潜在性疾病猝死的不多吧？"陶法医问道，"我是没见过。"

"哦，可不少呢。"我说，"有些先天性的疾病，比如马凡氏综合征[①]、胸腺淋巴体质[②]，还有我们刚刚遇见过的小心脏综合征等，平时不注意，这个年龄都有

---

① 马凡氏综合征：是一种遗传性结缔组织疾病。患病特征为四肢、手指、脚趾细长不匀称（蜘蛛指），身高明显超出常人，伴有心血管系统异常。

② 胸腺淋巴体质：主要特点就是胸腺肥大和全身淋巴组织增生，受到比较轻微的外界刺激，如吵架、情绪激动、运动等情况，都可能导致胸腺淋巴体质的人，出现猝死的情况。

可能发病。当然，我们也要警惕轻微外力导致的抑制死，比如颈侧、心前区、会阴部这些容易受轻微外力导致抑制死的地方都要仔细观察。我曾经就遇见过一个案例，一个这么大的孩子，被老师用粉笔擦砸中了心前区，就死亡了。"

我一边说着，一边用手术刀和止血钳快速配合着进行胸腹腔组织的分离。

"哎呀，你别说了，还嫌不够闹心吗？"陈诗羽皱着眉头，给尸体拍照，说道。

我知道陈诗羽和我们一样，最怕解剖孩子的尸体，更不用说是这个独立、优秀的孩子的尸体了，于是我笑了笑，转移了话题，说："上述位置的皮肤没有轻微挫伤；内脏器官看起来并没有器质性疾病的征象，心脏正常大小，二尖瓣、三尖瓣等瓣膜也正常，胸腺也是正常大小，看起来并不是先天性疾病猝死。不过，心尖部的出血点、肺叶间的出血点，都提示了他是有窒息征象的。是喉头水肿之类的？不，他的喉头也没有异常改变啊。"

"哎，他有肋骨骨折！"陶法医站在尸体的左侧，解剖助手的位置，所以可以透过右侧胸腔壁，发现右侧肋骨的异常，而我站在主刀的位置，无法从死者右侧胸腔内部看到右侧肋骨。

"是哦。"我用手术刀将死者的第九肋分离了出来，发现肋骨的中段有一处膨起的骨质结构，"这是肋骨骨折后，自行愈合形成的骨痂形态。"

"你说是不是他被家暴的时候留下的？"陈诗羽的眉毛皱得更紧了，"他妈说踢了他一脚。"

我用手术刀刮了刮膨起的骨质，说："看骨痂的形态，确实也就是两个月左右以前形成的，和他妈说的时间相符。"

"那能不能抓他妈了？"陈诗羽捏住相机的手指攥得很紧。

"两处肋骨骨折才是轻伤二级，才够得上刑事案件。不过，造成一根肋骨骨折，是轻微伤，治安处罚应该问题不大。"我说，"这个，幸亏陶法医发现了，不然我这个角度还真看不见。现在很多人提倡进行虚拟解剖，也是有道理的。在解剖前，对死者全身进行CT扫描，就可以发现解剖也有可能发现不了的很多损伤。不过虚拟解剖替代不了解剖，但作为解剖的补充手段，还是挺有必要的。"

"至少能说明这孩子和他妈之间的关系如何了。"大宝一边说着，一边取下了死者的大脑，说，"颅内无异常。"

"好，你缝好头皮之后，就把死者的胃肠道给打开，看看死亡时间。"我说，"根据尸体现象，尸僵已经形成、尸斑还不稳定，基本可以断定是今天凌晨四点左右死亡的，这样根据他末次进餐的情况，还可以进一步确认。"

"我们呢？"陶法医洗了洗手套上黏附的血液，问道。

我皱眉想了想，说："现在最后的希望，就是这右腿的石膏了。"

陶法医点了点头，他已经猜到了我说这话是什么意思，于是拿出骨凿和骨锤，开始破拆死者右腿中段的石膏。

和我们想象中的一样，石膏破拆之后，可以看到死者小腿中段有一条长长的几乎已经愈合的创口。这处创口是做手术进行内固定术形成的创口。我拿着手术刀，小心翼翼地切开死者的小腿皮肤，然后逐层分离死者的小腿肌肉。

"死者的胫骨中段粉碎性骨折，在骨头上打了钢板。"我说道，"小孩子恢复得真快，这手术创口刚愈合，估计没那么疼了，竟然就要去上学！"

"是啊，这么严重的损伤，最起码一个月的休息要保证啊。"陶法医说道。

"现在，是考验我们技术的时候了。"我对着陶法医微微一笑，和他配合着，用止血钳寻找小腿肌肉中间的深部静脉。

找到静脉之后，我们又用止血钳夹住两端，夹起来之后，我的心里就有底了。这根大静脉，并不像其他部位的静脉那样干瘪，而是微有隆起，用钳端触碰，还能感觉到血管内似乎存在着有弹性的物质。我用剪刀小心翼翼地剪开了静脉血管壁，里面有一条几乎将血管充满的软性物质。

我让陈诗羽全程录像，然后将这段静脉剪了下来，放在解剖台上。

"这是什么？好恶心！人的血管里怎么会有这种东西？"陈诗羽一边录像，一边说道。

解剖台上，一根比小拇指还细的血管之内，剖出了一条三十多厘米长，红色不算是红色、黄色不算是黄色的物体。

"这是栓子。"我说，"既然找到了它，我们就等于是找到了死者的死因。"

"栓子是什么东西？"陈诗羽问道，"死因是啥？"

"死因是肺脂肪栓塞。"我说，"现在基本可以确定是这个死因，一会儿我们提取了死者的肺脏，送去进行组织病理学检验，一定可以在肺毛细血管内发现脂肪滴和吞噬脂肪滴的细胞。"

"这个名词，我好像听过。"陈诗羽说道。

我点了点头，说："一般认为，下肢长骨发生严重的骨折，导致骨髓腔被破坏，大量的骨髓脂肪就会溢出到周围的血肿之内，血肿压力高于静脉的时候，脂肪滴会随着破裂的静脉窦进入血流。如果下肢频繁活动，甚至是抬高的时候，增加了静脉回流，就会增加脂肪滴进入血流的机会。"

"所以这个栓子……"陈诗羽说。

"形成这么长的一条栓子，说明死者的凝血机制发生了变化，进入静脉的脂肪滴和凝血块混杂在一起，形成了一个处于小腿的定时炸弹。"我说，"这么大的栓子，会有一部分通过血流进入肺部血管，如果小脂肪滴汇聚至直径大于20微米的时候，就会停留在肺血管床内，阻塞肺血管。"

"所以说，他的死亡，不是被杀，而是意外？"陈诗羽说道，"为什么最近总遇见这种意外？"

"因为现在敢杀人的人不多，大多是因为他们的违法行为造成意外而出现的人身死亡。"我说，"如果死者没有这么急着去上学，大幅移动下肢，没有被绑架、高架双腿，也不至于造成凝血机制变化，形成栓子，导致肺脂肪栓塞死亡。"

"可是，他被生前捆绑这是事实，有绑架的行为也肯定是事实吧？"陈诗羽想了想，问道，"你怎么知道有高架双腿的？"

"是不是绑架，现在还不好说。"我说，"高架双腿，可以通过这个来证明。"

我拿起刚才破拆的石膏，指着小腿后侧部位的石膏上的数十个小凹坑，说道："只有把小腿架起来，才有可能通过挣扎，在石膏上形成后侧的磕碰伤。"

见死者是意外死亡，虽然被捆绑、限制体位的动作是死亡的诱因，但陈诗羽的脸色显然好看了很多，说明她的心里也稍稍得以安慰。

"你那边，有什么发现？"我转头看向大宝，问道。

此时大宝已经将死者的小肠全部取了下来，在解剖床上，按照蛇形排列开来，并且全部剪开。

大宝盯着小肠看了半晌，说："奇怪了，我感觉肠子内的黏液特别多，却找不到任何食物残渣。"

我伸出手指，在肠内壁上刮了一下，将手指上黏附的黏液轻轻揉搓，说道："你说得对，只能说，死者在死亡前12小时之内没有吃过有残渣的食物。"

"还有看不出残渣的食物？"大宝问道。

我点点头，说："对，比如馒头之类的面食。没有蔬菜、没有肉质、没有果皮，就只能是馒头之类的食物了。纯面食，经过胃消化后，就看不出任何形态了。这就是能看到有肠内容物，却找不到食物残渣的原因。"

"那，这一段肠内黏液多，说明食糜的末端已经移动到小肠四米处了。"大宝掰着手指头算道，"距末次进餐十个小时，如果是晚上六点吃了馒头，就是凌晨四点死亡的！哇，这和我们之前推算的死亡时间相符！"

陶法医说："可是，我们彬源市是江南城市，几乎没有人晚上会吃面食啊。"

"吃馒头，连个咸菜都没有。这一点确实值得思考。"我沉吟道，"不过，我们掌握了专案组没有想到的内容，还是赶紧去专案组和其他专业汇总消息吧，也许这个令人想不明白的拼图，就可以被我们拼出一角了。"

4

"死者牛林方死于肺脂肪栓塞，是一场意外。"我说，"但是，他生前被捆绑、约束是一个事实，所以还是要当成一桩命案来办理。死者的死亡时间是今天凌晨四点左右，昨天的晚餐他可能只吃了两个馒头，喝了清水。他在整个被捆绑、约束的过程中，没有遭受他人殴打。他在两个月前曾遭受外力，导致一根肋骨骨折，结合他母亲的口供，可能就是她端了一脚导致的。"

来到专案组后，等所有专业工作完成后聚集完毕，赵局长让法医专业最先介绍情况。因为法医检验的情况，是关系到案件定性的重要因素。

果然，我一说完，整个会议室就议论纷纷了。

赵局长用笔杆敲了敲桌面，示意大家安静，然后转头问林涛："林科长，痕检那边呢？"

"中心现场的勘查工作，没有什么特别的进展。"林涛说，"后来，我们去了牛林方家，对他家进行了勘查，对现场提取的钥匙、钱夹进行了勘验，同时电子物证部门也对死者的手机进行了勘验。通过勘验，同样没有发现什么重要的线索，包括这些物件上，也都没有发现可供比对的指纹。但是，有两个问题需要叙述一下：一是死者家里没有找到他老师说的那种可以用来辅助行走的老式拐杖；二是通过对死者家的电脑进行勘验，发现死者会每天中午登录电脑里的某网络文学网站并进行打卡，通过打卡获得阅读币来看书。经过勘验，确定死者昨天中午没有打卡，也就是说，他在昨天中午就失踪了。"

"文学网站打卡？"我问道。

"嗯。"林涛说，"我们也查了他看的诸多书目，只要书里有提及亲子关系的，他就会进行画线和备注。备注的内容，很多，看了心里很不是滋味。"

"怎么了？"我追问道。

"都是一些渴望有一个完整的家庭、渴望有正常人应该拥有的父爱和母爱等内容。"林涛说，"虽然笔记中没有说他的家庭状况如何，他的父母如何，但是从这些文字里，还是能看出他是一个非常缺少家庭关爱而又渴望获得家庭关爱的孩子。"

大家都沉默了一会儿。

"看来，他是从学校出来，就被绑走了。"赵局长说道。

"有没有从他的账号看一下以前的记录呢？这种打卡从什么时候开始，持续了多久？"我问道。

林涛点了点头，说："持续了一年多时间，中间有零星未打卡的情况，但绝大多数时间都打卡了。只有从两个月前开始，持续了将近一个月的时间没有打卡，后来才恢复打卡了。"

"哦？"我坐直了身子。

"通过调查，我们也可以确定牛林方的母亲陈梓镇对牛林方不管不问到了令人发指的地步。"主办侦查员说，"关于牛林方的一切，陈梓镇可以说是一问三不知。对于两个月前家暴之后的情况，陈梓镇也说不出所以然。"

"也就是说，牛林方是不是离家出走，她都不知道？"我问道。

主办侦查员点了点头，一脸愤愤不平的表情，说："陈梓镇几乎每天都是下午出门，隔天上午才回来，和牛林方只有中午能够碰见。而且，她天天通宵达旦做的事情只有一件，就是打麻将，所以白天她都是在睡觉。昼伏夜出的生活，可以说和牛林方的完全相反，所以说他们母子一个月说不了一句话都不奇怪。"

"那今天上午他母亲看起来倒是很悲伤呢。"陈诗羽说。

"我看啊，她的悲伤，是因为没了每年一二十万的抚养费吧。"韩亮不屑地说道。

"听起来很刺耳，毕竟是亲骨肉。但，似乎又像是事实。"我一边说着，一边拿过林涛从死者家里搜出的照片，说，"照片上的少年，看起来意气风发，其实内心多苦啊。"

"而且我记得，死者的手机背面贴着他小时候和父母的合影，说明他很怀念自己幼年家庭完整的时候。"陈诗羽垂下眼帘说，"一想到这，我就心如刀绞。"

"结合他的阅读笔记，他的心里，渴望的是父爱、母爱和一个完整的家庭吧。"我意味深长地说道。

"哼。"韩亮哼了一声，说，"没见过这么对待自己亲骨肉的！这比家暴还恶劣！"

"哎，视频侦查呢？"赵局长左右看看，发现市局视频侦查部门的同志都不在专案组里。

"我刚才和程子砚交代了个事情，他们在补办。"我说道，"虽然死者死于意外，但是被绑走后进行体位约束的事实，诱发了他肺脂肪栓塞的发生。可是，究竟什么人会绑这个一没钱、二没什么与众不同的孩子呢？"

"抚养权呢？"赵局长问道。

"肯定不是他父亲找人做的。"侦查员说，"他父亲一直在国外，国内也没有什么密切联系的人。而且，他父亲在国外组建了新的家庭，抚养费对他来说也只是小钱，他没有理由雇凶作案。"

"有一个问题啊。"我说，"从网站打卡和随身拐杖不在家里这两点来看，最大的可能性是死者从学校被老师'赶'了回来，在回家路上，被人绑走。这到死者死亡，有足足二十个小时。如果是为了钱，会二十个小时都不打勒索电话吗？"

"勒索电话肯定没有。"侦查员说，"昨天白天，陈梓镇没有回家，是在她麻友家睡的，我们调取了陈梓镇的全部通话记录，并且对陈梓镇的麻友进行了走访调查，她一个电话也没有接过，也没有人通过其他方式联系过她。"

"所以，你们怀疑，这不是一起单纯的绑架案？"赵局长问道，"那，如果只是非法拘禁的话，牛林方最近有什么社会矛盾关系吗？"

侦查员摇摇头，说："这孩子很内向，和同学交流很少。我们询问了很多同学，都没有找到任何他存在社会矛盾关系的线索。"

"可是，有一件事情，大家要注意。"我说，"死者在两个月前被家暴，损伤虽然不重，但也绝对不轻。虽然可以自愈，但是可能会影响他的心理状态。在被家暴后的大约一个月时间里，他没有上网打卡，很有可能说明他不在家里。而恰恰又在这段时间里，老师反映他有下课去翻找垃圾桶，找废饮料瓶的动作。而且这种异常的动作，也只持续了大约一个月的时间就停止了。"

"会不会是零花钱不够花？"赵局长问道。

"不会。"侦查员说道，"我们查了死者的银行卡，每个月都有四百五十元的存款，其间也有取钱的记录，但是他的生活应该非常节俭，账户存款已经有五千元了。"

"因为节俭，所以拿饮料瓶换钱啊。"赵局长接着说道。

"当然不能排除他发现饮料瓶可以换钱，所以去尝试，但是经过尝试发现换的钱太少了，又放弃的可能性。"我说，"不过，是什么因素诱发他去拿饮料瓶换钱呢？"

说到这里，赵局长发现我似乎已经有了想法，于是盯着我，等待着我接下去的分析。

"这个案子，看起来毫无线索。"我说，"但是，并不多的线索，似乎都指向同一个方向。第一，现场发现的装有死者随身物品的，是一个五粮液的袋子。什么人随手拿袋子，会拿这个袋子？"

"有钱人？"大宝问道，"五粮液好贵啊。"

我摇摇头，说："有这种五粮液的外包装袋，不是有五粮液。通常，拥有这种袋子的，要么就是喝五粮液的人，要么就是被人喝完了丢弃，捡回去的人。"

"拾荒者？"大宝说，"那你怎么知道是哪一种？"

"这就要看第二点了。"我说，"第二，死者的头发里有煤渣，喝五粮液的人家里，会有煤渣吗？"

大宝恍然大悟地点了点头。

我接着说："第三，捆扎死者手脚和口部的，是红色的塑料绳，这种绳子，运用最多的是捆扎废品的拾荒者。而且，凶手打结的手法十分熟练，说明经常会打结。第四，晚餐只有馒头，连咸菜都省了。"

"再加上两个月前，死者开始做一些拾荒者的动作。"赵局长说，"所以，死者的身边，应该有一个可以影响他的拾荒者，而这个人很有可能就是绑走他，并且导致他死亡的那个人。"

"对。"我说，"刚才我说了，案件线索不多，但是全部的线索，都指向这一点，拾荒者。我们经常会说'远抛近埋'，尸体被抛弃在现场所在的位置，不仅仅可以提示现场所在的位置距离事发地点很远，而且可以提示凶手的一种心理。"

"因为自己住在贫民窟，所以要把尸体扔去富人区。"赵局长补充道，"这也是'远抛近埋'心理状态的一种体现。"

"是啊，有了这个推论，就有可能引导我们的侦查。"我说，"之前视频侦查部门将现场和学校周边所有的公安监控、社会监控都看了一遍。没有能够找到牛林方的影像，毕竟他拄着拐，目标还是挺大的。考虑到'远抛近埋'的理论，如果将尸体往较远地方抛弃，肯定要有运尸工具，所以视频侦查部门对特定时间出现在现场周边的所有车辆进行了截图，结果找出了三千多辆车。"

"这么多？"赵局长惊讶道。

"可是，我觉得，如果是拾荒者作案的话，他怕是没有汽车用来抛尸。"我说，"既然没有汽车，用摩托车和自行车运载尸体，又会暴露尸体，那么就剩下最后一种可能了，三轮车。拾荒者，绝大多数有三轮车或电动三轮车用来拖运杂物。而要在三轮车里藏一具尸体，也是轻而易举的。现在程子砚他们，就在现场附近监控里，寻找特定时间出现的三轮车。"

"估计工作量也挺大。"赵局长说道。

"不一定要通过监控直接追踪到个人。"我说，"毕竟凌晨时分光线不好的话，不太可能找到人或者三轮车的特征。只需要找到这些三轮车大致的去往方向，然后分派侦查员去各个区域走访，总能找出线索。如果有嫌疑人了，就在他的住处进行搜查，搜查的重点有两个：一是死者的拐杖；二是寻找有金属直角棱边、表面有蓝色油漆的物体，是类似于小板凳的可以架脚的东西，如果发现了，就检查这物体的表面和周围有没有白色的石膏粉末。死者活着的时候，用打着石膏的腿反复撞击这种物体，造成了数十处石膏破损。"

"这就是物质交换定律啊。"赵局长点头笑道，"凶手那么小心，没有在死者身上留下线索，却不知死者已经在他住处留下了线索。"

"我们回来了。"赵局长话音刚落，我们就听见了程子砚的声音，"好像没有那么复杂，这个区域通行的三轮车很少，那个时间点更少。我们找到了七八辆，但是有可能在车斗内藏尸的，只有两辆三轮车。巧就巧在，这两辆三轮车的追踪结果，都是西城的一个平房聚集点。也就是说，凶手一定就在那个区域了。"

"走！"陈诗羽站了起来。

我拿过刚才林涛带回来的照片，对韩亮说："走，我们和侦查部门一起去。"

程子砚口中所谓的平房聚集区，比想象中要大很多。四组侦查员拿着死者的照片，按四个方向去摸排了。虽然我不确定自己心中的想法是不是正确，但是让侦查员去询问有没有人最近见过牛林方，是最简单直接的方法。

陈诗羽当然不会闲着，她冲锋陷阵，和侦查员扑到了一线。而我们其他人，则坐在韩亮的车里，躲在一个阴影之处，等候着消息。

果然，不一会儿，陈诗羽就打来了电话。

"非常奇怪。"陈诗羽迫不及待地说道，"我们走访的两个人，都说认识这个小孩子，说他名叫郑林方，还很笃定！这什么情况？"

我一听这话，顿时心里有底了，之前的推测，果真印证了，于是我连忙说道："找派出所，查这片区域的常住和暂住人口！只要是姓郑的，立即去家里搜查！"

陈诗羽似乎也理解了我的想法，没有询问为什么，只说了一句"是"，就挂断了电话。

"郑林方，牛林方。"韩亮微笑着点头，说道。

"啥意思？你们啥意思？"大宝左看看、右看看，一脸惶恐的表情，"你们不会中了邪吧？尽说我听不懂的。"

过了一会儿，这一片区域的出口，出现了一阵嘈杂之声。我们透过车窗，看见两名刑警押着一个戴着黑色头套的犯罪嫌疑人走了出来。

"抓住了。"我说。

"啊？这就抓住了？"大宝惊讶道。

"走吧，我们去搜查他的住处。"我拉开车门，拎起勘查箱走了下去。

犯罪嫌疑人郑强的家，在这片平房区的东南角，是一个由两间简陋的平房组成的小院。其中一间平房里，堆放了大量的废品。

陈诗羽已经站在了院内，和另一名刑警正在废品一旁拍照。

"找到什么了？"我探过头去，问道。

"有脚印，有脚印！"林涛突然喊了起来，趴在地上，用足迹灯照射着地面。

"一惊一乍的，吓我一跳！"陈诗羽白了林涛一眼，说，"我们发现了这根拐杖，和牛林方的老师叙述的拐杖形态一模一样。"

我看见地面上摆着一根折断了的老式登山杖，小心翼翼地用物证袋包裹起来，说："拿回去进行一下检验。"

我又环顾四周看了看，发现在成堆的废品旁边，散落着不少饮料瓶和废纸盒，而这些看起来码得整整齐齐的废品，有刚刚码起来的迹象：很多沉积有灰尘的一面被叠在了下方，而暴露在上方的，却是干净整齐的。

"看来，死者和凶手在这里发生了打斗。"我说，"棍子都打断了，牛林方身上没伤，看来，这棍子是打在郑强的身上啊。"

"啊？这绑匪，窝囊了点吧？"大宝扶额苦笑道。

"老秦，你看这条蓝色的铁凳子，是不是就是牛林方架腿的凳子？"陈诗羽指了指藏在废品堆一侧的一条蓝色铁凳子，说道。

我走了过去，拿出放大镜看了看凳子的边缘，果然有星星点点的白色印记。我让陈诗羽拍照后，拿出一卷胶带，把白色印记粘了下来，放进物证袋说："回去进行微量物证检验，和死者腿上的石膏进行比对，就有结果了。"

"证据确凿啊！"大宝说道，"那，这究竟是怎么回事呢？"

"我们一来，那个郑强就基本招了，丝毫没有抵抗。"陈诗羽耸了耸肩膀，说，"不过，不做抵抗是正确的选择，因为他也知道自己对牛林方的死，并不会承担主要责任。"

"啊？真的不是绑架？"大宝瞪大了眼睛。

陈诗羽是第一个找到这个地区唯一姓郑的郑强的住处的，也是她第一个冲进屋内把郑强掀翻在地的。所以，她也是第一个从郑强嘴里得知事情经过的。

原来，两个月前，牛林方因为被自己母亲家暴，赌气出走了。但毕竟是个孩子，出走了总要找个地方住吧。这时候，他认识了拾荒者郑强。郑强今年四十五岁了，没结过婚，更没孩子，看见牛林方以后，就由衷地喜欢，和他攀谈了一下午，知道了牛林方的家庭状况，很是同情，于是和他认了干亲。牛林方叫郑强"老爸"，郑强叫牛林方"儿子"。

接下来的一个月里，牛林方就在郑强家里住着，反正也距离学校不远，牛林方除了每天上学的时间，其他时候都在郑强的破旧小屋里待着。郑强也告诉牛林方，没有白吃的饭，他每天放学，需要带二十个饮料瓶或十个大纸盒回来。那段时间，总的来说，这对"父子"过得也算是其乐融融了。郑强还煞有介事地将牛林方介绍给自己的邻居，说这是自己的儿子，郑林方。

可是不知道为什么，一个月后，牛林方突然失踪了。失去"爱子"的郑强去学校偷偷看过，发现牛林方不是真正的"失踪"，只是不再愿意去他家里而已。他跟踪过牛林方，无奈牛林方的家离学校实在是太近了，而且正常放学的时间，路上行人众多，他也没有办法去和牛林方理论。

就在郑强下定决心，一定要把牛林方重新"请"回家来好好理论一番的时候，郑强发现牛林方这次真的失踪了，居然连学校都不来了。

口缚红绳

　　于是接下来的几天，郑强天天在学校门口等他。终于在第七天等到了牛林方。牛林方拄着拐杖，一瘸一拐地走进了学校。郑强说，那个时候，他是真的心痛啊。

　　郑强本来想等到学校放学，可没想到牛林方进去没一会儿，又一个人出来了。这个时候，不是上班高峰了，路上的行人和车辆都稀少起来。于是郑强鼓足勇气，走到牛林方旁边，说他走路不方便，自己骑车拉着他。牛林方也没多想，就坐上了郑强的车。于是郑强一股子劲把车直接骑到了自己家里，坐在车上没敢中途跳车的牛林方十分生气，两人在废品间里发生了打斗。当然，主要是有武器的牛林方占据了主动，而心痛自己"爱子"的郑强，则几乎没有还手。可是，纵使牛林方再年轻力壮，也毕竟是单脚跳，战斗力打了个对折。于是，最终这场打斗以郑强控制住了牛林方而告终。

　　当然，郑强也不想捆绑牛林方，可是牛林方一直在剧烈反抗。于是郑强就想等第二天一早，牛林方冷静下来之后，再好好谈谈。不用住在他这里，不用改户口跟他姓，只要牛林方还承认是自己的"儿子"就行。而且在郑强看来，自己这个父亲如果不好好惩罚一下儿子，儿子终究会变坏的。古人都说了，子不教，父之过嘛。把手脚捆上，也算是教育的一种方式了。

　　等牛林方冷静下来以后，郑强还和他聊了一会儿。

　　郑强不理解牛林方忽然对自己冷淡的原因，他说，既然牛林方无父无母，为什么不能把他当成父亲，从他这里得到父爱呢？

　　牛林方则觉得，经过这段时间的相处，郑强对自己的好，压根就不是自己想要的父爱。因为郑强从来都不关心自己上不上学，在学校过得怎么样，长大了要做什么，他只是想把自己留在身边，让自己跟着他去捡垃圾，从自己身上得到做父亲的感觉。自己在郑强身边，就是一个用来扮演儿子的工具人，一个只需要听话的洋娃娃。自己被郑强哄骗着叫了爸爸，但郑强压根就不是自己的父亲，永远也不会是。

　　郑强自然有些生气，他反问牛林方："那你的母亲爱你吗？你走了一个月，她都不知道。她才是把你当成工具人，你对她而言，不过是一棵摇钱树罢了。"

　　听到这里，牛林方居然暴跳如雷，说自己的母亲是爱自己的，她永远是自己的母亲，只是她现在还没有意识到自己这个儿子的重要性罢了。他越说越生气，话也越说越难听。他说郑强这种人，为了当父亲就强行抢人家儿子，试图破坏别人的家庭，其实根本就不懂怎么做父亲，活该他一辈子没儿子。

　　这几句话深深刺伤了郑强，为了阻止牛林方继续说话，郑强用红色塑料绳捆住了牛林方的嘴巴，让他无法清晰吐字。然后自个儿就回去睡觉了。

可郑强万万没有想到，自己早晨五点钟起床的时候，牛林方都已经凉了。他百思不得其解，这怎么捆着都能死亡呢？不过不管他怎么不理解，抛尸是第一要务，毕竟他也害怕啊。于是，他用三轮车拉着牛林方的尸体和随身物品，骑了很远很远，才找了个好地方抛了。用郑强的话说，他希望牛林方下辈子好好投胎，能住到那样的别墅里去。

经过一整天的忐忑不安，郑强还是等到了警察，他已经想好了，只要警察来了，他一定立马交代。人不是他杀的，他也不想杀对方，所以他应该没犯法吧？

"非法拘禁罪，他是逃不了的了。"大宝说，"而且他的捆绑行为，在某种程度上加大了肺脂肪栓塞的概率，也应追究相应的刑事责任。"

"唉，很多医学知识，我们真的是需要去科普的啊。"我说，"即便没有脂肪栓塞这一节，其实捆绑成异常体位，时间长了，也会造成体位性窒息的。看来，我真的要写一本科普书让更多的人知道这些知识了，就叫《逝者之书》①吧。"

"这孩子太可怜了吧！"陈诗羽说，"活着的时候没有感受到亲情，最后还因为扭曲的亲情丧了命！"

"我还是那个观点。"韩亮说，"冷暴力也是暴力，有的时候，比家暴还恶劣！"

"是啊，有的时候，对待自己的亲人，以为没有动过手，只是冷漠了点，就觉得自己没有犯错，就可以站在道德的制高点了。"程子砚也低着头说，"其实，冷漠也是一把刀，一把可以杀人的刀。"

---

① 编辑注：《逝者之书》已出版，里面讲述了28种千奇百怪的死法，感兴趣的可以查阅。

第六案　白昼灵车

法医秦明

VOICE OF THE DEAD

这一篇，是纪念奔驰的。

不，是悼念奔驰的。

女儿是我现在精神的寄托，而在女儿来到这个世上之前，我的精神寄托是奔驰。

奔驰是一条流浪狗，但是当我看见它的时候，我就知道我们有缘。虽然因为长时间的漂泊，它的毛很脏，但是它那乌溜溜的大眼睛非常干净，似乎可以看透人心。一时间，我似乎想起了我的过去。

在一个垃圾桶的旁边，它显然是在找吃的，已被冻得瑟瑟发抖。它看着我，似乎在乞求着我的爱。我把手中的手抓饼递给它，它狼吞虎咽地吃了下去，然后，就和我形影不离了。

我把它带回了家，给它洗澡的时候它特别听话，一动不动，时不时地会舔一舔我的手臂作为回应。洗干净后，它变成了一条特别可爱、漂亮的小狗。我给它取名奔驰，不是因为那个著名的品牌，而是因为我喜欢它在野外跑起来无拘无束、自由自在的样子。

可是，他不喜欢它，从第一次看见就是这样。

他说，我已经怀孕了，不应该养狗，照顾肚子里的孩子已经够费精力了，哪还有余力照顾小狗？可我不这么认为。他说的这些只是借口，一直以来，他就是不喜欢奔驰。开始只是不理不睬，直到前不久，我下班回家，居然发现他在打奔驰！奔驰发出呜呜的叫声，一动都不敢动。

它只是一条孤独无助的小狗！它那么弱小，就算被打了，也那么逆来顺受，他怎么下得去手！

他解释说，奔驰咬坏了拖鞋，所以必须教育。狗咬坏拖鞋，不是很正常吗？这是狗的天性，好好劝说不行吗？非得这样又打又骂不可吗？那将来我们的孩子呢？是不是也一点点错误都不能犯？

那一次，我和他大吵了一架。不过，我后悔了。之后他的确没有当着我的面打奔驰了，可每次见到奔驰，他的眼睛里，都有种嫌弃和躲闪的神色。奔驰见到他，也总是躲得远远的。小动物不会骗人，它肯定知道他不好惹。

可能他对奔驰的恨，就是从那个时候种下的吧。

终于，今天，奔驰离开我了。

楼下的草坪里，我抚摸着奔驰的尸体，哭了很久。我真的不敢想象它在坠落时是多么恐惧，在死亡前又有多么痛苦。

这种痛苦是不是早晚也会降临在我和女儿的身上？

我想起了几天前在论坛里看到的帖子。一个男人通过相亲，认识了一个养狗的妹子，这个妹子养狗已经好几年了，明确表示结婚后也要带着狗一起生活。男的不乐意，但是又想和妹子结婚，就上网发帖问大家有什么办法可以神不知鬼不觉地弄走小狗。没有想到，下面的评论区居然有很多人支着儿，让男人把狗从窗户扔下楼，伪装成"意外"坠亡。

这个帖子看得我一阵心寒。

当时用的是家里的电脑，不知道他是不是也看到了我的浏览记录。

总之，没过多久，奔驰就摔死了。

我很想哭，最后和他对质的时候却在笑。

我跟他说，他不用隐瞒扔狗的事情了，我都知道，我只想听他说实话。

可是，他怎么都不肯承认，非说自己是无辜的不可。

那天，我们又大吵了一架。

我承认，我激怒他，也有一点想看看他被逼出原形后的样子。

想到这个男人每天都躺在我的枕边，还假装什么事都没发生，我怎么可能不害怕呢？

也许，不久的将来，我也会和奔驰有一样的下场吧。

1

这天一早，林涛急匆匆地来到办公室。

"老秦，有个事情，非得你出马不行了。"林涛擦了擦额头上的汗珠，说道。

"又出啥事儿了？"我笑着说，"我还正准备和你说呢，许晶案的野餐地点要找，而且不要仅仅限于找野餐地点，还要在树后面等一些隐蔽的地方，寻找可疑的物品，比如饮料瓶什么的。"

"这事儿我都安排好了，你通过上一起案件想到的，我也想得到。"林涛摆摆手，说，"我说的不是这事儿。"

"那是啥事儿？"

"小羽毛的事儿。"林涛说，"你能不能劝劝她，不要在刘鑫鑫这事儿中越陷越深了。本来就是萍水相逢的人，没必要这样钻牛角尖吧？刘鑫鑫是什么人，赵达是什么人，她小羽毛也不是很了解。扯进了他们的关系中，会有危险的。"

"你说的是，公私不分的危险？"我问。

"不仅仅是这个。"林涛说，"人身安全也有危险啊。"

"啊？"我吃了一惊。

"昨天，我正好路过小羽毛租房子的小区，看到了危险的一幕。"林涛喝了口水，小声说道，"当时小羽毛正好下班回家，没想到被一个一米八几的高大男人给堵住了。不用想都知道，那是赵达，来小羽毛家找媳妇了。"

"然后呢？"

"然后我就听见赵达说小羽毛是坏人，想要破坏他们夫妻感情，让小羽毛把人交给他。"林涛说，"小羽毛当时暴跳如雷，对那男人一顿臭骂。咱们办案这么多年，都知道，其实很多激情杀人，都是男人被女人骂急了以后发生的。我当时紧张坏了，我就害怕这个赵达突然掏出一把刀，攮小羽毛一下。所以我就准备挺身而出，可是，也许是小羽毛气场太强大了，那男人居然灰溜溜走了。但是我回去一想，还是后怕。这是第一次，也许那男人回去想想，觉得窝囊，再去找小羽毛寻仇的话怎么办啊？你说我也不可能天天偶遇啊。"

"你那哪是偶遇？你是跟踪。"我笑着说道。

见被我揭穿，林涛有些不好意思地说："说跟踪就夸张了，我是害怕她越陷越深，有危险罢了。其实，只能算是跟踪保护。"

"保护？你保护她，还是她保护你？"我笑了。

"不管怎么说，我是个男人嘛。"林涛有些不服气。

"你说得也是，一会儿我来问问。"我说。

说话间，陈诗羽也来上班了。对喜欢开门见山的人，我也就开门见山地说了："小羽毛啊，听说你昨天遇见危险了？"

陈诗羽先是一愣，然后侧脸看了看林涛。林涛则是装出一副认真学习、事不关己的样子看着手中的书。

"不算危险，就是赵达还想来威胁刘鑫鑫，被我骂跑了。"陈诗羽满不在乎地说。

"我觉得，你还是要注意一点。"我说，"毕竟对方是个大男人，你就是再能打，也是明枪易躲，暗箭难防啊。"

"没有危险了。"陈诗羽抬腕看了看表，说，"我刚才得到通知，刘鑫鑫的伤情鉴定结果下来了，两处轻伤二级。现在这个时候，赵达应该已经被刑事拘留了。"

"那就好，那就好。"认真看书的林涛插了一句。

"先刑事后民事。"陈诗羽接着说，"等到故意伤害案结了，离婚起诉也就顺理成章了。所以刘鑫鑫现在已经安全了，她今天就搬回自己家住了。"

"这样也好，你保护不了刘鑫鑫多长时间的。"我说，"毕竟我们也有自己的生活，这么多弱者，你不可能都帮助得过来。"

陈诗羽沉默了一会儿，说："也许你们不能理解，这样，我和你们说一个故事吧。很多年前，我还在上小学的时候，我家的邻居大妈，就经常遭受家暴。当时我还小，不知道该怎么办。我爸和辖区民警都干涉过他们家的事情，但是因为大妈不愿意声张，所以每次都不了了之。后来，大妈再也无法忍受这种痛苦，却没有选择去报警，而是选择了自杀。很不巧，她自杀的过程，被我全部目睹了。"

说到这里，陈诗羽深深吸了一口气，停顿了一下。我们也都静静地望着她。

"也许这个事件，就是让我立志当警察的一个重要事件吧。虽然我只是个普通的民警，很渺小，但是我发誓要在力所能及的范围内，帮助更多的人，教会更多的人，在自己的合法权益被侵害的时候，应该拿起法律的武器来保护自己，而不是伤害自己。"

我点了点头，我理解了陈诗羽对这件事执着的原因所在了。

"哦，对了，许晶的身世，我和市局同志一起查了。"陈诗羽说，"许晶的养父母都是媒体人，为人非常好，周围的口碑也都非常好。经过调查得知，他们在年轻的时候尝试丁克，但年纪大了以后，觉得孤独寂寞，于是就收养了许晶。许晶被收养的时候，大约是十岁的年纪。这一家三口一直挺幸福，周围邻居都很羡慕。可没想到在许晶上大学的时候，她的养父在一次骑电动车出行的时候，出了车祸，抢救无效死亡。而她的养母可能是因为悲伤过度，在她养父去世后的第二天，心脏病发而猝死。许晶同时失去了养父母，成了孤儿，哦，那个时候不算是孤儿了，她已经成年了。"

看来陈诗羽这两天也没闲着。

"那许晶十岁之前呢？"

"奇怪就是奇怪在这里。"陈诗羽说，"她十年前的生平、档案什么的，一点也查不到。"

"现在我越来越觉得许晶的身世和本案有关了。"我说，"那DNA比对的结果呢？"

"还在做。"陈诗羽说，"各个DNA库都会进行比对，但是肯定没有那么快。"

突然，我的手机铃声响了起来，我一看是韩亮的电话，连忙接通。

"我在楼下，刚才碰见师父了，龙东县刚刚发生一起交通事故，让我们赶紧过去。"韩亮急切地说道。

"交通事故，估计没啥意思。"我抬头看了看陈诗羽和刚刚走进办公室的大宝。

"那我就不去了。"陈诗羽看着手中的笔记本，说，"我还是想想办法和市局的同事对接，尽快找出许晶的身世吧。"

"可以，这也是大事。"我说，"大宝、林涛，我们走。"

"龙东县城吗？"我坐在韩亮的车上，问道，"是在路上？那现在岂不是封路了？"

"肯定啊，现在是半幅路面通行，所以交警部门就在那儿不停地催刑警部门，而刑警部门则觉得案件很是蹊跷，要等着我们赶到，所以就只能是我们全速前进了。"韩亮把他的破旧SUV勘查车开得飞起，在车流中穿梭。

我紧了紧自己的安全带，一手紧握着侧窗上方的扶手，后背紧紧地靠在椅背上，紧张地说："你慢点，慢点。上次都说了，要注意交通安全。"

"陈总指令，用最快速度抵达现场，勘查现场，以方便交警部门疏通道路。"韩亮说。

"小羽毛不来，真的可以吗？"林涛问道。

"有啥不可以的？不过就是个交通事故，说不定我们看完现场，就回去了。"大宝说道。

说话间，我们被长长的车流堵住了。

"显然是到了。"韩亮说，"这条道路本身车流量就非常大，双向四车道，现在因为事故占据了单向两车道，所以必然会堵住。看起来，事故在前面五百米处，我得留在车上慢慢往前挪，你们走过去吧，还快一些。"

我点了点头，反身从后备厢里拎出勘查箱，和大宝、林涛、程子砚下了车。

我们在车流中穿行，一些开着窗的车子内的声音就传了出来。

"你看，看着没？那些是法医！我说前面死了人吧，不然怎么会堵成这样？"

"法医都来了，看来事儿小不了。"

"真是法医哦，终于看到活的法医了。"

林涛侧耳听听，一脸不服气的表情说："为什么都说是法医？拎着勘查箱就一定是法医吗？把我们痕检往哪里放？"

我耸了耸肩膀，说："可能，法医听起来比痕检要酷吧。"

"那我还说，我比你帅呢！"林涛说。

程子砚扑哧一声笑了出来。

"笑什么笑？我说的不是事实吗？"林涛奇怪地看着程子砚，说，"这时候笑，实在不怀好意。"

程子砚赶紧收敛了笑容，却还是一副忍俊不禁的样子。

说话间，我们已经走到了案发现场。

此时，单向两车道中央，被警方用路障围绕着警戒带隔开了，两名交警正紧张地指挥着车辆从对向车道通行。董剑局长和龙东县公安局刚刚上任的郑民局长此时在警戒带外站着，观察着几名技术员在警戒带内工作。

警戒带内，停着一辆中型厢式货车，货车的尾部紧贴着一辆引擎盖内还在咻咻冒着气的宝马三系轿车。宝马车的车头毁坏严重，已经变形了，驾驶座的安全气囊已经打开，车前挡风玻璃全部碎裂脱落，驾驶座的车门是打开的。

不过，驾驶室里没人。

宝马车驾驶座旁边的地面上，被一个尸袋遮挡着，不用看也知道，尸袋下面躺着的是一具尸体。那应该就是宝马车的驾驶员。

马路牙子上，蹲着一个中年男人，看起来应该是小货车的驾驶员。既然身边没有警察，说明他已经被盘问过了。他蹲在路边，抱着头，一脸苦恼，看起来这一天的生意就要泡汤了。

按照交警的指挥，正向行驶的车辆，会绕过路障到对向车道，经过案发现场，然后离去。几乎每辆车经过的时候，都会把速度放慢，不是为了安全，而是为了看热闹。甚至有的驾驶员还掏出了手机，在经过的时候，对现场进行拍照。

"实在是不能理解这些人看热闹的心理。"林涛嘟囔道。

董剑局长见我们走过去，连忙迎了上来，拿出随身的平板电脑，递给我们，说："这条路是省道，平时车流量很大。所以发生了这个事故之后，势必引起一定程度的社会影响。"

"这，不是交通事故吗？"林涛指了指现场，问道。

"你先看看这段监控。"董剑说，"事故，肯定是事故，但是有一定的隐情，我们必须查清楚，不然不好给老百姓交代。"

我接过平板，看着由公安内网传输过来的这一路段的监控视频。

监控视频显示的时间，是上午九时十一分，此时的省道车辆并不是非常多。画面中，现场的小货车正在以正常时速沿着右侧慢车道行驶，突然后方追过来一辆白色的宝马轿车，轿车也正沿着慢车道行驶，但是其速度高于小货车。

在两车接近的时候，按理说，宝马车应该变道到快车道，然后从小货车身边超过，因为此时快车道并没有其他车辆。然而，宝马车不仅没有减速，也没有变道，而是突然加速，硬生生地撞上了小货车的车尾。

在撞击之后，小货车立即感觉到了，并且刹车停车。而宝马车，却顶着小货车，车轮还在原地转动。车轮的摩擦，让地面扬起了一阵烟尘。因为宝马车的推动力，小货车甚至又往前移动了五米。好在小货车司机应该及时挂上了停车挡，并拉起了手刹，才让两辆车都停止了前行。宝马车的轮胎又转动了五秒后，这才停止了。

撞击导致变形的车头，因为宝马车的继续推动，而变形得更加严重了。

两辆车终于停了下来，小货车的驾驶员率先从车上跳了下来。他向车尾走去，正准备查看事故情况的时候，宝马车的车门也打开了。随着车门打开，一名穿着白色上衣、灰色短裙、黑色丝袜和黑色高跟鞋的女人跟跟跄跄地走下车来，扶着车门、捂着胸口似乎喘息了两下，然后轰然倒地。

这突然倒地，让小货车驾驶员吓了一跳。他本能地退后了两步，愣了两秒后连忙跑回自己的驾驶室，像是拿出了手机，打电话报警。

视频到这里就结束了，也算是完整反映出了事件发生的全部过程。

我看完视频，将平板递给林涛他们，对董剑局长说："后面的视频看了吧？宝马车内，只有死者一个人？"

"虽然前面的监控看不到宝马车后排有没有坐人，但是视频侦查的同事把后面的视频都看完了，直到我们的民警赶到现场，宝马车上也没有下来其他人。"董局长说，"所以可以肯定，车上没有第二个人。"

我点了点头，走到宝马车的驾驶室旁边，伸头进去看，又伸手摸了摸坐垫。

此时，林涛和大宝已经看完了视频。

"这看起来，就像是一起普通的交通事故啊，车上又没有其他人干扰驾驶。"大宝说。

"就是因为没有人干扰驾驶，才存在疑点。"林涛说，"这女的开车，开得太奇怪了。莫名其妙地加速，莫名其妙地碰撞，撞上了还不知道松油门，这就是疑点。"

"酒驾吗？不过大清早的谁喝酒啊？"大宝摇摇头，说，"可是，就算她开车开得再怎么奇怪，也就是个交通事故嘛。"

"嘿，女司机，你们懂的。"一名交警在一旁一边做着现场测量，一边说道。

"我们小组少来了个人，不然她要是听了这话，肯定会喷你。"林涛笑着对交警说道，"而且她是特种驾驶成绩优秀的女司机，也有资本喷你。"

"是啊，咱们可不能有那些刻板印象，更不能有偏见，不能因为司机是女性就下什么定论，那是会犯先入为主的错误的。比如这案子，就真不是个单纯的交通事故。"我探身到驾驶室内，说，"车内的血迹告诉我们，这案子是有隐情的。"

2

宝马车的车头已经变形了，前挡风玻璃因为被小货车的车尾撞击，伴随着整张前挡风玻璃膜脱落在驾驶室里。车窗膜没有将所有的碎玻璃都粘住，大量的碎玻璃散落在驾驶室的油门、刹车边。甚至，还有一些碎玻璃碴掉落在开启的驾驶室门外的地面上。不过，驾驶座位的坐垫上，是一点碎玻璃碴都没有。

从这一点可以看出，玻璃在碎裂的时候，死者是坐在驾驶位置上的，所以碎玻璃会堆积到她的身上，随着她起身下车的动作，碎玻璃就掉落在驾驶室里和车旁边的地面上了。

我伸出手去，将被车窗膜黏附的整块的碎玻璃拿起来看了看，确实有不少很锐利的尖端露在车窗膜的外面，这么尖锐的物体，也确实可以给尸体造成开放性损伤，导致出血。

我所认为的疑点，是驾驶座坐垫上，正面都有血迹，靠背也有一些擦蹭状的血迹。坐垫上的血迹不仅浸染了整个坐垫，而且渗透了表面的透气孔，浸染到了坐垫里侧。用手轻轻挤压，甚至透气孔都会往外冒出血液。

"疑点就在这里。"我指着坐垫说道，"我们看过视频，车祸发生后不久，驾驶员就走下了车辆，那么她有可能出这么多血吗？除非是大血管破裂。"

"这碎玻璃挺锐利的，也不能排除就是大血管破裂啊。"大宝说。

"说是这样说。"我说，"如果是玻璃导致的，那么也是驾驶员处于坐姿状态时被玻璃刺伤。这时候，如果大血管破裂，要么会发生血液的喷溅，要么就是大量血液流淌下来。现场的车内没有喷溅状血迹，而如果是流淌的话，就会流淌到驾驶员坐不到的地方，坐着的地方应该是空白区。"

"可是这个坐垫上全是血。"林涛说，"没有空白区。那说明什么呢？"

"说明血是慢慢流淌下来的。"我说，"随着血液的浸染和驾驶员坐姿的调整，流下来的血液变得均匀了。"

"也就是说，车祸后到驾驶员下车的时间，不足以形成这样的血迹形态。"林涛沉吟道。

我伸头在车内看了看，说："车子要原样拖回停车场，里面的物品不要轻易挪动。拖动的时候，也要固定好车子，防止里面的物品发生位移。对了，车内照片都拍了吧？一定要固定好。"

背着相机的县局技术员在一旁点了点头。

我仔细看了看驾驶座车门，然后将车门关闭，蹲在尸体的旁边，掀起了盖着尸体的裹尸袋的一角，大概看了看尸体的模样。县局法医在抵达现场的时候，应该是对尸体进行了挪动。从视频上看，死者下车后，是一个趔趄趴倒在地上，处于俯卧位就没有再起来了。而现场尸体的姿态是仰卧位，白色的衬衫腹部已经变成了红色，被血液浸染。灰色的短裙前面，也几乎全部被血染了。

既然血迹的位置靠上，那么我之前担心的流产大出血什么的可能性，也就排除了。我将手伸进掀起的尸体袋内，摸了摸死者的腹部。此时还能感受到尸体的温度，但是并没有碎玻璃扎在腹部，因而感受不到硬物。

我的心里大概有了底，说："肯定不是单纯的交通事故，这样吧，尸体立即拉去殡仪馆，我们马上就开展尸体解剖。车子拉去停车场，林涛先对车内容易黏附指纹的地方进行勘查，对车内孤立的血迹进行提取。等我们解剖完了，在停车场见。"

我心里清楚得很，如果真的有侵害事件发生，真的有犯罪行为存在，最大的可能，还是在车内发生的。因为我在关闭车门的时候，确定车门把手上，没有擦拭状血迹。如果是在车外受伤后，再开车驾驶的话，车门把手上不可能没有血迹。

那么，如果在车内发生犯罪行为，大概率犯罪分子也是在车内的。所以，对车内的勘查，寻找痕迹物证显得尤为重要。

当然，在倾尽全力寻找痕迹物证之前，得先搞清楚案件的事实大概是什么样的。死者是怎么死的？为什么受伤后驾驶车辆行驶而不报警？如果说她是因为失血过多，意识丧失而撞击小货车的话，那么致伤行为就在她的死亡过程中起到很重要的作用了。可是，如果真的是失血性休克导致意识丧失，她为什么能在撞击后自主下车呢？

疑团很多，但必须从尸体查起。

交警是有交警的专业技能的，他们从密集的车流中，硬是分离出一条通道，让清障车开了进来。然后在我们的共同监督下，清障车在保证宝马车没有过度颠簸和倾斜的情况下，把宝马车拉走了。殡仪馆的运尸车也顺着这条通道，赶到了现场，将尸体拉走了。

我们忙活了这半天，才坐上韩亮的车，向龙东县殡仪馆赶去。

上车的时候，董剑局长也将这短短一个小时之内，侦查员调查的有关死者的具体情况通过警务通传了过来。

侦查部门很快就通过宝马车的车牌照，锁定了宝马车车主。根据人像初步比对，确定死者就是宝马车的车主，郭霞。

郭霞，女，三十岁，龙东县本地人，硕士学位，现在是龙番市天一房地产开发公司驻龙东县分公司的副总裁兼营销总监。

郭霞是个姿色出众的女人，学历高，智商高，情商也高，所以年纪轻轻就坐上了这家规模很大的公司的高管位置，年薪百万。用他们公司的人的话描述，郭霞是个出名的交际花，她的仰慕者众多，但她能够不吃任何亏，就将那些仰慕者玩弄于股掌之上。但据郭霞的闺密好友们反映，郭霞并没有那么弯弯绕绕，而是一个性格温柔、热心助人的人。不管谁说的是事实，经过调查，因为郭霞身处高位，所以和她联系的客户、领导、合作伙伴众多，调查起她的社会矛盾关系，实在是太难了。

从昨天晚上吃晚饭，到今天上午事发，郭霞究竟见过多少人，这实在不太好调查。一开始，侦查员觉得通话记录肯定不会太复杂，但他们调取完话单后，发现这短短十几个小时之内，郭霞就接了数十个电话。

侦查工作就像是陷入了泥沼，不得不先对这数十个电话的机主，逐一进行调查。

因为最先抵达现场的技术人员，第一时间就观看了视频，知道这样莫名其妙的车祸，首先要排除酒驾。所以在进行尸表检验的时候，就提取了死者的心血，并送往县局进行加急检验。此时，检验结果也出来了，排除死者体内含有酒精。

也就是说，董局长从警务通传过来的资料，除了明确死者的身份，其他调查工作毫无进展。而且，侦查员们到现在也不敢确定这是一起单纯的交通事故，还是有犯罪行为存在，调查信心不足，导致调查也无法深入。

我知道，对尸体进行全面检验，搞清楚案件事实，是现在的首要任务。

尸体的衣物被脱了下来，平铺在殡仪馆的操作台上。大宝和市局韩法医正在对尸体进行尸表检验和检材提取，而我则先检验衣物。

除了被血染，尸体的所有衣服，衬衫、裙子、丝袜和内衣裤都没有异常。没有反穿的迹象，没有黏附异物，也没有损坏的痕迹。从衣着来看，不像是有遭受性侵的迹象。

我看了看尸体衣服前面大块的血染，有一些疑惑，转头回到了解剖台的旁边。

尸体此时还没有被清理，腹部以下到大腿的皮肤上也沾染了很多血迹。其他部位的皮肤看起来是苍白的。

"尸斑浅淡，估计死因就是失血吧？"大宝说。

"我觉得老秦提的疑点对，如果是失血性休克，就不可能撞车后，还能自主下车了。"韩法医说，"失血和颅脑损伤不一样，又不会出现中间清醒期。"

尸体的尸僵还没有完全形成，我拿起死者的双手，看了看，又看了看死者的唇角，说："你们有没有觉得死者的唇角和甲床有一点泛紫？难道是光线的原因？"

我们切换着光线角度看着，依旧能看出死者煞白的嘴唇、指甲的角落有淡紫色。

"排除了窒息的损伤，窒息是不可能的。"大宝说，"总不能说，这淡紫色是猝死征象吧？撞车了，吓得心脏病犯了？"

我摇了摇头，说："别急，检材都提了吗？"

对于女性尸体，法医需要常规提取口腔、乳头、阴道和肛门拭子，以及心血和指甲。

"提了，让韩亮先送去检验了。"大宝说。

我点了点头，拿起浸湿的纱布，将死者腹部至大腿之上那些部分凝结的血迹慢慢擦掉。

"不对啊，死者的腹部有伤！"我一边说着，一边用手指拉紧了死者紧绷的腹部皮肤，有三条黄色的脂肪露了出来。

"当然有伤，没伤怎么出血？"韩法医一边说着，一边测量创口，说，"三条上下走行的创口，平行排列，位于死者髂前上棘至肚脐连线中心点附近。"

"哟，看这出血量和这创口的位置，恐怕是髂动脉给捅破了。"大宝测量了一下，说，"马甲线练得再好也顶不过刀子捅啊。"

"创口多长？"我连忙问道。

"每一条都不到三厘米的样子。"韩法医说，"看起来好像是双刃刺器，但，再看看又不像。"

法医会把尸体皮肤上哆开的创口对合起来，观察创角，从而判断凶器是单刃还是双刃。可是郭霞腹部的创口不用对合，就是一条细细的线状创口，两个创角更是不容易看出单刃还是双刃。

"仔细看，还是上钝下锐的。"我放下手中的放大镜，说，"另外，这么细的创口，一般有一定刀背宽的刀是不能形成的，肯定是很薄的刀具。大宝，你还记得

'清道夫'专案①吧？"

"手术刀？"大宝问。

"手术刀没有将近三厘米的刃宽。"我说，"这么薄的刀刃，除了手术刀，恐怕就是裁纸刀了吧。"

"哦，对，差不多。"韩法医点头认可。

"可是，我说的奇怪点，不是创口的形态。"我说，"我刚才检查了衣物，死者的衣服上，完全没有裁纸刀形成的破口啊！"

在穿着衣服的尸体上形成皮肤创口，自然要形成衣服上的破口，除非捅刺的时候，受伤部位没有衣服。可是，我们在脱去死者衣服前，死者的衣物明明是穿得好好的。

"又不是露脐装，这里怎么会露在外面？"大宝比画着创口位置说，"这个部位应该不仅有衬衫遮盖，而且还有裙子腰部的遮盖啊。难道，她是自杀？"

在我们经历过的很多案件中，自杀者在对自己的身体进行切割捅刺之前，会将这个部位的衣服掀起来，方便自己的伤害行为。所以在很多锐器自杀的案例中，都可以看到尸体领口、袖口处的翻卷。大宝这样说，自然也是经验使然。

"自杀？"我皱起眉头，说，"有两个问题，一是这样的行为不正常，一般人自杀会选择割脉，因为痛苦小一些。自己戳自己的也不是没有，但是戳这个位置很奇怪，很少有人知道这里有条髂动脉。更何况，掀开衣服戳完了，再穿好衣服？这个动作很奇怪。二是，正常人握刀刺击身体低下位置的时候，都是刀刃朝上，你们想想，是不是这样？刚才我们说了，从创口上看，裁纸刀是刀刃朝下的，这样拿着刀刺自己，是不是很别扭？"

正说着，韩亮一头汗地跑进了解剖室。

"怎么，检材送过去了？"我问道。

"正准备开始做。"韩亮喘了几口，说，"有一个信息让我抓紧时间带回来，怕你们都在解剖台上，没手接电话。"

"什么？"

"死者的心血内，检出冰毒成分。"韩亮说道。

"好嘛！你这一个结果，就解释了全部疑点。"韩法医哈哈一笑，说，"郭霞

---

① 见法医秦明系列万象卷第四季《清道夫》一书。

应该是吸毒后产生了幻觉，于是对自己动了刀子。既然是毒品作用，她捅哪里都不奇怪了。在捅完之后，她受到毒品幻觉作用，继续驾驶车辆，即便是在撞击前，也不知道踩刹车。毒品真是危害人间啊！害人害己！"

"你是说，受到毒品的作用，自己惯用的持刀方式也不重要了？"我问。

"那种意识模糊的情况下，持什么刀也不会注意持刀方式了。"韩法医说。

"意识模糊，为啥还会掀起衣服捅，捅完了还会穿好衣服？"我问。

"毒品这东西，吸完了什么事都有可能，谁知道她脑子里当时出现的是什么幻觉呢？"韩法医说道。

我点了点头，虽然觉得还是有些怪怪的，但暂时找不出有力的依据来反驳这种观点。确实，用吸毒就可以解释这个案子所有的不正常现象，但是法医并不会因为有了解释，就放弃进一步探寻真相的意愿。

"如果死因没有什么疑点，恐怕这案子就能结了吧。"大宝一边用手术刀联合切开了死者的胸腹腔，一边说道。

"车辆勘查还是要做的，杜绝一切隐藏命案的可能性。"韩法医同时在对尸体进行开颅，说道。

"哎哟，不对，这人心包不对。"大宝此时已经取下了尸体的胸骨，他用手术刀柄触碰着死者的心包外壁，说，"这心包好像撑得有点大，而且很硬啊。"

我似乎瞬间明白了过来。

我用剪刀以"人"字形剪开了心包，暴露出了心脏，心脏外面被血液包裹了起来。

"心包填塞！"大宝说，"这人心脏破了啊，可为什么胸壁上没有创口呢？"

"因为是钝性外力导致的心脏破裂。"我一边说着，一边从血液当中拿出了尸体的心脏，用剪刀从血管根部剪断，取下了心脏，然后将心脏放在水流下冲洗，很快就找到了心室壁上的一处两厘米长的破口。

"你说，是心脏震荡导致的破裂？"大宝问道。

"对，钝性暴力。"我说，"心脏破裂，很快就会死亡，所以结合现场监控视频，是车祸导致的心脏破裂。比如，现场车辆弹出的气囊，就有可能。"

"气囊可以撞击胸壁导致心脏破裂？"大宝问道，"那多可怕啊！"

"小概率事件，正好赶巧了，用我们的话说，就是'寸劲'。"韩法医说。

"这是一方面。"我说，"还有一方面，就是死者的状态。正常情况下，我们的胸部肌肉在遇到危险时，会收缩予以保护，防止胸廓过度变形而对胸腔脏器造成过度压力。但如果死者当时处于意识不强的状态下，就会失去这样的自我保护。"

"嗯，就和史方一样。"大宝说，"只不过，史方排除了酒精，排除了常规毒物和毒品，也没有失血的症状，比她蹊跷。"

"所以，受伤、吸毒，是导致她死亡的间接因素。"我说。

3

毒品检验，就像是一颗定心丸，在明确了死因之后，大家几乎都认为这是一个吸毒后自残并引发交通事故的事件。

后续的解剖，就是程式化的工作了。比如通过创口，找到了失血的源头，果真是裁纸刀刺入了盆腔，导致髂动脉不完全破裂而大失血。根据对死者胃肠内容物的分析，判断死者在昨天晚上十二点钟有进食，之后就没有进食了。而通过死者肠道内依旧保存着形态的孜然颗粒和辣椒籽，基本可以判断，死者最后一顿吃的是烧烤。

在赶去停车场和林涛会合之前，林涛那边就传来了资料。程子砚和其他侦查人员对死者的生前轨迹，进行了调查。调查走访情况结合调取的监控显示，昨天晚上六点开始，郭霞就和公司的总裁一起，陪着客户吃饭。因为郭霞要开车，所以没有喝酒。饭后，郭霞开车将几个人分别送到住处，然后自己回到了家里。晚上十一点左右，郭霞从住处离开，驾车向县城东边驶去，最后脱离了监控探头的追踪。今天早晨八点半，郭霞的车再次从失踪的探头处出现，向西进入县城，并且一路驶到了案发现场，直到发生车祸。

林涛抵达停车场后，拿到了宝马车上行车记录仪的内存卡，经过程子砚的研判，最后一段录像是宝马车经过最后一个监控探头之后，在路边停下了。因为车的行车记录仪只能录下车前的状况，所以只能通过车门关闭声，判断出车上是上来了一个人。程子砚又将录像倒了回去，发现在停车前，确实可以看见路边树下站着一个男人的身影。只可惜，车灯照射范围没有涵盖男人的身影，所以根本无法判断该男子的身形、衣着。男人上车后不久，行车记录仪就中断了，看起来这是这个男人有意识的行为。

所以，从林涛他们组的工作情况来看，这个案子充满了疑点。郭霞和这个男人去了哪里？去做什么？发生了什么？这些疑问不解释清楚，这个案子也就解释不清了。这和我们法医组尸检情况大相径庭。

林涛从轿车里提取了死者的手机，它是好好地放在包里的。虽然陈诗羽不在现场，但是县局也有电子物证检验部门。电子物证检验部门破解密码后，对郭霞的手机内容进行了检验，确实找出了很多与死者聊天十分暧昧的微信号，但是没有任何和郭霞约定昨晚见面的信息。通过对话单的深入分析，对当事人的调查，也排除了当天或前两天与郭霞通话的人有约她出来见面的可能性。

查不到问题，就更加可疑了。

看来，除了法医，其他专业都觉得这个案子有蹊跷，那么我们法医自然也就不能随便下结论了。

看完了传送过来的材料，我们也就抵达了停车场。林涛此时正围着宝马车转着圈，不知道在忙活着什么。

"有没有裁纸刀？"我下车后，第一句话是这样的。

林涛愣了愣，说："没有什么裁纸刀。"

"你看，车内没有裁纸刀，这说明我们之前的推论都是有问题的。"我转头对韩法医和大宝说，"总不能说，她是自己捅了自己，然后把刀子从车窗扔了出去吧？"

"那也不是没这种可能啊。"大宝嘴硬道。

"如果是别人捅的，刀口方向就好解释了。"我说。

"自己捅自己？"林涛盯着我们看了看，说，"你们不会认为这是自杀吧？这案子蹊跷得很啊！"

"你说的蹊跷，是你传给我的那些材料上的吗？"我问道。

林涛摇摇头，说："单纯从痕迹检验来说，也很蹊跷。死者晚上十一点出门之前，是送了几个人回到住处的，可是整辆车，各个部位，除了死者在方向盘和挡位上的指纹，居然没有发现其他人的任何指纹。"

"没有指纹，反而是疑点。"我沉吟道。

"车内的操控台、内把手、外把手、中央储物盒、窗户按钮、安全带扣等等，所有可以留下指纹的地方，都没有指纹。"林涛说，"就像是打扫过一样。"

"会不会是她自己打扫的？"大宝说，"她今早才死，别人在她车里打扫，她不会有疑问？"

"其实也不麻烦，一块抹布，把车内所有光滑的地方擦一遍就行。"林涛说，"尤其是这个，你看。"

宝马车前排中央的点烟器被拔掉了，上面插着一个线头，是行车记录仪的电源线。这种行车记录仪的电源线线头上有一个开关，摁一下就可以直接关闭行车记录仪的电源。从程子砚发现的行车记录仪突然断电的情况来看，男人上车后，直接就关闭了这个电源。问题是，电源开关非常光滑，如果着力，自然会留下指纹。这个天气，也没人会戴手套上车，不然肯定引起死者的怀疑。那么，唯一的解释，就是后来擦了。

"这案子，说难，就难在案件的性质上。"我说，"虽然我们法医没有发现特别可疑的地方，但是通过现场勘查和调查，疑点还是很明显的。虽然郭霞是车祸死亡的，但是失血和吸毒是她的间接死因。所以，找到这个半夜上车的男人，可能就找到了郭霞受伤和吸毒的起因，从而就搞清案件真相了。"

"是啊，侦查员查了几遍，所有认识郭霞的人，对郭霞吸毒这件事都是难以置信的。"程子砚说道。

"只要我们明确思想，确定这起案件中，就是有死者被他人侵害的事实发生，那么破起来，也不会太难。"我说，"找地点，找人。"

"还有，就是找证据了。"林涛皱着眉头说。

"对车辆勘查，除了以上的，你还有什么见解吗？"我问道。

林涛点了点头，指了指车内，说："车内杂物不多，主要是后排的一个垃圾桶和死者随身携带的包，还有一个车载空气净化器。"

"这也是正常摆设吧？"我说。

"看似正常，其实不太正常。"程子砚说，"根据我们对监控的研判，死者生前开车送领导回住处，两名领导都是坐在后排的。"

"后排摆了这么多东西，就坐不下人了。"我沉吟道。

"所以，是那个男人上车前，郭霞主动移动这些东西的。"林涛说，"这些东西上，可以找到郭霞的指纹，没有其他人的指纹。"

"根据调查，郭霞虽然被称为'交际花'，但她是很会把控自己和别人的距离的。"程子砚说，"比如副驾驶上放东西，就是不想让不喜欢的人靠得太近。所以……"

"这个男人和郭霞关系不一般。"大宝抢答道。

"是啊，只可惜，现在的这条线索，完全摸不上来。"程子砚说，"她几乎没有真正意义上的情人。"

"有暧昧关系的也要查啊。"我一边说着，一边从后排车门探头进去，查看车辆后排的状况，说，"如果她身上的伤真的是别人捅的，那么捅的时候，她是衣冠不整的，很有可能是裙子下移、衬衫开扣的状态。这种状态，只有情人能做到啊。"

"你是说，情人吸毒后捅人啊？"大宝问道，又说，"欸？我为啥闻到车内有股烟味啊？"

"在车里吸烟也很正常啊。"林涛说。

"这女人的肺，不像是抽烟的肺啊。"大宝说。

"嗯，死者不抽烟。"程子砚看了看调查材料，说道。

"那就是那个男人抽的。"林涛说，"死者车内装了空气净化器，恐怕也是不喜欢车内异味吧。如果这样，这个男人能够在车内抽烟，说明这关系还真是不一般啊。"

"好像，还有点烧烤味儿。"大宝接着说道。

"那就对了。"我说，"死者的最后一顿，就是十二点左右，吃的烧烤。不能排除，他们是打包了烧烤，在车上吃的。现在都是外卖的时代了，打包烧烤，这不多见吧？"

"明白了，从县城最东侧宝马车消失的那个摄像头往东，沿路寻找，找到那些摆摊卖烧烤的，询问昨晚十二点左右，谁打包了烧烤。"程子砚一边说着，一边拨通电话，和前线调查的侦查员取得联系。

我赞许地点了点头，抬头从后排向前排看去。

透过前排的车窗，我可以看到窗外的后视镜在阳光的照射下泛着光，因为光线的折射作用，镜子上明明有三条弯曲的"油脂线"。

"林涛，后视镜你看了吗？"我问道。

"车外的痕迹物证，还没来得及勘验。"林涛说。

我连忙拉着林涛走到副驾的后视镜边，说："你看看，这儿有纹线吗？"

林涛眯着眼睛对着镜子看了半晌，说："牛啊，有连指指纹。"

"这辆车，一般都是郭霞一个人开，碰不到副驾的后视镜。她送领导的时候，领导坐的是后排，也碰不到后视镜。"我有些兴奋地说道，"这么新鲜的连指指纹，只会是那个男人留下的！"

"是的，前两天下雨了。"林涛说，"现场处置事故的交警也戴着手套，所以这个指纹很有价值。"

"抓紧入库比对吧。"我说。

林涛点点头，蹲在后视镜旁处理起来。

我接着说："我们设想一下，郭霞和嫌疑人分别坐在驾驶和副驾驶座上，吃烧烤、吸毒、抽烟。如果郭霞对车内异味反感的话，肯定会打开车窗。坐在副驾驶座上的嫌疑人如果把手架在车窗上，手指很有可能会接触后视镜。"

"是啊，如果他存心作案，坐在副驾驶上想观察车辆四周的环境，可能也会把有灰尘沾染的后视镜擦一擦。"林涛说，"这辆车好久没洗了，后视镜也有灰。"

"有了这个抓手①，就不怕案件真相搞不清了。"我说完，又转到了后排，用戴着手套的手拿出后排放着的垃圾桶，说，"还有，你们看，这个垃圾桶这么干净，说明了什么问题？"

"是啊，好干净啊！既然不用，为什么要放车里呢？"大宝说，"垃圾桶又不是车内的必备品。"

"不是不用，而是不直接用。"我说，"这种圆形的垃圾桶，一般都是套个垃圾袋用的。你想想，吃烧烤，有饭盒、有竹签，不可能随地扔吧？多半是垃圾桶里的垃圾袋，被人带走了。"

"你又要去找垃圾了？"大宝看着我说。

我点了点头。

就在这时，程子砚的警务通传来了消息，她说："前线侦查员找到线索了，城郊的一个烧烤店老板说，昨晚见过郭霞。"

这是一个位于路边的小门面，平时开饭店做过路客车司机的生意，晚上就摆上个烧烤摊卖烧烤，据说因为货真价实且味道不错，所以生意还挺不错。

据老板说，昨天晚上十二点左右，照片中的女人，也就是郭霞，开着一辆宝马停在摊位边，说要打包一些烧烤，总共是八十八块钱的烧烤。之所以印象深刻，是因为她掏出了一百元现金，没让老板找钱。

"现金？"从小店出来，坐在车上的林涛说道，"现场根本就没有现金和钱

---

① 抓手：指破案的依据和方法，或者是可以直接甄别犯罪嫌疑人的重要物证。

包啊！"

"我刚才细问了，老板有印象，郭霞是拿出一个粉红色的小钱包掏的钱。"我说。

"车里肯定没有。"林涛肯定地说道，"我开始还觉得现在是电子支付的时代，不带钱包和现金挺正常的。"

"所以，这起案件的性质，多半是侵财。"我说，"有了这个判断，对于犯罪分子的刻画就容易多了。毕竟这个郭霞的交际圈里，很少有缺钱的人。"

"手机没拿走，死者的名牌包没拿走，就拿钱包，所以这人需要的是现金。"林涛说，"这和吸毒者的身份很吻合。"

"如果真的是郭霞的情人，他们有吃有喝的，甚至还有宽衣解带的亲昵行为，那么就必须找一个隐蔽的所在。"我说，"子砚已经框定了周围的监控范围，不被监控录制，并且人迹罕至，车辆开得到、停得下的地方，也就是这个湖边了。"

说话间，我们的车也沿着公路，停到了一个小树林旁。透过小树林，能看见不远处的小湖，波光粼粼。

"昨晚什么天？"我问。

"大月亮。"韩亮直接说道。

"如果车子停在这里，正好可以看见月光下的小湖。"我降下车窗，把胳膊搭在窗框上，模拟了一下吸烟的动作，又伸手擦了擦后视镜，说，"前面是美丽的景色，后面若是过车，也可以从后视镜清清楚楚看到。"

"所以，要在这附近找垃圾了？"大宝问道。

我点点头，说："这里附近全都是公路，没有人家，也没有垃圾桶。垃圾袋，他不会拎多远的，就近找吧，不行就上警犬。"

实际证明，这种小事是没必要上警犬的，毕竟我们的小组里，有个"人形警犬"。小湖边范围并不广，都是一些小树。利用上次所说的，人们扔垃圾，下意识会扔在树根旁的理论，大宝很快就捕捉到了烧烤的浓郁气味，于是，我们在距离停车点大约五百米的地方，找到了一个黑色垃圾袋。

现场勘查员就是一种奇特的生物，看到目标垃圾袋，甚至比中了彩票还兴奋。我们压抑着激动的心情，先给垃圾袋拍照固定，然后将垃圾袋里的东西逐一拿出来摆放，又将袋子拿给林涛去处理指纹。

黑色的垃圾袋里，有两个白色泡沫饭盒，几十根竹签，一个"溜冰壶"，一把裁纸刀。另外，有一个空的红酒瓶，和两个高脚杯，还有一些散落的、手折的纸星星。

"你看，案件细节全部对上了吧？"我说，"如果是自己捅的，不可能意识清醒地把刀子和杂物扔到那么远的地方，再开车离开，对不对？"

"之前说了，失血和吸毒是间接死因，那么这个犯罪分子至少也是个故意伤害罪啊。"韩亮说，"另外，红酒和酒杯，代表了什么？"

"代表了浪漫。"我说，"湖边看景也是浪漫，如果之前说的，关于犯罪分子和郭霞之间的关系都是猜测，那这瓶红酒，还是可以说明问题的。他们是妥妥的情人关系了。"

"找了个缺钱的、吸毒的情人。"韩亮说，"这样一位事业成功、有智商、有情商的女性，不太可能出现这样的失误啊。"

"指纹和后视镜上的对上了。"林涛说道，"只可惜，这个人的指纹在库里没有。"

"现在又有了红酒杯，估计提取DNA也不是问题吧？"我说，"有指纹，且指纹可以和车辆关联，那么DNA也必然和本案有关联。这么多证据，还愁找不到犯罪分子吗？"

"找到是早晚的事，问题是如何快速地找到。"林涛说。

"那就要从这颗纸星星入手了。"我从地上捡起一颗纸星星，说，"这，恐怕有些年头了吧？"

"是啊，这个岁数，谁还玩儿这个啊？"林涛说。

"嗯，明白了，老情人。"韩亮微笑着点头，说道。

4

虽然郭霞现在的联系人很多，社会关系也相对复杂，但要是调查起她过往的历史，那倒是不难。毕竟她是土生土长的龙东县人，又是在龙番大学读的大学和硕士，所以对她感情史的调查，简直是一帆风顺。

郭霞在高中时候的初恋情人——徐星煜，在高中毕业后，因为没考上大学，就去了外地打工。郭霞在大学期间和他断断续续、分分合合很多次，这件事情，郭霞很多大学同学都知道。而在郭霞读了研究生以后，这个徐星煜就再也没有出现过。但是郭霞的很多研究生同学，都知道郭霞有个初恋情人，让她不能忘却。

而现在，郭霞的同事都不知道这个徐星煜，只知道郭霞三十岁了，一直未婚，和很多成功男士都有一些看似暧昧的关系，但应该都没有实质性的进展。大家都认为郭霞是为了事业，放弃了婚姻大事而已。有不少同事反映，郭霞在近几天里，似乎有些神不守舍。

多路调查得到的结果，都指向了这个老情人——徐星煜，所以警方立即对这个人的身份进行了调查。这个人从十年前开始，就在全国各地打工，没有正经的职业，但也没有因为前科劣迹被警方处理过。从一个月前开始，这个人回到了龙番市，在市里和龙东县之间跑起了运输生意。事发当天，他没有出车，应该在龙东县里。

因为现场提取到了痕迹物证，这起案件甄别犯罪嫌疑人变得容易很多。通过对徐星煜家密取指纹和DNA，确定了徐星煜即为本案的犯罪嫌疑人。通过突击审讯，徐星煜交代了自己抢劫、伤害郭霞的犯罪经过。

徐星煜原本在全国各地打工，不能算是小有成就，但也算是有些积蓄了。可是在半年前，他染上了毒瘾。也就半年的时间，他就挥霍完了打工十年的所有积蓄。活不下去了，徐星煜只好回到了老家龙东县，寻找过去的同学，帮助自己找了个跑运输的工作。

可是，跑运输的收入，怎么也满足不了他吸毒的需求。

郭霞是徐星煜的初恋，现在又是个高薪白领，自然就进入了徐星煜的视野。徐星煜设计了一整套计划，要把郭霞殷实的家底掏光。徐星煜用了一个初恋邂逅重逢的狗血剧情，没想到，郭霞还真的吃这一套。因为从重逢时开始，徐星煜就做好了"杀猪盘"的准备，所以与郭霞的一切联系，都是秘密进行的，这也是警方最开始没有立即发现他的原因。

和郭霞重归于好之后，徐星煜知道，自己这个身无分文的小混混，身份卑微、收入更卑微，要想完全控制住郭霞这头待宰的"猪"，只能从精神上摧毁她的自尊。用网络上流行的名词，就是"PUA"——徐星煜想要让郭霞离不开自己。一开始，徐星煜会用尽自己的耐心去倾听郭霞在工作中遇到的不顺，时不时展现自己对她的理解，并说明自己会无条件包容她；等到郭霞完全沦陷在徐星煜的甜蜜陷阱中后，徐星煜再听到郭霞吐槽工作时，就开始转变说法，说自己在工作上会如何处理云云，并贬低郭霞的工作能力，试图营造一种比郭霞强大的形象，同时打击郭霞的自信心。甚至到最后，他把郭霞比喻为自己养的宠物，在两个人的关系中，他们是以"狗狗"和"主人"来互相称呼的，而郭霞竟也全然接受……就这样慢慢地，郭霞完全陷入了他的情感陷阱，而这只花了他不到一个月的时间。

为了进一步摧毁郭霞的戒心，徐星煜趁郭霞一次酒醉之后，给她吸了冰毒。徐星煜原本认为，郭霞也染上了毒瘾，就可以供应二人的毒品了，毕竟郭霞的经济实力还是很可以的。但没想到，郭霞竟然低声下气地哀求徐星煜和她一起戒毒。当然，是靠自己的意志力戒毒，而不是去戒毒所。毕竟郭霞这样的身份，一旦被人知道吸毒，就万劫不复了。

可是，毒品染上容易，戒掉何等困难？每次在毒品面前，本身就在二人关系中毫无人格自尊可言的郭霞，都会放下坚定的决心。但在吸食毒品后，她又追悔莫及，赌咒发誓以后再也不吸。

几天前，按照他们提前约定好的时间地点，郭霞和徐星煜见面了。这一次，面对徐星煜手中的"溜冰壶"，郭霞真的第一次克制住了毒瘾。她跪在地上哀求"主人"以后也别吸毒了，无论徐星煜如何故技重演去贬低她、打骂她、羞辱她，她依旧坚定地哀求着。最终，徐星煜也没能让郭霞吸上。本身性格温柔，且已经被摧毁人格的郭霞，这段时间以来一直都对徐星煜言听计从，可这是她第一次拒绝了他，徐星煜不禁忧心忡忡。

有了第一次拒绝，就有第二次拒绝。徐星煜知道自己是无法戒除毒瘾的，可是如果郭霞断了金钱供应，他又要去哪里弄钱买毒品呢？

所以，这一天晚上的见面，徐星煜用尽了自己的办法。他先是提议吃烧烤，然后在一个风景秀丽的湖岸边"变"出了红酒，想用浪漫的环境融化郭霞的心。为了加强效果，徐星煜甚至拿出了高中时代郭霞给他折的纸星星。这一招不能完全说是虚情假意，因为这么多年来，这些纸星星确实一直陪伴着徐星煜。

这一招很管用，一直以"狗狗"自居的郭霞突然有了人的待遇，似乎有种"受宠若惊"的感受。于是，她没忍住，又和徐星煜一起吸了毒，甚至在车里亲热了一番，最后沉沉睡去。

徐星煜一觉醒来，天已亮了，他知道自己的口袋里是一分钱都没有了，这次必须从郭霞这里拿些钱走。可是，就在他从副驾驶上反身去后座上翻找钱包的时候，郭霞也醒了。郭霞这一次还是很懊悔，她哭着说如果徐星煜没有钱，就不会再去买毒品了，所以自己并没有带钱。

钱包就在眼前，郭霞却说没钱，这让吸过毒后变得暴躁的徐星煜更加暴躁，自己是"主人"啊！"宠物"怎么能违背"主人"的意愿呢？！盛怒之下，他顺手拿起裁纸刀，对着衣冠不整的郭霞暴露在外的肚子就是三刀。喷溅的鲜血让徐星煜清醒了过来，他看着因为疼痛而面色惨白、双眼紧闭的郭霞，害怕极了。

虽然害怕，但毕竟在社会上摸爬滚打了这么多年，他强作镇定，用车内的擦车布把自己可能接触过的地方都擦拭了一遍，然后拎走了后排垃圾桶内的垃圾袋。

因为之前的布置，徐星煜知道郭霞这一个多月和自己的接触，都是秘密的，甚至不用微信、不用手机，而是用公用电话联系。而郭霞因为自己的人格被摧毁，加之她也害怕有人知道她和吸毒者有联系，所以配合得天衣无缝。既然没人知道，而约会地点又是这种鸟不拉屎的地方，那么警方怎么也找不到他头上。

后来的事情，徐星煜就不知道了。但是可以推测出，短暂疼痛性休克的郭霞，很快清醒过来，她的失血速率较慢，所以暂时还有意识。如果她及时拨打电话求救，可能就没事了。不过，她知道，自己要是报警了，必然会被查出吸毒的真相。那么，她的事业，她的人生就全都毁了。所以，她需要铤而走险，坚持着自己驾车赶往医院，然后瞒天过海。

可是，失血和吸毒后，根本是无法正常驾车的，郭霞驾车出现车祸是必然的结果。

得知郭霞死讯后，徐星煜崩溃大哭，可那不过就是鳄鱼的眼泪罢了。

徐星煜也因涉嫌多项罪名，而被刑事拘留，他的后半生会在悔恨中度过。

"听说你们吐槽女司机了？"陈诗羽听我们讲完故事，斜着眼看着我们，说道，"现在破案了，是不是打脸了？这个事故和性别没关系吧？是毒品惹的祸！"

"这我们可真没有，是一个交警吐槽的。"林涛连忙解释道。

"不仅仅是女司机。"我说，"郭霞是个性格温柔、能力超强、乐于助人的人，在侦查部门调查的时候，却有很多她的同事说她是什么'交际花'，甚至诽谤她的私生活很乱。这可能就是这个社会对'女强人'的一种偏见和刻板认识吧。为什么长得好看的高管就不能是靠自己的努力和能力一步步奋斗上来的呢？"

"说得好，'女强人'也好，'女司机'也好，都是偏见，不可取。"韩亮说道。

听完这些话，陈诗羽似乎很满意地笑着。

"可是，这可真的是一段孽缘啊。"大宝说。

"'杀猪盘''PUA'都是欺骗、控制善良的人的违法犯罪手段,'PUA'更是一种可恶可憎,违反人伦的精神暴力。所以不能说他们之间的关系是孽缘,而是徐星煜在犯罪。"林涛举了举手,说,"还有,吸毒毁一生,毁自己一生,毁别人一生。"

"我在想啊,这案子比较简单,可是许晶、史方落水案,也像这案子这么简单吗?"我打断了大家的讨论,对陈诗羽说,"小羽毛,这两天,你的调查怎么样了?"

"DNA比对还是没有结果,市局DNA室的老师说,许晶的DNA没有在各个库里,但是她的亲生父母在不在,还得进一步比对。毕竟是亲子关系的比对,没有那么快。"陈诗羽低着头,翻动着工作笔记,说道,"还有,我们又去医院看望了许晶,她还是和之前一样,处于昏迷状态,靠胃管输营养流食,靠护工帮助排泄。但是我们跟季主任聊天的时候,季主任表达了困惑。从临床上看,许晶的各种症状其实都已经恢复了,生命体征也非常平稳。从临床检查结果来说,许晶就是个正常人。尤其是她的脑电图结果,也是和正常人一模一样的。季主任说,以他的经验看,许晶不应该处于昏迷状态。"

"她真的是在装?"我沉吟道。

"我这几天就在想,她为什么会装昏迷?"陈诗羽说,"如果真的是她用了高明的计谋去谋杀史方,她应该对自己的计谋很满意,会认为警方已经按照意外事件来定案了。负责在病房看守许晶的女警都没有暴露身份,许晶不应该知道警方正在调查她,她只要一口咬定是失足落水就可以了。"

"嗯,有道理。"

"所以,我就想通过病房的监控,来看看能不能找到一些破绽。"陈诗羽说,"比如她趁着没人,活动了手脚什么的。结果破绽没有找到,却意外看见刘鑫鑫去看望她了。"

"什么时候?"我问。

"是在我们第一次去看许晶的当天。"陈诗羽说,"我们探望完了,刘鑫鑫紧接着就去了。她坐在许晶的床边,一个人喃喃自语,不知道说了些什么。说了一会儿,就离开了。"

"那时候你已经和刘鑫鑫接触很长时间了。"韩亮说,"会不会是你无意透露出警方正在对此事进行调查,刘鑫鑫于是将这个信息透露给了许晶?因为知道我们在调查,许晶不知道该如何面对,于是装昏迷?"

我点了点头。

　　陈诗羽沉默了一会儿，说："确实，我不确定我和董局长打电话的时候，刘鑫鑫能不能听见。"

　　"这就需要调查刘鑫鑫了。"我说。

　　"以我的直觉，刘鑫鑫是个很简单的人。"陈诗羽说，"她若是知道些什么，这些天肯定会被我套出来。但她会不会无意中给许晶透露警方的一些信息，我就没把握了。"

　　林涛正准备说话，却被口袋里的手机振动打断了，他拿出手机看了一眼，露出了惊讶的表情。

　　"还说我呢，你现在的表情不也是小行星撞地球？"陈诗羽说道。

　　"隋河附近一棵树的树根下面，发现了一支新鲜的注射器！"林涛简短地叙述市局技术员的勘查结果。

　　"注射器？"此时，我的脑海里有无数现场、尸体的照片在轮番滚动着。

　　"是不是和许晶案有关呢？"大宝说，"野餐也用不着注射器吧？"

　　"糟糕了！我们可能出现了重大失误！"我惊叫道，"我们可能漏检了！"

第七案　她在床底

法医秦明
VOICE OF THE DEAD

最近照镜子的时候，我会发呆。

白皙的皮肤，小巧的鼻梁，疏疏淡淡的眉眼，有点古典。

有人说过，我是那种越看越耐看的长相，像是《红楼梦》里走出来的姑娘。

小时候，也有人这么说过妈妈的。

原来的妈妈，总是微微笑着。但不知道是什么时候开始，妈妈的眼神里再也找不到那种恬淡的快乐，取而代之的，是不安和恐惧。每次他还没回家，她的脸上就已经是这样的表情。

那时候不懂，但我现在想明白了，对他而言，妈妈不过是顺风顺水时的锦上添花，一遇上困难，她就变成了出气筒吧。

那时候，他的生意出现了危机，回到家里，不是垂头丧气，就是酒气熏天。这种时候，就是妈妈危机来临的时刻。

只要一句话说得不对，哦，不，任何一句话都能被他挑出毛病，接下来的，就是一顿拳打脚踢。

一开始，家暴是背着我进行的，虽然我看不见，但是我可以听见。后来，我不仅能听见，也能看见。我看见妈妈白皙的皮肤变成紫红色，看见她小巧的鼻梁肿得老高，看见她古典又漂亮的眼睛被打到睁不开。

妈妈在他的面前，不像是一个真实的人，而像是一个玩偶。

一个可以摔打、可以拧烂、可以撕得稀碎的玩偶。

我总是在夜里听到她的呜咽声。像有一根又长又细的线，缠绕在她的脖子上，那声音断断续续的，好像随时都会消失，却又如同鬼魅般若隐若现。长大后，我偶然路过屠宰场，才发现原来那些快要被杀死的牲畜，都会发出类似的哀鸣。

写到这里，我忽然有点难过。

我不想承认，妈妈的哭声，曾经也让我觉得不耐烦。

嗯，还是说回那时候的妈妈吧。

她从来不化妆，除了被打之后。破破烂烂的玩偶，缝缝补补，也可以好像什么事情都没发生。

不仅如此，她还让我不要和任何人说，因为家丑不可外扬。

我当然没有说过。不是因为这是家丑，而只是因为害怕。

因为我也试过，在他殴打妈妈的时候，挡在他的面前。结果，他就像是抓一只小鸡一样，把我拎了出去，关在了门外。锁着的门里，妈妈的惨叫声，比之前还要凄厉。我只能在门外哭。

我恨自己，只能在门外哭。

所以，我不敢跟别人说。其实，打人的声音，哭喊的声音，难道他们听不见吗？他那个人，劝阻的人越多，打妈妈打得越狠。我不敢劝，也不敢叫人帮忙。因为，等他们一走，妈妈又会被关进漆黑的房间，又会发出比牲畜更惨烈的号叫。

我不能再写下去了。

头好疼啊。

那个男人，一开始就这么可怕吗？

不，在我很早很早的记忆里，他不是那样的一个人。他曾经也有温柔和浪漫的一面，也会带我和妈妈出去玩，给我买好吃的。可是妈妈是什么时候发现他变了的呢？她曾经告诉我，要是房间里闹出了什么响声，我一定要躲在自己的房间里，别

出来。←

　　那时候我不知道为什么妈妈可以未卜先知，现在我似乎懂了。←

　　我看着镜子里的自己。疏疏淡淡的眉眼，似乎最近的微笑也越来越少了。←

　　原来，我和妈妈的命运，是重叠的。│

1

"这是我们工作的严重失误！"我皱着眉头，双手撑在解剖台上，说道。

"不至于吧？这只是巧合。"大宝说，"这种万分之一的概率，都被我们碰上了，只能算我们倒霉。"

"要是办了错案，老百姓可不听你解释。"韩法医也是一脸苦笑，摇着头说道。

史方的尸体被重新从冰柜里拖了出来，尸体的表面还有一层薄薄的冰霜，身体的一些关键部位，甚至都来不及解冻，就已经被我们用浸了开水的纱布局部热敷化开了。

这些化开的地方，有一个共同的特征，就是皮肤上都有一圈密集的小孔。不用说，这些小孔，其实都是死者在滚入河中的时候，被河边丛生的大苍耳子刺中而产生的损伤。

"可这确实是极小概率的事情嘛。"大宝委屈地说道，"你看，我们在初次检验尸体的时候，他的衣服上就扎着好些个苍耳子，而这几个地方，都是被苍耳子扎伤了。衣服脱了，这些地方都有血，我们还给每处都擦干了血迹观察了，只是苍耳子扎出的小洞。"

"嗯，因为血痂擦不干净，所以这一处较大的小孔，就没有引起我们的注意。"我指着死者肚脐旁边的一处密集小孔，说，"如果我们再耐心一点，仔细地将每一处血痂都擦拭干净，是不是就可以发现这个针眼区别于苍耳子形成的小孔了？"

"这个，做尸检前预案的时候，完全想不到针眼啊。"韩法医也解释道，"现场没有发现注射器，所以也没人往这方面想。"

"即便是发现了注射器，我们也只会在臂弯、手背、脚背等这些静脉比较表浅突出的部位进行重点检查，而肚子，你说这，一般注射毒物往肚皮上注射也没用啊。"大宝接着说道。

"针眼正好被苍耳子覆盖，有血痂遮掩，没有发现注射器，想不到针眼在肚子上，这就是漏检的理由吗？"我说。

"那法医也是人啊，在这么多影响因素的干扰下，出现漏检也不至于你说得那么严重吧？"大宝说，"说是什么每一寸皮肤都仔细检验，那检验一具尸体岂不是要两天两夜？"

"韩法医刚才说了，"我举起手，用手中的止血钳指了指韩法医，说，"万一办了错案，老百姓可不听你解释，他们只知道你办了错案。"

"风险行业。"大宝嘀咕了一句。

"这事儿怪我，我是主刀。"我说。

"不是怪谁的事情，既然有错，大家一起担着。"大宝挺了挺胸脯。

我笑了笑，说："不至于，好在这个注射器的调查情况很快就出现了，不然等到尸体再冷冻一段时间，脱水干瘪了，我们的检验工作恐怕就更难了。其实，我们在确定死者落水时是处于意识不清的情况时，先入为主地认为是由于酒精或毒物，完全就没有往药物上想。等到酒精和毒物检验结果出来了，我们是深感奇怪，可还是没有往药物上想。"

"这种极小概率事件，谁能想到？"大宝说道。

"是啊。"我说，"胰岛素，是人体内本身就存在的物质，所以进行毒化检验的时候，根本就不可能发现异常。"

"其实，现在好多影视作品都说过用胰岛素杀人，我们也该注意。"韩法医说。

"影视作品中的胰岛素杀人，通常是行不通的。"我说，"胰岛素要想能直接导致人死亡，是需要很大剂量的，比我们想象中要多得多。不仅量很大，致死率也会因人而异，也就是说，这种杀人方式，很有可能杀死不了人。而且，胰岛素如果口服，一进入消化道就会被消化酶分解破坏，所以口服无效。用胰岛素杀人必须采取注射的方式，那么一定会在尸体上留下针眼，很容易被发现疑点。这个案子若不是有那么多干扰因素，我们也会发现疑点。"

"是啊，胰岛素如果是静脉注射，也会立即被吸收代谢，所以胰岛素一般都是皮下注射的。"大宝说，"那以后肚皮上这种经常被作为胰岛素注射部位的地方，我们还是要仔细检查的。"

"胰岛素注射入体内之后，会导致人体的血糖含量迅速下降，出现饥饿感、脉搏加快、瞳孔散大、焦虑、头晕、共济失调甚至昏迷。"我说，"这时候，人的自我保护能力就大幅下降了，出现史方那种头部剪切力损伤的概率就会大大增加。"

"那我又发现了一个我们之所以漏检的干扰因素。"大宝说，"过度低血糖的人，会出现大汗淋漓的迹象，如果我们在初步尸检的时候，发现死者的皮肤上有大量汗液，或者衣服被汗液浸湿，我们就会考虑是不是有药物作用了。可是，死者落水了，这一点又被掩盖了！你说，哪有那么多巧合都汇聚在一起的道理？"

我见大宝还在为我们找理由，白了他一眼。

"感觉一切都可以解释通了。"韩法医说，"刚才林涛科长那边也传来消息，注射器上找到了许晶的指纹。对于注射器针管内是否能提取出史方的DNA，还需要进一步检验。"

"啊！真的是许晶杀人？"大宝惊讶道，"她是真的一直在遭受家暴吗？而周围人都一无所知？这也不科学啊！"

"至于她为什么杀人，这是后话了。"我说，"现在要确定，确实是许晶意图不轨，给史方注射了胰岛素，见其不死，又找机会拉他入水，让他被溺死。"

"不是有指纹了吗？如果再检查出史方的DNA，不就确定了吗？"大宝问道。

"可是，注射器里检验出胰岛素的成分了吗？"我问。

韩法医摇摇头，说："没有。这都好些天了，注射器里面即便还有残留的胰岛素，也都腐败分解了，上哪儿去检验出来？"

"就是啊。"我说，"那只可以证明许晶用了注射器，等检查出有史方的DNA后，也就只能证明许晶用注射器给史方注射，证明不了许晶用注射器给史方注射了胰岛素啊！"

"也是哦，人体内本来就含有胰岛素，从史方尸体上，找到胰岛素成分也证明不了什么。"大宝说道。

"那怎么办？"韩法医也意识到，这个案子即便是知道真相了，从法律事实上和证据链上，还存在巨大的漏洞。

"现在只有这样，我们要想办法检测出史方体内的血糖含量。"我说，"人既然死了，血糖代偿也就停止，所以他体内的血糖含量一定是很低的。这样，我们可以间接证明许晶是给史方注射了胰岛素。既然是间接证据，想要定案，就必须有两个要素，一是许晶能够交代罪行，二是我们能找到许晶杀人的动机。"

"这可有点难。"韩法医说。

"再难也比之前有突破了。"我说，"对了，许晶获取胰岛素的来源，可以查清吗？这也是很重要的一个间接证据。"

"这个，小羽毛他们在查了，毕竟许晶的工作单位，是一个生物制剂公司。"一直在一旁默默听着我们说话的韩亮说道，"许晶获取胰岛素的方式实在有太多可能性了，所以咱们也不能指望这一条线索能很快查出个所以然来。"

"反正得查。"我说。

"这个必然。"韩亮接着说，"人死后，又被解剖过，这血液再拿去检测血糖，真的靠谱吗？后期会不会被律师作为切入点来辩驳？"

"确实有可能因为血液的腐败、污染而造成结果的偏差。"我说，"不过，我有办法，我们不提取血液，而是提取玻璃体液。"

"玻璃体液？"韩亮奇怪道。

我点点头，拿起一支注射器，插入了死者的眼球，说："我刚才说了，如果我们发现漏检晚了，尸体脱水干瘪，玻璃体液也没有了，那我们就真有点麻烦了。"

说完，我手中的注射器里，已经抽取了十毫升玻璃体液。我接着说："不错，有这么多，够检验了。玻璃体液存在于尸体的眼球中，眼球是个封闭的结构，所以只要不脱水干瘪，还有玻璃体液，那么这些玻璃体液几乎没有被污染，是最好的检材。好了，赶紧送去检验吧，我相信死者的血糖含量一定是非常低的。"

说话间，解剖室外一个急刹车声，我知道是陈诗羽来了。

"胰岛素途径暂时还没查明白，"陈诗羽说，"但是我这儿有个重大线索。许晶的身份找到了！"

"找到了？"我感觉一阵欣喜。

"许晶的DNA录入失踪人口库里比对无果，却在录入现场物证库的时候，找到了一个亲缘关系人。"陈诗羽说，"说详细点，这个亲缘关系人是森原市十八年前的一起命案嫌疑人，他叫作钱大盈，警方怀疑他杀死了自己的妻子。而许晶是这个嫌疑人的亲生女儿，被害人是许晶的生母。"

"十八年前？那我还没上班呢。"我说，"案件是什么情况？"

"这起案件，是我爸，呃，陈总亲自过去的，但也没破。"陈诗羽说，"具体情况我暂时也没获得，我在想，要不要我现在过去森原一趟，把案件资料给调回来。"

"可以，让韩亮开车带你，抓紧出发，办完手续，把案卷都带回来。"我说，"那时候没有电子版照片，如果调取复制卷，是看不清案件细节的。"

陈诗羽点头离开。

"那，我们干啥？"大宝问道。

"现在，除非许晶醒过来，不然我们啥也做不了。"我叹了口气，说，"不，我们还得去调查一下刘鑫鑫，看看她究竟有没有可能知情。"

我和大宝、程子砚一起乘车，顺路带上了在市局提取指纹的林涛，赶去了刘鑫鑫的家里。

赵达和刘鑫鑫的房子是婚前赵达买的，刘鑫鑫为了彻底能够离婚，此时已经自己租住了一间小公寓，把自己的东西都搬了过去。公寓很小，以致我们四个人进去的时候，小客厅就没有什么空间了。

"诗羽怎么没来？"刘鑫鑫有些拘谨。

"她有事出差了。"我盯着刘鑫鑫的眼睛，说，"而且，我觉得她不在的话，更好。"

刘鑫鑫显然不太懂我的意思，其实我是想说，你们之间的关系已经分不清公私了，所以询问起来会有些顾虑。

"你们是想问些什么？"刘鑫鑫问道。

"许晶的事情。"我依旧盯着刘鑫鑫的眼睛。

刘鑫鑫更困惑了，她抬头看着我说："晶晶？她醒了吗？"

我摇了摇头。

"唉，我当初要是听晶晶的话，早点离婚就好了。"刘鑫鑫叹了口气说道。

很显然，她还是不太懂我的来意。不过不懂我的来意，反而说明了她的心里是没鬼的。

"许晶和史方落水，之前有什么预兆吗？"我捅破了窗户纸。

"没有。"刘鑫鑫还是很疑惑，"不是意外吗？意外怎么会有预兆呢？"

"这些天，你去看望过许晶吗？"我话锋一转，想用突然袭击来试一试刘鑫鑫的反应。

"去过啊，刚听说她出事，我就去了。"刘鑫鑫坦然地说。

至此，我已经笃定刘鑫鑫是本案的局外人了。

"我过去看了她，她好像挺好的，除了头发是湿漉漉的，其他地方也没受伤，可是她是昏迷的。"刘鑫鑫接着说，"后来我就坐在床边，和她说说话。别人和我说过，昏迷的人，其实有的时候也能听见我们说话。说不定我的话，能够唤醒她呢。"

"说了什么？"我接着问。

"就说我现在已经决定离婚了，决定起诉赵达了，最近一直在忙着这些事。"刘鑫鑫神色有些黯然，说，"我告诉她，如果早听她的话，可能就会少遭些罪了。"

"就这些？"我问。

刘鑫鑫想了想，说："哦，知道晶晶出事之后，诗羽给一个领导打了电话，领导说你们警方还在细致调查晶晶和史方。老实说，我当时感觉有点奇怪，他们不是意外溺水吗？警方为什么要调查他们呢？"

"你把这个告诉许晶了？"我问。

刘鑫鑫点了点头。

我有些恍然大悟的感觉。如果许晶真的害怕被调查，那她确实是有可能伪装成昏迷状态，想利用缓兵之计来逃脱调查。

"最近忙什么呢？"我见已经问到了我想问的，于是岔开话题道。

"诗羽给我介绍的方律师是她师姐，特别热心。"刘鑫鑫说，"方律师听说之前赵达来威胁过我，害怕他万一被取保候审，又会来威胁我，所以就给我申请了人身安全保护令。以前我完全不知道还有这个东西，听说法院裁定这个保护令后，会通知辖区的派出所、居委会和妇联组织。今天人身安全保护令刚刚下来，他们就都给我来了电话，说今后会经常关注我的状况，也希望我遭受侵害的时候第一时间通知他们。这个东西真好，听说也会送到赵达的手上，能够起到震慑他的效果。关键是我现在觉得即便诗羽不在身边，我也有了依靠，心里就不是那么怕了。"

"不错。"我点点头。

"方律师还教会了我很多之前完全不懂的法律知识，比如遭受侵害时如何固定证据，如何走法律程序来维护自己的利益，还有很多反家暴的法律法规。"刘鑫鑫说，"我以前就是学法律的，现在自己也在努力学习，准备参加今年的司法考试。"

"你是学法律的？那许晶也是？"我问。

"不，我们是大学同学，是同一届的，但不同专业。我们因为分配寝室的时候，分在了一间，所以才做了这么多年的闺密。"刘鑫鑫暖暖一笑，"她是学生物学的，所以毕业后，她被分在公司技术部门，而我在服务部门。后来我辞职了，她调去了销售部门。"

"嗯，技术部门，怪不得懂。"大宝说。

我瞪了一眼大宝，让他闭嘴，然后告辞出门。

2

丁零丁零。

"洋宫县发生了一起抢劫杀人案件，需要你们立即前往支援。"师父说道。

我抬腕看了看表，又看了看外面的天，说："这都快到下班时间了，谁这时候抢劫啊？"

从刘鑫鑫处回来后，这已经是第二天了。我们一边等着陈诗羽带回案卷信息，一边正常值班工作。没想到这两天还真是不太平，快下班了，又来了一起案件。

"现在看，这案子应该是今天上午发生的，只是现在才发现。"师父说，"反正洋宫县很近，即便是考虑下班高峰期，你们一个小时也能到，到了还能立即开展工作。"

我应了一声，对大家说："韩亮和小羽毛出差，看来今天要我来当驾驶员了。"

洋宫是省城的下属县，距离省城只有三四十公里，只是我们正好遇见了下班高峰车流，所以出城的速度很慢。

"抢劫案？现在还真是不多见了啊。"大宝说，"现在也没人带现金了，抢劫案就少很多了。"

"喂，你个乌鸦嘴，这个可不兴乱说的。"我皱了皱眉头，说道，"因为现场有明显的物品遗失，所以考虑是抢劫杀人。"

"我怎么就成乌鸦嘴了？就算是的话，也是你传染的。"大宝笑着说道。

"那倒也是。"林涛说，"我是说现在侵财案件确实少了，但是电诈案挺多的，发案类型也是顺应时代的发展啊。"

"是啊，连命案都比原来少了七成。"大宝说。

"这是好事。"我说。

"受害者是什么人啊？"林涛拉回话题问。

"说是一对单亲母女，啊，也不能完全这样说，是丈夫在市里工作，一个月回一次家的那种。"我说。

"独自居住的母女，确实容易遭受侵害。"大宝插话道，"死的是母亲还是女儿？"

"听说，是母亲被杀，女儿被绑。"我说，"还好，女儿除了受到惊吓，有些虚弱，并没有生命危险。"

说话间，我驾驶的车辆已经驶入了洋宫县的县城，按照洋宫县公安局高局长发来的定位，我直接朝城西的一个小区奔去。

这是个十几年前建造的小区，现在算是不新不旧。小区的门口有一位全副武装的派出所民警等着我们，见我们来了，就挥手示意，让我们从大门口的地库入口下到地库。

那个时候建造的小区，很多都没有考虑到停车的问题，因此也都没有建设地库，所以才会有现在老旧小区停车难的问题。但是这个小区，建设了地库，只是地库面积较小，管理较差。我们一下到地库就知道什么是脏乱差了。

水泥的地面上，歪歪扭扭地画着一些停车位，停车位之间，都塞满了电动自行车和摩托车，有的电动车上都已经积累了厚厚一层灰尘。

因为现在已经是晚上了，所有的车位都已经停上了车，所以我们的勘查车只能停在车位间的过道里，一辆车就几乎把过道占满了。

"这儿不能久停吧？否则我们会影响居民出入。"我跳下了车，左右看看，才发现地库的角落里，两辆车的后面，围着警戒带，数名警察正在那一片区域里工作着。

"怪不得让我们下地库，原来现场就在地库啊！"我说着，朝警戒带走了过去。

见我们走了过去，洋宫县公安局的高彪局长和林法医迎了过来。我左右看看，见没有围观群众，于是问道："案件是在这里发生的？"

"这个，说来话长啊。"高彪局长和我握了握手，拉着我们走到地库的角落，也就是那个围着警戒带的角落，介绍起了案情。

受害人叫商凤莲，女，四十三岁，是洋宫县人，原来在一家国企就职，五年前申请了病退后，就一直在家里带孩子。商凤莲生活中主要的经济来源，是其丈夫的工资所得以及在洋宫县另一套学区房的租金所得。她的丈夫叫郭超，比她大两岁，目前是龙番市某省直单位的公务员，正处级的职级，但是没有什么具体的职务。郭超的工作地点和洋宫县正好处在龙番版图的对角线上，虽然看似一个在市里、一个在市辖县里，但实际距离比较远。所以郭超平时在单位宿舍住，每个月有三天的假期，会回到家里。

案发的今天，是郭超刚刚从家里离开去上班不到一周的时间。

郭超和商凤莲的女儿叫郭倩倩，今年十六岁，是即将参加中考的初三学生，就读于距离现场两公里外的洋宫县十中，也是县里的重点初中。郭倩倩品学兼优，此时已经获准保送至洋宫县一中的重点班了。所以，这个家庭并没有孩子中考的压力。

今天是周六，所以早晨出门的人不多。一直到上午十点钟左右，这栋楼的邻居下楼经过商凤莲家门口的时候，发现她家的大门是打开的，于是探头看了看里面，似乎有翻乱的样子，却没有人。在邻居的印象中，商凤莲是个警惕性比较高的人，一般不会这样敞着大门，所以在敲门喊人无人应答之后，邻居就报警了。

派出所民警接警后，抵达了现场，在门外看屋内似乎确实没有人，于是穿着勘查鞋套、戴着手套进入了现场。对现场进行简单观察后，确认屋内各个区域都没有发现人，民警对商凤莲的手机进行拨打，是关机状态。于是派出所民警兵分两路，一路通知商凤莲的父母，召集了几名亲戚，一同对商凤莲经常去的棋牌室、商场、菜市进行查找；另一路民警，则直接去了郭倩倩的学校，寻找郭倩倩。

虽然今天是周六，但是对于即将中考的初三年级，还是照常上课的。虽然郭倩倩已经被保送重点高中了，但是出于对学习的渴望，她一直没有把课落下，也应该是正常上课的。可是当民警抵达中学的时候，正好是中午放学，他们并没有找到郭倩倩的身影。于是民警找到了郭倩倩的班主任。

据班主任说，初三年级每天早晨七点半钟就要准时到校，郭倩倩是从来不迟到的。所以当八点钟郭倩倩还没有来到学校的时候，班主任就拨打了商凤莲的电话。没有想到，接电话的，并不是商凤莲，而是一个男子的声音。

"咦？你是……"班主任说。

"你是哪里的？有什么事情？"男人说。

"我是十中的王老师……"班主任正准备自我介绍。

"郭倩倩今天不舒服，请一天假。"男子突然打断了班主任的话，有些蛮横地说道。

班主任挂了电话，觉得心里有些不舒服，但想了想，说不准是郭倩倩身体不适，让她爸爸心情有些焦虑吧。都是为了孩子，这个可以理解的。

经过对郭超的外围调查，龙番警方返回了消息，郭超昨天、今天一直在单位正常上班。那么，这个接电话的男人，就很可疑了。因为商凤莲的手机不在现场家里，这种可疑就加倍了。洋宫县公安局立即派出了刑事技术人员，对商凤莲的家进行了勘查，看是否会发现血迹或其他可以证明这是一起案件的证据，抑或一些和她失踪有关的依据。

另一组侦查员陪同商凤莲的亲属，找遍了洋宫县所有可能找到商凤莲的地方，一无所获。正在这时，一名亲属突然想起，商凤莲有一辆电动自行车，平时停在小区地库。如果去看看电动车在不在，就知道她有没有跑去远的地方了。

民警和亲属一起来到了地库，还没来得及找电动车，就看到了地库一角，被捆绑着的郭倩倩。

郭倩倩此时有些晕厥，被连忙送往医院。到达医院后，经过简单处理，她就醒了过来。根据郭倩倩的叙述，今天早晨七点整，她坐电梯下楼的时候，在电梯里遇见了一个她不认识的中年男子。这个男子戴着口罩，但肯定是郭倩倩不认识的人。他进了电梯后，直接用手臂夹住了她的脖子，将她带到了负一层地库。

当时郭倩倩恐惧极了，她想过无数种被侵害的可能性，甚至觉得自己要死了。可没想到，这个男人并没有像她想象中那样脱她衣服，而是问她要家里的钥匙。这个结果比郭倩倩设想的结果要好太多了，所以她直接将家里的钥匙给了男人。男人拿到钥匙后，从郭倩倩的书包里翻出了跳绳，将她捆绑在地库角落的水管上，又用她带的手帕，蒙住了她的嘴，就离开了。

从早上七点被捆，一直到下午两点被解救，郭倩倩一直没有进食进水，好在地库里没有外面那么热，所以也就是轻度的虚脱和脱水，在医院补了葡萄糖，就没有大碍了。

从郭倩倩的叙述中可以肯定，这就是一起刑事案件了。

只是，商凤莲就没有那么幸运了。在刑事技术人员对商凤莲的家进行勘查的时候，无意中发现她家主卧室的床板下面，是一个床箱。掀开了床板，就发现箱体内有一具被捆绑的女尸，尸斑、尸僵都已经出现，确证死亡。经过辨认，死者就是商凤莲本人。

听到这里，我问道："所以说，你们现在勘查的是郭倩倩被绑架的地方？"

高局长点了点头，说："两个现场在同时勘查，尸体还没有运走。这个现场简单一些，所以我想着请你们先看看这个，再上楼去看。"

"为什么听完介绍，我就想起了那个初中生雇凶杀害自己的父母，然后自己还假装受害者的案件[1]？"林涛说，"你们解救小女孩的时候，有没有关注她的捆绑绳结啊？她自己可以完成吗？"

"这，这倒没注意。"高局长说，"我们只是小心翼翼地解开了绳结，注意没破坏现场证据而已。小女孩干的？这个不可能吧？我刚才说了，中途有男子的声音帮小女孩请假。"

"她不可以找同伙吗？"林涛说。

"当然，熟人作案我们也考虑过。"高局长说，"不过我们怀疑的是小女孩的父亲，正在对他进行调查，看看他有没有可能在单位正常上班的当口儿，掩人耳目地回来。"

"都是合理怀疑，都要考虑。"我一边穿上鞋套，一边说。

我穿好了勘查装备，走进了警戒带。警戒带里，除那根捆绑郭倩倩的跳绳和旁边的水管，还有郭倩倩被拉开拉链的书包外，并没有其他东西。

"足迹是不可能留下的，这个地面。"林涛蹲在水管旁，说，"不过犯罪分子是将一个大活人绑在长时间没人碰过的水管上，肯定会留下大量痕迹吧？"

"我们一直在看，水管上灰尘很多，也有疑似指纹的，正在甄别。"洋宫县的技术员兼法医江光涛说道，"最像灰尘减层指纹的是这两处。"

林涛拿着放大镜凑过去看。

"楼上不是还有个现场吗？"我说，"既然是抢劫案件，现场那么多翻动，总会留下指纹吧？"

"楼上的柜门上，明确检出了灰层擦拭的印痕，但没有任何一点纹线。"高局长说道，"可以确定，犯罪分子是有备而来，随身带着手套的，所以楼上几乎不可能找到指纹了。"

"不过郭倩倩说，犯罪分子捆绑她的时候，是没戴手套的。"一名侦查员在一旁说道，"所以我们觉得这个现场的价值更大。"

"有备而来，那捆人还用被害人的跳绳？说不定他在家中的翻动，只是做做样子迷惑警方呢？"我嘀咕了一句，接着说，"林涛，情况怎么样？"

"妥了，是指纹，新鲜的。"痕迹检验专家的水平，就是比由法医兼职的技术员水平要高。

---

[1] 见法医秦明系列众生卷第一季《天谴者》"血色教育"一案。

"尸体在上面吗？"我顿时把心放下了一半，问道。

高局长点了点头。

"那林涛你们在这里好好处理指纹吧，虽然它很难作为本案的决定性证据，但这可能就是甄别犯罪分子的重要依据。"我说，"我们去楼上看看情况。"

从地库，就可以乘坐那台老式的电梯。这是个一梯四户的户型，等起电梯来实在是有些费劲。我在这个里面贴满了小广告的电梯里左看右看，确认了这个不新不旧的小区里，确实没有什么监控录像。捷径，看来是走不了了。

现场是这栋楼的九楼零一号房，一个三室两厅的结构，是那个年代最流行的房型。进门就是玄关，玄关后面就是个连着餐厅的大客厅，围绕着客厅一周，是三个房间的门以及厨房和卫生间的门。

三个房间都已经被翻乱了，桌子里、橱子里、书柜里的物品都被翻得杂乱无章。几名民警正在逐一登记家里的物品，以便和郭倩倩、郭超的证词进行对应，从而厘清被抢劫的贵重物品。

我沿着现场的勘查踏板，在客厅里走了一圈，问道："这，地板砖上，找不出痕迹吗？"

"我们都找了，膜吸附也做了，实在是找不出有特征性的鞋底花纹啊。"一名技术员说道。

"奇怪。"我一边嘀咕着，一边在客厅里找了起来。很快，放在餐桌上的一个纸盒子，吸引了我的注意力。

餐桌收拾得很整齐，摆放着纸巾盒、花瓶、水果篮等物品。因为餐桌上的物品一览无余，所以凶手没必要对餐桌进行翻找，技术员们也就没有在餐桌上花费时间。

吸引我的纸盒子，是餐桌上的一个手套盒。出于疫情的缘故，很多人家都买了这种抽纸式样的薄膜手套。这种手套类似于乳胶手套，但是比乳胶手套更薄，弹性也更差。不过作为一次性手套，它确实可以有效防止病毒黏附在皮肤上。乍一眼从外观上看，这种手套就像是一盒抽纸，是那么不起眼，更不会引起勘查人员的注意了。不过，我的心里装着事情，所以就特别关注到了这盒抽纸式的手套。

我走到餐桌的旁边，还没拿起这盒手套，就发现手套盒和墙壁之间，有一只掉出来的薄膜手套。我检查了一下自己手上戴着的乳胶手套，然后小心翼翼地拿起了那只掉出来的手套。

　　手套盒上有一层薄薄的浮灰，餐桌的角落也有，但是这只夹在手套盒和墙壁之间的薄膜手套上，没有一点浮灰。我心里似乎有了些谱。

　　我转身走进了主卧室，主卧室里的技术警察是最多的，毕竟这里是中心现场。

　　"现场遗失了什么东西，可以确定吗？"我问道。

　　"现在还没有整理完毕。"一名勘查员说，"可以肯定的是，死者有一块法兰克穆勒的腕表，价值将近七万元，肯定是被拿走了。喏，连手表盒子和发票都一起带走了。"

　　"怎么这些东西动不动就几万几十万的？不就一块手表吗？金子做的啊？"大宝翻了个白眼，说道。

　　"金子做的，还真值不了那么多钱。"侦查员笑了笑，说道，"听说，对二手奢侈品回收的商店都已经布控了。"

　　"她没工作，老公就是一个公务员，怎么有这么多钱买奢侈品的？"我问。

　　"这个，问了郭超，他知道这块手表，听说是死者打麻将赢来的。"侦查员说，"当然，我们也觉得不太可能，这个还在调查。不过，郭超没有领导职务，手中也没什么实权，纪委也在介入。可是，公务员买个七万的手表，也没什么好惊讶的。"

　　"一年工资才十来万。"大宝说。

　　我挥手打断了大宝，说："纪委是应该介入的，万一有一些见不得光的贵重物品，郭超不主动供述，会给我们带来麻烦。"

　　"纪委初查过了，应该是没问题。"侦查员说，"从郭倩倩的陈述和现场勘查情况来看，也不像是丢失很多值钱东西的样子。"

　　"除了手表，其他的呢？"我问。

　　"死者的手机没了。"侦查员说，"不过也就是个普通的手机，不值多少钱。郭倩倩说，她妈妈有一条金项链和一个金戒指。目前看，都在死者身上。至于现金，他们打麻将要用现金的，估计死者手里有个几千万把块吧，通常是放在书房抽屉里的，现在这笔钱我们没找到。"

　　"又是打麻将，会不会又是因为打麻将，让母女关系出现问题了？"林涛还是没有放弃自己的猜测，"初三的孩子，正值叛逆期啊。"

3

我不置可否，走到蹲在卧室床边的程子砚身边，说："你这是在看什么呢？我们进来，你就一直在这里看。"

卧室的地板是实木制的，地板上有一些绿色玉石碎片，程子砚正蹲在地面上，拿起一块较大的玉石碎片看着，说："这个玉手镯打碎了。"

林涛走了过来，说："这是上好的翡翠啊，这个镯子怕是值不少钱。"

"看来有搏斗和抵抗的过程。"大宝说。

"这个郭倩倩说了，是她妈妈每天都戴在手上的，说是有点小，戴上取下有点麻烦，连洗澡都不拿下来。"一名侦查员在身边补充道。

"争抢的过程中打碎掉落了？"大宝问道。

我皱着眉头看了看地面上碎成几十块的玉镯，又伸手在地面上摸了摸，对程子砚说："子砚，对这一块地板仔细拍照，说不定有重大线索呢。"

程子砚疑惑地看了我一眼，也学着我的样子用手摸了摸木地板，似乎明白了什么，连忙拿起相机对着地面仔细地对起焦来。

"你们这是打哑谜？"大宝莫名其妙地看着我。

我笑了笑，拍了拍大宝的肩膀，说："法医就先干好法医的活儿！看看尸体。"

此时，带箱体的床板已经被掀了起来。尸体的双手被紧紧反绑束缚在床板的铁质隔栏上，尸体的双脚着地，但是上半身随着床板也被抬了起来，头部微微垂着，长发遮住了脸庞。我伸手撩起死者的长发，看了一眼。死者的这个姿势，就像是背负滑翔翼，正在迎风斜向上飞翔的滑翔者，只是，她那已经被尸斑浸染的面部，看不出任何一点生机了。死者身材匀称，皮肤白皙，看起来不像是四十多岁的女性。虽然尸体的头部微微垂着，但是垂下的程度和她倾斜的身体不太相称，按理说，上半身四十五度角俯面于地面，头部应该垂得更厉害。但是尸体的头部仅仅是微微垂着，这说明她的颈部尸僵已经形成了，而且形成尸僵的时候，她的体位不是这样。

虽然命案现场不会让无关人等进来，但让死者总是处于这种反绑倾斜的模样，是不太尊重的。我见县局的林法医已经完成了静态尸检，连忙让他给尸体松绑，把尸体放平。

"初步尸检已经做了。"林法医说，"死者是双手被捆绑在背后，然后被捆绑在床板的背面，床板放下来之后，死者就会被反吊着面朝地面地在床箱里了。因为她的肩关节活动度有限，所以我们经过现场实验，发现床板放下之后，她的肚皮也就刚刚能碰到地面，不算是完全俯卧在地面上的。"

"有伤吗？"我问。

"我们初步看了死者的体表，手腕部被捆绑，看不真切，但其他地方似乎没有明显的损伤。至少，口鼻和颈部是没有明显损伤的，可以排除有致命性外伤或致窒息的外伤存在。"林法医说，"对于死因，我们现在还摸不着头脑。"

"至少尸僵形成的时候，符合她俯面朝地，大致和地面平行的体位。"我说。

林法医点了点头，说："是的，她应该就是这样被反绑着死的，或者刚刚死，就被反绑成这样。"

"她是被什么东西捆绑的？"我把头伸到床板下，观察刚刚被林法医剪断的绳索，说，"哦，这是手机充电线啊。"

"是啊，充电线，挺扎实的。"林法医说，"应该就是死者手机的充电线。"

我若有所思地点了点头，说："现场继续勘查，尸体，我们要抓紧时间拉去殡仪馆检验。哦，对了，子砚，你记得拍完照离开的时候，把死者家所有的男式拖鞋都带走，送到DNA室进行检验，然后再去和监控组一起看监控。"

深夜，洋宫县殡仪馆内，灯火通明。

"我还是比较喜欢晚上解剖，白天遗体告别的一个接一个，要么是鞭炮，要么是哭喊，都没法专心工作。"大宝一边按照规范提取死者的口腔、乳头、阴道和肛门擦拭物，一边说道。

"绝大多数市级公安机关不具备自己建设法医中心，并建设停尸房的条件。"林法医说，"更别说我们县级公安机关了，所以啊，有一个能吹空调的解剖室，不用日晒雨淋地去解剖，我已经很满足了。"

"捆绑死者手腕的充电线，打结方式很普通，没有什么特征性。"我站在操作台的旁边，把绕开绳结剪开的充电线放进了物证袋里，又将死者的衣物一件件摊在操作台上，说，"充电线太细了，也没法儿找有鉴定价值的指纹。"

"我还是比较担心死者的死因，很少见到外表这么干净的。"林法医说着，开始剪死者的双手指甲。

"不着急，我有数。"我说，"看死者的穿着，是内裤加连衣裙式的睡衣，没有其他衣物了，说明没准备出门。"

"这个正常，从调查得知，死者周六上午，是不起床的，因为周五晚上通常打麻将到很晚。"林法医说，"而且，郭倩倩那边，不是说了连早饭都没吃吗？她都没有起床给女儿做早饭。"

"盗窃转化为抢劫？"大宝一边说着，一边从上而下检查死者的体表，说，"会阴部无损伤，精斑预试验阴性，没有被性侵的迹象。"

"你听说过，入室盗窃选择大清早的吗？"我笑着说道，"死者的金项链和金戒指都还在，也没有损坏，我看重量不轻。"

"这金项链和金戒指，是结婚的时候郭超送的，都快二十年了。"林法医说，"会不会是犯罪分子嫌太旧了啊？"

"你会嫌金子太旧？"大宝哈哈笑道。

"可是死者手腕部有明显的约束性损伤，除了绳索捆绑造成的损伤，还有一些片状的挫伤，那是犯罪分子控制死者双手造成的损伤。"林法医说，"这说明凶手的控制力远远超过死者的体力，他完全有能力控制住死者，然后取下戒指和项链。"

"所以，凶手对金子这种不能流通的贵重物品，并不感兴趣。"我说完，将衣物整理好，放进了物证袋里。

"那为什么会拿走手表啊？"大宝说，"手表不也不能流通？"

我微微笑着，没说话，走到解剖台旁，加入了解剖工作。

"头皮无损伤，颅骨无骨折，颅内无出血，脑组织正常。"林法医一边开颅，一边说着。法医江光涛唰唰地记录着。

"死者口鼻无损伤，颈部无损伤，一字形切开胸腹部皮肤，大体观察未发现明显损伤。"大宝也拿着手术刀，和林法医同时进行着不同部位的解剖，说，"死者心血不凝，内脏瘀血，提取心血和肋软骨备检。"

现在，提取死者肋软骨检验DNA已经成为法医的常规操作，是为防止有人人嵌合体①或者刚刚输血导致的DNA数据不符，对案件产生误导。

---

① 人人嵌合体：有一种人的体内存在两种遗传物质。有一种说法是，细胞在受精时期，形成了一对受精卵，可是，在发育时期，其中一个胚胎"吃"掉了另一个胚胎。实际上，就是两个胚胎的一种融合和交换。于是，两种遗传物质在一个胚胎中发育成不同器官，造成了一个人身上有两种DNA的情况。

"胸腔脏器、血管，无损伤、破裂、出血迹象，胸腔干净。"大宝继续进行着检验，"腹腔干净，肝脏、脾脏、肾脏完好，肠管完好，无损伤，大血管也未见损伤、出血。"

"心脏形态呢？"我问道。

大宝剪开死者的心包，将死者的心脏捧了出来，说："从外形上看，好得很，我来切一下冠状动脉……也没有狭窄。这个人虽然很懒、不运动、熬夜，生活习惯很不健康，但是心血管系统似乎还是很好的，比大部分四十多岁的人要好。这没办法，老天爷给了个好身体，基因决定。"

"老天爷给了好身体，也不能随便造啊。"林法医说，"现在还好，不代表再老一些的时候还能保持。只是衰老得慢一点而已，按照这样的不良生活习惯生活下去，她的身体，说不行，那也就不行了。"

"不过，心尖这个，好像是出血点啊！"大宝说道。

我凑过去看了看，点了点头，说："是的，有明确的心尖出血点。"

"可是，尸检完了，完全没伤。"林法医有些焦躁。

"既然不是心血管疾病导致的猝死，那么她的猝死征象是哪里来的呢？"我拿起死者的手，破坏了上肢的尸僵，说，"你们看，虽然死者的口唇青紫可能被尸斑影响，看不清楚了，但是手指甲的青紫还是很明显的。"

"那也有可能是捆绑得紧，导致末梢循环不畅啊。"大宝说，"这个不能作为什么依据吧？"

"可是心血不凝、内脏瘀血、黏膜出血点，这是明确存在的吧。"我说。

大宝皱着眉头点了点头。

"窒息？"林法医有些犹豫地说道。

"对啊，既然没有猝死的病理基础，这样的征象，当然要考虑是窒息征象。"我说。

"哦，明白了，你是说，体位性窒息。"大宝点了点头，脸上的表情也舒展开了，显然是赞同我的观点。

"体位性窒息是因为长期被限制于某种异常体位，导致的机械性窒息死亡。它的死亡机理主要有：因为长时间异常体位，使得呼吸肌长时间处于吸气或呼气的状态，导致了呼吸肌疲劳，换气功能逐步减弱，慢慢发生缺氧后死亡。又或是体内大量二氧化碳潴留，引起呼吸性酸中毒，代谢障碍，从而死亡。"我见林法医有些疑惑，于是帮他温习了一下体位性窒息的概念。

"是啊，体位性窒息的鉴定要点是'异常体位'和'窒息'。"大宝连忙抢着说道，"在这种死亡中，尸体的窒息征象会非常明显，全身性瘀血紫绀①、黏膜有出血点、内脏水肿，而且可以排除其他机械性窒息死亡所应该导致的损伤。"

"嗯，这种死法，不是很多见啊。"林法医说道，"我工作十年了，没遇见过。"

"确实不多见。"我说，"所以在确定这种死因之前，需要排除损伤、其他机械性窒息手段、中毒和疾病，然后结合这些窒息征象和现场情况，就可以保证结果的准确无误了。"

"是啊，'异常体位'这四个字更为重要。如果是正常体位，哪怕再长的时间，显然也不会导致呼吸肌的疲劳和麻痹，更不会导致窒息。"大宝说，"所谓的异常体位导致体位性窒息，最常见的，就是反吊着人，或者让人高举双手铐着。这个现场，就是反吊着，而且我记得，在现场的时候你说过，即便是床板放下来了，因为死者肩关节活动度的问题，她的上半身也不能完全着地，对吧。既然不能完全着地，那就和反吊在空中一模一样了，肯定是具备造成体位性窒息的条件的。"

我咬了咬牙，不禁想起曾经听说过的一起错案中，就是警方在审讯嫌疑人的时候，嫌疑人突然心脏疾病发作而死亡。而检察机关的法医却错误地把这个死亡定义为"体位性窒息"，这起错案导致民警蒙冤入狱。这起案件的法医，就是没有能够把握住"异常体位"这个关键问题。

"我记得，体位性窒息多见于过失致人死亡，因为其致死的概率问题，并不是每个人处于异常体位都会死亡，故意杀人或自杀罕见。"林法医说，"书上这样说的。"

"是啊，我也觉得这个案子的凶手并不想杀了商凤莲。"我又笑了笑，说。

"不过也是，抢劫案件，是图财，只要控制住人就行了，不一定要杀人。"大宝说。

"可是，死者的口唇没伤，说明凶手并没有对死者进行封口。"我说，"死者没有被封口，只是被反吊住了，那她为什么不呼救呢？这种老式的房子，隔音很差，作案时间又是周六早晨，大部分人都在家里，如果她呼救了，肯定会有人听见

---

① 紫绀：指人体缺氧时，血液中还原血红蛋白增多而使皮肤和黏膜呈青紫色改变的一种表现，也可称为发绀。

的吧？"

"是不是被塞进床箱了，喊不出声，或者被吓坏了？"林法医假设道。

"木头板的床箱，有啥隔音效果啊？"我说，"别急，我们现在要取出死者的胃肠内容物，分析一下她的死亡时间。"

死者的胃内是空虚的，所以我们取下了死者的小肠，并且蛇形排好，然后用剪刀剪开。根据死者的小肠内容物情况，判断死者的死亡时间距离其末次进餐八个小时，次末次进餐的食糜已经进入了结肠，说明有十二个小时以上。

"哦，我看看调查情况。"林法医让实习生翻了翻笔记本，他侧过头去看了看，说，"根据调查情况显示，死者是昨晚打麻将到凌晨两点，然后在棋牌室吃了夜宵。晚餐是和郭倩倩一起吃的，是昨天晚上六点。"

"也就是说，死者是今天上午十点钟死亡的，嗯，尸斑、尸僵、角膜混浊的情况，和死亡时间是相符的。"我说，"尸温当时测了吗？"

"没有，因为家里开了空调，而死者又在床箱内，这影响因素实在太多了，测了尸温也没法算。"林法医说。

我点点头，说："也是。"

大宝说："如果说死者是今天上午十点钟就死亡的话，那个时候刚刚有邻居发现她家大门大开，她死的时候，还没人报警呢。"

"问题就来了。"我说，"凶手是七点钟就劫持了郭倩倩，拿了钥匙去她家。就算是绑人、翻找，最多一个小时也该完成所有动作了吧？也就是说，很有可能凶手离开现场的时候，死者并没有死？"

"那她为什么不呼救？"大宝问道。

"这可就没人知道了。"我说，"可能是反吊着太难受，声音喊不响。或者她根本不知道大门洞开，认为喊了也没用。再或者，她可能就是不想喊呢？你们看看，死者手腕部有严重的约束伤，说明她被捆绑之后，有长时间、激烈的挣扎。也许，她觉得自己能挣脱束缚双手的绳索？窒息是在不经意间就出现的，慢慢地、不知不觉地就会造成死者的意识丧失。如果她不了解这种反吊会导致人死亡，又不想声张此事，会不会就努力挣扎，以期望能挣脱绳索？只要挣脱了绳索，床板一推就开，自然也不可能会死掉。她没有意识到危险性，所以不呼救？"

"很有可能！"大宝点头认可，又转念一想，说，"可是，她怎么会不想声张呢？这可是抢她钱啊！"

"解剖结束了，我也整理一下思路吧。"我一边脱去汗湿了的解剖服，一边说道，"现场勘查、监控调阅和调查情况，没有那么快反馈上来，估计专案会要明早开了。现在才凌晨一点钟，我们都回去好好睡一下，想一下，明早专案组会场见。"

4

除了法医，专案组会场里的人，都是一脸的疲惫，显然都是熬了一个通宵。

"抓紧时间汇报各组的情况，然后根据具体情况，轮换休息。"高局长坐在会议桌前，抱着一个瓷质茶杯，双眼通红地说道，"监控组。"

程子砚似乎正在发呆，被突然叫到，有些慌，说道："啊，监控组走访了小区物业，确定现场附近所有的监控都是坏的。我们找到了小区里还能工作的监控，都无法照到发案轨迹。小区外面的治安监控有一些，但是因为没有甄别依据，发案时间又是上午，人流量大，所以不知道如何进行甄别。"

"不着急，如果知道犯罪嫌疑人的身份，可能就比较容易甄别了。"我说道。

"老秦的意思是，熟人作案？"高局长很是聪明，一点就通。

"可是，这种抢劫案件，最常见的类型，是踩点后，挟持容易挟持的人，获取钥匙入室。"一名侦查员说，"通常是流窜作案比较多见。"

我摊了摊手，没再说话，按照常规，这时候应该由侦查部门汇报调查所见。

果然，主办侦查员翻开本子，清了清喉咙，说："商凤莲这个人，社会交往情况还是比较简单的。她最大的爱好就是打麻将，几乎不去参加其他的社会活动，所以认识人的途径主要是打麻将。为了打麻将，她甚至很少关心女儿的饮食起居。在案发前两天，还因为打麻将的事情，和女儿吵了一架。当时她心情郁郁，是她的麻友反馈上来的。根据她的麻友反映，她这个人警惕性强，性格孤傲，所以很少和人深交。我们查了一圈，实在是找不出有可能作案的人。"

"和她女儿有联系的男人呢？"林涛问道。

"嗯，肯定是男人。"大宝说，"约束能力强，体力悬殊。"

"首先，从商凤莲本人的社会关系而言，男人就更少了，我们查不出商凤莲和除她丈夫外其他可疑男人联系的方式。从话单上看，也没有异常。她的手机不在现场，现在就是不能确定是不是通过微信联系。"侦查员说，"对于她女儿，毕竟只是初中生，认识的男人除了老师就是同学，同学也还都是半大的孩子。你们之前提出怀疑后，我们也彻底调查了郭倩倩的网络电信工具，没有线索，基本可以排除嫌疑。"

"她丈夫呢？"高局长问道。

"郭超这个人，开始我们觉得有疑点。"主办侦查员说，"有好几个邻居都反映，听见商凤莲和郭超吵架，有的时候也能看见他俩在小区里拉扯闹脾气。"

"这个岁数，这样闹别扭，也是不多见。"我笑了笑，说，"确定拉扯闹脾气的是郭超？"

主办侦查员点了点头，说："确定，毕竟都是这么多年的邻居了，他们可以肯定是郭超。而且，通过郭倩倩的证词也可以印证。总而言之，夫妻关系很紧张，这也是郭超一个月才回家一次的原因，不然洋宫县和龙番市这么近，就算是每天来回也不算什么多难的事情。所以，我们开始觉得，有没有可能是她丈夫杀人，然后伪装成抢劫案。"

"显然不是。"我耸了耸肩膀。

"嗯。"主办侦查员说，"确实有很多不符合的地方，但我们还是对她丈夫进行了调查，确定排除了作案时间。还有就是，纪委对郭超也进行了全面审查，认为他很干净，没有问题。"

"那夫妻关系紧张的原因，调查了吗？"我问道。

"调查了。"主办侦查员说，"通过对郭超以及商凤莲几个关系较好的麻友的调查，这个原因应该是比较符合的。"

"是外遇？"我抢着说道。

主办侦查员摇了摇头，说："出轨的事情，我刚才说了，没有发现。根据我们的了解，他们夫妻关系不好的原因，是商凤莲觉得郭超不求上进，没本事。这个郭超，在省直机关供职二十多年了，原来在三十岁的时候，就当上了科长，三十五岁就是副处长了，三十七岁更是成了正处级副处长。眼看仕途一片坦途，他却在四十岁的时候，因为沉迷于练习书画，而将副处长的职务辞去，仅仅保留了正处级的待遇。据说，这个郭超每天上班，就在自己办公室里拿着废报纸练字练画，不亦乐乎，对于政治前途是一点也不感兴趣了。因为郭超没跟商凤莲商量，就辞去了位高权重的职务，商凤莲认为郭超玩物丧志，因此经常和他吵架，甚至拉扯。从那一年起，也就是五年前起，郭超就只是一个月回来一次，一是看看女儿，二是送钱回家。听说，他回家了，也不忘练字练画，还总是和商凤莲吵架。"

"嗯，虽然没有直接调查到外遇，但这个信息也是蛮好的。"我说，"林涛，你那边呢？"

"我们这边，有点麻烦。"林涛浓浓的眉毛皱在一起，更显得帅气，说，"地库水管上，我们找到了一枚有鉴定价值的指纹，入库比对无果。虽然提取到了指纹，但我还是很担心。毕竟指纹不是在死者死亡的中心现场，如果指纹的主人落网后，跟律师一会见，就会知道怎么辩解了。"

"是啊，我只是到那根水管处摸了一下，你凭什么说我杀人啊？"大宝学着犯罪分子的口吻说道。

"没关系，重要的是证据链，不可能只依靠你这一枚指纹。"我说，"这枚指纹，还是很有意义的，是可以作为甄别依据的。毕竟，水管那附近很少有人去，而指纹又很新鲜。死者家里，就找不出什么痕迹了？"

"确实没有痕迹了。"林涛说，"就连捆绑死者的床板、铁隔栏，我们都仔细地刷了一遍，找不出第二枚指纹了。所以，我说有点麻烦。"

"轮到我说了吧？"我说道，"死因是体位性窒息，换句话说，这个凶手劫财不假，不是意图杀人，人死了，可能也在凶手的意料之外。这就是我刚才说郭超杀死妻子、伪造现场的这种猜测不可能的主要依据。"

会议室里一阵喧哗。

"死者的死亡时间是昨天上午十点。"我说，"身上除手腕的约束伤外，没有任何损伤，也就是说，没有激烈打斗动作。"

会议室里又是一阵哗然。

"还好，我还担心家属会质疑我们寻找失踪人不力，导致人死亡了呢。"一名派出所民警说道，"十点钟，还没报警。"

"我听你这么说，是熟人作案了？"高局长又一次猜中了我的想法。

我点了点头，说："可以肯定是熟人作案，有很多依据，听我一一说来。第一，我昨天晚上又研究了郭倩倩的证词，这个犯罪分子是直接给她拉进地库，要走了钥匙，却没问门牌号，是不是？犯罪分子准确地掐住了郭倩倩上学的时间点，似乎对他们家很熟悉啊。"

"那也有可能是踩过点啊。"高局长说道。

我笑了笑，接着说："第二，根据老师的证词，老师在电话中刚刚介绍完自己之后，电话里的男声就说，郭倩倩今天不舒服，请假。他是怎么知道郭倩倩的姓名的？"

"有可能是在书包里翻找跳绳的时候，看到了书上写的名字？"高局长插话道。

我不置可否，说道："确实，这样可以解释。第三，死者死于不容易致死的体位性窒息，全身没有工具性损伤，没有抵抗伤、威逼伤，约束伤也很有限。也就是说，凶手对死者，不性侵，不伤害，没威逼。但在整个过程中，没有邻居听见一声呼救声，而商凤莲并没有被封嘴、捂嘴造成的损伤。而且，凶手在案发后，不仅没有把门带上，延缓发案时间，还打开大门，增加被人发现的概率，这是为什么？"

"你说是为什么？"高局长有些好奇。

"我觉得，从这种不确定性的死因，和故意暴露的手法，可以推理出凶手的意图。"我说，"他也不想死者死，他开着门，就是指望死者可以呼救被人听见。"

"嗯，这个推理，是硬核推理。"高局长点了点头，似乎认可了我的意见。

"其实，还有别的依据。"我说，"你看，凶手捆绑郭倩倩的手和口，用的是郭倩倩的跳绳和手帕。捆绑商凤莲的手，用的是商凤莲的手机充电线。郭倩倩说，凶手没有戴手套，但是到了家里，又有手套痕迹。我勘查了死者家的餐桌，餐桌上有一盒抽纸式的手套。里面的一只手套被带了出来，掉落在手套盒和墙壁之间，没有浮灰，说明是刚刚掉出来的，而且死者家收拾得挺整洁，不可能就任由一只手套掉落在那里。这样看，凶手应该是从手套盒里抽了两只手套戴上，在抽手套的过程中，带出了一只，掉落在那里的。"

"你的意思是说，凶手毫无准备。"林涛说。

我点了点头，说："所有的工具，都是就地取材的。入室盗窃、抢劫的流窜犯，会什么都不带，赤手空拳进人家家里吗？"

"所以，你在现场的时候，就怀疑是熟人作案了。"大宝说道，"你这才会让程子砚把所有的男式拖鞋送去进行DNA检验。现在是夏天，只要穿了拖鞋，检出DNA的概率还是很高的。"

"哦，怪不得中心现场没有发现明显的可疑的鞋底花纹。"林涛点点头，说，"你说的证据链，是指有指纹、有室内中心现场的DNA，这就不太好抵赖了。"

"是啊，这一招很奏效。"程子砚说，"我们对死者家的三双男式拖鞋进行了观察，发现有一双毛拖鞋的毛里夹杂着一些小小的硬颗粒，后来拿在显微镜底下观察，发现是玉镯的碎颗粒。"

大家又议论起来。在门口的拖鞋里，发现了卧室里才有的玉镯颗粒，很显然，凶手是穿着拖鞋进入了中心现场。如果是一个拿着钥匙进门盗窃的人，不可能那么好心地换双拖鞋。

"现在是夏天，我们的重点本来是凉拖鞋，但因为这些颗粒，就将重点转移到了毛拖鞋上。"程子砚提高了嗓音，想让自己的声音在嘈杂中更加清晰，"目前，这双毛拖鞋上检出了一名陌生男子的DNA，我们高度怀疑，这就是犯罪分子的DNA。"

"如果指纹和DNA指向同一个人，就能说明问题了。"林涛补充道。

"可是，侦查部门，似乎并没有查出有嫌疑的男性啊。"高局长将眼神递给了主办侦查员。主办侦查员无奈地点了点头。

我接着说："别着急，刚才我一直在问外遇的问题，因为我怀疑，死者的外遇对象，可能就是本案的凶手。"

"可是，并没有查出这方面的线索啊。"主办侦查员说道。

"因为死者本人不喜欢和别人多透露自己的私生活，死者接触最多的家人又不可能知道这种事。加之，死者的手机丢失，很多网络平台的信息无法获取，所以，没查出来而已。"

"你又有推理？"高局长问。

我点了点头，说："昨晚我把几条线索归拢了一下，先从玉镯说起。死者家的地板，是实木地板，正常情况下，玉镯掉落在实木地板上，不太容易摔碎。除非，是用力去掷。玉镯打碎的地板上，我摸了，发现有一个明显的凹坑，证明了我的推断。不然，得从多高的地方掉落，才能在实木地板上砸出个凹坑的同时摔碎玉镯？"

"对了，我记得昨天侦查员好像说，郭倩倩陈述，她妈妈随身戴的玉镯不容易取下来。"大宝说，"如果是争抢的话，只要不配合，还真不容易抢下来。"

"既然不是争抢落地导致摔碎的。"我笑了笑说，"那么，就是死者故意取下来，然后被死者或凶手故意砸碎的，投掷的力量还挺大。"

"我明白了。好好的，为什么要砸玉镯？"高局长说，"因为玉镯可能就是互赠的礼物。"

"这个玉镯是谁买的，到现在还没有调查清楚。"我接着说，"就像那块很贵的手表一样，说是打麻将赢的，这有些牵强吧！据说那个麻将室打的都是三块五块的小麻将，得赢多久才能赢出七万块的手表？而且，这块手表丢失了，死者的金项链和金戒指却还在。和玉镯一样，这块手表，似乎也暴露了死者和凶手之间的关系。"

"可是，手表的盒子连同发票都被拿走了，查都没办法查啊。"主办侦查员似乎有点为难。

"我知道了！"林涛突然叫了起来，"老秦的意思是，查玉镯！对了！我们对现场进行勘查的时候，找到了玉镯的证书！虽然没有发票，但是有证书，一样可以查到来源，并且锁定这个玉镯是谁买的！"

"如果买玉镯的人，是个男人，那，就十分可疑了！"我笑着点头，说道，"集中警力调查玉镯的来源，同时，监控组对发案前的一周时间内所有监控进行整理，找出重复出现的人。等玉镯的信息锁定了谁，再用监控一甄别，最后用指纹和DNA印证，就形成完整的证据体系了。"

"是！"程子砚显然很是激动。

返程的车上，因为疲惫，程子砚和林涛沉沉睡去了。只有好好睡了一夜的我开着车，而大宝，一边翻看着刚刚传过来的讯问笔录，一边转述给我听。

根据玉镯的线索，侦查部门很快锁定了犯罪嫌疑人左锋昊，已婚，是一个三十八岁的生意人，经营一家旅游公司和一家餐饮公司。之前的五年里，左锋昊顺风顺水，积累了不少的财富，也算是洋宫县里比较有钱的人物了。

四年前，因为一次小小的交通摩擦，左锋昊认识了这个徐娘半老、风韵犹存的商凤莲。很快，二人通过微信越聊越火热，最后确立了情人关系。在相处的四年里，左锋昊经常会送一些贵重的礼物给商凤莲。较贵重的，就是那只价值五万块的翡翠玉镯和那块七万块的法兰克穆勒手表了。另外，左锋昊还断断续续以过情人节、"5·20"和七夕节的名义，包给商凤莲将近八万元的红包。

而商凤莲经常会在左锋昊妻子不在家的时候，去他家里；或者等到课业繁重的郭倩倩上学的时候，两人在商凤莲家里厮混。

一个寻求性刺激，一个寻求经济补偿，两个人各取所需，四年来，倒也是其乐融融。

因为双方都是已婚，所以两人心照不宣地把两人之间的关系给保密了。这段地下恋情，竟然没有一个身边人知晓。

随着时间的流逝，两人之间的好奇感逐渐消失，年岁也都相应增长，姿色也渐渐不复从前，二人的关系开始慢慢疏远。

今年，疫情暴发，最受冲击的就是旅游业和餐饮业。这让以旅游和餐饮为支柱产业的左锋昊的公司受到了严重的打击。

既然没钱了，商凤莲就更加明显地疏远左锋昊。左锋昊一方面是心里气不过，另一方面，公司想要渡过难关也需要钱。所以他就联系商凤莲，说既然现在作势要分手，那希望可以把自己给她的八万块红包退还给他。商凤莲自然是不会应允，这是红包，又不是借款，何来还钱之说？

案发前一天，左锋昊再次来到了商凤莲家。这时候，郭倩倩还没有放学。无论左锋昊怎么敲门，商凤莲都装作不在家的样子，不开门。左锋昊在门口好话歹话说尽了，商凤莲仍旧是一言不发。这让左锋昊恶从胆边生，寻思着一定要给她点颜色看看。

案发当天一早，左锋昊就在电梯口等待郭倩倩去上学。虽然他不认识郭倩倩，但是毕竟和商凤莲相处了四年，对她家的情况、作息规律还是了如指掌的。郭倩倩一露面，左锋昊就跟了上去，挟持她下到了地库，为的就是获取钥匙。毕竟，他知道自己敲门肯定是敲不开的。左锋昊的目的很简单，就是想要回点钱，弥补一点生意上的损失。

进入商凤莲家之后，左锋昊就和起床找水喝的商凤莲碰上了。两人还没交谈几句，就发生了争吵。商凤莲一气之下，费劲地取下了手镯，并且给它砸了。毕竟是个几万块的值钱货，此举激怒了左锋昊，他顺手抄起充电线，把商凤莲捆上了。他想起来她家的床板是可以掀起来的，所以就把商凤莲反绑着吊在床板上，希望制造出一副刑讯的模样，逼问出商凤莲藏钱的地方和银行密码。

没想到商凤莲根本不吃这一套，虽然很难受，但是她依旧不理睬左锋昊。左锋昊毫无办法，只能在客厅找了双手套，戴上，开始在家里进行翻找。

虽然银行密码没问出来，但是左锋昊在商凤莲家里找出了一万元现金。他拿起名表的盒子，对商凤莲说："你就好好在床板下考虑考虑吧，想想你是怎么对我的！这块手表也是我送你的，我都没问你要回来，现在七万的手表加上一万的现金，也就刚好还了我给你的红包钱，仅此而已，算我吃亏，从此两不相欠。"

"畜生，我给你睡了那么多次，还顶不上几万块吗？"商凤莲嘴硬道。

这更是让左锋昊火冒三丈，本来准备将商凤莲放出来的他，改变了主意，转身离开了现场。不过，为了让商凤莲方便求救，他打开了大门。

他心想，他只是拿回自己的东西，这怎么也不能算作抢劫吧？

后来的事情，左锋昊就不知道了，直到县里的街坊流传着出现杀人案的消息，左锋昊才彻底崩溃了。他没有想到，自己的无心和无知之举，居然真的造成了一人死亡。

根据警方的侦查实验，床板的支撑杆负重能力有限。因为有一个人长时间吊在床板上，加之其挣扎，床板就慢慢降了下来，最终合上了。警方怀疑，商凤莲应该是看到床板能下降，所以努力挣扎，导致床板下降。她原本想着，只要自己的胸腹部能着地，手就能用上力气，挣脱束缚了。也是因为这个错误的判断，加之她一直碍于情面，害怕自己的奸情被丈夫、女儿和朋友们知道，所以没有呼救。在床板合上后，她还寄希望能挣脱绳索，可没想到，在她挣脱绳索之前，呼吸肌的麻痹直接要了她的命。

"左锋昊说，地库经常有人，他觉得郭倩倩很快就能被人发现，更没有什么危险了。"大宝对我说道。

我摇了摇头，说："这人真是想得简单，这都是电梯楼房，谁也经过不了死者家啊。若不是死者家同楼层的邻居发现，还不知道什么时候才能案发呢。"

"这栋楼房是一梯四户。"大宝说，"除了死者家，还有三户，根据调查，除了报警的邻居，另外两户人家在案发后、报警前，也都有人离开，可是他们并没有关注邻居家的异常情况。现在在城市里啊，住在一栋楼里，似乎都不认识，发现了异常，似乎也没有那么热心去予以帮助，这个还是挺令人深思的。"

我"嗯"了一声。

"而且我觉得，这个商凤莲，也算是自作孽，不可活了吧。"大宝接着说，"对其丈夫选择自己的人生之路不理解、不支持，甚至用丈夫不求上进来为自己的出轨找理由，这实在是不应该的。"

"那个左锋昊呢？他不也出轨了？"我笑着问道，"你咋不说他呢？"

大宝挠着脑袋，回答不上。

好在我的手机再次响起，帮大宝解了围。

"老秦，我们回来了，急着向你汇报呢。"韩亮的声音从车载蓝牙里冒了出来。

"等我们半个小时，这就到了。"我说。

法医秦明

VOICE OF THE DEAD

前几天，鑫鑫又被打了，这次很严重，还住了院。

我又去劝了鑫鑫，尽早脱离苦海。在劝她的时候，我一直在想，她如果脱离了苦海，那么我呢？我又该何去何从？

回来后，我和他说了这件事，他却只是关心他的兄弟伤得重不重；说到家暴，他却说那只不过是人家的家事罢了，说什么车祸当然要比小两口吵架更严重。

那天夜里，我气得没有睡着觉。

今天，我听见了他和赵达的通话。屋子里很安静，手机那边传来的声音很大，我清清楚楚地听见赵达在说："女人就得打，你不打，她就不听话。"

这是人说的话吗？

他挂了电话，我就去问他了，问他和赵达说了什么。他居然说，赵达和鑫鑫之间只是一些鸡毛蒜皮，很快就会没事的，说我对赵达是有偏见，说我对他们家的事情了解得太少，所以有些敏感罢了。

他还拿产后抑郁来说事儿！

那次是他骗我去医院看的，医生也说了我没有产后抑郁！他这时候拿这个来说事儿，是不是要为以后的行动做铺垫了？是不是给我强加一个产后抑郁的名头，就可以为所欲为了？是不是周围的人，听到我有抑郁症，就不会再相信我的话了？

重要的是，赵达说了那样的话，他连反驳都没有反驳一句。

他是不是觉得，赵达的话一点问题都没有，女人就得打，不打就不听话？

我突然想到了那个人。我原来以为赵达和他不一样。

但现在想想，是我太天真了。

他们都一样，变成禽兽，只是早晚的区别罢了。

都可以确定，附近并没有明火出现。消防部门也确定，那段时间，并没有山火的警情。

可是，钱大盈买汽油这个动作，是真实存在的，是不是因为他也知道放火容易引发山火，更容易暴露，才放弃了焚尸这条路径呢？怕就怕在，他随便找个地方挖个坑，把尸体埋了，这么大的大山，那可就不好找了。

可是，经过警方的调查，那段时间一直干旱，山地被晒得硬邦邦的，想要拿一把铁锹在山地里挖出个坑来，谈何容易？可如果尸体被扔进深山，那警方如何寻找呢？要是被野兽啃噬完了，那这个案子就只能是永远的悬案了。

不过警方没有放弃，这十八年来，他们想尽了办法，想寻找到一些蛛丝马迹。毕竟这是一起疑似杀死两人的案件，想要做到天衣无缝实在是很难。只可惜，十八年的调查下来，案件依旧没有进展。警方每年都还在研究此案，断断续续地获得过几次线索，几次羁押钱大盈，但最终都是以释放告终。

我听完陈诗羽的叙述，扬了扬手中的DNA报告，说："许晶，就是十八年前失踪的钱梦。她不仅没有死，而且改名换姓来到了省会龙番，过起了不错的生活。现在，史方死亡和李茹失踪案之间的联系，已经十分明显了，联系点，就是这个许晶。虽然她现在一直处于无意识状态，无法问出点什么，但是对于这两起案件，都是有了重大突破。我们需要对当年李茹失踪案进行进一步研究，说不定能用现在的科技发现一些线索。不过，这一切的前提就是，我们能把这十几本卷宗都吃透。"

陈诗羽点点头，说："对了，还有好消息。我回来的路上，接到了刘鑫鑫的电话。在律师的帮助下，赵达已经被顺利批捕了。离婚起诉也已经呈交法院，进展顺利。很快，善良的人就脱离苦海，作恶的人要遭受惩罚了。"

"祝贺你，这是你的功劳。"我鼓励道，"可以安心看卷宗了。"

陈诗羽一脸的满足，说："不，是刘鑫鑫的决心。我在想，这两天找个时间和刘鑫鑫一起去看望看望许晶。"

我明白陈诗羽的用意，点头应允了。

接下来，我们整整一天都在翻阅卷宗。

"案件事实都不清楚啊。"大宝最先看完所有的卷宗，说，"钱大盈始终不发一言，不申冤、不狡辩，这反而显得他可疑了。"

"根据当时的现场照片看，现场血迹也不是很多，就是在床缝里夹着的。"林涛说，"不过，也不能排除是被打扫过。"

"几乎没有任何可以证明钱大盈杀死李茹的证据。"我说，"但李茹失踪、钱大盈买汽油这些事情实在是解释不过去。而且，钱大盈家暴的这个情节，也是可以坐实的。"

"真的把尸体处理掉了吗？"陈诗羽说，"可是这么多卷宗，详细记载了民警会同武警的搜查历史，这个又不可能作假，当时警方肯定是花了大力气寻找的。"

"是啊，2002年，'命案必破'还没有开始提，能花费这么多心思，真是挺不容易的。"我说，"不过，森原市是山区，人口不多，案件少。发生这样的案件，肯定会办得更细致一些。"

"尸体不管怎么处理，至少有一点可以肯定，一个矿泉水瓶的汽油，不可能把尸体烧得连渣子都不剩。"大宝说，"你说，会不会扔到卷宗里记录的那个水塘里了？"

"卷宗既然都已经记录了水塘，那么警方肯定是对水塘进行了打捞的。"我说，"我看卷宗里也有记载，这个水塘在那几年有清淤的行动。即便是警方没有打捞仔细，清淤的时候，也会发现尸骨的。"

"所以，从地形图上看，森原的这一片区域，都被警方搜查过了。"程子砚面前的电脑屏幕上，是一张森原地图。

"没搜查的地方多了。"我走到程子砚的身边，指着电脑屏幕，说，"你看，这个村子的后面，都是没有被开发的大山。如果把尸体扔进山里，哪怕是不埋，都很难找到。"

"根据警方的记录来看，大山能走进去的地方，也都搜了。"韩亮说，"不过，再往深处就没搜了，如果不是很熟悉地形，走进山里，可能都走不出来。而且，当时警方认为钱大盈肯定会焚尸，要不买汽油做啥？焚尸就不可能进山，否则一定会引发山火。这些大山里，虽然植被不算非常茂密，但引发山火也是很容易的。"

"买了汽油不一定要用啊。"我说，"当时警方还专门对有没有火光这一点进行了深入的调查，几个村民烧垃圾都被调查出来了，更别说要是钱大盈真的烧了尸体。他的家里，也没有焚烧的痕迹，不可能是在家里烧的。不知道会不会是在当时那些没人居住的隐蔽房屋里焚尸的。"

"既然警方注意到了买汽油这一点，如果真的有这样的行为，肯定可以找到的。"林涛说，"这种活不见人、死不见尸的，还真是少见。"

"嗯，韩亮刚才怎么说来着？"我皱着眉头，抱着胳膊，看着地形图，说，"如果不熟悉，走进深山，就出不来了，而山体的边缘又都被警方搜查过。我们假设啊，假设钱大盈对深山某一处的位置很熟悉，他把尸体藏进去，那么不就天衣无缝了？"

"现在说也没用了。"陈诗羽耸了耸肩膀，说，"这么多年了，山里又有野兽，估计现在连骨头渣子也不会剩下。"

"是啊，当年有无人机就好了。"程子砚说，"这些大山是石头山，植被不是很茂密，如果当年有无人机侦查，人不进深山，也能把较深的地方侦查个差不多。你们想想，进山就不可能使用交通工具了，带着一具尸体，就算对深山再熟悉，也不可能进入大山多深。毕竟任何人体力都是有限的！"

"是啊，当时警方认为钱大盈杀了妻子和女儿，而且他没有交通工具。"我说，"两具尸体，是不可能运到深山里去的，所以并没有花多少精力对深山进行探查。但如果当时就认为只有一具女性尸体，说不定往深了的地方探一探，会有所发现。"

"你说得简单。"韩亮哈哈一笑，说，"你是没到现场去看啊！大山啊！哪是那么容易就搜查的？连绵不绝的大山，进山行走极其困难，晚上说不定还有野兽！除非像子砚说的，让现在的无人机进山，不然没准确目标根本不可能找到。"

"你说得对啊！"我若有所悟地说，"连绵不绝的大山，进山行走极其困难，晚上说不定还有野兽。所以钱大盈抛尸，一来不可能进入大山太深，二来走的肯定是他非常熟悉的路线。"

"说是这样说，可是钱大盈不开口，他熟悉哪条路线你咋知道？"大宝说。

我点了点头。

"研究这个没意义吧？"陈诗羽说，"刚才我都说了，十八年了，研究出来尸体藏哪里了，又能怎样？"

"看卷不认真。"我笑着对陈诗羽说道，"在警方的调查笔录里，有一个邻居无意中说到，钱大盈家有两个挺大的、硬帆布的行李箱，这是钱大盈以前自己种茶、贩茶，用来装茶叶的。这个调查，就是一句话带过，没有被当时的办案民警注意到。我们再看当时对钱大盈家的勘查笔录，非常详细，几个碗、几双筷子、几把刀都记录了，但是没有说有大行李箱。"

"嗯，既然没有交通工具，用行李箱运送尸体也很正常啊。"大宝说，"就是专案组当时注意到了，也注意找行李箱了，只是没记到笔录里，可确实结果是没找到啊，那又能怎样？"

"用现在的眼光看，既然钱大盈杀死的是一个人，那为什么两个行李箱都没了？"韩亮说。

"不管为什么，有行李箱就有希望。"我说，"如果钱大盈抛尸的时候，没有将尸体从行李箱里搬出来，尸体一直在行李箱之内的话，那就像是把尸体装进了一个棺材，野兽就无法破坏尸体了。事实证明，警方并没有找到描述中所说的这样的行李箱，那就是有希望喽。"

"你的意思是，你要去审讯钱大盈，套出他对大山里的哪一条路线比较熟悉？"陈诗羽坐直了身子，疑惑地问我。

我摇摇头，说："不太可能，他十八年，被审讯三十二次，都是一言不发。你觉得，我们去问，能问出啥？"

"就是啊。"陈诗羽又靠回了椅子。

"但是，我们是不是可以让侦查部门通过访问他的老邻居、老同事、老熟人，来获取一点信息呢？这个工作，在当年的询问笔录里，似乎是完全没有提及的。"我说，"警方认定了他不会进山，所以这条路，警方没有走得很深。"

"十八年了！谁还记得？"大宝问道。

"这十八年来，钱大盈接触的人，也都要问一问，既然尸体有希望没被完全破坏，那我们就得试一试。毕竟命案攻坚，攻的就是坚啊，更何况这个案子还和现发的史方死亡案紧密相连呢！"我说道，"钱大盈案发前、案发后经常接触的人，都聊一聊，看能不能聊出什么线索。看哪些地方，是钱大盈案发前和老熟人们经常提起，但是案发后再也没有提过的。这样的地方，就是重点嫌疑的地方！"

"老秦说得有道理。"陈诗羽拍了一下桌子，站了起来，说，"我这就去打电话，让森原警方去办。当地派出所，应该和村民们都很熟悉，让他们去深入探一探这条线索。"

"对了，我一直在想，如果钱大盈和许晶再次见面的话，会是一个什么结果呢？"林涛看着天花板，说道。

"不能见面。"我说，"现在钱大盈对警方的调查完全不配合，许晶又在昏迷中，不管是真昏迷还是假昏迷，她是不会配合警方的。而且，这两个人的身上都有着谜团，这个谜团是我们还没有解开的。让他们见面，可能是我们最后的王牌，并且我们一定要在摸清楚谜团之后，再打出这张王牌。"

"安排好了。"陈诗羽打完了电话，走进了办公室，说，"我说得很清楚了，不知道他们能不能理解我们的思路。"

"应该可以。"我说，"这个案子是森原市很多老刑警心中的痛，有几位，更是研究这案子研究了很多年。我们提供这样的想法，会激发他们的热情的。不用担心，我相信一定会有结果。"

"有什么结果？"师父出现在了门口，手里拿着一个红色的文件夹。

我们的心里都是一沉。

"很久没见过了，碎尸案。"师父把文件夹扔在桌子上，说，"青乡市，发生了碎尸案，而且死者还是个中学生。不仅如此，这事件很有可能会在网络上形成炒作。碎尸、中学生受害，这些都是能引爆网络的舆论热点。这么恶性的案件，我们没有理由不快侦快破！所以，你们抓紧时间，前去支援，绝对不能等到网络炒作起来了，才破案。"

看起来，师父对我们能够破案并不担心，他担心的，是破案的速度。所以，这个案子的案件材料，才会用加急件才有的红色文件夹装订。

我咬了咬牙，说："放心吧，一定会很快。"

坐在韩亮疾驰的SUV上，我翻着手中的红色文件夹。

"我在想，要是每个人都能做到，尽可能为社会做贡献，尽可能少为社会添麻烦，那可就一片大好了。"大宝突然感慨道。

"不就是回你老家吗？这么多感慨。"林涛笑道。

"你天天骑电动车上班，也是为了给交通、给环境少添麻烦是吧？"我说，"可是这个嫌疑人，还真是尽添麻烦了。"

"搞得好像你不是天天骑电动车上班似的。"大宝轻蔑地摇了摇头。

"为啥是添麻烦？"陈诗羽问道。

"我刚才看了文件，说碎尸案件，还把头给塞人家养蜂人的蜂箱里了，你说，这么大热天，我们民警勘查现场多费劲！要防止被蜇，戴着那么多家伙什儿，多热！"大宝说道。

"都杀了人，他还管你警察麻烦不麻烦？"陈诗羽笑着摇头说道。

我没有搭话，专心看着青乡市公安局上传的案件简报，然后将重要的部分念给大家听。

案件的发生时间是今天早晨，在青乡市某乡镇居住的养蜂人发现了一件奇怪事儿。他摆放在路边的诸多蜂箱当中，有一个蜂箱不太正常，总是有苍蝇在四周围绕。照理说，这里是蜜蜂的领地，苍蝇是不会随便光顾的。

"马克思曾经说过，有百分之三百以上的利润，资本就敢犯任何罪行，甚至去冒绞首的危险。"大宝已经知道了后续的剧情，于是插话道，"苍蝇敢去侵犯蜜蜂的领地，那必然是有着极大的利益诱惑。"

"是啊。"我接着说，"根据养蜂人的叙述，他养的这种土蜂，不同于每天都要看蜂箱的意大利蜂，只需要每十五天看一次蜂箱就行。但是，这有苍蝇就不太正常了，所以他就去看了看那个蜂箱。这一看不要紧，把他吓得屁滚尿流。"

"这一句也是简报里写的？"林涛打趣道。

"我润色了一下。"我说，"这个蜂箱里，居然有一颗人头。"

"你润色得太粗俗。"韩亮说，"蜂箱我是见过的，养蜂人说的也是事实。估计犯罪分子是没办法把整个躯干塞进蜂箱，所以只塞进去了头颅。"

"是啊，所以我说犯罪分子太给社会添麻烦了。"大宝说，"你看，警察不可能只勘查那一个蜂箱，得把所有的蜂箱都清理出来，逐一进行勘查。周围都是蜜蜂啊，蜜蜂还在说，这帮人为什么要破坏我的家？蜇他！你想想，多瘆人。"

我怕蟑螂，大宝怕蜜蜂，这个大家都知道。

"放心吧，等我们到了现场，蜂箱肯定都清理出来了。"我说，"不会让你和蜜蜂亲密接触的。"

"尸源是不是没找到？"陈诗羽说，"头颅腐败得很厉害？"

"根据青乡法医的判断，因为头颅上可以看到角膜混浊的情况嘛，他们认为就是昨天晚上的事情。"我说，"如果不是看到苍蝇，养蜂人也是不会这么早就发现的。至于尸源，他们找得是够快的。"

勘查民警在第一时间赶到现场的时候，就提取了死者头颅上黏附的血迹，立即送往市局进行DNA检验鉴定了。鉴定结果在简报上传的时候，已经出来了，和两天前报案的梁氏夫妇的DNA比对出了亲缘关系。

梁氏夫妇是青乡市小有名气的企业家，家财万贯，投资领域非常多，社会交往也是很多。梁氏夫妇是在四十多岁的时候，才用试管婴儿技术，有了现在的这个独子，梁明宇。根据调查，梁明宇生性活泼好动，爱好体育，学习成绩倒是一般，据说小学还留了两级。只不过，这梁氏夫妇对于自己的独子十分溺爱，对于物质需求，有求必应。这还没升高二呢，刚满十八周岁，梁明宇就拿了驾照，还买了豪车。只不过，梁氏夫妇不允许这个已经成年的儿子自己驾车，每次他要开车，都必须由家里的司机陪着。看上去，梁明宇是个典型的纨绔子弟。不过，通过调查，梁明宇身边的伙伴和同学，都觉得梁明宇三观很正，而且仗义、豪爽，几乎没有差评。

初步筛查，梁明宇本人和梁氏夫妇都没有明显的社会矛盾关系，不至于会如此被人痛下杀手。虽然梁氏夫妇家财万贯，但是他们没有接到绑架勒索的电话，看起来也并不像是绑架杀人案。警方又对梁明宇名下的资产进行了清点，认为其资产情况也是非常正常的，也就是说，并没有抢劫杀人的可能性。而对梁明宇的情感状况进行调查，警方更是没有发现任何他谈过恋爱、有过感情纠纷的线索。想来想去，这一起案件从作案动机分析上，就出现了困难，如果调查的情况可以客观反映其真实情况，则没有人会去杀他，更不用说是碎尸了。

目前，警方兵分多路，一路专门围绕梁氏夫妇和梁明宇本人进行更加全面、系统的社会关系调查；另一路对梁明宇当天的行踪进行调查；还有一路对现场进行勘查，对发现的尸体头颅进行检验；最后一路则在现场周边进行地毯式搜索，期待寻找到尸体的其他部分。

毕竟，单从一个头颅上，很难看出什么线索和痕迹。

"我可以想象到，这对中年得子、老年失独的老人，在看到自己儿子头颅时候的感受。"林涛一脸悲伤的表情，摇了摇头。

"是啊，我估计至少得晕过去。"大宝也咂巴着嘴巴，惋惜地说道。

"你们法医不是经常说，尸源找到，案件就侦破了一半吗？"陈诗羽说，"这案子看起来好像没那么简单，调查了一轮，动机都没搞清楚。"

"那不是还有一半工作吗？别着急，我相信一定可以破案。"韩亮自信满满地说道。

2

青乡距离省城还是有一段距离的，虽然韩亮的车开得风驰电掣，但是我们抵达位于青乡东郊的现场时，已经接近中午时分了。碧蓝的天空万里无云，那放肆地散发着热量的太阳似乎没有了拘束，要将柏油路面都给晒化了。

养蜂的场所距离村庄有一段距离，周围也没有什么遮盖，几名民警正穿戴着全身式的防蜂服，在蜂箱之间穿梭，可想而知，那防蜂服里面的警服恐怕都已经被汗水浸透了。有不少蜜蜂正围着民警转悠，寻找"报复"这些破坏它们家园的人的机会。

"不行，不行，看到这满天蜜蜂，我头就晕。"大宝瘫坐在座位上，抓着侧面的护手，就是不愿意下车。

我笑着从后备厢拿出了勘查箱，说："他不去就不去吧，这里的活儿不多。"

"你别笑话我啊！我告诉你！"大宝仍然浑身肌肉紧绷地坐在车上，说，"小心我下次捉蟑螂吓唬你！"

我笑着摇了摇头，这都"奔四"的人了，怎么还和小孩子一样？

走到了警戒带旁边，我们被青乡市公安局刑警支队陈骏支队长拦了下来。

"你们别进去了，小心被蜇。"陈支队说，"我来给你们介绍一下现场勘查的情况吧。"

我点点头，说："我以前还真的处理过被蜜蜂蜇了一下就过敏性休克死亡的案例。所以，为了避免不必要的牺牲，还是让林涛一个人穿着防蜂服进去，比较稳妥。"

林涛瞪了我一眼，开始穿那一件很复杂的防蜂服。

"这个现场非常简单。"陈支队接过内勤递过来的"勘查通"，打开现场示意图，和我们介绍道。

我知道陈支队说的简单，是指痕迹物证很简单，而不是指现场勘查的过程简单。这种现场，在这种天气下勘查，绝对不简单。

"蜂箱是码放在路边的，所以一来比较显眼，二来比较适合藏尸。"陈支队说，"而且蜂箱远离了村庄，所以这一片会经常过来的人并不多。通过调查，没有发现可疑的人在附近活动。我认为，凶手开着车子，经过这条路，看到这一排蜂箱，就决定将最容易被识破身份的头颅藏在这里了。他的动作很简单，就是走到蜂箱边，随便找了一个蜂箱，打开门，把用塑料袋包裹的头颅放进去，然后关上门。在这个过程中，他在地面上留下了一个没有鉴定价值的残缺鞋印和一枚右手拇指的血指纹。"

"好啊！有抓手了！那还怕破不了案吗？"我说道。

毕竟在中心现场发现一枚血指纹，可比灰尘指纹和汗液指纹要有价值得多。

"可是，指纹经过比对，库里没有。"陈支队说，"所以，我们不是怕破不了案，只是想要尽快破案，得花点心思。"

"你认为，凶手在这里藏头颅，是临时起意？"我看着林涛穿着全身式的防蜂服跌跌撞撞地走进警戒带，小心翼翼地靠近蜂箱，不由得忍俊不禁，说，"他就这样去开关蜂箱，有可能被蜜蜂蜇吧？风险是不是有点大？"

"毕竟是在路边，正是因为不了解蜜蜂的风险，我们才觉得是临时起意。"陈支队说道。

"可是，很多养意大利蜂的，每天都要看蜂箱，很容易就会发现藏着的头颅啊。"韩亮插话道，"我怎么觉得他是知道这里养的是土蜂，知道一个月才看两次，才会藏在这里？等被发现的时候，就已经大部分白骨化了。"

"这个，你说得也有道理。"陈支队皱了皱眉头，说，"不过，我们已经安排各社区派出所对近期被蜜蜂蜇到的人，进行彻底摸排。说不定，这也是一条路。"

"如果韩亮说得对，那么就得对曾经养过蜜蜂的人，也进行一番排查。"我说。

陈支队点点头，拿出警务通，在上面打着字。

"其他呢？"我问道。

"我们把这一排蜂箱，还有附近养蜂场的蜂箱都看了一遍，没有其他的尸块。"陈支队说道，"哦，也没有其他痕迹物证了。所以，现在寻找其他尸块，也是一个重要的任务。"

我点了点头，见林涛已经笨重地勘查起现场了，于是对着他喊道："足迹，确实没有鉴定价值吗？"

"没有。"林涛头也不回地回答道。

"那这条公路的路面呢？"我问，"有没有轮胎印什么的？或者有没有监控什么的？"

陈支队摇了摇头。

"这条路的岔路多，监控没什么意义了。"程子砚看着公安监控示意图，说道。

"看来，犯罪分子刻意选择这里的可能性大。"我说，"说不定，他离现场不远。"

"这个我们也认可。"陈支队说，"之所以找尸源这么迅速，就是因为死者也是本市的人，也有调查反映，死者偶尔会来这附近玩。"

"玩？玩什么？"我问道。

"郊游啊，野炊啊什么的。"陈支队说，"他曾经请同学来这附近踏青。"

"他的同学的关系人，都排查了吗？"我问道。

"正在排查，还没有任何线索。"陈支队说道，"今天太热了，这里没遮没挡的，要不，你们先去尸检？"

"是啊，是啊，尸检去。"远处坐在车里的大宝叫道。

"行吧，虽然我估计尸检并不会发现什么特别有价值的线索，但是也得去做啊。"我说完，走上了车，对韩亮说："出发。"

明亮的解剖室里，解剖台上只放着一颗孤零零的头颅，让人觉得很不习惯的同时，更是有些瘆人。

颈部是从甲状软骨的下方被截断的，通俗地说，就是头颅下方还连着一截脖子。断口的皮肤呈现黄白色，这是没有生活反应的征象，说明死者是死后被人切断脖子的。头颅上的眼睛微闭，似乎能看到一点白眼珠，更显得吓人了。颈部断口处完全断裂的血管内，残余的血液还没有流尽，随着我们移动头颅的位置，还有鲜血从断口流出。

"男性头颅，发长15厘米，头面部未见明显开放性损伤，口鼻腔黏膜无损伤，口鼻和外耳道内未发现异物。"大宝一边检查着头颅，一边说着。青乡市公安局的孙法医，在一边拿着尸检笔录记录着。

"看看眼睑。"我注意到死者的口唇似乎有些发青，于是说道。

大宝用止血钳夹开死者的眼睑，用小块纱布仔细地擦拭着眼球和眼睑的结膜，说："哟，你还别说，你看这两个小点，是不是出血点啊？"

很多眼睑球结合膜的出血点都不是大片存在的，而是孤立存在，这就很容易因为眼睑内的污染而被忽视。然而，这一两个孤立存在的出血点，恰恰能在死因难以明确的案件中，起到关键作用。因为这里的出血点，提示死者可能是机械性窒息死亡。

"是出血点，我觉得口唇也是有紫绀的。"我凑过去看了看。

"窒息死亡？这个好办。"大宝说完，麻利地用手术刀切开了死者颈部的皮肤。

因为颈部是在甲状软骨下方切断的，所以死者的舌骨和甲状软骨都在。大宝用掏舌头的方式，把死者残存的颈部内组织全部取了下来，然后分离舌骨和甲状软骨。

"舌骨和甲状软骨没有骨折。"大宝说道，"奇怪了，加上颈部皮肤没有损伤，可以排除是扼死和勒死、缢死之类的机械性窒息死亡。口鼻也没损伤，可以排除捂死。"

"那还剩下几种机械性窒息的方式？"我一边用手捋着死者的头发，一边问道。

"头上蒙上塑料袋闷死？胸腹部压迫导致的机械窒息？这种杀人方式很难实现，毕竟死者也是个青年男性，是会反抗的。"大宝说，"总不能是哽死这种常见于意外的机械性窒息损伤方式吧？"

"大宝常说一样类型的案件要来一起来。"韩亮插话道，"会不会是体位性窒息？"

"一般体位性窒息的前提都是异常约束体位，所以必然会有约束性损伤。"大宝说，"只可惜，我们现在只有一个头，也不知道他有没有被约束。"

"你们少说了一种吧？"我看了看自己的乳胶手套，说，"溺死也是机械性窒息的一种。"

"溺死多见于意外和自杀，罕见于他杀。"大宝顿了顿，说，"死者会游泳吗？"

孙法医一边记录，一边说："我在现场听说，他好像是会游泳的。他热爱一切体育活动。"

"对啊，用溺死的手段杀人，还是杀一个会游泳的人，这个有点难吧。"韩亮说。

"第一，别忘了咱们办过先下药，再弄下水的案子。"我说。

"可惜了，躯干没找到，毒化好像也不容易做。"大宝哑巴着嘴巴说道。

"第二，碎尸案就一定是他杀？"我说，"这个，我即便是在网络上，也科普过很多次了吧？咱们行内人，更不能先入为主了。"

"这个也是，但是非他杀碎尸案，大多是螺旋桨打碎啊、高坠被阻碍物截断啊什么的，自杀后再碎尸，多数是有一些隐情的。你说一个高中生，能有什么隐情？"大宝反驳道，"他不符合自杀碎尸案件的任何特征。"

我笑了笑，没说话，伸出手去给大宝看，说："你说，这是什么？"

大宝用胳膊抬了抬脸上的眼镜，双眼对焦看了看我手套上的东西，说："树叶。"

"不是，这是水草。"韩亮说道，"这种植物只能在水里生存。"

"这是在死者的头发里择出来的。"我说，"这，正常吗？"

大宝和韩亮同时摇了摇头。

"但我还是觉得不太可能是溺死。"大宝说。

"会不会是被人把头按在水里溺死的？"韩亮问道。

大宝把头颅翻了过来，指着项部皮肤说："项部没伤啊，你等一下，我剃了死者的头发，你再看看头皮上有没有伤。"

说完，大宝拿起手术刀，沿着发根剃除死者的头发。虽然现在很多地方都使用电动剃头刀来剃除死者的头发，但大宝还是习惯使用手术刀。他经常说，用手术刀剃头还伤不着头皮，这才是法医的独门绝技。

随着乌黑色头发的掉落，死者青色的头皮暴露出来，上面居然没有任何损伤，甚至连尸斑都没有。

"枕部尸斑都没有。"我说，"这说明死后不久就被碎尸了。"

"所以，还是溺死？"韩亮说，"那怎么没有蕈状泡沫？"

"头都割下来了，气管不连着肺，怎么会有蕈状泡沫？"我说，"蕈状泡沫是空气和水以及呼吸道内的黏液在肺内搅拌形成的。"

"可是，如果是溺死，呼吸道被刺激，会导致气管内充血，残留的气管内壁可没有发现这样的征象。"大宝说，"你在头发里发现水草没用，死者的口鼻内还有残留气管内没有水草啊！如果他呛了水，最有可能是在喉头皱襞里发现水草啊。"

我觉得大宝说得也有道理，单凭一个头颅、一片水草，判断是溺死，确实武断了。现在咱们能确定的，也就是机械性窒息了。

我点点头，又看了看死者的角膜混浊情况。青乡市公安局法医判断死者是昨天下午到晚间死亡的，这个判断应该没有错。但角膜混浊也只能看出一个大概的死亡时间段，无法进一步精确了。我扶住头颅，让大宝拿起开颅锯开颅。

如果头颅连着躯干，加上尸僵的作用，开颅会比较容易。如今没有了躯干的支撑，圆形的头颅受到开颅锯的压迫，会随意滚动。所以我必须使上很大的力气，将头颅固定在解剖台上。同时，因为开颅锯距离我的手很近，我又害怕开颅锯打滑的时候，碰到我的手指。以开颅锯的锋利程度，一旦碰上，我的手指估计就没了。

在开颅锯的轰鸣声中，在我高度集中精神随时准备撒开手的紧张情绪当中，大宝终于不负众望，打开了死者的头颅。

死者脑组织没有损伤和出血，但是脑内血管的瘀血情况十分严重。取下死者的脑组织，掀起颅底的硬脑膜后，暴露出来的颞骨岩部，也是一片乌青。

"脑组织瘀血，颞骨岩部出血，基本可以确定就是机械性窒息死亡了。"我说，"现在就得找一下其他尸块了，不然我们连死因都搞不清楚。"

"犯罪分子刻画呢？"大宝一边说着，一边缝合了死者的头皮，又将死者断端的颈椎周围的软组织分离开来。

颈椎附近都是韧带，所以分离起来非常困难。大宝一会儿手术刀、一会儿骨锤和骨凿，总算把颈椎断端分离了出来。

"看看工具。"我拿出放大镜，观察断口。

大宝数着数，说："这是从第六和第七颈椎间隙横断的头颅，残留的第六颈椎的椎体上，有很多砍痕。"

"说明不是用锯子锯开的，而是用菜刀之类的砍器硬砍的。"我说。

"而且凶手似乎并不了解人体结构，不知道从椎间隙下刀。"大宝说。

"你可拉倒吧，就是了解人体结构，也没办法那么准确地下刀。"我说，"除非是干我们这行的，或者是屠宰行业的。总之，目前这种情况，只能说明凶手在死者没有形成尸斑的时候，就能够获取菜刀，说明他有单独、隐蔽的空间可以分尸，说明他不具备解剖、屠宰这些专有技能，是个普通人。"

"说了和没说一样。"韩亮嬉笑道。

我耸了耸肩膀，说："如果真的是溺死的话，还好说，溺死的地点，也就是有水草的水塘，和凶手获取菜刀、分尸的地点很近，如果很远的话，尸斑就该形成了。"

"可是并不能确定他就是溺死的啊。"大宝说。

我沉吟着点了点头。

正在这时，一阵刺耳的刹车声在解剖室外响了起来。

"神哪！就这么对我的车？说了不要总踩死刹车！"韩亮叫着跑出了解剖室。

在解剖前，陈诗羽觉得只解剖一个头颅，并不会发现太多的线索，所以要了韩亮的车钥匙，说是去配合当地警方在附近寻找剩余的尸块。这时候陈诗羽把车这么猛地开回来，看起来是有好的消息了。

果然，陈诗羽一头汗水地跑进了解剖室，和冲出去的韩亮差点撞个满怀。

"小羽毛！你不要毛毛躁躁的！我都说过……"韩亮正准备指责陈诗羽，却被陈诗羽挥手打断。

陈诗羽跑进了解剖室对我说："赶紧的吧，油罐车的停车场，尸体的躯干找到了！"

"哦？那是好事啊！我估计就快要破案了。"我笑着说道。

"不仅是这样，躯干的旁边，还有另一具尸体！"陈诗羽大声说道。

3

韩亮的车在夕阳之下飞速行驶着。

"我们是以发现头颅的蜂箱现场为中心，向各个方向扩张搜索的。"陈诗羽坐在副驾驶上，用纸巾擦着额头上的汗珠，说道，"因为分析犯罪分子是开车运输尸块嘛，所以主要是在能和现场连通的道路附近进行搜索。我负责的是西北方向的搜索任务，但是躯干是正西方向他们组发现的。我真挺佩服他们的，不知道他们是怎么发现的。"

"是啊，在油罐车里面，这怎么也想不到啊！"我也由衷赞叹道。

刘三厦副支队长亲自负责对正西方向道路两侧进行搜索。他们组搜索到一处停车场的时候，发现了问题。

这一处停车场是油罐车的专用停车场，里面横七竖八停了十几辆加长的油罐车。用其他侦查员的话说，在刑事技术岗位上奋斗一辈子的老刘支，一走到停车场边，就闻着味儿了。用刘三厦副支队长的话说，他是注意到了十几辆油罐车的顶盖，只有一辆车的盖是开着的。而且，顶盖的周围还有苍蝇围绕，他就觉得不对劲了。

不管怎么说，刘支走到了停车场边，看了看，就径直走了进去。他安排了一名年轻刑警，从油罐车的铁梯子爬上了罐顶，从顶盖往里一看，果然看到了一具尸体。

这个停车场没有人看守，但是有一个岗亭，是供轮值油罐车驾驶员晚上住宿的地方。刘支废话不多说，拿着警官证就跑到了岗亭里，看到里面一个油罐车驾驶员正在打游戏。经过询问，停车场值班是轮班制，这个驾驶员早上来接班的时候，昨天晚班的值班人员不在。人可能提前走了，或者根本没来，这种事情也经常发生，毕竟按照现在的要求，油罐车开回来的时候，都已经卸空了，也不怕有人偷油。所以，这名驾驶员也没当回事。这一天当中，陆陆续续有驾驶员接到任务开车出去拉油，并没有什么异常。

刘支队先是询问了值班流程，和昨晚司机的情况。昨天下午五点，夜班当值司机孙萧，准时来到岗亭接班，并签到。按照流程，孙萧应该在当晚检查所有返回停车场的油罐车，确认油料已经卸完，就没事了，直到第二天早晨接班人员来接班。

得知此情况后，刘支队要来了孙萧的电话号码，并且拨打。没有想到的是，电话居然在油罐车内响了起来。

原来油罐车里的尸体，居然不是中学生梁明宇！

尸块没找到，又来一起案件，这可让人受不了。于是刘支队让刚才那名年轻刑警拿着警用手电再次爬到了车顶，照射油罐内查看情况。这一次，年轻刑警看清楚了车内的情况，那里明明有两具尸体，其中一具，居然没有头颅。

难道是孙萧杀死了梁明宇，然后在藏尸的时候也意外地在油罐车内死亡了？刘支队这样想着，居然还有这样天上掉馅饼的事儿？

刘支队正准备安排人员下到油罐车里把尸体拖出来，却被值班驾驶员拦住了。据说，这种石脑油油罐车卸油之后，油罐内会遗留有苯。如果罐内苯的浓度超标了，人下去就会有中毒的风险。所以按照操作规程，检查油罐车，不能下去，而必须下去清洗油罐的话，都是要求戴防护设备的。

幸亏有值班驾驶员的提醒，不然不知道会引发什么后果，这把刘支队吓出了一身冷汗。于是，刘支队一方面要求各搜索组向停车场聚拢，另一方面安排刑警支队办公室去采购防护装备。

陈诗羽得知了这一消息，于是开车先回来通知我们了。估摸着，等我们赶到停车场的时候，尸体也就弄出来了。

一路上，车上的程子砚都在研究地图，说："停车场的这个位置，和蜂箱的位置是一条路上的，我估计将两点连线并延长，犯罪分子就距离这儿不远了。"

我没有说话，心中有说不清、道不明的担忧。

很快，停车场到了。此时的停车场，已经被警戒带围了起来，虽然外围有几个围观群众，但是停车场里站了二三十名警察，想看清里面的情况，也是不可能的。

我们下了车，钻过了警戒带，走到一辆油罐车的后方，两具尸体已经被移了出来，平放在地面上铺设的塑料布上。

我们看见一名痕检员，戴着防毒面具从顶盖里爬了出来，然后顺着铁梯子，跳下了车，走到我们的身边，蹭了蹭身上的油污，说道："里面环境太差了，看不清，周围有大量油污，所以几乎没有希望提取到有用的痕迹线索。"

"林涛呢？"我问道。

痕检员指了指油罐车，说："在里面呢。"

"你把他一个人扔里面了？"我瞪大了眼睛，问道。

痕检员不明就里地点了点头。

话还没说完，果然看见戴着防毒面具的林涛的脑袋从顶盖冒了出来，说道："人呢？你们人呢？"

"都在这儿，别怕。"我忍俊不禁，说道。

"我还是出来吧。"林涛爬出了油罐车，说，"反正里面也找不到什么痕迹物证了。太黑了，吓得我起了一身鸡皮疙瘩。"

我笑着摇头，蹲在缺失了头颅的尸体旁边，拉开了盖着尸体的白布。根据之前发布的寻人启事，从尸体胸口的一块胎记来看，显然这具尸体就是梁明宇了。

尸体上黏附了一些油污，但是并不影响检验。我和大宝从颈部开始，对尸体进行了初步的尸表检验。

"死者双手掌缺失。"大宝叹了口气，说，"不在油罐车里面吗？"

林涛摘下防毒面具，说："没有，肯定没有。"

"还得找。"大宝摇了摇头。

"死者就穿着一条短裤，似乎还有点潮湿。"我捏了捏尸体上唯一的衣物，说道。

"你还是觉得是溺死？"大宝走到死者断裂的颈部旁，说，"气管断端在这里呢，你看看，有没有泡沫？"

"没有。"我看了一眼，有些失望地说道。

"肯定不是溺死。"大宝说，"死者全身没有任何损伤，也没有约束的痕迹，我真的不知道他是怎么窒息死的。"

"不要紧，解剖开来看看，说不定能找到答案。"我说，"死者的双足还在，脚指甲有青紫的征象，进一步印证是窒息死亡了。不过，凶手这碎尸的手段，挺有意思啊，割头、切手。"

"是啊，一般碎尸的原因，是方便抛弃尸体。可是他这种碎尸方法，似乎对抛弃尸体的方便程度并没有多大的影响啊。"韩亮说，"感觉，他割头是怕人认出面容，切手，是怕从指纹找到尸源。"

"什么年代了，不知道DNA认尸最快捷吗？"大宝说。

"可是他无法破坏DNA啊。"韩亮说，"他可能觉得把尸块放在这些地方，时间长了不被发现，腐败了，就检测不出DNA了吧。"

"反正凶手的心理状态，我们是能看出来的，他就是怕尸体被人发现，从而迅速找到尸源。"我说，"这一点，恰恰证明了凶手一定是死者的熟人。"

"调查到目前，还是没有发现矛盾点。"刘支队说道。

"不一定是矛盾点。"我沉吟了一句，说，"来，再看看孙萧的尸体。"

其实此时大宝已经在看孙萧的尸体了，听我这么一说，连忙说道："死者穿着驾驶员工作服，衣着完整，无异常状态，随身物品都在兜里，也无异常。嗯，他的右侧上臂衣服上，有血迹浸染。"

"可是他身上没有开放性创口吧？"林涛现在对法医专业用语已经掌握得很熟练了。

"所以这么多新鲜的、沾染的血迹，肯定是死者的了。"大宝说道，"真的是自产自销①吗？"

"身上没有损伤吗？"我一边拿起死者的右手，一边问道。

"没有，什么损伤都没有。"大宝答道。

我将死者微微蜷缩的右手五指掰开，看着他的拇指，继续问道："你有没有觉得，死者的面色不太一样啊？"

"面色很严峻？"大宝一脸茫然。

"什么严峻！"我白了大宝一眼，说，"面色潮红。"

"面色潮红？那是喝多了酒？"大宝说，"可是没有酒味啊，就一股说不清、道不明的味道。"

"那是苯的味道。"我一边眯着眼睛看着死者的右手拇指，一边科普道，"苯这个玩意儿，还是挺厉害的。如果在密闭的环境中，达到了足够浓度的苯，人一旦进入，就会立即出现和喝多了酒差不多的反应，头痛、眩晕、耳鸣、嗜睡，甚至出现呼吸中枢麻痹、谵妄和幻觉。这时候如果不立即脱离高浓度苯的环境，就会进入神志模糊甚至昏迷的状态。最后，苯会作用于心脏，导致心律失常、室颤甚至死亡。同时呢，也会出现面色潮红、血压下降、心悸、腹痛、呕吐、咳嗽等体征。当

---

① 自产自销：是警方内部常用的俚语，意思就是杀完人，然后自杀。

然，如果浓度足够高，甚至可以发生'闪电样'死亡①。"

"是啊，苯还是挺可怕的。"大宝接着说道，"即便是低浓度的慢性中毒，也有可能导致再生障碍性贫血或白血病。"

"那我刚才……"林涛瞠目结舌地指了指油罐车。

"你戴了防毒面具，怕啥？你不会英年早逝的，放心。"陈诗羽抢话道。

"那是，我连对象都还没有呢。"林涛偷偷看了一眼陈诗羽，说道，"不过，刚才他们好像测了测油罐车内的苯含量，并不是很高。"

"你别忘了，我们发现的时候，油罐车的罐顶是开着的，这么长时间了，会散发掉不少的。"韩亮说，"难道是他想把梁明宇的尸体藏在油罐车里的时候，自己却中毒了？"

"我已经提取心血了，这个结论很快能出。"大宝说，"从尸体表面看，确实是没有损伤和窒息的征象。"

"林涛，你看看这个人的手指，什么情况？"我终于停止了观察，把死者的拇指转了个方向，给林涛看。

林涛蹲下身来，眯着眼睛看了半天，说："哟，这个人的右手拇指怎么没指纹？"

林涛用随身的小刷子刷了刷死者的拇指，拇指上沾染的油污瞬间被刷掉了一大块。林涛又捏了捏死者的拇指说："哦，原来是个肉色的创可贴啊。"

说完，林涛用力一拔，一个裹成帽状的创可贴被拔了下来。

"嚯，这个肉色的创可贴，被油污污染了，居然没看出来。"我说。

"这人的拇指指腹上，有一大块很深的擦伤啊。"林涛说，"指纹暂时没了！"

人体的指纹，是终身不变的，即便皮肤受到了损伤，等愈合后，依旧会呈现原来的指纹形态。可是，这个人的指腹损伤是新鲜的，新的皮肤没有长出来，所以也是看不出指纹形态的。

"故意伤了手指，抹掉了指纹？"刘支队插话道，"那可就好解释了，知道自己留下了指纹，所以故意毁坏了指纹，那不是他干的，还能是谁干的？"

我沉思了一会儿，说："我觉得，不太合理啊。如果他知道自己留下了右手拇指的指纹，为什么不去现场直接抹掉呢？非要伤害自己，这不是说不通吗？"

刘支队觉得我说得有道理，点了点头，皱着眉头在思考。

---

① "闪电样"死亡：意指在数秒钟内突然昏迷，呼吸和心跳骤停的中毒死亡。

"林涛，"我转头看向林涛，说，"这样的损伤，还有希望比对血指纹吗？"

"我可以试一试。"林涛说，"认定，肯定特征点不够，但是要做排除的话，说不准是够的。"

我又问身边的主办侦查员，说："对于孙萧的调查，有什么进展吗？"

"没什么有价值的线索，但可以肯定，他和梁家没有任何瓜葛，肯定是互相不认识的。"主办侦查员回答道。

"那就行了，不应该是他作案。"我说，"根据我们对凶手的行为分析，凶手害怕死者的身份被发现，所以凶手和死者一定是熟人。"

"是啊，说不定这个孙萧的右手拇指损伤，不过就是个巧合。"大宝说。

我点了点头，说："至于孙萧为什么会死在这里，和死者的死亡有什么关联，等尸检之后才能确认。"

夜晚时分，经过一整天奔波的我们，早已经疲惫不堪。但是关于这一起案件，我们似乎还没有发现什么有力的抓手，所以我们不能休息，只能挑灯夜战。

为了尽快搞清楚孙萧的情况，我们决定先对孙萧的尸体进行检验。

尸表检验和现场尸检的情况几乎是一致的，孙萧除了他右手拇指的损伤，全身就看不到第二处损伤了，衣着和随身物品也是完好的。唯一不同的一点，就是我们在死者的腰背部，发现了大片的鸡皮疙瘩。

尸体上发现鸡皮疙瘩，对于法医来说并不罕见。在很多冻死的尸体上，法医都会发现有鸡皮疙瘩存在。另外，由于细胞的超生反应[1]，如果死后不久，尸体就被放入冰柜保存，也会出现死后鸡皮疙瘩的表现。

然而本案中，炎炎夏日，当然不会是冻死，尸体也没有被放入冰柜，不会出现超生反应。那么，他身上的鸡皮疙瘩是从哪里来的呢？

"无头尸是梁明宇，孙萧袖口的血是梁明宇的。还有，理化实验室确定了，孙萧心血中检出苯的成分，可以确定死者有苯中毒的过程。"陈诗羽接完了电话，从解剖室外走了进来，对我们说道，"你们在看啥？"

---

[1] 超生反应：指躯体死亡后，构成人体的组织、细胞和某些器官仍可保持一定的生活功能，对刺激能发生一定的反应。比如在断头后一分钟可以看到眼球运动；在死亡后两小时，肌肉受到机械刺激还会有所收缩。

"鸡皮疙瘩。"大宝说，"我知道了！人不仅仅是冷的时候，会出现鸡皮疙瘩，在出现情绪剧烈波动的时候，也会出现。"

"比如特别肉麻的时候，鸡皮疙瘩掉一地？"韩亮打趣道。

"对，大宝说得对。"我说，"因为情绪过于激动，循环加快，导致苯中毒程度加剧，进而出现了急性苯中毒的症状，在短时间内，失去意识。因为没有脱离苯的环境，最终中毒致死。死亡时，因为类似于尸体痉挛的原理，鸡皮疙瘩被保存了下来。"

"情绪激动，又是在油罐车内……"韩亮沉吟道，"结合之前的调查，他们的流程是每天晚上要查看油罐车内的情况……啊，我知道了。"

"孙萧查看油罐车的时候，发现车内有异物。"大宝抢着插话说，"可能他觉得事情不妙，一时慌乱，甚至都忘记穿上防护装备，就进入了车里。因为车内没有光线，靠着一个手电筒也看不清全貌，所以孙萧甚至去摸了一下尸体，导致血液浸染到了他的右手袖口上。他发现是一具无头尸的时候，当然会过度惊吓，进而昏迷和死亡了。"

"什么昏迷和死亡？"林涛这时候也从解剖室外走了进来，说，"指纹比了啊，看我水平多高！被破坏的指纹都给我找出不同特征点了！那枚血指纹不是孙萧的。据DNA室说，血指纹的血也是梁明宇的，不是孙萧的。"

"现在看起来，大宝说的是对的。"我说道。

因为搞清楚了孙萧的情况，我有些庆幸。但是因为排除了孙萧的嫌疑，我又有些担忧。

"这样看来，孙萧是个无关者了。只是他发现尸体后，没能来得及报警，就中毒身亡了。"我惋惜地摇摇头，说，"如果他不擅自违反规程下去查看，他也不至于把命丢了。"

"是啊，死得好冤。"韩亮说。

"哦，我刚才测了尸温。"我说，"大致推断孙萧的死亡时间是昨晚十点。"

"也就是说，凶手在十点之前，就已经把梁明宇的尸块扔进油罐车了。"大宝说，"还有，尸体的手掌去哪里了？手掌不像躯干那么大，我们该去哪里找？"

"那不是我们的事情。"我说，"现在我们的首要任务，就是搞清楚梁明宇的死因，说不定，死因搞清楚了，案件也就搞清楚了。"

4

梁明宇的头颅被我们从冰柜中取了出来，和躯干拼在一起，断口完全吻合了。

"死者只是手掌缺失，手腕都还在。"我说，"这样看起来，真是连一点约束伤都没有，更不用说其他损伤了。"

"好歹是个有钱人家的孩子，会穿着一条短裤到处跑吗？"林涛插话道，"衣着有问题。"

"你不会和老秦一个观点吧？"大宝说，"游泳溺死的？"

"可这就是裤衩而已，又不是游泳裤头。"陈诗羽说道。

"游野泳？"韩亮说完，让我拿一把止血钳，在死者的皮肤上刮一下。

我一脸疑惑地照做了，没想到这么一刮，尸体皮肤上居然出现了一条白色的印记。

"这是啥意思？"大宝也同样疑惑。

"不知道了吧？"韩亮哈哈一笑，说，"我小时候啊，住在农村，那时候夏天最大的乐趣，就是放学后和小伙伴们去水塘里游泳。可是，现在我们都知道，游野泳是非常非常危险的一件事情，家长当然是要坚决杜绝的。但是我们游完泳，晾干了才回家，家长怎么才能知道呢？我的这个办法，就是家长的土办法。用指甲在胳膊上一刮，如果起了这种白色印记，就说明是去游野泳了，那等着我们的，就是一顿胖揍。"

"有一定的道理。"我沉吟着，"游野泳和游泳池游泳不一样，水不干净，会在皮肤表面覆盖细密的泥土薄膜层，这么一刮，就暴露了。"

"所以，他真的是游了野泳啊？"大宝问道。

"不管是不是游野泳，我觉得他十有八九是入了水塘，衣着也符合。"韩亮说。

"不会是溺死的。"大宝一边说着，一边麻利地切开了死者胸腹部的皮肤，切开了肋骨，取下胸骨，然后从躯干部的气管断口处分离，将整个胸腔脏器掀出了胸腔。整个动作一气呵成。

"我给你们看看是不是溺死的。"大宝用剪刀剪开了气管的一部分，气管内壁光滑、干净，没有充血的迹象，也没有泥沙和水草，更没有液体冒出、没有蕈状泡沫出现。

确实，从死者的呼吸道情况来看，是可以排除溺死的表现的。

"会不会是干性溺死啊？"我说，"或者是急性呼吸窘迫综合征？"

"别忘了之前我们就看了死者的喉头，死者的喉头没有水肿的迹象，你说的ARDS，不仅应有水肿，还应该有呼吸道少量泡沫的。至于干性溺死，那多数是凉水刺激导致的声门紧闭。这个天气，不太对吧？这两种，都不符合吧？"大宝一边说着，一边已经打开心包，取下了心脏。

溺死的尸体，有很大一部分左右心的颜色不一样。可是，梁明宇的心脏内并没有发现明显的异常。

"你看，是不是所有尸体征象，都不支持溺死？"大宝说。

大宝说的是事实。

"那你们说的机械性窒息，哪里来的？"林涛说，"我记得你们曾经说过，猝死征象和窒息征象一样吧？会不会是猝死？"

我摇了摇头，说："第一，死者的内脏器官看起来都很正常，他也不属于猝死的高危年龄人群。第二，眼睑球结合膜出血点、颞骨岩部出血这些窒息征象，就是窒息征象，不是猝死征象。窒息肯定是窒息，只是我们还没找到窒息的点。"

解剖室里陷入了沉默。

我突然想起了什么，用手掰开死者的气管，说："大宝，把气管继续往下剪，一直剪到支气管分叉处。"

大宝拿起了剪刀，顺着刚才的气管剪开口，继续往下剖开气管。当剪刀尖接近支气管分叉处的时候，大宝突然叫了起来："哎呀，哎哟，我的剪刀碰到东西了！真的有东西！"

"什么东西？"我对大宝的一惊一乍感到哭笑不得。

"别急，别急！"大宝放慢了剖开气管的速度，他用剪刀慢慢地剪开气管软骨，一直到分叉的部位，然后轻轻地掰开了气管，暴露出气管分叉处的气管内壁。

一团黑油油的东西正堵在气管的分叉处。

"哽死？"我叫了一声，说，"大宝，居然给你说对了，是意外哽死？"

"我没说对，我之前只是说不太可能是意外死亡后碎尸。"大宝沮丧地说道。

我洗干净手套，然后小心翼翼地从剖开的气管分叉处拿出那一团黑油油的东西，放在托盘上，用细水流冲洗干净。

托盘里，居然是一条小鱼！

"活鱼哽死。"我说，"正常情况下，不可能囫囵吞下一条鱼，吞下的也不会是没烧熟的鱼。即便是囫囵吞一条生鱼，也不至于会厌部失效，而呛入气管内。所以，这一定是一起极为罕见的活鱼哽死事件。"

"你说的是啥意思？"林涛问道。

"意思就是，死者在游泳的时候，被一条活鱼钻入口腔内。"我说，"因为是活鱼在活动，所以一时间死者的闭气意识被搅乱，导致少量的水呛入的同时，活鱼也钻进了气管里。这条鱼不大，但是足以在气管分叉处堵塞气道，导致死者机械性窒息死亡了。"

"活鱼哽死，那肯定是意外事件了。"大宝说，"没有人能够用这种方式来杀人。"

"而且，活鱼哽死，肯定是游野泳了，我说得对吧？"韩亮说，"没见过哪个游泳池里有小鱼吧？"

"游野泳，被活鱼哽死，那是死者自己的问题啊，为什么要碎尸呢？"陈诗羽问道，"难道凶手是个变态？"

"变态的话，不可能那么刻意地只切下能识别身份的头颅和手掌。"我说，"不过，这也很好解释，允许或者怂恿死者去游野泳的人，怕担责任。"

"游野泳，谁知道是谁的责任？"陈诗羽说，"调查情况显示，当天梁明宇去了哪里，和谁一起玩，都不知道。出了这样的事情，一走了之呗，不管是不是荒郊野外，总之在一个水塘里死了，谁能知道是谁怂恿他去游野泳的？"

"对啊，小羽毛说得有道理。"韩亮凑近了小鱼，看了看，说，"这是草鱼的鱼苗。现在正是一些鱼塘广撒鱼苗的时候。你想啊，如果梁明宇不是在野外水塘里出事的，而是在某人的鱼塘里出事的，那这个人是不是就脱不开干系了？"

"对啊！鱼塘！"我有些兴奋地说道，"韩亮，你确定这是鱼苗吗？"

韩亮点了点头。

我说："确实，如果在野外的水塘里，鱼本来就少，发生活鱼哽死的概率更是小！但如果在刚刚撒过鱼苗的鱼塘里，小鱼的密度就会相对高上很多倍，发生活鱼哽死的概率也就相应增加了很多倍。而且，最重要的是，这就能解释所有的问题了。为什么游野泳出事，责任人也要分尸藏尸，为什么责任人那么容易、那么快就能取得分尸工具来分尸，以及为什么能在事发地点很近的隐蔽场所进行分尸。"

"知道了，找和梁家有关系的鱼塘主就行了，反正我们有血指纹可以进行甄别。"陈诗羽信心满满地说道。

"别忘了，尤其是曾经有养蜂经历的人、有交通工具的人，就更加可疑了！"我提醒道。

次日清晨的专案组会议室里，各调查小组都已经调查完毕，收队了，信息在专案组会议室里汇总。

因为有了具有明确指向性的侦查方向，所以调查起来并不困难，现在已经有两名重点嫌疑人浮出了水面。

其中一名犯罪嫌疑人叫杜风，是个鱼塘主，曾经有过养蜂的经历。他和梁家唯一的关联，就是他的儿子是梁明宇的同学。杜风今年三十五岁，高中文化，平时为人忠厚老实，妻子在城里一家纸盒厂打工。儿子杜亮亮十六岁，和梁明宇是同班同学。有意思的是，在上个学期，梁明宇和杜亮亮是最好的朋友，整天在一起玩。可是就在三个月前，梁明宇突然和杜亮亮形同陌路，甚至连见面都不打招呼了。还有一个同学提供证言，说杜亮亮上学期曾经去找梁明宇吵了几句。两个小孩之间是不是有什么矛盾了，这个不好说。只是现在侦查方向却直接指向了杜亮亮的父亲杜风的鱼塘，这就有些意味深长了。所以现在还有民警正在深入调查梁明宇和杜亮亮从好朋友到陌路人的具体原因。

另一名犯罪嫌疑人温向前也是个鱼塘主，没有养蜂的经历，但是通过缜密的调查，发现温向前的鱼塘隔壁，曾经住过养蜂人。他和梁家的关系复杂一些，他的父亲和梁明宇的父亲曾经是对越自卫反击战的战友，算是生死之交了。温父去世后，梁明宇的父亲一直在资助温向前承包目前的鱼塘。温向前今年三十岁，初中毕业以后，因为成绩太差，就辍学了，开始了养鱼贩鱼的生意，因为有梁家的支持，所以生意做得不错，也算是丰衣足食了。温向前这个人虽然小时候学习成绩不好，但是周围人对他的评价都很好，说他比较守规矩、讲义气，助人为乐。他和梁家并不经常走动，在前期调查中，也没有什么特殊性引起警方的注意。

"所以，这两个人其实都有嫌疑。"陈支队摸着下巴，思考着。

"我们不敢打草惊蛇，就没动他们。"侦查员说道。

"如果一起动呢？"陈支队问道。

"经过侦查，两个人平时也不住在鱼塘附近，都住在市里。此时，可以确定两个人都不在家。两人都有车，车都开走了，连车辆勘查都没办法进行。"侦查员说，"杜风是去走亲戚了，温向前为做一些其他的渔具买卖，进货去了。"

"你们是害怕，进去抓不到人，惊动了这两个人的家属，通风报信后，让嫌疑人逃走，就不好抓了？"刘三厦副支队长说道。

侦查员点了点头。

"既然不住鱼塘附近，我们可以去他们的鱼塘看看。"我说，"这两个人互相认识吗？"

侦查员又摇了摇头，说："肯定是不认识的，毫无交集。"

"那就行。"我说完起身，对陈诗羽道，"我和林涛、子砚去温向前的鱼塘看看，你们三个去杜风的鱼塘看看。如果能找到他们平时在那里生活的时候留下的右手拇指指纹，一切就都结了。"

我们三个人坐着市局孙法医的勘查车，到了温向前管理的几亩鱼塘的旁边。

"喂，老秦，为什么每次分组，你都要和我一组？你对我是不是有意思？我对你可没意思，我其实想跟韩亮那一组。"林涛在车上嘀咕着。

我笑着摇摇头，说："你不是想和韩亮一组吧？"

说完，我瞥见程子砚有些窘迫的表情，连忙收住了话题。我们坐在车上观察了一会儿，发现这附近确实没什么人，于是下了车。

几亩鱼塘，听起来似乎没什么，但是到了实地，发现还是挺大的。我们绕着鱼塘走着，希望能看到一些浮在水面上的异物，可是，鱼塘的水面上，除了一条破旧的小船，并没有其他发现。

鱼塘附近，没有可以住人的地方，但是有一个砖砌的小房间，门上了锁。我眯着眼睛向内看去，里面有一些渔具和其他工具。估计这就是平时养鱼所要用到的一些普通工具的储藏间吧。

我一转脸，看见鱼塘一角的杂草之中，似乎有一根绿色的尼龙绳，于是走了过去。

正在这时，林涛的手机铃声响了起来。

"喂，你们那边有指纹吗？"大宝的声音从手机里传了出来。

"哪有指纹？这里连个生活用品都没有。"林涛说。

"我们这里发现了。"大宝说，"这个鱼塘中间，有个平时可以居住的小房子。里面有个茶壶，上面找到了右手拇指的指纹。"

陈诗羽他们组，有一名市局的痕检员跟随，拍了茶壶上的清晰指纹，通过警务通传了过来。

那枚血指纹的特征点，林涛已经烂熟于胸了，所以也不需要比对，此时的他一手拿着警务通看指纹，一手拿着电话，说："你确定这指纹是杜风的吗？"

"那我可确定不了。"大宝说，"只能说，从我们这边的勘查来看，这间小房子，只有一个人经常居住，生活用品都是一个人的。既然杜风是鱼塘主，那肯定就是他了。"

"可惜啊，指纹特征点完全对不上，可以果断排除了。"林涛先是神色黯淡了一些，随即眼神又明亮起来，说，"难道说，咱们看的这个，才是真正的分尸现场？实在不行，我把工具房的锁给开了，找找指纹。"

"似乎不用了。"此时我已经拽着绿色的尼龙绳，把一个沉在鱼塘里的虾笼子给拽了上来。

虾笼子里，居然塞着几件衣服。

"这不就是一开始梁氏夫妇散发的寻人启事中，所描述的衣着模样吗？"林涛惊喜道，"死者的衣服在这里被发现了，还能怎么狡辩？"

说完，林涛举起挂在脖子上的相机，对现场进行拍摄固定。

"可不仅仅是衣服啊。"我说完，打开了勘查箱，拿出乳胶手套戴上，然后拆开了虾笼子，把里面的物品全都捧了出来。

衣服的中间，包裹着两只已经泡得发白的手掌。

"死者的手！"林涛几乎跳了起来，说，"是不是可以通知他们抓人了？"

我点了点头，说："既然和梁家、鱼塘、养蜂有关系的，只有这两个人，而这两个人又互相不认识，那么，栽赃嫁祸的可能性就小了。现在抓了温向前，就知道他的这种藏尸手法，究竟是出于什么心态了。"

温向前是在省城被青乡警方和龙番警方联合抓获的，抓获的时候，他正躲在一家小旅馆里，打探这一起碎尸案件的动向，并不是在所谓的进货。

抓到他时，温向前就在不断地重复一句话："我没有杀他！"

虽然在审讯开始之前，血指纹已经和温向前的右手拇指指纹认定同一了，在温向前的轿车后备厢里，也找到了没有被清洗干净的梁明宇的血迹，但是毕竟不是温向前故意杀人，所以他在被捕后，为了争取宽大处理，对于警方的审讯非常配合，可以说是有问必答、态度诚恳。

温向前比梁明宇大十二岁，虽然不能说是带着他玩大的，但是两个人脾气相投，关系一直很好。梁明宇小的时候，就喜欢各种刺激的运动。他十岁的时候，温向前送给他一个滑板。梁明宇玩了没几天，就摔了，好在只是关节扭伤，并没有大碍。可是梁氏夫妇不乐意了，他们痛斥了一顿温向前，告诫他以后不准送这种带有危险性的玩具。

对梁氏夫妇，温向前是心存敬畏的。不仅仅因为他们是自己的恩人，又有长期的资金帮助，更是因为梁氏夫妇为人严谨，威信极高。

可是，喜欢刺激的梁明宇可不甘被约束，所以在小时候，就经常要求温向前带他去游泳池学游泳。熬不过梁明宇的执拗，温向前就在他十四岁的时候，带着他去学游泳。可是毕竟游泳池人多眼杂，这刚刚学会游泳，就被人"告发"了。于是，温向前又是被斥责了一顿。这一次，梁氏夫妇给温向前下了最后通牒。

"明宇是我们梁家的独苗，要是再让我发现你们进行危险活动，我们就不要来往了。"梁明宇的父亲怒气冲冲地说道。

为了证明他自己说的事情属实，温向前还举了个例子。梁明宇曾经告诉温向前，自己上学期有个志趣相投的好朋友叫杜亮亮，两人经常一起玩。结果有一次在踢球的过程中，杜亮亮一个飞铲，把梁明宇铲倒，导致其肌肉拉伤。梁氏夫妇得知后，原本准备去找杜亮亮算账，后来在梁明宇的哀求下作罢。但是作为交换条件，梁明宇以后绝对不准再和杜亮亮一起玩。为了让自己的父母不去找杜亮亮的麻烦，梁明宇于是只能信守承诺，突然转变对杜亮亮的态度。开始杜亮亮的反应还很激烈，后来慢慢地也就淡了。

可是，再严格的父亲，也很难管束住青春期的儿子。梁明宇经常瞒着父母，去城郊的龙番河里游泳。后来被温向前看见了，出于好心，温向前让梁明宇以后想游泳了，就去自己的鱼塘游。毕竟，鱼塘比河流要安全多了。一来水不是很深，二来没有什么水草藤蔓之类有可能缠住脚的植物，三来有温向前在一旁看着。不过，因为梁明宇父亲的严厉，温向前可不敢再次冒犯。即便是出于好心，他们的这些行动也都是处于地下活动的状态。

案发当天，天气炎热，正好赶上中考，梁明宇的学校是考场，所以放假。这种炎热的天气，梁明宇是必须下水凉爽一下的，于是他又偷偷来到了温向前的鱼塘。这一次，意外发生了。

刚在水里游了十分钟的梁明宇，突然从水里爬上了岸，双手捂着脖子，拼命挣扎，继而摔倒在地，不断地翻滚。

温向前吓晕了，这种表现，似乎是哮喘病发作的模样，可是梁明宇明明没有哮喘病啊！难道是网上传说的"干性溺死"？

温向前上前想去施救，可是不知道如何救护，当他拿出手机，准备拨打120的时候，梁明宇早已嘴唇乌青，没有了意识。

这把温向前吓坏了，他伸手摸了摸梁明宇的颈动脉，已经感受不到动脉的搏动了。他知道，梁明宇是真的给淹死了。

温向前的腿都软了，他瘫倒在梁明宇的尸体旁边，脑海里想过了无数种后果。梁明宇，这个梁氏家族的独苗，以后是要继承过亿资产的人，如今死在了他的鱼塘边。梁氏夫妇，这一对中年得子、视子为此生唯一珍宝的夫妻俩，如果知道了是因为他温向前带着自己儿子游泳导致儿子溺死，会是多么可怕的后果。他恐怕真的是万死也难辞其咎了。

他必须把尸体运走。

没有太高的文化程度，只是看过几部国外刑侦影视作品的温向前一时间不知道该如何处理尸体了，好在他的鱼塘附近平时并没有什么人经过。

想来想去，温向前觉得只要把尸体肢解，分开抛弃，等过几天尸体腐败，警方可能就不知道腐败的尸体是谁了。即便知道尸体是谁，这么残忍的碎尸，一定是仇人干的。那么，梁明宇只是失踪，而不是死亡，他们的交往又是秘密的，梁氏夫妇自然不会想到他这里来。

主意已定，温向前几乎是闭着眼睛，咬着牙，用工具间里的割草刀砍下了梁明宇的头颅和手掌。在他看来，没有了面容和指纹，警方很有可能就找不到尸源。

温向前想过把尸体藏在自己的鱼塘里，但是他看剧知道，因为尸体的躯干和颅骨部分，里面是空腔，那么是有可能会浮上水面的。所以，他把没有空腔的双手掌和死者的衣服，塞到了虾笼子里，扔进了鱼塘，把躯干和头颅放进了自己的车后备厢，趁着夜色，开车去寻找抛尸的地点。

他先是看到了蜂箱，因为曾经和养蜂人做过一段时间邻居，他知道这种土蜂的蜂箱可能一个月就看一两次，等那个时候，头颅早就腐败得只剩骨头了。于是，他从车里找出了自己妻子开车使用的防晒服，套在身上，戴上帽子和口罩，把尸体的头颅塞进了蜂箱。

接着，他又看见了油罐车。那名停车场管理员，居然正痴迷于手机游戏。自己把车开到了油罐车的后侧隐藏起来，那名管理员都没有发现。于是，他扛着尸体爬到了车顶，把尸体扔进了油罐车。

恐怕永远没人会想到，这辆油罐车里面有具尸体吧。温向前这样想着。

"这真是……"陈诗羽听完了案件经过，惊讶地摇着头说，"这种意外明明是可以避免的！只要去正规的游泳池里游泳，怎么会发生这种活鱼哽死的奇葩事情？即便是去游野泳，如果不是他父亲的这种溺爱和管束，他也不至于死无全尸吧？"

"更是把那个油罐车驾驶员孙萧给害死了，太惨了。"大宝补充道。

"犯罪就是犯罪，侮辱尸体也是犯罪。"我说，"还是那句话，不要把犯罪者的罪责加到别人的身上。"

"的确如此，可我越想越觉得这件事情，死者的父母也要负责任。"大宝说，"孩子总是会有调皮的时候的，父母只知道把孩子关在温室里，告诫外人不要带坏自己的孩子，而不是对孩子进行正确的安全知识教育，这样对孩子又有什么好处呢？父母总有老去的一天，不可能永远让孩子生活在自己的庇护下，如果孩子盲从父母，而对危险一无所知，或是为了对抗父母，而故意寻找刺激，那最后受伤的还是孩子，伤心的还是父母啊！"

"也是，溺爱也好，家暴也好，看上去截然不同，其实都是家庭关系变得畸形的体现。"我说，"如果不及时改变这样畸形的关系，很多事情就注定不能挽回了。"

"对了，韩亮，一会儿我们下了高速，直接去许晶家。"陈诗羽在返程的路上，说道，"我刚刚收到史方父母的电话，他们拜托我们做点事儿。"

"你当时把你的联系方式给他们了？"我问道。

陈诗羽点点头，说："当时怕他们忘记了什么重要的事情，就留了电话号码。刚才接到电话，他们说史方和许晶的孩子不知道是不是认生，这些天来一直睡不好觉，每天半夜都会闹两次，两个老人身心俱疲。后来史方的母亲觉得也许是因为孩子身边没有熟悉的玩具，所以想过去找找看，有没有玩偶什么的能带过来。可是去了史方家，发现还是贴着封条，被警方封锁着，所以他们拜托我进去拿两个玩偶带过去。"

"你和市局申请了吗？"我问。

陈诗羽点了点头。

上午十点，我们就到了史方家的楼下，林涛、陈诗羽和我上楼。毕竟是进入警方封锁的现场，多两个人，也算是个见证。

　　我们穿好勘查装备，走了进去，各个卧室看了看，希望能找到毛绒玩具什么的交差。可是非常奇怪，这个既有女人、又有女孩的家庭里，其他什么样的玩具都有，但居然没有看到什么毛绒玩具。

　　"没有毛绒玩具，不行就带这个乐高，或者那个过家家的东西。"陈诗羽说道。

　　我没吱声，仍不放弃地在各个抽屉里翻了翻。

　　主卧室五斗橱的一个柜子原来应该是上锁的，后来在现场搜查的过程中，被民警用家中的钥匙打开了，此时微微开着，没有关闭。我拉开抽屉，发现抽屉里只有一个看起来有些年头的毛绒熊玩偶。

　　"这里有个毛绒玩偶，不过为什么会被锁在柜子里？"我感到很奇怪。

　　"这是啥？小熊公仔吗？"陈诗羽走过来，将玩偶拿起来，说，"这个设计很久没看到了，怎么感觉是我小时候玩的那种玩偶啊？现在的小孩子，不玩这么老土的玩偶了吧？"

　　"倒是挺干净的，不过肯定是有些年头了。"我从陈诗羽手上接过玩偶，捏了捏，说，"不对，这里面有东西。"

　　"有东西？"陈诗羽惊讶道。

　　"我这人很奇怪，不戴手套的时候触觉不灵敏，戴了手套，反而触觉就灵敏了，这就是法医的手感吧。"我蹲下身来，从勘查箱里拿出手术刀片，将玩偶背后比较新鲜的缝线给挑开。

　　"你这算不算随意破坏私人财物？"陈诗羽问道。

　　"大不了再给人缝上。"我说，"法医是'七匠合一'[1]，针线活不算事儿。这个玩偶这么陈旧，只有这一条缝线这么新鲜，我当然得打开看看。"

　　说话间，玩偶的背后已经裂开了一条口子，我伸手将里面的填充物拿了出来。

　　"啧啧啧，你这是解剖上瘾吧？"林涛说，"我现在怀疑你家没有没被解剖过的玩偶。"

　　玩偶洗得很干净，但里面的填充物因为时间长了，都已经破败不堪，很多棉花

---

[1] 七匠合一：当一名好法医，需要掌握很多技能。因为要用锯子，所以得掌握木匠的技能；因为要用骨凿，所以得掌握瓦匠的技能；因为要用取髓器，所以得掌握锁匠的技能；因为要剃头，所以得掌握理发匠的技能；因为保存骨骼要刷漆，所以得掌握漆匠的技能；因为要缝合，所以得掌握裁缝的技能；因为要检验尸骨，所以得掌握考古匠的技能。

已经开始风化，一碰就变成了粉末。

"这就是败絮吧。"我清理掉手套上沾着的棉花絮，说道。

"你是在比喻什么？"陈诗羽陷入了沉思。

"没比喻什么，这个玩偶里有东西。"我说着，就用食指和中指夹出了一个塑料袋。

这是一个透明的塑料袋，有些泛黄，看起来有些年头了。塑料袋也不是现在流行的可以卡住口的塑封袋，而是似乎装过什么物品的透明扁平塑料袋，袋口不能封闭。

"行了，你别再拿了，给我吧。"林涛拿过一个物证袋，把小塑料袋装了进去，说，"别把指纹破坏了。"

透过透明的物证袋、透明的小塑料袋，我们可以看到里面装着的，是一张三寸大小的照片，和一片已经脱水龟裂的花瓣。照片上，是一男一女，穿着二十多年前的服饰，中间有一个扎着双马尾的小女孩，笑靥如花。

"这是不是许晶，啊不，钱梦以及她的双亲啊？这不就是钱大盈吗？"陈诗羽说。

"这么多年的照片，还留着啊？"林涛问道。

"不只是照片啊。"我拿过物证袋凑近看了看，说道，"这花瓣，应该是映山红的花瓣。你看这照片，是在一座大山的中央，背后的景物，就是一大片映山红啊。花瓣已经干巴了，甚至都已经裂开了，说明也有不少年头了。"

"不管怎么说，物证检验要赶紧做了。"陈诗羽说。

法医秦明

VOICE OF THE DEAD

我们家不允许买任何玩偶。

他一直都不太理解这件事。

他这个人，有时候细心，有时候也粗枝大叶。我猜，他或许从没注意到，家里其实是有一个玩偶的，它就锁在那个抽屉里。

那是我小时候的玩偶。每个听着妈妈呜咽声的夜晚，它都陪伴着我。

我感到生气和难过的时候，就把它想象成那个男人的模样，狠狠掐它，打它，对它发泄。但每次打完它，看着它耷拉着脑袋的样子，我又觉得它很可怜。它更像是我的妈妈，就算已经伤痕累累，也永远一声不吭。于是我会紧紧抱着它，抱一整夜。

它是一把通往过去的钥匙，也是我渺小人生的见证。

我的女儿出生后，我从来都没有给她买过玩偶。

玩偶在我的生活里，已经出现得够多了。

说实话，有时候我也会担心自己有产后抑郁。

女儿明明那么天真可爱，但每次看到她的时候，我总是笑不出来。我担心她，越长越大，就会像我变成我妈妈那样，变成另一个我。

那天晚上，我在洗澡的时候，听见女儿醒了，正在哭闹。我着急忙慌地洗完，走出门去，女儿又没有动静了。我看见他坐在床上，在我的床头柜边，抱着女儿，背对着我，手里拿着一个奶瓶。

我有经验，女儿只要一哭闹，就是不愿意喝奶的，而且要哄很久才能哄好。

他怎么能这么快就哄好了？

我刚刚有点儿感动，接着，却看见床头柜上的那瓶安眠药，瓶盖还开着。

那是上次去精神病院时，医生开给我的。

我顿时后背发凉。

是的，他总是说自己工作忙，一回来就只想睡觉。现在，他被女儿吵醒了，所以他就给女儿吃安眠药——她才几岁啊！

我怕吵到女儿，只能压低声音跟他对质，他当然不承认。他说好不容易哄睡了孩子，我又在无理取闹，要是我不放心，就让我拿着奶瓶去化验。

"无理取闹"几个字，扎在我的心里。最近，不管我质问他什么，他都觉得我是无理取闹，没事找事。日子过得越来越琐碎，越来越阴沉。在家里，有时候我们彼此都不说话。那种乌云压顶的感觉，我太熟悉了。

这就是我们的命运吗？

一代又一代的女人，困在无望的婚姻里，挣脱不了，也走不出去，直到变成一个个沉默的玩偶？

不，至少，我要改变女儿的命运。

1

"我就说嘛，我的感觉不会错。"林涛把自己关在痕迹检验实验室里三个小时，午饭都没有吃，此时终于走了出来，走到我们的面前，说道。

"别卖关子了，究竟发现什么了？"我问道。

"塑料袋嘛，载体好。"林涛说，"我在塑料袋上发现了钱梦的新鲜指纹。"

"这是钱梦的东西，上面有她的指纹，能说明啥？"大宝莫名其妙地说道。

"重音不在'指纹'，在'新鲜'！"林涛说，"新鲜指纹啊！我可以大胆推测一下，就在钱梦和史方落水前不久的那段时间，钱梦还拿了它，留下了指纹。"

"你的意思是说，虽然这是个老物件，但它并不是被遗忘在角落里的，而是会被钱梦经常拿出来怀念的东西？"我说。

林涛重重地点了几下头。

"如果真是这样，这张照片，还真是很有研究的价值了。"我说道。

"既然是对钱梦这么有纪念意义的照片，会不会对钱大盈也有纪念意义？"韩亮说，"比如钱大盈就把李茹的尸体给藏在这里了？"

"还真说不准。"我说，"不过，缺乏依据，而且即便真是藏在这里，大山之中，也不好找吧？"

"我去找。"陈诗羽突然走了进来，信心满满的样子。

"你不是去看望钱梦了？"我问道。

"是的。"陈诗羽说，"我陪刘鑫鑫去的，钱梦还是那样，处于昏迷状态。刘鑫鑫就在她的床边，和她说了自己最近做了多少事情，有多少好消息。有些好消息，我也是刚才听说的，现在也分享给你们。刘鑫鑫对赵达的起诉，已经顺利开庭了。法庭认为两人的离婚诉讼，并不一定要以家暴为依据，所以无须先刑事后民事。昨天，赵达已经被以故意伤害罪提起公诉，刘鑫鑫对赵达的离婚诉讼也顺利开庭。律师根据庭审情况预测，胜诉概率超过九成。刘鑫鑫很快就要获得'重生'了，她准备考过司法考试后，就跟着我的师姐做实习律师，希望可以通过自己的能力，来帮助更多和她有一样遭遇的人。"

"她这真是凤凰涅槃啊。"韩亮感叹道，"第一次见到的时候，还是身在泥沼之中，现在一点一点爬出来了。说真的，我很佩服她。"

我看了眼韩亮，见他眼里有光，不知道他的心里有什么盘算，于是转头对陈诗羽说："你让刘鑫鑫告诉这么多好消息给钱梦，是有目的的吧？"

"是的。"陈诗羽笑了笑，说，"我发现钱梦有明显的表情变化，或许她的内心风起云涌，所以已经管理不好自己的表情了。"

"还懂微反应呢？"我说。

陈诗羽点了点头，说："我一直都关注着她的动静。刘鑫鑫说话的时候，她虽然看起来一动不动的，但睫毛有震颤，手指也在不自觉地颤动，甚至当刘鑫鑫说出人生规划的时候，她还悄悄地深吸了一口气。这些，都没有逃出我的眼睛。我可以确定，她就是在装昏迷。现在，我们要立即查清钱大盈的案件，然后打出最后一张王牌，攻破她的内心堡垒，唤醒她。"

"我刚刚接到师父的通知，秋岭市发生了一起抢劫杀人案，案情好像比较明朗，就是嫌疑人还不明确。"我说，"这样，秋岭和森原并不远，我们兵分两路，然后再会合。"

"好啊。"林涛说，"我去森原。"

"行，你和小羽毛去森原，哦，还有子砚，你也去。如果是去大山里找藏尸地点，说不定得用上你的无人机。"我说，"韩亮和大宝跟我去秋岭，出发！"

"说说看，是什么情况？"大宝在路上问我道。

"说是一个在某平台小有名气的带货主播，本身是在家里做直播带货的。今天上午十一点左右，突然给她在上班的妈妈打电话，问家里的哪个下水道不通。"我说，"她妈妈听得莫名其妙，说没有下水道不通啊。说完，她妈妈就反应过来了，是有人谎称修下水管道来骗开大门。所以，她妈妈连忙说不能开门。可是已经来不及了，电话就此挂断。她妈妈意识到不对，无奈上班地点距离她家骑车要半个小时。于是她妈妈一边打电话报警，一边骑车回家。我们的民警最先赶到现场，可是人都已经凉了。"

"骗门进入，那肯定是抢劫杀人了。"韩亮说，"这样的案子，似乎很久没见了。毕竟现在已经没人用现金了，这样入室抢劫，抢不到钱，成本太高。"

"会不会和那个绑在床板底下的案件差不多？"大宝说，"不过那个案子也确实没抢到什么钱，就是拿回了自己送的礼物。"

"既然死者打电话给母亲询问水管的事情，说明她并不认识凶手。"我说，"这两个案子肯定有根本的区别。"

"谁会用这么土的办法去抢劫啊？"韩亮说道，"我猜，是不是坐了很多年牢的人，不知道外面的世界已经发展到不怎么用现金了？"

"思维很发散，但说得有道理。"我说，"即便监狱里面可以了解到外面时代的发展，但如果真的坐了二十年牢，恐怕也想象不出电子支付普及得如此之快。"

"这就要破案了吗？"大宝笑着说道。

"你刚才说，正在直播的时候作案？那岂不是很多人都看到了？"韩亮问道。

"这个情况不了解，毕竟只是案情简报。"我说，"但现在监控颇多，只要进入现场，总是能找到关联的人员吧，所以当地似乎并没有太大的思想包袱，肯定认为这个案子稳稳地能破，就是时间长短的事。唉，看来我们传统刑事技术的地位真的在下降啊。谁还要你的现场重建分析，监控都看得清清楚楚的。"

"要是现场提取不到关键物证，稳稳地能破？可没人敢这样说。"大宝说。

我点了点头，说："还有一个多小时车程，大宝，我们都睡一会儿，说不准这又是一场硬仗。"

如果说发案的时候，当地警方还信心十足的话，经过现场勘查，似乎情况就不那么乐观了。下午三点多，我们抵达命案现场的时候，现场附近租用的临时专案指挥部里，气氛已经变得凝重了。

见我们走进了专案组会议室，秋岭市公安局分管刑侦的副局长干建军热情地迎了上来。

"太好了，太好了，正好有很多疑团未解，你们来了，也能够帮我们分析分析。"干局长热情地和我们握手，然后让市局李汉法医带着我们先去看现场。

专案指挥部在一楼租用的一间空置的门面房里，而现场就在这一排门面房上方的居民楼里。

现场的房屋，大约是二十世纪九十年代初建设的，已经有近三十年的历史了。

那个时候的房屋，没有小区，而是几栋沿街的六层楼房。一楼是一排沿街的门面房，楼上都是住宅，这些住宅的单元门道，就位于那些门面房之间。毕竟是沿街，所以即便是建设在约三十年前，但单元门道还是装有用钥匙开启的防盗门。只是，这些防盗门年久失修，没有物业维护，基本上门锁都是坏的，它的存在，就是摆设而已。现场的这扇单元门道防盗门，毫不意外也是坏的，随手一拉，就可以拉开。

现场的这一栋房子，一共有四个单元门道，每层有十二户。从一个水果店和空置的被临时租用为专案指挥部的这个门面之间的单元门道进去，上到三楼，就看见有三扇大门，其中中间的一扇大门上挂着警方的警戒带，看起来就是现场了。

在上楼的过程中，我们发现楼梯上被痕迹检验部门用粉笔画了很多圆圈，说明楼梯上发现了很多有价值的物证。所以我们都是绕着粉笔画的圈圈，从楼梯的一边，侧身上楼。我们并没有必要像市局痕检部门那样，沿着进入现场的通道来逐步勘查，我们需要先进行中心现场的了解，再去了解外围现场。

"现场是沿街楼的305室，屋内是两室一厅结构。"李法医和当地痕检员小高一边上楼，一边和我们介绍说，"这里虽然不算是什么闹市区，但是附近居民很多，所以这一排门面的生意都非常好。我们之前来这里看现场的时候，都很纳闷，在这么热闹的地方抢劫，实在是胆子够大的。这里人流量大，我们开始认为谁要是在特定的时间点进来，总是会被人看见吧。可是，是我们乐观了，这都调查了三个多小时了，愣是没有一个人对这个单元门道里进出的人有什么印象。就连门口的水果店老板，还有特定时间内在这里买水果的人，我们都通过监控找到了，问了一圈，没一个人注意到有人从单元门上楼。"

"这也很正常。"一名侦查员插话说，"这个单元里住了十五户人家，互相都不太认识，而且大多数是租住的，更换住户的频率也非常快。这个单元门道啊，每天上下的人都是络绎不绝的，所以有人从这里上楼，并不会引起任何人的疑心，自然也就不会有人注意到了。"

"水果店有监控？"我一边穿鞋套，一边问道。

"有啊，可是照不到这个门。"侦查员说，"那是店主为了防止有人偷水果，在门口装的，主要的视野都是店里，连门口的人行道都照不到。"

"毕竟有这么多商户，也是在一条小路边，总是能找到一些有价值的监控吧。嗯，看完现场，你就去专心挖一挖附近的监控。"我穿好了勘查装备，对李法医说："死者是什么家庭背景？"

"哦，这里是有两个死者的。"李法医说道。

"啊？她妈也死了？"大宝惊讶地瞪大了眼睛。

"不不不，是家里死了个陌生的男人。"李法医说道，"哦，我们的第一份案件简报发出的时候，没发现这个男人。后来发现这人钻在被窝里，现在正在调查身份，所以还没来得及报第二份简报。"

"这就有意思了。"我也是吃了一惊。一个命案现场里，除了女主人，还死了个陌生的男人，案情自然比之前预想中要复杂得多。

"那你就先介绍一下女主人吧。"大宝对侦查员说道。

"死者叫作查洋，女，二十岁，高中毕业之后，没有考上大学，上了一所职业技术学院。后来，不知道是什么契机，就加入了直播带货的大军，因为她干得比别人勤奋，又很认真地审查带货货品的质量，所以信誉度比较高，深受网友的信任，因此也有着不错的收入。今年受疫情影响，学校没有开学，她就每天在家做直播。因为大家宅在家里的时间多了，对网上购物的欲望倍增，这无疑给她带来了很好的商机，所以查洋觉得自己今年更要努力工作，多赚些钱。查洋的直播账号名是'洋洋小仙女'，有几十万粉丝呢。"侦查员说道，"我们研究了她的直播账号，看每天直播的背景，就在家里，也没有签约什么直播公司。她每天至少直播六个小时，每天的收入一千元至五千元不等。"

"什么？平均一天三千？那一个月就是将近十万？"大宝的眼珠子都快瞪出来了，说，"一年百万以上收入？"

"没有那么多，还要扣税什么的，但肯定比我们收入要多得多。这种小主播，红得快，过气得也快，如果不在巅峰期努力，过气了也就赚不到钱了。"侦查员被大宝夸张的表情逗乐了，接着说，"虽然她挣得不少，但这都是直播平台给她直接结账到账户的，我们调查了她的账户，里面有五十多万存款，最近并没有大额动账。"

"也就是说，抢劫的迹象不明显。"我说。

"我个人还是觉得肯定是抢劫。"侦查员说，"我干刑侦二十年了，碰见这样骗门入室的，一般都是抢劫。"

"什么性质，我们回头再讨论。"我说，"你继续说她的家庭情况。"

"哦，好的。"侦查员翻了翻本子，说，"查洋的母亲周玉兰今年四十五岁，是秋岭市一个纸盒厂的工人，十年前丈夫患骨肉瘤去世，她是一个人拉扯查洋长大的。现在的这个现场，就是周玉兰丈夫生前分配的职工住房，她们娘俩一直住在这里。周玉兰每天早晨七点半从家出发上班，一直到晚上六点回到家里，做饭。如果查洋在家，中午就是吃前一晚剩下的饭菜，或者点外卖。根据周玉兰的反映，因为查洋这两年赚到钱了，所以娘俩正在商量着去市中心买个改善型的住宅。我们这里房价不高，七八千一平方米，所以她的存款付首付是绰绰有余了。查洋也说过让母亲辞职不干了，快一点进入安稳的退休生活。但周玉兰也知道查洋这种赚钱方式很辛苦，不是长久之计，而自己正值壮年，所以也没有辞职。查洋知道母亲的顾虑，于是最近更加努力拼命地带货，就是想把存款积累到更多，这样就更有说服力去劝说母亲退休了。看起来，她是个孝顺母亲的好孩子。"

"如果买房的事情，被别人知道了，那么别人就会知道她们家有好几十万。"大宝说，"我还在想呢，即便是有人入室抢劫，那肯定也会找好一点的住宅去抢，这种楼房的住户一看就知道没什么钱。"

"不好说，也许凶手认为这附近不像其他小区监控颇多，这里没监控，好下手呢？"韩亮反驳道。

"那也不会找这里，毕竟这下面全是门面房，没天眼，有人眼啊！"大宝毫不相让。

"别急着猜，我们还没看现场。"我指着现场的水泥地面，提醒道，"小高，这个地面载体如何？"

"灰尘足迹没戏。"小高已经勘查过现场了，直接下了结论，随即又说，"不过，地面上有这么多血迹，找找血足迹还是有戏的。"

我从大门口向内张望着，一眼就可以看清屋内的结构。从大门进入后，没有玄关，是一个不大的客厅，客厅的一面墙有两扇小门，应该是厨房和卫生间。另外两面墙，各有一扇门，应该分别对应着两个卧室。

两扇卧室的大门，一扇紧闭，另一扇打开。根据李法医的介绍，主卧室的大门是关着的，目前勘查人员还没有打开进去勘查。次卧室的大门原来是虚掩的，次卧室里有一具男性尸体。

客厅因为面积狭小，所以摆设很简单，只有一张平时吃饭的小方桌。墙上挂着一张一家三口的照片，里面有个五六岁的小女孩，应该就是查洋了。然而此时，查洋侧卧在客厅的地面上，头部周围有一摊血。

"早上几点案发的？"我问李法医。

"我们核对了通话记录，查洋是上午十点五十二分拨通了周玉兰的电话，就问了一句话，周玉兰就意识到事情不对。整个通话时间，嗯，是十七秒，然后通话中断。"李法医说，"然后周玉兰是上午十点五十四分拨通了110。因为楼下这条小路堵塞，我们的民警是跑步过来的，十一点十分赶到了现场，发现大门是虚掩的，查洋已经死在里面了。"

"也就是说，作案过程，只有十八分钟？"大宝说。

侦查员在一旁点点头，说："有人质疑抢劫杀人的性质，但因为查洋这个电话一打，凶手也知道警察就要来了，所以他并没有时间翻动现场，这也是现场翻动不明显的原因。"

"之前呢？"我打断了侦查员对自己观点的坚持，说道，"之前周玉兰和查洋的活动是什么？"

"周玉兰早上七点半准备好早饭，就离家了，一直在工厂做工，这个，调查已经查实了。"侦查员说，"查洋按理说是八点起床，洗漱、吃早饭，八点半开始有两个小时的直播。但直播到十点的时候，她在直播里说自己身体不舒服，要提前半小时下线，下午再开播。"

"穿的什么衣服？"我问。

"啊，我这儿有截图。"侦查员说，"穿的是翻领小西装。"

"可是死者穿着粉红色的连衣裙睡衣，是睡眠状态。"我指了指侧卧在客厅中央的查洋尸体，说道。

"哦，这个正常，里面有个赤裸的男人，我分析是她男朋友，两个人，刚刚那个完吧。"侦查员说，"次卧纸篓里有避孕套，已经送去检验了。"

"所以说身体不适只是骗网友的。"大宝插话道。

我沿着现场勘查踏板，走进客厅。客厅的地面上除了大摊的血，还有很多滴落状的血迹，血迹交叉混合，看不出形成的次序。我走到尸体旁边，蹲了下来。尸体左侧卧在客厅中央，双臂触地，头枕着左臂，长发遮盖在面部，看不清眉目，但是可以看到头发已经被鲜血浸湿。死者穿着一件粉红色的睡裙，没有撕扯、损坏的痕迹，我掀起裙摆看看，对侦查员说："死者没有穿内裤，你分析得对，是临时有人敲门，所以她随手拿了一件睡裙套上。"

"这儿有血足迹，我说嘛，这么大摊的血，凶手脚上不沾上血不太可能。"小高也蹲在踏板上，看着地面，说，"还有好几枚呢，都不太完整，但拼一下，差不多能还原。"

　　"这儿有一个手机。"大宝检查了一下手套，然后从小方桌下面拿出一台手机，说道，"手机坏了！"

　　"是的。"侦查员说，"我们初步勘查也看到了这个，手机背面有一处裂口，直接插到了手机电池和主板。很显然，是死者在打电话的时候，被凶手一刀插中了手机。这也是电话会突然中断的原因。至于手机究竟损伤到什么程度，我们正准备送去检验。如果只是电池坏了，那还有机会还原她手机的内容。"

　　"这把刀不小啊，是那种刀背很厚的匕首。"我用尺子量了量手机后壳上的裂口，说道。

　　"好，现在就送吧。"大宝把手机放进透明物证袋，递给了小高。

　　"现场似乎并不复杂，没有多少搏斗的痕迹。"小高说。

　　我点了点头。

　　"这算复杂的了，次卧室更简单，更没有搏斗痕迹，我们进去看看吧。"李法医指了指次卧室的门，说道。

2

　　"先把这里拍个照。"我指了指小方桌上的喷溅血迹，说道，"喷溅血迹都喷在了小方桌上，这说明大动脉受伤的时候，死者的体位较高。如果是摔倒后被刺破大动脉，那喷溅血迹应该主要集中在地面了。现在看，地面上的喷溅血迹反而较少，地面上仅仅是大量的滴落状血迹。"

　　小高点点头，开始拍摄照片。

　　我和李法医还有大宝三个人沿着勘查踏板推门走进了次卧室，也就是查洋平时居住的房间。这是一个二十多平方米的房间，房间的一边是一张一米五宽的板床，另一边是一张梳妆台，上面满满地放着各种化妆品。正对卧室门的那面墙上覆盖着一张粉色的幕布，上面点缀着彩灯和玩偶，看起来就是直播使用的背景墙。背景墙的下面，有一张写字桌和一张椅子，写字桌上架着三脚架和麦克风，是平时直播时使用的，旁边还有一些直播间展示的货物样品。不过，三脚架上没有手机，她直播使用的手机应该就是客厅那台被刺坏了的手机。

　　房间里冷气开得很足，房间内摆设很密集，但是没有东倒西歪的打斗痕迹，尤其是那张梳妆台，本身就有些摇晃，如果被较大的力气碰上，摆在上面的各种化妆品瓶子肯定会倾倒。

梳妆台和写字桌的抽屉被拉开了，但是里面的东西似乎并没有被翻乱，这就是侦查员之前所谓的"翻动不明显"吧。

这间卧室本身也是一个中心现场，因为门侧的那张床上，躺着一具男性尸体。

男人平躺在木板床靠内侧墙壁的一侧，身上盖着一床白底碎花的薄被，头部和右侧胳膊露在薄被的外面，从裸露的肩膀看，是没有穿衣服的。薄被外面的中央，有一大片鲜红的血迹，从这么多血迹来看，刀刺的行为是隔着被子进行的，而这个男人显然也已经死去。

靠近床边一侧的被子和床单以及床边的地面上也有很多滴落状血迹，床脚被子上，还覆盖着杂乱的衣物，有男人的T恤和牛仔裤，还有女式的小西装、短裙和内衣。看来两个人的衣服都脱了下来，扔在了床脚。

我走到床边，探过身去，看了看薄被的表面，说："刀是从被子外面直接捅的，而不是捅完人再盖上被子。对了，现场遗失了什么东西吗？"

"现在无法查实了，至少没丢什么大件。"李法医说，"周玉兰不太清楚自己女儿的私人物品，但是我从死者的衣着和用品来看，查洋还是很勤俭节约的，不会有太贵重的东西。而且，现在年轻人也不会有现金。我觉得是没有遗失什么的。"

"韩亮，韩亮，来看看这些化妆品。"大宝喊来韩亮，指着梳妆台说道。

韩亮看了一眼，就说："都是便宜货。"

"嗯，之前说了，死者一方面是在攒钱买房子，另一方面是想有富余的存款来说服自己的母亲退休享福，所以她在这个阶段吃穿用度有限，也很正常。"我说道。

大宝掀起男死者身上的被子，暴露出全裸的男人。男人的左侧胸口有七八处刀伤，每一处都黑洞洞的，看起来都扎进了胸腔。不仅他身上的被子沾染了大量的血迹，其身下的垫被也有一大块被血液浸湿。

"这个人的身份还没有查清楚吗？"大宝说道，"会不会是自产自销啊？"

"自产自销？脱光了再自销？"韩亮说。

"这个可不好说，说不定两个人之间发生了什么关系，出于某种原因争执，甚至男的连衣服都没来得及穿，最后一时情绪激动，杀人了呢？"大宝说。

"那电话怎么解释？查洋给周玉兰打的电话。"韩亮继续问道。

"这个也不好说。"大宝翻了翻眼睛，说，"也许查洋出于某种原因，不能报警，故意这样说给她母亲听，她母亲就能意识到有危险，然后帮她报警呢？最后的结果，不也是周玉兰第一时间报警了吗？"

"这男的身上至少有七刀！"小高说道，"刀刀入胸了吧？"

"你说的这个问题，法医是经常见到的好吧？什么被捅了十几刀、三十几刀，最后判断是自杀的，不是什么稀罕事。"大宝舌战群儒，"咱们没有解剖，不知道是不是每一刀都扎中了立即导致死亡的部位，比如导致心脏破裂什么的。如果只是进了胸腔，没有伤及心脏或大血管，如果自杀者抱着必死的决心，自己捅自己七八刀，真的是可以解释的。"

"你说得也是，这个我们需要研究一下两名死者的鞋子，反正用血足迹和两个死者的鞋底花纹比对一下，就能判断你推测得对不对了。"小高说完，从门口又走回了客厅，观察着地面残缺不全的血足迹。

"我和你们说，我说的这种可能性还真的是不能排除。"大宝用戴着手套的双手拿起男死者的双手，说道，"你们看，死者的双手一点点损伤都没有！谁胸口被捅了七八刀，一点点抵抗伤都没有的？"

"我记得以前有个案子，死者因为盖着被子，凶手骑上了他的身体，导致被子裹住双手，无法反抗，最后也看不到一点点抵抗伤吧？[①]"韩亮还是很怀疑，说道。

"可是你没注意到男死者的初始状态吗？"大宝说，"他的右臂是在被子外面的，并没有被被子裹住。难不成是凶手杀完人以后，还把死者的胳膊从里面拿出来，然后整理好被子？有意义吗？"

趁着他们争论的时间，我已经把次卧室都看了一遍。这时候我笑着对大宝说："分析得很有道理，但你肯定是错的。"

"为什么？"大宝瞪圆了眼睛。

"你说是自产自销，那凶器在哪里？"我说。

大宝顿时语塞。确实，这个狭小的空间里，并没有发现匕首。那么自产自销的猜测，也就此被否定了。

"这个是啊，我看男死者右手露在外面，伤还在左胸，就忘了凶器这回事儿了。"大宝挠着脑袋，不好意思地笑道。

既然不是自产自销，那么勘查工作还要继续。我将扔在床脚的两个人的衣物一

① 见法医秦明系列万象卷第三季《第十一根手指》"井底油花"一案。

件件地装进透明的物证袋里，同时，也搜了一下每一个口袋。这个男人到查洋家里来，是什么都没带。男人的口袋里，除了那部已经被技术部门拿走、希望通过破译密码来识别身份的手机，再没有任何东西了。

"现场很简单，又很整齐，没有什么好分析的。"我说道，"后面的工作，就要留给痕检部门他们去做了。如果仅仅是血足迹，别说甄别作用不强，即便破案了，定案都是个问题。"

"如果真是抢劫，那有可能戴了手套。"大宝说，"想想其他办法，也不是说一定要有指纹或者DNA才能定案。视频侦查部门正在查监控，说不定监控也有间接证明犯罪的可能。"

我的话音刚落，小高就在楼道里喊我们过去了。

"怎么了？"我走出现场的大门，见小高正趴在楼梯上，看着什么。

"楼梯上有血足迹。"小高手上拿着一个喷壶，说，"我用四甲基联苯胺喷了一下，发现楼梯上有很多血足迹，虽然没有鉴定的价值，但是说不准会有一些作用。"

我定睛看了看，楼梯上果然显现出来一些蓝绿色的鞋印的形状，从现场门口向下，逐渐消失。

"血量不大啊。"我说，"不仅有血足迹，还有滴落状血迹。"

小高点了点头，说："对，正是因为血量不大，且随着距离增加，血量逐渐变少，所以我分析滴落状血迹是凶手凶器上黏附的死者的血形成的，越滴越少嘛。如果是手受伤了，肯定会有一直持续的滴落血迹。不过，DNA还是已经送去做了。"

"足尖朝着楼下，这肯定是下楼时留下的血足迹。"我说，"按你说的，这是凶器上滴落的血迹，那么必须是他持着刀下楼才能在足迹旁边形成。"

"对。"小高说。

"但是，滴落状血迹是在足迹的左边，你的意思是，凶手是左利手？"我侧脸看着小高。

"右利手不可能左手提刀吧？除非右手拿着什么东西。"小高说，"这是下意识的行为，可以反映出一些问题。"

"不，不对。"我说完，跑回了现场，蹲在客厅中央女尸的旁边看了看，对大宝说："来不及带回殡仪馆检验了，你现在把死者右侧鬓角的头发剃了。"

大宝也不问缘故，麻利地打开勘查箱，找了一支手术刀柄，装上手术刀片，三下五除二，就剃除了女尸右侧头部的头发。

"你看，这里有一处皮下出血。"我指着死者的右侧耳郭前方，说道。

"表面没有擦伤的皮下出血，符合表面光滑的物体打击形成。"大宝说道。

我说："根据调查情况和现场情况可以推断，这是死者在右手持手机打电话的时候，因为电话被刀刺中，惯性作用，电话磕在头上形成的。"

"说明凶手的力量很大。"大宝说。

"那是当然，手机都被戳坏了。"韩亮说道。

我笑了笑，说："既然凶手可以掏刀、可以袭击，而这个过程中，死者都没有躲避和抵抗的动作，那说明什么？"

"说明是趁其不备，突然袭击。"大宝说，"哦，我知道了，看死者侧卧、背对着大门的姿势可以判断，当时她是打开了大门，让凶手进来了，然后背对着凶手给她母亲打电话的。"

"对了！"我说，"凶手就是从背后袭击的。你们想想，从背后袭击，用刀刺击死者右手上的手机，那说明什么？"

"凶手是右利手。"韩亮比画了一下刺击的动作，说道。

"这和楼梯上的凶器滴落血迹是不吻合的。"我说，"死者家里不清楚物品丢失情况，但是肯定没有丢失什么大件，如果他的右手不是必须拿个什么东西，而又是持刀下楼的话，正常情况应该是右手持刀。"

"没有用右手持刀，那么除了右手拿东西，还有一种可能，就是他右手受伤了。"大宝点点头，明白了我的意思。

"初步尸检看，男、女死者身上都有十几刀，捅了这么多刀，难免不刺到骨头，然后伤到手。"李法医也补充道。

"右手受伤了，也应该有滴落血迹啊。"小高说，"可是下楼的血足迹右边肯定是没有滴落状血迹的。如果想在现场里找到凶手的血，那更是大海捞针了，里面全是滴落状血迹。"

"有一种可能不滴血。"我微微一笑，说，"用什么东西包裹了。"

"既然是始料未及的受伤，那么最有可能的就是从现场取材进行包裹了。"大宝几乎跳了起来，说，"去找毛巾、衣物什么的！"

"对，分头寻找。"我说道。

我们几个人重新返回了现场，一人一个区间，查找起来。

"主卧室没有进人的痕迹。"小高说。

"厨房也没有。"韩亮说。

"卫生间这条毛巾，我看看啊。"大宝在卫生间毛巾架旁边站着，盯着看。

"不用看了，在这里。"我在次卧室里说道。

十秒的工夫，大家就聚拢了过来。

我指着写字桌拉开的抽屉里说："你们看这一沓口罩。"

疫情期间，家家户户都备有很多口罩。

"这个抽屉里，啥也没有，就是一沓口罩。"大宝说，"只要拉开了抽屉，就知道啥也没有了。"

"可是，这一沓口罩却倒伏了，说明是慌张地从上面拿口罩的时候弄倒了。"小高说道。

"不仅如此，你看，最上面的口罩的这根挂绳上，似乎有血。"我拿出放大镜，比画了一下。

"太好了！有凶手的DNA，就好破案了！"大宝说。

"不一定，说不定这是死者的血。"我说，"不过有一点可以肯定，手伤到了需要包裹的地步，伤口肯定很大，肯定不是一只口罩就可以包裹住的。而口罩的裹扎功能并不强大，很快就会被血液浸透。我们只需要在附近垃圾桶里找多只带血的口罩，肯定能找到凶手的DNA。这只口罩也送检，碰碰运气，哦对了，这个房间肯定有凶手的滴落血迹，多提取一些地面的滴落血，尤其是写字桌抽屉附近的滴落血迹，总能找到凶手的DNA。"

"感觉要破案了，尸检没那么重要了吧？"大宝笑呵呵地说道。

"谁说的？现在连凶手的作案动机都搞不清楚呢。"我依旧很是担忧，"也不知道手机什么的查清楚没有。"

"来了。"一名侦查员出现在我们面前，额头上一层细汗，说道，"两部手机都看了，查洋的手机损坏严重，已经没办法修复了，微信记录调取不到，只能调她的话单看看疑点了；另一部手机，男死者的，已经查清楚了，还在进一步分析他和死者之间的联络。"

"有什么初步结论吗？"我问道。

"有。"侦查员翻着本子，说道，"男的叫什么来着？哎呀，年纪大了，记性好差。哦，对，叫朱光永，是秋岭师范大学的硕士研究生，是附近县里的人，今年二十四岁。查了一下这个男孩的品性，评价还是不错的，他的室友都知道他找了个做主播的女友，甚至所有的室友都在他的带动下，在查洋的直播间买过东西。从朱光永的微信记录看，他们是一个月前通过直播打赏认识的，很快就发展成了男女朋友的关系。这一个月以来，嗯，热恋状态吧。"

"这样的恋爱关系稳固吗？"我沉吟着。

"看来看去，这个男孩没有什么可疑的地方。"侦查员接着说道，"朱光永也是一个很勤奋、很上进的学生，最近放暑假，自己留在秋岭市打工。从他父母那里的调查得知，这孩子从上大学开始，就没有从家里拿过钱，一直靠自己勤工俭学。他的学习成绩也很好，研究生还有一年才毕业，可是在研二的他，昨天刚刚和一家上市公司达成协议，他一毕业就会到这家上市公司工作。所以他的同学都说，他昨天的精神状态特别好，晚上还请几个暑期没有回家的同学聚餐，聚餐的时候还在憧憬着自己毕业后，和查洋一起努力赚钱。经过调查，他昨晚聚餐后，晚上八点去夜店打工，一直到上午九点半下班。他可真是够努力的。后来，他下班了就直接过来了，可能是来告知查洋喜讯的吧，过来的路程差不多半个小时。毕竟一天一夜没有睡觉，估计发生关系后，就睡着了。"

"十点钟到，所以查洋找了借口，十点钟直播下线了。"大宝说，"这男的，在睡梦中死亡吗？怪不得他完全没有抵抗伤呢，原来根本不知道房间里进来了外人要杀他啊。"

"避孕套的检验呢？"我追问道。

"避孕套肯定没问题。"李法医插话说，"刚得到的消息，内外分别检出朱光永和查洋的DNA，哦，对了，客厅里提取的多处滴落状血迹，最后也做出来了，都是死者的混合血迹。"

"血迹，还要接着提啊。"我说道。

"所以说，调查了半天，找不出任何有可能作案的关系人？从查洋这边，和从朱光永那边，都是一样？"韩亮问道。

侦查员点点头，说："肯定是排除所有矛盾关系的，因为查洋几乎都不出门，哪来的社会矛盾关系？朱光永又是在校学生，打工也就是做个服务生，更没有什么矛盾关系了。周玉兰的关系也都查了，同样毫无线索。所以，说不定真的就是无关人员的抢劫杀人。"

我摇了摇头，说："先不说那么多，天都黑了，抓紧检验尸体吧。"

3

这种现场简单的案件，尸检过程也不是非常复杂。因为查洋是女性，要排除性侵可能，再加上她是最先遭受侵害的，所以我们决定先难后易，从查洋的尸体检验开始。

尸体上损伤越多的话，尸表检验工作就会越复杂。虽然查洋尸体上的损伤类型很单一，但是因为损伤较多，所以尸表检验还是进行了将近一个小时。查洋的颈部有三处创口，胸部有五处创口，都很深。在尸表检验的时候，为了防止解剖时破坏创道的方向，所以会先对每一处创口进行全面的检验，比如测量大小、用探针探查创道深度和方向等等。我把伤口全部弄明白的时候，大宝已经完成了其他部位的检验，并提取了相关的物证检材。

在尸表检验接近尾声的时候，正在负责现场外围勘查的小高打来了电话，他们在距离现场东面一公里的一个垃圾桶里，发现了七个叠在一起被血浸染的口罩。按照之前的推断，这些被血液浸染的口罩，极有可能就是犯罪分子包裹受伤的手留下的。

我对小高嘱咐了几句。为了让这些口罩和现场关联起来，我让小高把口罩送去进行血液DNA鉴定的同时，搞清楚口罩的材料成分，并和现场抽屉里的口罩进行同一类型、同一批次的比对。毕竟是新口罩，又被犯罪分子的血液污染，不太可能在这些口罩上找出死者的DNA。那么，要想把这些口罩作为证据，就必须认定两个地方的口罩是同一袋里的。

"感觉这案子没难度了。"大宝给死者查洋捺印了最后一枚手指指纹后，说道，"死者全身除了颈部和胸部的多处创口，没有其他的损伤，没有威逼伤、约束伤和抵抗伤，会阴部无损伤，阴道拭子精斑预试验阴性。"

"劫财没劫色吗？"韩亮说道。

"死者的内裤是在床上，她下来开门本身就没有穿，所以无法从衣着上判断是否有性侵。"大宝说，"只能说没有损伤，没有精斑，没有性侵的依据吧。"

"死者在现场是左侧卧位，右侧的耳前头皮有皮下出血，右侧颈部和右侧胸部共计八处创口，颈部的都刺到了颈椎，胸部的也都进入了胸腔。"我一边说着，一边拿起了手术刀，说，"现在开始解剖。从这么多刀口来看，你们能发现什么？"

"衣服上有对应刀口，所以捅刀子的时候，没有掀起衣服。"韩亮大概是想到了以前那个骑电动车被打伤猥亵的女孩①，神情有些惋惜地说道。

"创道的方向可以判断过程。"大宝比画着说道，"第一刀肯定是耳垂下方的这一刀，是平行刺的，方向略向下，这说明凶手比死者的个子高不少。剩下的七刀应该是连续刺的，而且创道都是从前向后，这符合死者侧卧在地面，凶手右利手，由'远上方'向'近下方'刺击。"

"全对。"我一边分离着死者的颈部和胸部的软组织，一边说道，"还有，这个杀人手法，稳准狠，刀刀致命。可是劫财杀人的案件，难道不是应该先威逼控制吗？即便是那些先杀人后抢劫的凶手，只要制服了对方就行了，没必要这样下狠手吧？"

"嗯，过度杀人动作，只有三种可能，第一种是泄愤，第二种是恐其不死，第三种是精神病杀人。"大宝说，"恐其不死一般都是熟人作案，可是这个案子很显然死者并不认识凶手。而能用那种办法骗开大门的人，也显然不是精神病杀人。"

"所以，你从这些有特征性的损伤上看，觉得是泄愤？"韩亮说，"可是逻辑上说不清啊，既然都不认识，哪来的愤怒好泄？"

"这不好说，你不记得以前的案子了吗？"大宝说，"因为开玛莎拉蒂的向骑摩托车的吐了口口水，骑摩托车的跟踪一年，杀了开玛莎拉蒂的。②那个，也不是熟人作案吧？"

"半激情，半泄愤？"韩亮问道。

"你们看，颈部的三刀，把颈部右侧的大血管全捅破了。"我说，"第一刀，耳垂下这一刀，直接从颈动脉窦的位置割断了颈动脉。这处损伤造成了桌子上的喷溅状血迹，同时因为颈动脉窦受伤加之大失血，死者应该很快就失去意识了。剩下的损伤，都是有加固或者泄愤性质的。"

"可是，从这一点来推翻劫财杀人，侦查部门肯定不认可。"韩亮说道。

我没有回答他，接着说："胸部的五刀，分别刺破了肺脏、心脏和主动脉，我刚才说是刀刀致命，还真是不夸张。"

大宝点了点头，认可我的观点，说道："其实拿刀捅人的时候，自己也是有感觉的，刀子有没有进胸腔，持刀者心里是明白的。"

"还有一点，既然刀刀都进了胸腔，那么凶手在杀害查洋的时候，手是没有机

---

① 见法医秦明系列众生卷第二季《遗忘者》"裙摆之下"一案。
② 见法医秦明系列众生卷第一季《天谴者》"雨夜锤魔"一案。

会受伤的。"我说，"所以从客厅到卧室地面上的滴落状血迹都不用提取了，肯定都是死者的血迹。"

"那就只有可能是杀害朱光永的时候受伤的了。"大宝一边说着，一边按照法医工作的要求对查洋开颅。虽然我们都知道，查洋的头部并不会有严重的损伤。

"看看死亡时间。"我说。

"这没必要吧？"韩亮说，"死者母亲接电话到警察进现场之间只有十几分钟，这死亡时间已经定得很准确了，你们法医又不可能把死亡时间推断精确到分钟。"

"你看，你看，跟了我们这么多年，一点侦查思维都没有。"大宝说，"你所谓的确定的死亡时间，是建立在死者母亲口供是真实的基础上的。如果死者母亲参与作案，说了假话，咱们岂不是被误导了吗？"

"哦，对，也是啊。"韩亮醒悟过来。

"是的，这不过是一个验证口供的过程。"我说，"从这一起个案来看，并没有问题。死者的死亡时间确实是在上午十一点左右，从尸体温度、尸体现象和胃内容物都能验证。摆在桌子上的早餐成分和死者的胃内容物成分一致，消化程度也是在末次进餐后两小时左右，食糜刚刚进入十二指肠。"

"颅内没问题，抓紧时间缝合吧，还有一具尸体呢。"大宝一边说着，一边加快了缝合的速度。

大宝缝合尸体的时候，我已经将朱光永的尸体用推床推进了解剖室。秋岭市公安局尸体解剖室只有一张解剖床，不能同时进行解剖，但是为了节省时间，我们可以在推床上先对朱光永的尸体进行尸表检验。

朱光永的尸体被发现的时候，是身体右侧朝墙壁，左侧朝房间走道的，犯罪分子进了房间以后，自然是面朝死者的左侧。朱光永胸壁上的刀口，全部位于他的左侧胸前。

我先不观察刀口形态，而是再一次仔细地检查了死者的双手和双臂，说："现场尸检看得没错，死者全身没有任何威逼伤、抵抗伤和约束伤。"

"这个知道啊。"大宝一边缝，一边说，"不都说了，他是熬了一整夜，又来和查洋那啥了，然后死死地睡过去了吗？睡梦中死亡的。"

"既然睡得那么死，为了钱的人，何必杀他？"我说。

"哦，你的关注点在这里。"韩亮点了点头。

我按照规程提取了朱光永尸表上的生物检材，然后拿放大镜看了看他胸口的创口，说："从创口反映出来的致伤工具的刃宽、背宽，尤其是创口尾部创角的弧形擦伤来看，杀死两人的，是相同形状的刀。"

在法医进行致伤工具推断的时候，尤其是锐器致死的案例中，法医只能分析是"同一类"工具，而很少能确定是同一把凶器。这是因为同一类型但是不同形状的刀，有可能因为刺击的角度问题、人体损伤位置的问题，而形成一模一样的损伤。但是在这个案件上，因为每一刀捅得都很深，刃末的护手都在皮肤上形成了弧形的痕迹，且两名死者的皮肤上弧形痕迹一模一样，那么就可以分析是相同形状的刀了。

"如果不是两个人买了两把一模一样的刀的话，那肯定就是一个人作案了。"大宝说道。

"小高清理完现场，组合了所有的血足迹，目前只能反映出一种鞋底花纹和鞋底磨损形态。"韩亮说，"一个人作案是没有问题的。"

"既然是一个人作案，不存在约束的可能，那么就更加印证了我们之前说的朱光永是在睡梦中死亡的推断了。"我说完，见大宝已经缝合好了查洋的尸体，就张罗着在解剖台上换尸体。

和查洋的尸体一样，朱光永的死因也是锐器刺击导致的大血管、脏器破裂而死亡。不同的是，他的胸口有九刀，有三刀导致了肋骨的骨折，另外六刀进入胸腔，几乎每一刀都刺破了心脏。

考虑到死者任何一点反抗动作都没有做出来，说明凶手的第一刀就进入了胸腔，刺破了心脏，那时候就已经导致死者死亡了。接下来的八刀，即便有三刀顶住了肋骨，导致肋骨骨折，同时导致凶手手部受伤，依旧没能阻止凶手疯狂的刺击行为。

"一方面，给我们之前推断凶手手部受伤提供了损伤依据。"我说，"另一方面，也进一步验证了凶手泄愤的情绪。这具尸体上，比查洋的尸体上，泄愤表现更加明显。"

朱光永的尸体检验，又进行了一个小时才结束，此时已经是深夜。两具尸体的损伤类型十分相似，凶手作案的动作也十分相似。虽然从尸体检验上，只能印证出一些现场勘查发现的问题，但通过尸体检验，我更加确信了内心的"直觉"。这种"直觉"，也是有证据依托的。

侦查部门围绕两名死者的社会关系的调查工作还在进行，可疑物证的检验工作也在进行，市局的视频侦查室轮番运转，十几名视频侦查民警彻夜观看视频。这样，我们这些工作结束的人，反而成了闲人。

所以，当我们睡了一个好觉，在第二天天色大亮后才被叫去了专案组会议室的时候，看着整个专案组里除我、大宝和韩亮三个人外其他人疲惫的表情时，我们的内心还是充满了愧疚的。

"怎么？"干局长见我们走进了临时会议室，问道，"听说你们法医部门，还是坚信这是一起因仇杀人？"

我坚定地点了点头。我知道干局长之所以这样问，肯定是因为在摸排因财杀人路径的过程中，遇见了困难。

"确实，我们再次详细梳理了死者家的贵重物品和死者的债务状况，都没有发现疑点。"干局长说，"对于有侵财前科劣迹的人也摸排了，依旧没有发现。"

"肯定不是因财。"我说，"两名死者身上的过度损伤迹象很明显，没有任何威逼、胁迫的过程，这很明显不具备侵财杀人的特点。而且，还有一个关键点，不知道大家注意到没有。那就是，时间点和地点选择的问题。入室抢劫，通常选择的是较为偏远的地点，选择晚间等人流量较少的时间点。而这个案子呢，光天化日，去的是很热闹的沿街商铺的楼上。除非是有准确信息表明能抢到钱，否则谁会冒那么大的风险，大白天去抢劫？"

"嗯，是的。"干局长点头，"即便知道她有钱买房子，也应该知道她并不会把钱取出来放在家里。"

我接着说："还有第三个依据，那就是踩点的问题。一般入室盗窃、抢劫，势必有事先踩点的过程。如果有踩点观察，那么凶手应该选择死者独自在家的时间点来作案。这样，才能确保侵财万无一失。可是，十点钟之前，死者是一个人在家的，凶手没来，倒是等到死者的男朋友进入了现场，凶手才进入。这让我感觉，不是侵财，而是因为她的男朋友来了，才专门要进去，类似于捉奸杀人的感觉。"

"你是说，因情而仇杀？"干局长问道，"说到踩点的问题，视频侦查那边的监控，有看到疑似踩点的人吗？"

"有。"视频侦查支队的一名姓王的女民警说。

这个答案和我的推测不相吻合，所以所有人都吃了一惊。

看着大家惊讶且迫切的眼神，小王略微有些慌乱。她把头发捋到耳后，停顿了一会儿，才盯着眼前的本子，说道："我们调阅了近一周的监控，发现除去周围的居民和商贩，还有一个可疑的人员经常会在现场附近出现，所以用人像识别找到了这个人的身份，是左天强。"

"左天强，男，三十五岁，已婚，育有一子，是我们秋岭市某国企的销售部总监。"侦查员补充道，"这个人在我们昨天进行调查的时候，就进入我们的视野了。因为死者查洋的社会交往非常简单，我们查了一圈，都查不出任何可疑的点。但我们想到了查洋究竟为何会从一个普通职业学校的学生，变成一个小有名气的带货主播。从这一条线，就查出了一些端倪。原来，在一年前的时候，查洋作为学校的志愿者，协助学校搞过一次校庆。校庆的内容其实就是请一些本校毕业的、小有成就的校友回学校看看，和学校的新生座谈一下，鼓舞一下学生的学习劲头。查洋应该是在这个时候，和校友左天强认识的。而且，恰恰从这个时候开始，查洋就走上了直播带货的道路。我们发现问题，是因为查洋一开始带的货，全部都是左天强在企业里管理的货物。"

"这就不是巧合了。"我心中一喜，说道，"也就是说，很有可能是左天强把查洋带上了直播的道路，而且在她最开始直播的时候，给她提供了货物的来源渠道。换句话说，查洋能有今天的成就，全都是因为左天强的一手扶持。"

"因为查洋的手机坏了，我们调取不到微信记录。"侦查员说，"所以我们不能确定查洋和左天强之间的关系。总之，查洋半年内的通话记录，是没有左天强的。"

"现在都是微信联系了，打电话的人不多，年轻人打电话的就更少了。"韩亮说。

侦查员点点头，说："可是，我们经过调查，觉得左天强作案嫌疑不大。"

"为什么呢？"我问道，"他不住附近的话，总在这里出现，就很可疑啊。"

"第一，左天强身材瘦小，和你们之前分析的身强力壮不符。而且，我们在事后对左天强进行了秘密跟踪，确定他的手部没有受伤。"侦查员说，"第二，通过案发情况得知，查洋肯定是不认识凶手的，说明凶手肯定不是左天强，而且左天强也确实有不在场的证据。根据调查，左天强的公司是上午十点半上班，中午午休一小时，晚上七点半下班。昨天他是准时上班的。第三，左天强有老婆孩子，根据调查，家庭还挺幸福的。如果说他出轨是他的问题，但是因情杀人，这个我觉得不太能理解。"

我沉吟了一会儿，说道："你的第三点，只是对正常人的分析，但是人与人是不一样的，我们不能用自己的思维来衡量别人应该怎么想。你说他是上午十点半上班，那么他的单位距离现场有多远？"

"开车大概十五分钟。"侦查员说，"那时候路不堵了。"

"我觉得他非常可疑。"我拍了一下桌子，说，"你的前两点，都好解释，他没有自己杀人，他雇凶不可以吗？"

4

"雇凶的问题，我们也不是没有考虑过。"侦查员说，"我们之前也很怀疑左天强，所以对他进行了秘密侦查。这个左天强社会关系也挺简单的，没有什么复杂的交往。而且，我们对他近期的账户变动进行了调查，没有任何问题。"

"雇凶可以是直接给钱，也可以是抵偿债务吧？"我说。

"他自己本身就没有多少钱，国企拿工资的，虽说是中层领导，顶多也就比我们警察多个三倍的收入呗。"侦查员说，"债务这一块，我们也都查了，他很吝啬，从来不借钱给别人的。"

"毕竟是国企中有实权的人，会不会有什么可以作为交易的权力？"我问。

"嗯，这个需要进一步调查。"侦查员说。

"我觉得，既然技术部门坚信这是一起因仇杀人案件，而且更加倾向是因情生仇的杀人案件，那么我们就不要搞那么复杂了。"干局长说，"如果真的是左天强找人干的事情，那么说明左天强当天就在现场，他十点钟看见朱光永进入了现场，于是找人来杀人，而自己去上班，这个时间点上看，确实一点也不耽误。对了，监控那边，能看到左天强案发当天在不在现场吗？"

"现场道路两头只有一头有监控。"小王说，"所以看不全，我不能确定左天强案发当天在不在现场。"

"好，那就行。"干局长说，"想尽一切办法，找到左天强昨天上午十点左右的联络人，无论是通话记录，还是你们想办法弄到他的微信记录，反正找到十点多的联系人就行了，然后逐个排查。"

"这些我们都查了！"侦查员说，"你们想到的工作，我们其实都做了。我们调取了左天强的通话记录，甚至想办法搞到了微信记录。那个时间点，我保证他没有和任何人联系。不然，我怎么会说他的嫌疑不大呢？"

会场再次安静了下来。

"这个不要紧，我们再想想别的办法。"我说，"不是判断凶手的手受伤了吗？"

"是的。"小高说，"垃圾桶里发现的口罩，可以确定和现场同源，上面检出了一名男子的DNA。"

"有DNA就不怕破不了案了，不过，想要迅速、精准地找到嫌疑人，还是要想想办法的。"我说，"视频侦查那边，监控能看到的事发当时的人，是不是都查了？"

"那做不到，这个位置的人太多了，人流量非常大，不可能做到逐一排查。"小王说，"案发当时的时间点，也就是十点半到十点五十这二十分钟的监控，我们是作为重点来看的。可是，单看行人，就真的太多了，更不用说有其他开交通工具的人了！如果凶手开车，根本就无法甄别了。"

"交通工具。"我沉吟了一下，说道，"我们不要忘了一个条件，凶手是用口罩包裹住手的！这样说吧，口罩虽然有一定的吸水性，但是吸水性并不强。用七层口罩包裹伤手，一公里外，血液浸湿了所有口罩。这说明什么问题？"

"说明他离开现场移动到一公里外，用了不少时间呢。"大宝说道。

"对，他一定是徒步的。"我说，"你只要找行人就行了。"

"可是监控条件真的不好。"小王皱着眉头，说道。

"不要紧，我知道那么大的视野、那么多人、那么模糊的影像里，找包裹着手的，确实不可能。"我说，"但是大白天，监控不会有色差，你只需要在影像里寻找蓝色的颜色点，然后再细看，不就行了？"

"这倒是个好办法。"小王的眉毛顿时舒展开了，"这个是有专门的软件的。"

"走，我们一起去看看。"我站起了身。

从挪到市局里的专案指挥部到楼上的视频侦查室，只有两分钟的路程。进入视频侦查室之后，小王在键盘上一阵猛敲，屏幕上监控里的人物都加速运动起来。不知道小王用了什么软件，屏幕上九宫格里不同角度的监控中每出现一个蓝色的运动物体，屏幕上就会出现一个小红点，然后将人物的画面截取下来。

"十点五十二打电话报警的，十一点十分民警赶到，我们只需要寻找这十八分钟和再往后五分钟的附近视频就可以了。"小王一边说着，一边麻利地整理着软件自动截取的图案。

只要能从人山人海中截选出重点图像，我们的工作量就小很多了。不然用肉眼去识别图中那一点点蓝色，才真是大海捞针，还考验眼力。

"截完了，一共七十二张。"小王重重地敲了一下回车键，说道。

"这么快。"我惊讶地说，"哎，你看第三十七张。"

小王把屏幕上的图像慢慢放大，一个行色匆匆的人的背影出现在人群当中。奇怪的是，他的手揣在口袋里，但是口袋的口部可以看出有一圈蓝色的东西。看起来，就像是这个人拿着某个蓝色的东西揣在兜里一样。

"看看他运动的视频。"我说。

小王按照截图监控序列号和时间点，调出了这个男人通过这个公安监控时的动作。这是一个穿着黑色T恤和牛仔裤的年轻男人，看起来似乎是个小平头。可以看出，他在避让迎面走过来的一个老人的时候，很别扭地转身，都没有将手从口袋里拿出来。然而，正是这个转身，让他裤子口袋里凸起了一块。

"口袋里有刀！"大宝在我们身后突然喊了一嗓子，吓得小王肩膀一抖。

"一惊一乍的！"韩亮说，"又看不到脸。"

"没关系，你看看他的鞋子。"我说，"蓝色的鞋子，白色的鞋底，多有特征性。"

"我知道了，我马上调出之前找到的左天强的影像，看看他的身边有没有穿一样鞋子的人。"小王一点就通，说道。

"是的，一般人每天都会换衣服，但是不一定每天都换鞋子。"我补充道，"既然我们怀疑左天强雇凶，而他又没有用网络或电话雇凶，那么〔〕人和他一直同行了。"

小王点了点头，迅捷的十指又在键盘上敲了起来。屏幕上一段段视频被截选了出来，而每一段的中心人物，都是那个左天强。

"有了！"小王截取到一张图片，然后逐渐放大，说，"你们看，是不是这个人？"

"相比较之前那个，头发长了，但鞋子确实是像！"大宝说道。

监控时间显示的是四天前的一天上午八点半，左天强蹲在路边啃着什么，大概是吃早饭，而旁边站着一个流里流气的高个小伙儿，留着"八神庵"造型的发型，像是和左天强说着什么。这个小伙的鞋子，正是蓝色鞋面和白色鞋底。

我看了眼大宝，心中充满了激动，说："虽然这个截图看不清眉目，但可以拿着这张照片，探访周围的理发店，让理发师们都认一认这个人。既然他在四天之内理了发，而且之前的发型那么奇葩，说不定哪个理发师会对他有印象。"

"嗯，我也在监控里多找找，说不定能固定出他的一个行为轨迹。"小王说道。

"找到之后，只需要观察他的右手有没有大的创口，就可以甄别了。"我转头对身后的侦查员们说道。

焦急的等待，似乎会使得时间变得很慢。明明只有一上午的时间，我却觉得已经过去了整整一天。

一整个上午，我和大宝都盯着笔记本电脑上的那张截图发呆，但也没再能看出什么。而其他人则靠在会议室的软椅子上呼呼大睡。

"人抓到了。"一名侦查员在下午两点的时候走进了会议室说，"在负一层办案区，医务人员正在给他缝合手上的创口。"

"DNA呢？"我问。

"已经送去做了，但是他已经招了。"侦查员说，"你们判断得没错，是和左天强有关。"

"招了？"

"招了。"侦查员说，"我们找到他的时候，他因为不敢去医院，失血加感染，快休克了。我们这是救了他一命，所以他二话没说就撂了。这小子真是够厉害，整个手掌被切开了近一半，硬是用毛巾裹着不敢去医院。我说呢，我们听说凶手应该手部受伤，就把周围的医院都布控了，就是没人去医院就诊。"

"……？"我站起了身，问道。

"……早就监控他了，一见有实锤，同事们就动手了。"侦查员说，"现在正在往回带。"

"具体什么情况？"

"我们了解到，左天强和查洋的关系，不仅仅是商业合作的关系，他们俩曾经还谈过一段时间的恋爱。但是恋爱谈了几个月后，查洋发现左天强有老婆孩子，就提出了分手，后来找到了新男友，左天强认为自己为查洋付出了那么多，最后却被一个小鲜肉轻易夺去，自然心有不甘。"

"杀人的人，叫作奚刚，二十三岁。"侦查员继续说道，"算是个工头吧，几个月前他带的工程队因为疫情一直没有活儿干，等疫情基本过去了，活儿也都被别的工程队抢走了。正好左天强的销售部有个工程，由左天强负责，奚刚就一直在巴结左天强，想谈成这笔生意。那个时候，查洋刚刚和左天强分手，左天强天天心烦意乱，就不想推动工程合作的事宜。于是左天强就对奚刚说，如果查洋能回心转意，他才会考虑继续工程合作。奚刚于是想做做查洋的工作，可是还没来得及接

近查洋。案发当天早上，奚刚找到正在查洋家楼下窥视的左天强的时候，刚好看见查洋的新男友朱光永进入了查洋家。当时左天强就对奚刚说，既然查洋已经'脏'了，他就不想挽回了，因此工程也不做了，反正这项目对他所在的国企来说，可有可无。不过，这个项目对奚刚的工程队可不是可有可无，于是奚刚想挽回局面。左天强于是说，'你帮我把这肚子火气泄了，说不准我能考虑，比如，杀了那对狗男女'。"

奚刚本身就是个痞子出身，十四岁就因为故意伤害被拘留过。这一段时间，他在左天强面前装孙子也算是憋了一肚子火气，左天强因为私人感情问题，毁了他的饭碗，毫无逻辑可言，更是让他一股无名之火上了头，于是将火气全部撒在了两个无辜的人身上。

左天强当时其实也就是一时气愤，说说而已。毕竟查洋是自己一手培养起来的，如果不是有他左天强的帮助，不是最开始有那重要的货物渠道，查洋哪会有今天？可没想到，查洋根本就没把他左天强当回事，说分手就分手了，完全没有念旧情。可是要说他真的想去杀人，那也是不够客观了。当天，左天强从查洋家楼下离开的时候，完全没想到奚刚会真的去杀人。也正因为他没有想过这个结果，日常表现得很自若，让警方觉得他并不是凶手。后来，左天强从新闻上得知此事，才慌了手脚，甚至怀疑自己的手机也被警方秘密查过。但无济于事，为时已晚。

"渣男。"大宝学着陈诗羽的腔调，说道，"自己有老婆孩子，居然还去偷人，偷人就算了，居然还因为吃醋而害了两个人的性命。最可恨的是，查洋知道他有家室，就离开他，这不应该是正常人的正常反应吗？这个左天强居然会认为这是查洋找出的借口，这都是什么三观！"

"我想，这个左天强现在也是追悔莫及吧。"我摇了摇头，说道，"所以说，我们不要因为自己手上的权力，而去要挟别人什么，更不能交友不慎，就胡乱说些什么。"

"我记得你说过，死亡在哪里？死亡就在你的情绪里。"大宝感叹道，"确实啊，你想想，我们经历的这么多案件，还有那么多非正常死亡事件中，因为情绪而导致的惨案，占绝大多数啊。"

"这个左天强，咎由自取。"韩亮说道。

"两天没见，还怪想你们的！"案件破获后，我们没有打道回府，而是驾车直接从秋岭市向西去了森原市，和已经在那里工作的林涛、陈诗羽、程子砚会合，一见面，大宝就笑嘻嘻地打起了招呼，"对了，你们错过了一个超级精彩的案件！是不是很郁闷？"

林涛还没开口，大宝又挤眉弄眼地看向小羽毛，笑道："小羽毛都错过两起案件了吧？是不是很郁闷？"

"并不郁闷。"陈诗羽笑了笑，说道，"我们的工作也有进展啊。"

陈诗羽三人，抵达森原的第一天，就开始了对钱大盈家的搜查工作。林涛抢在陈诗羽的前面，绘声绘色地把这两天的工作叙述了出来。

在搜查之前，当地派出所为了配合他们，专门找了钱大盈去谈话，将他暂时控制起来。毕竟这个案子已经十八年了，其间翻翻炒炒几十次，估计当地警方和钱大盈都已经麻木了吧。

用林涛的话说，他们抵达钱大盈家所在的村落的时候，发现这是一个美丽的村落，依山而建，傍水而立。村落的房子基本都是徽派建筑的风格，鳞次栉比、错落有致。背后的森原山郁郁葱葱，似乎看不到山的尽头。站在钱大盈的家门口，就可以看见远处连绵不绝的大山和那一汪在夕阳下闪着波光的小湖。

"这么美的地方，应该会让人内心平静啊，"林涛边描述，边感慨，"我真想不通，为什么这里也会有家暴出现？"

陈诗羽摇摇头："我觉得，家暴并不会因为外界的环境而改变，它源自人内心的地狱——哎，你别自己给自己打岔了，快说重点。"

林涛挠挠头，继续说下去。

钱大盈家是一座砖混结构的联排平房，按照调查部门的资料来看，它是由钱大盈的父亲年轻时建造的，已经有五十年的历史了。房屋显然经过多次翻修和装潢，显得并不是很破落。水泥的外墙面，整齐排列的屋瓦和塑钢的推拉窗，整体看还是比较整洁的。

屋内也同样整洁，中间的客厅和西侧的卧室物件摆放整齐，上面都有一层薄薄的浮灰，显然是不常使用的，只有东侧的卧室还有着住人的迹象，但床铺上的被子也都是叠得整整齐齐的。

村里的人都知道钱大盈的老婆、孩子经常被家暴，然后又神秘失踪了，钱大盈应该是被人戳着脊梁骨度过了这十八年，更别提有人还愿意嫁给他了。

经过两个多小时的寻找，陈诗羽发现了一本旧相册，是几十年前才有的那种打孔穿线装订的旧相册，不过，穿过相册脊部的绳索却并不旧。相册的每一页，都贴着两三张发黄的旧照片，照片几乎都是这一家三口的合影，每个人都是笑靥如花。用林涛的话说，看这本相册，怎么也不会相信这是一个存在严重家暴行为的家庭。

他们发现这本相册，如获珍宝，将相册送回了市局理化实验室。理化检验员用显微镜看完了相册装订线，确定这绳子肯定是新的。既然换绳子，只有两种可能。一是为了抽掉或者增加一些相册纸，二是原来的绳子断了，必须换新的。第一种可能基本排除，因为这案子已经十八年了，这期间警方没有发现什么有价值的线索，也就不存在打草惊蛇之说了。那么就说明这个钱大盈看起来经常会自己在家里翻阅这本相册，他应该是对自己的行为很悔恨，随着年龄的增长，这种负罪感和对妻女的思念会与日俱增。这是个好现象，因为一旦有好的线索，应该很容易突破这个钱大盈。

在他们对相册进行仔细研究的时候，程子砚发现有几张照片有点相似。她翻到相册的第一页，指了指其中的一张照片，那张照片上，一家三口背靠着连绵不绝的青山，站在树丛之中，山峰在照片的上缘勾勒出了一个美妙的"S"形。那时候的许晶，也就是钱梦，只有两三岁的模样。程子砚又往后翻了三四页，指着其中的一张照片。这张照片上的钱梦已经有五六岁了，不过背景几乎一模一样，山峰在照片的上缘勾勒出了"S"形。程子砚再次翻到了相册的后面，在那张钱梦已经有七八岁样子的照片里，同样看到了"S"形的山峰。

这三张照片，和之前我们找到的玩偶内藏着的照片，背景一模一样，那张照片里，钱梦大约是十岁的模样。而这本相册最后一页的中央，明显缺了一张照片。

既然这个钱大盈念旧，也就说得通了，他们喜欢到一个地方，摆一样的姿势拍照。而且，这么频繁地在一个山里的地方拍照，一来说明离他家不远，二来说明他很熟悉。

所以陈诗羽他们认为，钱大盈很有可能把尸体就藏在这个地方，这个钱大盈和李茹有着特殊情感的地方，或许，对于他们家，这是个有意义的地方。

"那好办了。"大宝听完了林涛的叙述，嘀咕了一句。

"怎么好办？"我转头看着大宝说，"茫茫大山里，如何去找这个地方？"

"既然是一家三口的照片，那肯定有其他人帮他们拍啊。"大宝说，"找到这个人，不就知道在哪里拍的了吗？"

"既然是一家三口的私密行为，怎么会多带一个电灯泡啊？不合理，不合理。"韩亮说道。

"不然怎么拍？"大宝说，"照片显然不是自拍的。"

"这种照片，这个像素，显然不是单反拍出来的。"陈诗羽说，"我看啊，在那个年代，这些照片都是傻瓜机拍出来的。"

"傻瓜机你都知道啊？"我笑着看陈诗羽。

"当然，我爸那时候经常用单位的傻瓜机给我拍大头照。"陈诗羽说，"当然，胶卷是自己的。"

"原来师父居然公器私用！"大宝说道。

"都说了，胶卷是自己的。"陈诗羽说，"言归正传，这些照片，其实也是傻瓜机拍出来的，冲洗胶卷，可以选择冲出三寸、四寸或者五寸的照片。而那时候的傻瓜机，都有定时拍的功能。也就是说，把相机放在某个地方，对好相框位置，按下定时，然后拍照者跑到画框中间，等几秒，就自动拍摄了。"

"嗯，这几张照片，虽然背景相同，但是我们仔细看可以看出来，取景是有问题的。"我说，"他们三个人，有的照片里位置靠左，有的照片里位置靠右，甚至有一张照片里，钱大盈的左胳膊都出镜头了。如果是有人帮他们拍摄，不可能控制不好画框的位置。"

"所以，还是找不到喽？"韩亮问道。

"有没有这个季节，九月份左右拍摄的？"我皱着眉头，看着几张照片，说道。

"嗯，看服饰，再看……"程子砚反复翻着相册，突然指着其中一张，说道，"这个应该是九月份吧，桂花开了。"

"桂花你都认得出？"林涛瞪大了眼睛。

"是啊，你看，远处这山林里，有一大块黄色的，仔细看，都是一点点的黄色，不应该是桂花吗？"程子砚指着相片中一小块黄色，说道。如果不是她眼尖，那还真是不容易发现。

"一、有背景山体的形状，二、找桂花丛，是不是有希望？"我说。

"人力去找，恐怕有点难。"陈诗羽说。

"不用人力。"程子砚说，"我们有无人机啊。可是，这都是二十年前的照片了，现在去找桂花，能行吗？"

"能行。"我说，"这一片山林，是自然保护区，这么多年来，并没有胡乱砍

第十案　继父之爱

法医秦明

VOICE OF THE DEAD

今天把过去的日记都翻了一遍。

没有想到，日积月累，我写了这么多字，记载了这么多回忆。

还记得和史方结婚的那天晚上，我告诉他我有写日记的习惯，但从来没有给别人看过。于是他向我约定，以后也会养成写日记的习惯，然后我们就可以交换日记了。那时候，他还摸了摸我的头发，害羞地说自己文笔不好，到时候我可不要嫌弃。

结婚后的第一个星期，他的确给我看了一篇日记，那时候我很开心，但并没有把我以前的日记给他看，我其实也有些害怕，怕我灰暗的过去会吓到他。

可是，不知不觉，我写了这么多，却依然没有给他看过。

他现在还在写吗？我也不知道。

他太忙了，或许，他已经厌烦了这种幼稚的把戏；又或许，他压根就不记得还有这个约定。我们的聊天都越来越少，更何况交换日记呢？

但我永远都记得我们在葬礼上的第一次见面。

他向我走过来，主动想要帮我做些什么。那时候他的眼神那么温暖，又那么自然，对站在黑暗中的我来说，他的一切好像都是明亮的。我曾经以为我一辈子都不会恋爱，却因为他而渐渐放下了戒备。

但现在，一切都变了。

我们睡在同一张床上，背对着背，连呼吸都是陌生的。

我很想转过身去问问他：为什么，为什么连你也要变成魔鬼呢？

伐的行为发生。从照片里这么远的距离都看得出有桂花丛，一定是不小的一片桂花丛。这么多年过去，没有砍伐的话，就只会越来越多。唯一不知道的，就是现在桂花开了没有。"

"如果开了的话，我闻着味儿就能找过去。"大宝说，"都不用无人机的。"

"这山里，桂花丛可多了去了。"我说，"不一定都是，关键还是这个'S'形的山体背景。用无人机的话，可以直接在接收屏幕里进行比对，效率应该不会太低。"

"桂花没开也没关系。"程子砚说道，"你们不知道现在有很多APP是可以专门识别植物种类的吧，只要我把无人机传回来的实时画面用APP进行比对，就能在最短时间内，通过植物的树干、树叶形态来分辨哪些是桂花树了。"

"然后再将无人机悬停在有桂花树的点附近，观察背景山体形态。"我兴奋地说道，"走，现在就去森原山林场，去找森林公安的兄弟们给我们画一张森原山的草图。明天请师父帮忙调集周边地市公安局的无人机，都过来，帮忙分片寻找。"

1

"没问题啊，不用请示陈总，只要能破案，我明天就能调集五个无人机小队来帮忙。"森原市公安局的钱局长听我们叙述完，拍着胸脯说道，"不过，你们也得帮我个忙。"

"这话说的，调集无人机来，也是在帮你们自己的忙啊。"我笑着撑了回去。

"好好好，你说得对，但咱这儿有一起命案，在无人机搜山的时候，你们能不能帮帮我？"钱局长也笑着说道。

"好啊，没问题啊。"大宝率先答应了下来。

"什么情况呢？"我问。

"一栋房子里，两死一伤，现在估计是继父想要性侵女孩，女孩反抗，被继父杀了。这个过程被女孩的同学发现，同学见义勇为，杀了继父，自己也受了伤。"钱局长说道。

"男孩活着？那还要我们法医做什么？直接复盘啊。"大宝说道。

"这案子虽然似乎证据清晰，但是可能会引起很恶劣的社会影响，所以省厅要求我们必须速侦速破，确保案件万无一失！"钱局长说，"你们既然来了，何不就地卧倒，帮我们搞定？"

"我发现情况变了。"大宝说，"以前是哪里死人我们去哪里，现在是我们去哪里，哪里就死人，这简直就是柯南体质啊。"

"别瞎说！"我狠狠地打了一下大宝的后脑勺。

"哈哈哈。"钱局长笑着说道，"走，在我们市郊区的梅花镇，森原中学。"

"哦，那我是知道的。森原中学，太有名了。"我挥挥手，让大家上车。

钱局长描述的恶劣情节，不止一次在各种影视作品中出现。在赶去的路上，可能大家都在脑补各种让人反胃的情节，于是一个个神色凝重，没有说话。

森原中学并不在森原市区内，而是在高速公路的附近。这所中学在省内非常出名，因为它不仅仅是一所普通的高中，还是一所升学率较高的复读高中。这所中学的高一、高二，每个年级只有三百多人，在学生升入高三的时候，将被重新混编。因为除了森原市内，全省各地高考成绩不理想的学生，其家长都有可能将其送入森原中学复读，所以，森原中学的高三年级，居然有两千多人。换句话说，这所中学，主打的就是"复读"品牌。

森原中学所处的梅花镇，本身是个人口不多的小镇子，但因为森原中学的逐渐出名，这个镇子也就繁华了起来。车水马龙得让人觉得是一个繁华的小县城，甚至在大白天进入这里，还会堵车。

孩子来森原中学读书，而森原中学可供住宿的宿舍不多，所以大多数孩子是需要家长来"陪读"的。而在外地陪读和本地陪读不太一样，那就是家长需要在学校附近租一间房子，然后辞去工作，来森原市做后勤保障工作，陪着孩子读完这复读的一年。

重视教育是实现民族复兴的基础，但是对名校过度推崇、与他人盲目攀比的心态，则略显畸形了。

需求刺激着供应，虽然还没有房地产开发商在这里开发大片房地产，但是当地村民早已利用自己的宅基地盖起了一排排造型各异的联排房，以供租房之需。据说，这些简陋的建筑，每年暑期，都会供不应求。

现在，镇子上的人已经多了起来，因为和其他学校不同，无论是本校直升的，还是别校复读的学生都已经到校，森原中学没有暑假，他们已经开学半个月了。

韩亮驾驶着勘查车，绕过密集的车流，向镇子最东面行驶过去。等越过了镇子上的繁华，终于看见了镇子东面较为偏僻的地段，有几辆闪着警灯的警车。

数辆警车头尾相接，在一栋自建房的大门口形成了一个圆弧形，把十几名围观群众隔离在现场的外围。自建房的大门口拉着一条蓝白相间的警戒带，提前到现场的钱局长背着手站在警戒带的外面，听着一个声音尖细的男人说着什么。

钱局长远远地看见我们的车停了下来，就穿过警车组成的圆弧，向我们走了过来。那个声音尖细的男人见钱局长走开，立即用哭丧的声音喊了起来："我这是造了什么孽啊！房子租给了这么个衣冠禽兽！这叫我怎么收回建房子的成本啊！"

看来，警方掌握的具体案情，不知道是泄露了，还是群众自行脑补的，已经传了开来。

我们穿过围观群众，向钱局长迎面走了过去，听见几名围观群众正在议论。

"你不知道，这家的小女孩多水灵。"

"是啊，这附近谁不知道这个姓彭的女孩子，美人胚子啊！"

"你见过她妈吗？她妈长得不行，估计女孩是像她爸。"

"她爸，不也死里头了？"

"谁说的？那是她继父！你想想，这小女孩她妈真是没长心啊，把这么水灵的一个女儿，和继父放在一起，这不妥妥地要出事儿吗？"

"怪不得继父要去搞女儿，继父的这场婚姻根本就是奔着女儿去的吧。"

"她妈肯定也不是什么好人，为了维护婚姻，就假装看不到这种龌龊事了呗！"

"可惜了这么漂亮的小姑娘，这二婚的夫妻俩都不是什么好人。"

我听得莫名其妙，也没往深了想，和走过来的钱局长握了握手。钱局长示意我们可以穿戴勘查装备了。不管别人怎么议论，在这种环境下，不可能去占用别人租住的房屋作为专案指挥部，所以，还是进入现场介绍案情更加安全。

我们迅速穿戴好勘查装备，和钱局长一起跨过警戒带，走进了现场的院落。

和其他的出租自建房相比，这个院落可以说是"豪宅"了。别人租住的，可能就是一间仅仅可以烧饭睡觉的小平房，而这个院落里，是一幢二层小楼。

院落是独门独户的，院门朝南。进入院门后，西边是一间厨房，北边则是一幢二层楼房，其他方向都是两米多高的院墙。二层小楼占地面积倒是不大，一楼仅仅是一个卫生间和一个客厅。从楼梯上到二楼，东西各有一间卧室。

虽然此时尸体已经运走了，但因为楼梯、客厅和院落里都有大量的血迹，所以我们暂时没有进入中心现场。

"女死者叫作彭斯涵，十八岁，是森原中学的高三复读生。"钱局长将我们引到了小院的一角，和我们说道，"她是土生土长的青乡市人。今年高考没上一本线，而她的妈妈要求她至少要上一本线，所以就托人来森原中学复读了。男死者叫作任前进，四十八岁，是青乡市投资集团的区域主管。根据调查，任前进和彭斯涵的母亲是二婚。"

"他们之前的婚姻情况如何？"林涛一边整理着手套，一边在院落四周院墙看着。

"彭斯涵的母亲彭夕，今年四十四岁，是青乡市疾控中心的副主任，她的丈夫因为癌症去世了，后来她一直也没有嫁人。"钱局长回答道，"三年前，因为工作关系，她认识了任前进，接触了一年后，结婚了。任前进则是在五年前因感情不和与妻子离婚的，有一个儿子，跟妻子出了国，所以他可以说是光棍一条了。根据调查，任前进和彭夕的感情好像还是不错的，两个人的社会关系调查，也都反映他们是普通人，性格温和，没有什么特殊点。"

"彭夕呢？她现在在哪儿？"我想到了围观群众的议论，于是问道。

"比你们早一步到这里，情绪失控，经过派出所的安抚，现在稍微稳定了，很多调查情况也都是她提供的。"钱局长说，"但是根据外围调查可以确定，彭斯涵在高考落榜后，彭夕立即决定要让她复读。森原中学复读升学率很高，所以彭夕就决定将女儿送来这里。可是，来这里复读，必须有家属陪读，而彭夕是公务员，不可能休长假来陪读。"

"所以，任前进就自告奋勇了？"陈诗羽显然也听见了群众的议论，于是一脸不快地说，"听起来的确没安好心啊。"

"确实是自告奋勇。"钱局长苦笑了一下，说，"当时任前进主动和彭夕说，自己是区域主管，可以申请负责森原一带的业务开发，来森原市市区办公。虽然森原中学距离市区有十几公里的路程，但是任前进觉得并不算什么事儿，就这样每天上下班开车十几公里。吃饭的问题，只需要彭斯涵每天吃食堂或者在镇子上的小饭店就能解决了。见女儿能上森原中学，彭夕当然是喜出望外，也没有过多怀疑，就同意了。"

"真是不对孩子负责！"陈诗羽的脸色更加不好了。

"不要先入为主。"我提醒陈诗羽道。

"这个，还真不是先入为主，现场痕迹基本可以确定你们所知道的案情。"钱局长又苦笑了一下，说道，"别急，我先说完前期的调查情况。"

"彭夕对此事怎么看？"我追问道。

"彭夕也听见了围观群众的议论，可是她的情绪稍微稳定，就对警方坚称，自己相信任前进不可能干出这样的事情。"钱局长说，"不过，她的笃定，让我们心存疑惑，因为她的工作特殊，哦，她是疾控中心的，管的就是疫情。这段时间，她根本就不可能有时间来看望女儿。我们问她多久来看一次女儿，她也确实无言以对。她根本就不了解任前进和彭斯涵在这边生活的具体细节，就这么坚称相信任前进，反而让人觉得有些欲盖弥彰了。"

我咬着嘴唇点了点头。

"而男性伤者，叫马元腾，今年刚满十七周岁，是森原中学高二直升高三的学生，也就是说，他是本地人、本校人，不是复读生。因为是本校直升的学生，所以他是住校的。"钱局长接着介绍案情，"学校高三混编后，彭斯涵和马元腾被混编在一个班里，是同班同学。通过前期我们的调查发现，马元腾是个性格比较内向的男孩，但对同学很热心，大家对他评价很高，学习成绩非常优秀，在开班摸底考试中，拿了全班第一名、全年级第三名的成绩。换句话说，无论是在同学还是在老师的眼中，马元腾都是正宗的好学生。而彭斯涵就比较不济了，虽然这里的孩子都是刚认识的同学，不甚了解，但对彭斯涵的评价都不太高，说她有点流里流气的，性格偏外向，且成绩不好，开班考是班上倒数。"

"两人的关系呢？"我还是忍不住打断。

钱局长说："两个人刚认识半个月，大多数同学说，两人一句话都没说过。也有同学说，马元腾好像找彭斯涵借过文具什么的。总之，两人并没有多少交情。然后，事发经过，小李，你来说一下吧，你最了解。"

一名姓李的主办侦查员上前一步，翻了翻本子，说道："目前事发经过，都是马元腾自己陈述的，哦，当然，痕迹检验部门也进行了验证。"

"你说说看。"我一边问道，一边翻开小李递过来的从医院调取的马元腾的病历。这是一本急诊病历，记录着马元腾被送往医院的诊治过程。

> 患者今晨被人发现后，120急送入院。
>
> 检查：神志模糊，皮肤苍白。额部刀砍伤，长约10cm，深达骨质，可见颅骨外板骨折。肩部及背部见五处刀砍伤，创口哆开，长约8cm，深达肩胛骨。上述创口可见活动性出血。血压：80mmHg/60mmHg，呼吸：20次/分，心率：110次/分。
>
> 急诊入院后，送急诊手术室，行局部麻醉下清创缝合术，并给予止血、补液、输血、对症治疗。手术成功，安返病房，神志恢复，测血压：100mmHg/75mmHg，心率：90次/分。继续给予止血、输液治疗。
>
> 辅助检查：额部颅骨外板骨折，硬膜下少量出血。
>
> 诊断：颅骨骨折、硬膜下出血、全身多处软组织裂伤、失血性休克。

"马元腾在手术后被送去做了头颅CT，做完后，才回到急诊病房，那时候我们已经在病房里等着了。"小李说道，"当时他已经神志清楚了，就给我们叙述了事情的经过。昨天晚上八点钟左右，马元腾在学校上完自习，想起自己借了彭斯涵的一套文具。因为彭斯涵不在学校上自习，而今天单元考试需要用这套文具，所以他怕彭斯涵今天没有文具使用，于是就去她家还文具。走到她家院落的时候，发现她家的院门是开着的，于是就直接走了进去。一走进院子，他就听见彭斯涵的叫喊声，于是连忙上到了二楼，发现二楼东侧卧室的门是坏的。在二楼东侧卧室的门口，马元腾看见任前进正压在彭斯涵的身体上，用手捂着彭斯涵的嘴巴，而彭斯涵的下身全都是血。当时马元腾就吓坏了，情不自禁叫喊了一声。任前进听见了马元腾的声音，于是冲了过来，马元腾当时就看见任前进的手上提着一把刀，马元腾没办法，只能顺手拿起二楼过道茶几上的另一把刀，赶跑任前进。任前进就向楼下跑，想要往院子里去，马在其身后追打。两人在院落里发生了械斗，最后任前进先倒地，而马元腾也力气耗尽，拼命挣扎到院门口想要求助，可是最后也失去了意识。"

"昨晚的事情？"林涛此时已经在院子里绕了一圈，问道。

小李点点头，说："是的，不过直到今天早晨六点钟，有人经过院门口，才发现满身是血的马元腾倒在大开的院门口，这才报警而案发。"

"熬了一整夜，小伙子身体就是好，能扛。"大宝赞道。

"总的来说，损伤不是很严重，失血速度不快，这才保了一命。"我皱着眉头看着病历，说道，"头部损伤较重，这也是失血性休克前期导致他无法求救的原因，颅内的出血导致整个人都是蒙的状态。"

"你说，痕迹检验验证了口供，是吗？"林涛问道。

一名现场勘查员从钱局长身后走了出来，拿出一台平板，打开现场照片给林涛看："林科长，你看，现场虽然血足迹非常多，但线路还是很清楚的。血足迹主要是两种鞋印，一种是波浪形鞋印，一种是方格形鞋印。女死者彭斯涵的身边全部是波浪形的血足迹，而没有方格形的。楼梯上，可以看出波浪形的血足迹在前、方格形的血足迹在后的成趟、单趟足迹向院内走向。到了院内后，血足迹就杂乱无章了，很显然，两人是在这里发生了械斗。最后，是方格形的足迹从院中央延续到大门口结束。我们查验了，死者任前进的鞋子，是波浪形的L球鞋；而伤者马元腾的鞋子，则是方格形的A板鞋。"

"这就符合了任前进在侵害彭斯涵，被马元腾发现并追逐打斗后，马元腾走到门口的全过程。"林涛说，"那这个案子就清楚得很了，毕竟侵害彭斯涵很显然是事件的起因，彭斯涵大量失血，对她施加侵害的人必然会留下血足迹，而彭斯涵的身边只有任前进的足迹，这就可以说明问题了。"

"凶器呢？都是什么刀？"我问道。

勘查员把平板移到我的面前，说："一把匕首、一把西瓜刀，都掉落在院落的中央。"

我看了看，照片上有两把严重血染的刀具，其中一把是刃宽三厘米左右的尖刃制式匕首，另一把是长二十多厘米、刃宽五厘米的切西瓜的圆头刀具。刀刃刀柄上都被血液覆盖，说明在刀上提取指纹已经不可能了。

"虽然痕迹检验把事实固定得很清楚了，但还是要扎实证据的。"我说，"毕竟三名当事人只有一人活着，我们要有更加扎实的证据来印证他的口供，这样才能把案件办完善。"

"是啊，虽然结局很悲惨，但是扎实证据不仅有利于案件销案，明确马元腾是正当防卫，同时也有利于给这个品学兼优的马元腾申报见义勇为奖。"大宝挺了挺胸膛说，"这也是我们法医的责任。"

2

"对了，两名死者和一名伤者的衣服，都送去进行DNA检验了吧？"我问道。

钱局长点了点头，说："这个都交代过了，死者的衣服现在估计已经脱下来了，会直接送去DNA室；伤者的衣服，我们也去医院提取了，做手术的时候被脱下来了。这都是常规的物证提取嘛，我们不会马虎。"

我补充道："提取不能马虎，检验更不能马虎，虽然案情很清楚，但是衣服上一定要多处、多点提取血迹，做到万无一失，切不可随便取两个地方的血迹做了交任务。"

钱局长点点头，拿出手机布置任务。

我接着说："走，我们去现场看看。"

院落里，已经搭建了现场勘查踏板。我们顺着踏板，一边观察地面上凌乱的血足迹和大量的喷溅、浸染的血迹，一边走到了小楼的楼梯口。楼梯上，痕检员用粉笔画出了很多圆圈，说明圆圈里都是已经被发现的血足迹，于是我们绕过圈圈，走到了二楼。

一到二楼，就看见二楼的通道中央，放着一张茶几，茶几上有一些淡红色的水渍，以我的经验看，那并不是血迹。我抽出茶几下的垃圾桶，里面有几块西瓜皮，说明茶几上淡红色的水渍是西瓜汁。案发前，两名死者在这里吃了西瓜。

东侧的卧室，是彭斯涵的房间，房门被踹开了，导致门锁掉落，但是房门上没有留下足迹。房间灯是开着的，床上很凌乱。虽然尸体已经被移走，但是可以看见床东头床沿的床单上以及地下，有一大块血泊，还有不少明显的血足迹，血泊周围还有不少喷溅状血迹。除此之外，房间里一切都是正常的。

西侧的卧室，是任前进的房间，房间灯也是开着的，房间内很整齐，没有什么异常，地面上也没有血足迹。我走进房间，绕了一圈，发现写字台上的电脑一体机虽然显示屏是黑的，但它的电源灯是亮着的。我晃动了一下鼠标，电脑屏幕立即亮了起来。屏幕里，是一张Excel工作表，表格的一栏里有一串拼音，而拼音的下方还悬浮着输入法的选字框。

我皱了皱眉头，仔细看了看表格上的文字，都是一些商业上的专业术语，我也看不明白。

"林涛，现场我们没什么好看的了。"我喊来了林涛，说道，"我们去解剖尸体了，这里就交给你了。"

"得嘞，小意思。"林涛应承道。

"别轻视这个案件。"我仍是紧皱着眉头，说道，"包括出入口的大门、门锁，还有外围现场，都要仔细看。"

"放心吧，老勘查员了，这些常规的部分，不会忘的。"林涛说道。

"走吧，大宝和小羽毛跟我坐韩亮的车过去，子砚，你去学校确认一下视频里马元腾离开学校的时间。"我说，"顺便看看这里周围有没有监控。"

"又留我一个人？"林涛看了一眼陈诗羽。

"怎么就是一个人了？我们这么多人陪着你，林科长。"勘查员走上前来，笑着对林涛说。

林涛无奈地耸了耸肩膀，继续蹲在地上看血足迹了。

森原市公安局技术大队的肖剑大队长此时给我打来电话，说尸检工作已经准备开始了，所以我们没有在现场久留，驱车向森原市殡仪馆赶去。

肖剑大队长是法医出身，所以和当地的两名法医先行撤出现场，来到殡仪馆对尸体进行检验。我们赶到殡仪馆的时候，肖大队他们已经对彭斯涵的尸体进行了初步的尸表检验。

"尸体是在现场东侧卧室床面上，呈仰卧位的。"肖大队说，"下半身血染，周围还有喷溅状的血迹。"

森原市公安局的束从法医是我的同学，我见他正在小心翼翼地剪下死者的指甲，于是穿好解剖服边走过去帮忙，边说道："剪指甲要小心，剪下来的指甲要准确无误地用物证袋接住，防止指甲掉落在解剖台上，否则会被解剖台上其他人的DNA污染。这也是一项技术活儿啊。"

说话间，死者的一片指甲被剪下来，啪的一声掉落在物证袋里。

"这活儿，早就练成了。"束法医哈哈一笑。

"怎么样？尸表检验怎么样？"我问道。

束法医的助手刘法医用止血钳夹住死者的口唇，翻开，说道："死者全身主要有两处损伤，一处就是口腔黏膜的破损，符合被捂压口鼻，防止她叫喊而形成的；另一处损伤，就是死者右侧大腿内侧的刺创了，我们刚才探查了一下，很深，根据现场大量的血迹，分析她是股动脉被刺破了。她穿着睡裙，大腿是裸露的，没有裤子遮挡，所以在现场形成了不少喷溅状的血迹。"

"只有两处损伤？"我说，"也就是说，会阴部是正常的？"

"死者的内裤穿着是完好的，而且会阴部没有损伤，处女膜也是完整的。"刘法医说，"说明这个任前进还没有得手，就被马元腾撞见了。"

"捂嘴、刀刺，是用来震慑和控制的？"我皱着眉头，摇了摇头，又接着问道，"死者的衣服呢？"

"衣服，刚才钱局长打电话指示，先一步送DNA室检验了。"束法医仍低着头剪指甲，说，"是睡裙嘛，所以虽然死者身上有刀刺伤，但是没有刺穿衣服，不过，睡裙是有撕裂的痕迹的，和马元腾陈述的相符。"

我走到尸体的一侧，将她大腿上哆开的创口两侧创缘对齐、拼凑了一下，说："从两侧创角来看，一钝一锐，是一把单刃刺器，刃宽三厘米左右。"

"是啊，符合现场提取的刀具的形态。"束法医说道。

"可是……"我欲言又止，想了想，说，"你们尸表检验已经做完了，解剖起来也快，情况都很清楚了。那现在确定股动脉破裂是绝对致命伤，这个要固定下来，还有就是看看死者的胃里，是不是有不少西瓜。"

束法医点了点头，说："行嘞，交给我们吧，大热天的，你们去休息休息吧。"

"不休息，我去看看任前进的尸体。"我说完，换了双手套，走出了解剖室。

森原市公安局的解剖室只有一间，里面也只有一张解剖台，所以无法对两具尸体同时进行解剖。但此时我有些迫不及待地想检查任前进的伤势，所以也顾不上解剖室外下午炙热的阳光了。

我让大宝去停尸间将任前进的尸体用运尸车运了出来，拉到了解剖室的门口。只有在解剖室的门口，因为屋檐的遮挡，才有一片不大的阴凉地，而且解剖室内的空调冷风也可以吹出来一部分，让我们稍减酷热。

即便是这样，还没有开始工作，我已经能感受到毫不透气的解剖服内，我的衣服已经被汗水浸透了。我苦笑了一下，心想十几年前，大多数地方还没有建设解剖室的时候，严寒酷暑不都是要露天解剖的吗？那时候也没觉得特别苦、特别累。看来，要么就是岁月不饶人，要么就是由奢入俭难啊。

我做了做扩胸运动，让因为汗水浸湿而紧贴后背的衣服和皮肤之间拉开点距离，方便透气，然后打开了尸体袋。

任前进的全部衣服也已经被脱下来，并送往DNA室进行检验了，但是尸表检验还没有进行，所以全身已经干涸了的血痂还没有被清洗清除。

可是，他胸口上平行排列的多处创口，在模糊的血痂中显得很清晰。我还是和刚才一样，将胸壁上哆开的创口两侧创缘对齐、拼凑了一下，长叹了一口气，说："创口形态和彭斯涵身上的损伤一模一样，是同一种类型的工具形成的。"

"叹啥气啊？热的？"大宝一边笑着对我说，一边开始指导陈诗羽对尸体进行全方位的拍照，然后按照尸表检验的常规术式，对尸体进行尸表检验。在提取完死者的常规生物检材后，大宝提来了一个水桶，然后用一大块纱布浸湿，擦拭尸体表面。

"胸口平行排列六处刺创，大小基本均等，长度三厘米。"我说，"下颌部皮肤一处刺创，深达下颌骨。"

随着大宝的擦拭，尸体上的血迹逐渐消失，创口也更加明显了。我测量完每一处创口，都让陈诗羽详细记录了下来。

"就这么多伤，没了。"我的眉头皱得更紧了。

"那我开始划了啊。"大宝并没有注意到我的心事重重，一刀切开了死者的胸腹部皮肤。

"胸口六刀，均通过肋间隙进入了胸腔，肋骨之间可以看到六个创口。"大宝说，"肋骨没有骨折，但是右侧胸大肌内有片状出血。我继续开胸骨了啊。"

大宝麻利地用手术刀切开肋软骨，然后分离了胸锁关节，将胸骨取了下来，暴露出了整个胸腔。

"哦哟，左侧胸腔内全都是血啊。"大宝说，"六刀都是进入左侧胸腔的。"

我停止了沉思，走到尸体边，等大宝用"火锅勺"将胸腔内的血液都舀进了一个量筒后，我边检查着尸体胸腔内的情况，边说："胸腔积血约一千五百毫升，加上现场流下的血，足以致死了。左侧肺上叶、下叶各有两处创口，心包有两处创口，心脏破裂了两处。"

"心脏破裂，绝对致命伤。"大宝说。

"死者符合心脏破裂合并急性大失血死亡。"我说完，又检查了一下看起来正常的腹腔，找到了胃壁，切开了一个口子，说，"你看，确实在死亡前不久吃了不少西瓜。"

"嗯，彭斯涵也是吃了西瓜。"束法医的声音从解剖室里传了出来。

"大宝，你缝合吧，我们再检查一下任前进的后背。"我说。

"这个，有必要吗？"大宝问道，"常规解剖检验只需要打开胸腹腔和颅腔就可以了，脊髓腔没必要啊，他的死因这么明确。"

"不检查脊髓腔。"我说完，走进了解剖室，蹲在解剖室的一角，继续我的思潮。

不一会儿，大宝已经按照常规检验完了死者的颅腔，并且缝合完毕了，我这才又一次停止思绪，配合大宝翻过尸体，切开了死者的后背皮肤。依次分离了死者的皮肤、皮下组织、斜方肌、背阔肌和竖脊肌之后，我们发现死者的右侧肩胛骨下方，有一处出血。

"我知道，这个出血位置很隐蔽，在骨骼和肌肉之间，所以不可能由外力直接打击形成，而是挤压、摩擦后形成的。"陈诗羽抢在大宝前，发表了意见。

我点了点头。

"完事儿了。"大宝拿起针线，继续缝合，说，"这种案子，确实没啥意思，我们还是抓紧时间去那个什么钱大盈家里找一找吧。"

"搞一个案子就搞好，不要三心二意。"我说，"许晶的案子要放一放，这个案子没想象中那么简单。"

"不简单吗？"大宝翻着白眼想着。

"嗯。"我说，"天就要黑了，抓紧时间缝好，我们还要去医院一趟。"

"去医院？"大宝疑惑地问道。

"是的，小羽毛，你先让他们联系一下医院，说晚间的换药等我们到了之后再进行。"我说。

法医检查医院的伤者，是一件比较麻烦的事情。如果为了检查伤势，擅自打开医生的包扎，万一造成了感染，那后果是不堪设想的。可是不打开包扎，又无法检查伤者的伤势。所以，法医一般都会挑医生换药的时候，检查伤者的伤势。在医生的帮助下检查，就万无一失了。

陈诗羽当然知道我的意思，可是在这一起看起来事实清楚、证据确凿的案件里，检查伤者的伤势，似乎又没有什么必要。她张了张嘴，欲言又止，最终还是没有开口问我。

韩亮开着车，带着我们驱车赶往森原市人民医院的急诊科病房。医院辖区派出所的警员得到陈诗羽的通知，在路口等着我们，然后引领我们去找了医院的保卫科科长，再由保卫科科长带着我们进入了急诊科病房。

急诊科医生已经穿戴整齐，带着器械等在了病床旁边，等我们一到，就可以换药了。

"马元腾吗？我们是公安厅的。"我亮了亮证件，对靠在病床上的马元腾说道。

这个十七岁的小孩子，比我想象中要长得成熟，一米七八的个儿，棱角分明的脸庞，嘴角还有不少胡楂。

他靠在枕头上，身上盖着病号被，双腿伸直，双脚露在外面，捧着一本高中数学，垂着眼帘，不知道是在认真学习，还是故意找个由头对我们不理不睬。

"我们可以谈谈吗？"我说。

"我已经和警察说了很多遍，不想再重复了。"马元腾没有抬眼，而是淡淡地说道。

我一边示意医生可以开始换药，一边看了看马元腾露在被子外面的大脚丫子，说道："我们不需要你再次重复事件的经过，只是问一些细节。"

马元腾翻书的手顿了顿，不知道是医生弄疼了他还是我的话让他意外，不过很快他还是摆出一副处变不惊的样子，说："你问。"

"我想问，你和那个男人，分别拿的是什么刀？"我开门见山地问道。

马元腾没有立即接话，而是做出了一副痛苦的表情。我伸头看了看，包扎的纱布已经打开，暴露出缝合了的背部创口。创口已经缝合，就看不清具体的形态了，不过两侧创角十分尖锐这一点，还是可以确定的。

我收回目光，继续盯着马元腾的表情。

他似乎缓了缓，才说："我记不清了。"

"你……"大宝正准备问话，被我拦住了。

我说："那行了，没问题了。"

"不，我想起来了。"马元腾抬起了眼帘，说道，"开始他拿着匕首，我顺手拿了把西瓜刀。后来我们搏斗的过程中，我们俩的刀子都掉地上了，重新捡起来的时候，就反过来了。"

"哦，怪不得你要来。"大宝似乎突然想通了我的问题。

这回轮到我有些吃惊，我想了想，笑着对马元腾说："好的，我知道了，谢谢你配合警方，我们就不打扰你了。"

从医院走了出来，我还是一脸愁容地坐上了警车。

"我知道了，你是看两个死者和伤者身上的损伤，所以……"大宝上了车就说。

我挥了挥手，让大宝不要打扰我的思路，对韩亮说："走，去市局DNA室。"

"好的。"韩亮发动了汽车。

几乎是同时，我的手机响了起来，我一看是林涛打来的，连忙接通了电话。

"老秦，现场东侧卧室的外面，有一棵树，离窗子很近。"林涛说，"我们在树干上，找到了攀爬的痕迹，很新鲜。"

"有比对价值吗？"我问道。

"没有，就是擦蹭痕迹，花纹看不清楚。"林涛说道，"我看了半天，好像是波浪形的，也就是往前进的鞋底花纹。"

"知道了，你再仔细看看鞋印，我急着去DNA室，回头再讨论吧。"我打断了林涛的话。

林涛有些意外，问道："你去看前期提取的生物检材的DNA信息吗？"

"不，我还要去盯着DNA室赶做两份检材。"我说完，挂断了电话，然后对陈诗羽说："医院这边没有警力吗？"

"没有吧，我们进去都是保卫科长带进去的，没有民警在。"陈诗羽说，"没必要派警力看着他吧？"

"当他是个证人的时候，确实不需要。"我说，"不过，你还是让钱局长布置一下吧，派两个民警守着他。"

3

第二天一早，各路兵马在专案组会合了。我们勘查小组各司其职，整整工作了一夜的时间，所以一个个显得极其疲惫。尤其是程子砚，显然看了一整夜的监控，所以双眼都是通红的。

陈诗羽一改平日里雷厉风行的作风，夹着本子，走在我们几个人的最后面，低着头，一脸颓废的表情，似乎在思考着什么。

"你这关子卖的，究竟葫芦里卖的什么药？"钱局长见我们进门，立即问道。

"啊？我什么时候卖关子了？哦，你是说我让你们派人看守马元腾是吧？哈哈，那是有原因的。之前我只是怀疑，没有证据，所以我也没敢随便乱说。但昨天下午，我们去询问了马元腾，更是觉得疑窦丛生。我担心我们的贸然询问会打草惊蛇，所以只能让你们派人看守。毕竟我还需要一整晚的时间，去固定所有的证据。"我说，"不过，现在，我觉得基本上已经有足够的证据来证明马元腾说了假话。也就是说，你们可以去准备刑事拘留的手续了。"

"他说假话？"钱局长有些吃惊，问道。

"开始我也觉得不可思议。"我耸了耸肩膀，说，"不过，这个案子既然已经通过现场勘查排除了其他人进入现场作案的可能，那么只有两种可能，一种可能就是马元腾的供述是真实的，另一种就是马元腾在说假话来掩盖他才是凶手的事实真相。"

"你果然是怀疑马元腾！好，愿闻其详。"钱局长突然文绉绉地说道。

我整理了一下思路，说："既然也不着急，那就让我慢慢说起，你们也好理解前因后果，算是为以后类似的案件提供前车之鉴。这样说吧，最初让我感到费解的，是嫌疑人身上的损伤情况。这里要先科普一下砍创和切割创的区别。这两种损伤，都是锐器伤，但是对致伤工具的提示是有不同的。切割创的一侧创角会有拖尾痕迹，另一侧创角锐利但是不会非常尖锐，也就是说两侧创角形态不对等，而砍创则是两侧创角尖锐，形态较相符。另外，切割创一般不会太深，更不会导致下方骨骼骨折，而砍创经常会导致骨折。切割创，任何刀具都可以形成，但是砍创必须是有一定刃长和重量的刀具才能形成。结合这个案子，现场遗留的两把刀具都可以形成切割创，但是形成砍创的，必须是西瓜刀。"

"嗯，这个好理解。"钱局长说，"你费解的是什么呢？"

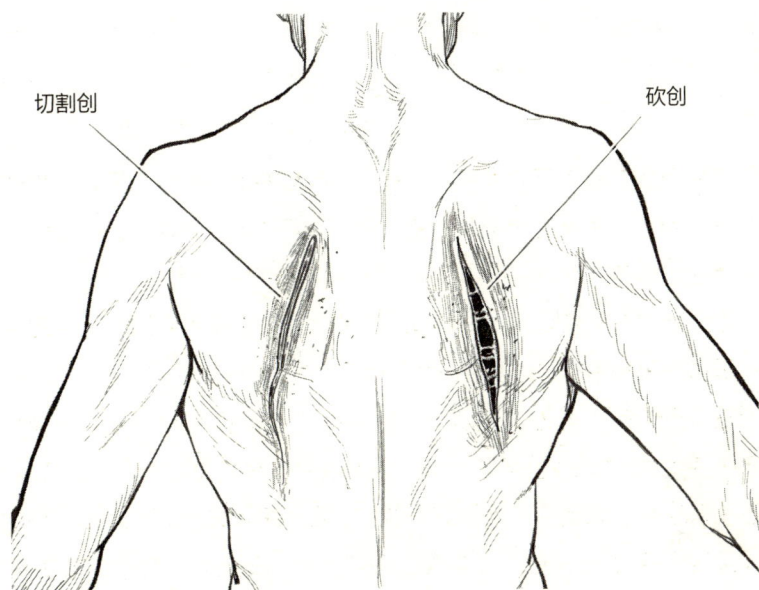

切割创和砍创对比示意图

"最开始，我看了马元腾的病历，后来又看了他本人的创口。"我说，"可以肯定的是，他身上的是砍创而不是切割创。"

"砍创，只能是西瓜刀，说明任前进拿着的是西瓜刀。"主办侦查员小李说道。

"对。"我说，"任前进拿着西瓜刀、马元腾拿着匕首，这确实符合两人的损伤情况，但是彭斯涵的损伤情况就解释不了，因为她的大腿创口，是被匕首捅的。"

"所以呢？"

"所以，我就去问了一下马元腾，看看他是怎么说的。"我说，"超乎我想象的是，这个孩子有着同龄人不具备的心理素质和缜密的思维。我问他的时候，他心存戒心地先说自己不记得了。后来他可能想明白了我问他的意思，就说任前进先拿着匕首，他顺手抄起了卧室外茶几上的西瓜刀，可是在搏斗的过程中，双方的刀都掉了，捡起来的时候，就互换了。"

"对啊，他的这个说法，就可以解释所有人身上的损伤了。"钱局长点了点头，说道。

"确实，所以我说他的反应超乎了我的意料。"我说，"可惜，我还是认准了马元腾才是凶手，只是我没想到他的智商这么高。咱们先不说搏斗过程中两个人的刀同时掉落的这种概率有多小，单说两个人的损伤。任前进身上只有匕首伤，而马元腾的身上只有砍伤。也就是说，按照马元腾的说辞，在刀具掉落之前，他们两个人都没有伤害到对方，等刀具掉落之后，重新捡起来，才开始互相伤害，你觉得，这种事情发生的概率是不是更小了？"

我顿了顿，见大家都没有反应，于是接着解释道："我们再看一下刀具的来源。匕首是什么来源，这个经过调查实在是查不清楚，也不知道是不是死者家里的。但是西瓜刀肯定可以确定，是切完西瓜以后放在走廊茶几上的。任前进如果想用刀来威逼彭斯涵，那么直接拿这把西瓜刀更有威慑力，何必拿出一把不知道从哪里取来的，还容易误伤自己的匕首去威胁呢？"

大家都在沉默，没有赞同我的观点，也没有否认我的观点。

"而且，通过尸体检验，可以确定的是，任前进是上身没有过多的移动，被连续刺击导致心脏破裂死亡的。"我说，"任前进的损伤，在左侧胸口平行而密集，肯定是在固定体位下形成的。结合对任前进后背的检查，我们认为，他当时是被马元腾控制住了，后背和地面挤压、摩擦才留下了肌肉内的出血。马元腾如果本来就处于'自卫'的心理，那么他下手这么狠毒，是不是有些解释不过去呢？"

"会不会是因为被砍了，所以心生怨气，才这样泄愤的？"钱局长问道。

"既然说到马元腾的损伤，那我就再详细介绍一下。马元腾额头上的一刀，肯定是面对面砍上的，具体什么时候砍的，我就不好说了。关键是他后背不同走向、不同程度的多处砍伤。这是符合马元腾在前面跑，任前进在后面追，边追边砍的。既然是追砍伤，那么本应该是'正义'一方的马元腾，为何底气不足，一直被追砍？反而'邪恶'的一方，任前进却没有任何被追砍的模样，而是被面对面刺了一刀，然后固定体位下连续被刺中肺脏和心脏。"

"嗯，有道理，但是这些都只是推测啊，充其量只是疑点，而不是证据。"钱局长说。

"是啊，所以我刚才说的是，这只是让我觉得有疑点的起始点。"我说，"后续的更多发现和证据，最后证明了疑点。"

"你还发现了什么？"小李急着问道。

"接下来的现场勘查和调查情况，还是不断地出现疑点。"我说，"第一，女孩处女膜完整，没有被性侵过。如果是这个当了两年的继父想性侵，恐怕早就性侵了吧？"

"那可不好说，之前女孩母亲一直在身边啊。"小李说。

"是的，可是他们俩住到现在这个房子里，也已经有半个多月了。"我说，"半个月的时间，为啥要选择昨天晚上？"

"这个还是不好说，谁知道色狼什么时候色胆包天？"小李说。

"我这么说，也是有依据的。"我说，"就是我要说的第二点。第二，我去现场看了看环境，意外地发现了任前进案发当时正在使用电脑。而且电脑上显示的状态并不是工作终结的状态，表格里的内容没有填完，甚至还有选字框悬浮在屏幕上。这说明任前进是正在打字的时候，突然离开了电脑。打着字，突然一时性起，去强奸？另外，在实施强奸的过程中，为了防止女孩叫喊，凶手捂住了女孩的嘴巴。这个动作如果是任前进做的，是可以理解的。但是为了进一步控制女孩，用匕首去刺伤女孩的大腿，这个行为如果是任前进做的，就有些不可思议了。一方面捂嘴刺腿不让女孩出声，一方面又是踹门进入不怕巨大的踹门声，这是不是有些矛盾了？所以，这更像是女孩激烈反抗，凶手实在是控制不住了，情急之下做出的幼稚的举动。"

小李顿时语塞。

"第三，是林涛这边的情况。"我微微一笑，说道，"现场勘查中发现，女孩卧室的窗外树干上，有新鲜的攀爬痕迹，倾向是任前进的鞋底花纹，女孩的窗户大开。虽然不知道这个攀爬痕迹是不是和案件有关系，但是至少任前进想进入女孩房间，不用攀爬吧？综合以上三点，更像是有人从树干攀爬到女孩房间，撕扯衣物、捂住口鼻，想要实施性侵。可是女孩激烈反抗，甚至发出了声音，凶手情急之下刺伤女孩，想让她害怕。不过，隔壁屋的任前进还是听见了声音，于是踹开女孩的房门，看见了眼前的一幕。也就是说，夜袭女孩的是马元腾，而不是任前进。这时候，任前进拿着门口茶几上的西瓜刀要砍马元腾，而马元腾身形矫健，躲开了，跑到了院子里。在此期间，任前进一直拿着刀在后面追砍，这才形成了马元腾后背的损伤。在院子里，马元腾瞅准了机会，一刀刺中任前进的要害，让任前进基本失去了抵抗能力，然后他骑在任前进身上，连续刺击。因为马元腾自己伤势也不轻，在他想逃离现场的时候，体力不支倒地，只有等候别人发现了。"

"你的这三点确实让人很疑惑，也只有用你的重建过程来解释全部现场才最合理。"钱局长说，"可唯独最关键的证据是无法解释的。为什么彭斯涵的身边，只有任前进的鞋底花纹？如果是马元腾作案，他必然会在彭斯涵身边留下足迹，而即便是任前进进入了中心现场，也不可能留下那么多血足迹。"

"这个很简单。"我笑了一下，说，"换鞋子就行了。"

会场所有人都露出恍然大悟的表情。

"开始，我觉得这样的行为实在是太过于冷静和高明。可是，在我接触过马元腾之后，我确信眼前的这个十七岁的孩子有这样的思维和能力。"我说，"任前进和马元腾都是42码的脚，换鞋子也不困难吧。"

"所以，你有证据了？"钱局长问道。

"经过昨天一晚上的彻夜工作，证据确凿。"我说，"第一，我在现场就嘱咐了提取三个人的衣服进行DNA检验。经过多点、多处的提取，结论如下：彭斯涵的身上只有她自己的血；马元腾的衣服上，有彭斯涵、任前进和他自己的血；任前进的衣服上，只有马元腾和他自己的血。这样看起来，任前进并没有接近彭斯涵，接近她的，是马元腾。"

"确实确凿。"钱局长捶了一下桌子。

"第二，我们提取了彭斯涵的手指甲。"我说，"手指甲里检出了马元腾和任前进两个人的DNA。指甲里有任前进的DNA很正常，因为他们是一家人，生活在一起。可是有马元腾的DNA那可就说不过去了。"

"确实。"

"第三，也是最关键的证据。"我喝了口水，接着说，"这个证据是验证我所有推论的基础证据，那就是两个人的鞋子。经过DNA检验，波浪形鞋底花纹的运动鞋虽然穿在任前进的脚上，但是其内侧主要是马元腾的DNA。方格形鞋底花纹的鞋子，则正好相反。也就是说，这个证据彻底证实了马元腾在杀死任前进后，换完鞋子才向门口准备逃离的犯罪事实。他体力不支后，也就放弃逃离，因为他已经想好了对付警方的说辞，所以就有恃无恐了。"

"我这边也有情况要补充。"程子砚举了举手，说，"我们调取了马元腾学校门口以及前往现场的沿途监控。证明马元腾是前天晚上八点半从学校门口离开，大约九点步行到现场附近的。沿途监控中，我们找到了一台成像非常清晰的监控，可以看清楚马元腾脚上的白色鞋子有L球鞋的标志。"

"提示一下，在警方发现他们的时候，任前进穿着的是波浪形鞋底花纹的L球鞋，而马元腾穿着的是方格形鞋底花纹的A板鞋。"我说，"视频监控的内容也同样提示我们，马元腾在作案后换鞋了。"

"果真是证据确凿、证据链完善啊！"钱局长兴奋得双颊通红，说，"抓紧组织人手，对马元腾进行羁押审讯！他现在的身体情况适合羁押吗？"

"可以了，我早上问了医生，他已经度过了失血性休克的失代偿期，身上的创口只需要按时换药就可以了。"我说，"昨天晚上，我们通宵进行DNA检验并且多专业碰头汇总情况，所以现在我们需要回去睡一会儿。"

"去吧，去吧，等你们醒来，估计案子就破了。"钱局长站起身来。

"起来，起来，别睡了。"

我在睡梦之中被林涛晃醒，双眼蒙眬地拿起床头柜上的手表看了一眼，说："四点钟，你就喊我起床？"

"下午四点啊，大哥！你睡迷糊了吧？"林涛鄙夷地看了我一眼，说，"你今天的七个小时睡眠已经完成了，晚上可以别睡了。哦对，马元腾也交代了。"

"不交代也不行啊，证据确凿的。"我坐起来，伸了个懒腰，拿起林涛放在床头柜上的讯问笔录复制件，看了起来。

马元腾是个学习成绩优异的孩子，但并不是品学兼优。在半个月前，他看到混编后的班级里，有个让他意乱情迷的女孩，那就是彭斯涵。乌黑的长发，晶莹剔透的皮肤，还有那少女独有的、毫不造作的美丽回眸，都让马元腾不能自已。于是，他的犯罪之路，从偷窥开始了。

一周前，马元腾借着给彭斯涵还文具的借口，知道了彭斯涵的家庭住址，他原本是要直接去还文具的，却被小院内哗哗的水声勾去了魂魄。他绕到了小院的后面，从卫生间窗户的夹缝里，看见了一缕春光。从此，他一发而不可收，总会在晚上九点左右、彭斯涵习惯的洗澡时间，准时来到小院的后面。

案发当天，那躁动的青春期荷尔蒙终于将他的理智彻底摧毁，那诱人的香气就像是鸦片一样折磨着他的神经。在看到彭斯涵身穿睡裙上楼的时候，马元腾再也控制不住自己，他从院子后面的小树攀登到了彭斯涵的卧室窗口，从未关闭的窗户翻身入屋。他躲在床下，听着父女俩在门口一边吃西瓜，一边聊天，彭斯涵银铃般的声音更让他按捺不住自己。

"我这么优秀，彭斯涵应该也喜欢我吧。"马元腾这样想着。

彭斯涵吃完了西瓜，就回到了自己的房间，关上了门。马元腾知道自己的机会来了。他从床底钻了出来，直接捂住了彭斯涵的嘴。

"我喜欢你，我特别喜欢你。"马元腾将彭斯涵压在床上，开始撕扯她的衣服。

马元腾所没有想到的是，彭斯涵居然剧烈地抵抗，那个小小的身躯不知道为什么会有那么大的力量，连他这个大小伙子都快按不住了。情急之下，他掏出口袋里的匕首，刺上了彭斯涵的大腿。剧烈的疼痛不但没有让彭斯涵闭嘴，反而让她用尽了全身的力量，从马元腾的指缝中发出了一丝声音。

很快，房间的门被任前进拍响了。而当时，马元腾则被彭斯涵美丽的大腿上喷涌而出的鲜血吓傻了。就是轻轻一刀，还是扎在腿上，怎么会喷出这么多血？

拍门声变成了踹门声，门被踹开了。任前进看清了眼前的状况，转身去拿刀。而马元腾见有逃走的机会，夺门而出。在卧室门口相遇的时候，马元腾被任前进当头砍了一刀，他的眼前瞬间一片血红。下楼的过程中，马元腾抱头鼠窜，而任前进紧追不舍、刀刀见骨。

跑到了院子里，疼痛让马元腾终于恼羞成怒，他反手一刀，刺中了任前进的下颌。就在任前进稍一错愕之间，那把罪恶的匕首直接插入了任前进的心脏。疼痛和恼怒，让马元腾疯狂了，他骑在基本已经死去的任前进身上，又连刺了几刀。

愤怒发泄完了，马元腾恢复了理智，他思考了一下整个作案过程，然后支撑着因为失血而摇摇欲坠的身体，和任前进互换了鞋子，最后走到了门前，终于因体力不支而晕倒了过去。

4

结案了。

第二天一早，我们便向森原山出发。那里已经在开展无人机的侦查工作了。一路上，我们还在聊着任前进父女的案子，毕竟，这个真相太让人唏嘘了。

"看来我还是先入为主了。"陈诗羽坐在副驾驶上，有些沮丧。

我知道她是记住了在现场的时候我和她说的话，于是安慰道："现场的痕迹物证，确实容易误导我们，但是我们只要抓住本质，就不会犯错了。"

"我觉得误导我们的，主要还是继父、继女的身份。之前老秦说过刻板印象、偏见，在这个案子里不也体现得淋漓尽致吗？"韩亮说，"大家都容易被那些文学作品和影视剧里的情节所影响，容易被自己的想象——或者说难听点，叫意淫——

而误导。如果最后放过了坏人、冤枉了好人，那可就真的罪过大了。"

"是啊，连我们都会被这样误导，更不用说现场群众和网民了。"林涛补充道，"我们经常会指责一些网民'开局一张图，故事全靠编'，可是，我们这一次岂不是差点也这样了？选择相信自己所愿意相信的情节，盲目地遵从于表象，而缺失了该有的判断力。"

"举一反三得很好。"我说，"很多网络谣言，可能都是从一张图片、一段掐头去尾的视频开始，媒体捕风捉影地透露了一些消息，剩下的全靠一些好生事的人来瞎编。如果故事情节编得精彩，符合大多数人意淫的情节，就容易被广泛传播了。"

"现在反过来想想，这个继父，是个很好的父亲。"陈诗羽低着头，若有所思，"为了孩子上学，每天开车几十公里，而且还离家那么远，工作也比以前繁杂，甚至晚上回家都得加班。即便是加班，也不忘给孩子准备水果。尤其是在他听见异响之后，那种奋不顾身去救助女儿的模样，和亲生父亲有什么区别呢？"

"真相大白后，再回过头看，很多东西都不一样了。"我补充道，"你们想想，在对学校的调查里，马元腾看似是个好学生，而彭斯涵是同学口中的'坏'学生，结果却如此讽刺。由此可见，在某些学校里，一个人品质好坏的标准可能只取决于学习成绩的好坏，尤其是复读学校，更是把学习成绩作为衡量一切的标准。这样的教育环境下，很多孩子的心态也被严重扭曲了，优等生被捧上神坛，末等生则被轻视和践踏。也因此，马元腾去找彭斯涵的时候，才会如此自负自恋，却没想到彭斯涵会反抗。"

"不知道当初在现场附近议论的围观群众，现在是什么感受。"陈诗羽说道。

"能有什么感受？"林涛说，"你看网络上，舆论都反转了，说这样的继父真是难得，把死者都夸上天了。可是，又有什么用呢？"

"对我们来说，是有用的，把犯罪分子绳之以法，给见义勇为者以正视听，还是很有成就感的。"大宝说道。

"可是，彭夕太可怜了。"陈诗羽说，"我还专门去派出所看了她，她几乎是一夜白头啊，憔悴得像是一下子老成了六十岁。"

"可想而知。"我说，"一夜之间，失去了那么好的丈夫、那么好的女儿，而且之前还要承受那么多的非议，换谁心理上也受不了啊。"

"我安慰了她几句。"陈诗羽看着窗外发呆，"但这样的打击，恐怕还需要漫长的时间去跨越吧。"

我们抵达山下，就立即投入了搜索工作。虽然办法听起来是不错，但是落实起来比想象中要困难许多。侦查部门经过昨天一天的实地考察，发现山体的面积比我们想象中要大很多。十架无人机的覆盖面积比起山体，实在是不足为道。而且无人机飞翔一段时间，就要降落下来进行充电，所以搜索的进度显得很慢。

不知不觉中，一个上午就要过去了。

程子砚在电脑面前飞快地舞动着手指，无人机实时传回来的画面，被程子砚逐一截图、放大，并使用软件自动识别照片上的植物类型。

"不行，再申请调几架过来？"我看着车窗外起起落落的无人机，说道。

"你看，这个像不像？"程子砚把笔记本电脑转过来，将显示屏对着我们。

画面背景中的山峰，果真是那个熟悉的"S"形。

"这个位置，扫描出有桂花树的形态。"程子砚用纤细的手指指了指屏幕中央的树丛，说道。

"让现在还能飞的无人机兜兜这一片，看一看从山口到这个位置，有没有路。"我说，"如果他们能带着小孩子去那里，说明那里一定是有小路可以直达的。"

程子砚点了点头，对着对讲机说了几句。只见车窗外几架悬空的无人机开始移动，向西南方向的山体飞去。

"有路，有路。"程子砚突然兴奋地叫道。

确实，从无人机传回来的画面可以看到，有一条蜿蜒的小路，从山口一处灌木丛一侧开始，一直延伸到我们发现的可疑位置。小路很狭窄，只能一个人勉强通行。正是因为它的狭窄，无人机不可能在盲飞的时候发现，只有降到一定的高度，才能勉强看到。小路并不是人造的，而是天然形成的。森原山的一部分，是石头山，虽然也有茂密的植被，但是有些地方植物没能钻到石头里，光秃秃的石头恰好在这一段，组成了一条小路。这也就能解释为什么钱大盈十八年没有再走过这条小路，小路依旧存在了。

这十八年，钱大盈肯定是没有再来过这里，因为警方不定期地对他进行跟踪，并没有发现任何异样。

"山上，会不会有野兽？"林涛怯生生地问道。他肯定已经想到，我们既然发现了小路，那么就没有不去一趟的理由了。

"怕什么？"陈诗羽从包里抽出一根警用甩棍，说道。

"不用，请几名特警在前面开路。"我说，"这种事情，我们并不专业。"

林涛顿时放下心来，跑到车外去找特警支队的副支队长沟通。

很快，由五名特警和我们六个人组成的小分队就正式成立了。五名特警武装整齐，背着冲锋枪，带着攀岩用的绳索、挂钩等工具，还带上了一架无人机和手电筒，甚至还牵上了一条警犬。特警们，三人在前、两人殿后，和我们开始攀登了起来。

其实我想和他们说，并不需要兴师动众，既然当年钱梦这种小孩子都能上去，根本就用不上这些专业的工具。不过为了照顾林涛害怕山中野兽的情绪，我也就没有拒绝特警们的好意了。

事实证明，我的推测是正确的，这条石头路非常好走，几乎没有什么陡峭的斜坡或者光滑的岩壁。我们就像是在市区的步行街上逛街一样，走了四十分钟，就抵达了照片上的地点。

这确实是一个不错的地方。

照片上的地方，是半山腰处的一个小小的"平台"，这块面积有二十多个平方米的泥土地上长着过踝的青草，倒是没有树木，所以像是一个浓缩版的"空中草原"。坐在平台的草地上，即便在这个"秋老虎"的大中午，因为受到周围茂密植被的遮挡，也能感觉到丝丝凉意。平台是背靠大山的，坐在平台上，可以远眺前方的美丽风景。一条在阳光下泛着绿光的小河，穿过了黑瓦白墙的建筑群，在建筑群的一角形成了一个小小的湖泊。湖泊的旁边，还有一个尖角的小亭子，亭子和周围的徽派建筑倒映在水里，看起来就像是一幅美丽的山水画。

"好地方啊，真会找。"我走得有些累了，一屁股坐在了草地上。

"所以，在这里把尸体埋了，我们也找不到啊。"林涛左看右看，周围都是郁郁葱葱的植被，也不知道从哪里找起，于是也一屁股坐在了地上。

"是啊，说不定你们就坐在尸体上呢。"大宝吐了吐舌头。

林涛像是被电击了一样跳了起来，拍了拍屁股上黏附着的草屑，说："我本来也不累，我才不像老秦那么懒。"

我坐着没动，扭动脖子看了看周围环境。是啊，在这样的大山里去寻找一具十八年前的尸体，谈何容易？

突然，我感觉到后背吹起了一阵风。奇怪，我们现在所在的这个小平台，背后是大山啊，怎么会有风吹过？

我扭头看了看大家，几名特警和他们几个，都拿着甩棍在四周敲打灌木，漫无目的地寻找着什么，警犬显然不太适应在炎热的初秋做爬山这种剧烈运动，吐着舌头、喘着粗气趴在平台上。

没有人对着我背后吹气啊。

又是一阵凉风吹在我的后背上，透过我的警用T恤，让我背后一凉。

"我的天，有阴风！"我站了起来。

"什么阴风？"大宝说，"还有妖气呢。"

我没理大宝，从包里抄出甩棍，走到平台靠着大山的那一边，用甩棍用力地劈砍着茂密的灌木。我知道，能有凉风吹过来，就说明这团灌木的后面一定有山洞。

特警队长见状，也走了过来。他刚走过来，就和我一样感觉到了"阴风习习"。他没有我这么有耐心，直接从腰带上拔出一把匕首，开始砍伐树枝了。

"嗅。"带着警犬的特警队员给警犬下达了指令。

警犬趴在平台上，不情愿地站起身，低头嗅了嗅，又趴了下来。

"十八年了，还有啥气味？"我笑着说道。

几名特警纷纷拔出匕首，帮助特警队长砍伐灌木。

"嚯，真的是个山洞。"砍了大约半个小时，特警队长直起身子说道。

我的心情很复杂，不知道是兴奋还是恐惧。但破案的欲望还是促使我走上前去，看了看那个类似半圆形的黑洞洞的洞口。

"是一个天然山洞，但是不大，只能躬着身进去。"特警队长笑着看了看我，说，"只能瘦子进去。"

"这是啥意思？"我心里很不服气，想着。虽然通过目测我也不知道我能不能走进去，但是不蒸馒头也得争口气啊，大不了就是被卡住呗。

我沉默不语，穿好了勘查装备，钻进了洞里。还好，这个洞挺给面子的，虽然洞口不大，需要吸吸肚子，但是进了洞，也就宽敞不少了。

几支警用手电筒同时照进了洞内，把洞内照得雪亮。

"林涛，你进来。"因为在洞里直不起腰，我只能蹲在洞里喊道。我想，如果林涛也进来，我们应该可以勉强挤下吧。

我的声音在洞里回旋着，过了良久，才听见林涛的声音从外面传来："我不进去。"

"需要你进来，洞里没啥。"等我说完，这才听见洞口林涛窸窸窣窣穿戴勘查装备的声音，不一会儿，林涛挤了进来。

"啊！"林涛刚进来，就跳了起来。当然，在这个狭小的洞里，他也跳不起来。不过，他的头倒是撞上了洞壁。他说："老秦，你害我。"

"干尸而已。"我耸了耸肩膀，"谁知道你跟了我这么久，还会怕尸体？"

洞似乎是一个圆锥形，可以待人的地方只有两部电梯那么大，最深处缩小到只有篮球那么大。但我知道，那一边肯定是通的，不然不会有空气流动，也不会有冷气吹出来。不过，这个洞究竟有多深，我并不在乎。我在乎的，是洞内地面中央，躺着一具被风干了的尸体，尸体的旁边还有两个行李箱。

干尸应该是穿着衣服的，但是衣服上已经积攒了太多的灰尘，灰尘变成了泥土，将眼前的整个人都变成了土黄色。不过，她裸露的面庞还是可以看出轮廓的：深陷的眼圈，突出的鼻子，还有半张着的、黑洞洞的嘴巴。

这样的情景，林涛乍一眼看到，害怕也是正常的。

"现在不怕了吧？"我拍了拍林涛的肩膀，说道，"你得先把两个行李箱弄走，关键物证，只能在行李箱上提取了。"

"你是说，运尸者的指纹？"林涛的情绪稳定了下来，于是蹲着问道，"十八年前的指纹、接触DNA，不可能有了。"

"不做你怎么知道没有？"我说，"箱子上这么多土，说明这么多年也没有再动过，如果能找到指纹，那可是很有证明力的。我没让你在洞里找鞋印，已经很仁慈了。"

"天方夜谭。"林涛自言自语说了一句，但还是拿起相机很认真地拍照，然后将箱子提取走了。

林涛刚刚钻出山洞，大宝就迫不及待，但是十分费力地钻了进来，说："干尸啊？嘿嘿，不多见。"

"原本我以为，在山里的尸体，怎么着也是走巨人观、白骨化这条转归路线的，可没想到，还真是变成干尸了。"我说，"干尸是保存型尸体现象，尸体的一切都可以被保存下来，这对于我们，倒是一件好事。"

"你看这山洞里面，都是灰尘和干土。"大宝向四周看了看，说，"你看，山洞的'后门'就这么大，还在鼓风，这就是一个天然吹风机啊。一年四季这样吹风，啥玩意儿也给吹干了啊。"

"是啊，通风、干燥的环境，才能形成干尸这种不多见的尸体现象。"我说，"现在问题来了，我原本以为尸体肯定会白骨化，所以只带了大号的物证袋，准备来收集白骨的。可没想到，尸体居然干尸化了，我们又没有担架，怎么把尸体弄走呢？总不能背着吧？"

大宝神秘一笑，转身把自己的双肩包取了下来，从里面掏出了一个叠好的淡黄色的尸体袋，说："干法医的，不随身带个尸体袋，那也太不专业了吧？"

我一脸黑线地和大宝一起把尸体袋展平，然后将尸体抬进了尸体袋里。虽然大宝这个家伙说起话来没个正经，但是还真的要感谢他想得周到，不然要是需要用抓阄来决定谁背尸体，那实在是太可怕了。

尸体抬走后，我提取了尸体下方干燥的泥土，装进了物证袋里，钻出了山洞，说："走，收队！"

"秦科长，你们去解剖吧，我要去市局技术室。"陈诗羽对我说道。

"怎么了？"我问。

"之前在史方家里提取的电脑，因为加密了，很难突破，所以我把它交给了我的电子物证的老师去突破。"陈诗羽说，"现在，电脑已经被突破了，电脑内的数据已经被我老师上传到了内网FTP（文件传输协议）里，我想去看看他们家电脑里都有些什么。"

"好，说不准就会有特别的线索。"我说。

午后的阳光洒进了森原市公安局解剖室内，照得不锈钢解剖床有些反光。

我皱着眉头站在尸体的一侧，看着尸体，问："林涛呢？"

"林科长现在和考古学家差不多。"程子砚莞尔一笑，说，"用小毛刷在刷行李箱上的土呢。"

"我不也是？"大宝已经将衣服从尸体上剥离下来，正在操作台上清理着衣服表面的干土，说，"只是我没用小毛刷而已。"

"衣服已经风干龟裂了，你小心点，别聊天。"我提醒道，"不要求你完完整整地把衣服表面暴露出来，但得保留大部分。"

"知道啦，婆婆妈妈的。"大宝嘀咕了一句。

我盯着眼前这具尸体，因为是保存型尸体现象，所以尸体表面的损伤形态都被完整地保存了下来，除了头发。可能是因为干尸化后毛发脱落，加上每天不停有风吹过，这具尸体的头发已经不知所终了。不过毛发的消失，倒是让她头部的损伤更加清楚了。

这是一具女性尸体，我们已经提取了死者的肋软骨进行DNA鉴定了，不出意外的话，这应该是消失了十八年的李茹的尸体。

尸体的表面有很多新鲜性和陈旧性的损伤。陈旧性的损伤都是已经形成了的疤痕，因为尸体已经干尸化了，疤痕不再清楚，但是前臂的多处圆形疤痕和头部的数条条形疤痕还是依稀可辨的。如果我没有猜错的话，她是遭受了多次烟头烫伤和工具击打头部留下了这些痕迹。新鲜性的损伤也不少，主要集中在头部。死者的头皮有三处破口，创口不长，没有哆开，没有缝合的必要，但看位置都是在额头部位，估计当时也会流不少血。另外，死者的鼻子软组织和软骨都没了，我试着捏了捏黑洞洞的鼻孔上方的鼻骨，没有感受到鼻骨的移动和骨擦音，看来她的鼻骨没有骨折。我又用止血钳夹开死者微张着的嘴唇，也没有损伤。

因为很少检验干尸化的尸体，所以尸体一运进殡仪馆，大宝就已经迫不及待地先解剖完了尸体，才去检验已经被脱离下来的衣物。解剖检验进行得非常细致，毕竟尸体干尸化了，软组织即便有出血、肿胀的情况也看不见了，所以我们必须将所有的体腔内脏器和骨骼都细致地检查一遍，才算放心。

解剖检验的时候，我们是费了不少力气。因为尸体干尸化，皮肤都已经变得跟皮革一样，十分坚硬，我们用普通的手术刀已经划不开了。毕竟干尸化很少见，我们不可能配备专门解剖干尸的工具，所以只能用脏器刀、剪刀配合着，将尸体那像皮口袋一样的皮肤慢慢剪开，暴露出胸腹腔的脏器。虽然"皮口袋"很难弄开，但我们还是将躯干和四肢所有位置的皮肤都打开了，为了检查没有脏器的部位的骨骼和关节。和我猜的一样，我们同样发现了尸体有很多内部的陈旧性和新鲜性的损伤。

损伤主要表现在骨质上。死者的右胸五、六肋骨都有陈旧性骨折，骨痂已经形成并变得很圆钝。不过，从骨痂的形成状态上可以看出，当年这两处肋骨骨折都错位了，但是她没有接受医生的治疗，而是任其畸形愈合。这个伤，恐怕是在她死亡之前两三年形成的。好在当时肋骨错位只是上下错位而不是内外错位，不然像这样不去及时就医，肋骨断端刺破了胸膜，是会要命的。尸体检验还发现了很多新鲜性的损伤，比如，尸体的右手中指变形了，打开看里面的指骨，粉碎性骨折了，程度还很严重。应该是防卫伤吧？我想着。另外，我们对尸体进行的全身性检查，也没有白干，因为我们发现死者的右侧胫骨平台①粉碎性骨折。这样的伤势，恐怕死者当时受伤后，连走路都走不了。不过，这一处骨折倒不是硬生生打出来的。死者的

_____

① 胫骨平台：胫骨的近端干骺端及关节面。

膝关节和其他关节一样，都有明显的关节畸形表现，可以推测，死者在死亡前，已经患有十分严重的风湿性关节炎了。因为关节畸形，不太严重的力量也是可以导致胫骨平台的粉碎性骨折的。

死者当时逆来顺受，受了伤，为了面子或者为了保护家暴者，她不仅不报警，甚至还不就医。这和前期调查没有找到一则关于家暴的报警记录、没有发现一份医院就诊病历的情况是吻合的。死者一味地纵容，让家暴者得寸进尺、嚣张跋扈，损伤一次比一次重，最后酿成了惨剧。

尸体的脏器都已经脱水成了纸片样，非常薄，但还是可以依稀看清楚结构和位置。如果有大血管和脏器的破裂，是完全可以通过解剖检验发现的。不过，死者的身上没有。包括头部，虽然头皮有几处创口，但颅骨是正常的。脑组织虽然已经和硬脑膜干缩成了一个拳头大小的团状硬物，但是我们用开颅锯锯开这个硬物，发现里面并没有颜色的变化，也就是说，她没有颅内的出血。经过这一系列的检验，虽然尸体上有损伤，但都不足以致死，可以排除机械性损伤死亡。

"既然不是被家暴直接打死的，又没有其他窒息征象，舌骨、甲状软骨也是正常的，不符合机械性窒息死亡，那么，她的死因会是什么呢？"我站在尸体的旁边，心里想着，"可惜死者的心脏也缩水成了一个'硬纸壳'，不然看看二尖瓣有没有狭窄，也就知道她有没有风湿性心脏病了。对了，她会不会真的是风湿性心脏病，在被殴打的时候诱发了猝死呢？"

"无据可查啊。"我叹了口气，将心里想的结论说了出来。

"查啥？"大宝在操作台边说，"衣服差不多了，看颜色，胸口这一片颜色黯淡很多，我觉得可能都是血染。"

我走到操作台边，看了看。死者穿着一件碎花的的确良①长裙，整体的颜色在十八年前应该是暗黄色的，不过现在已经变成了土黄。胸襟的位置，土黄色变成了暗褐色，确实比裙摆位置的颜色要深上不少。

"即便是流了这么多血，也不足以致死啊。"我说。

"死因找不到也正常，尸体没条件啊。"大宝说道，"只是，流这么多血，也不去医院，真是厉害。"

"她可能已经习惯了吧。"我说。

---

① 的确良：二十世纪七八十年代流行的一种衣服面料，也就是我们现在说的"涤纶"。

"在家里突然失踪，伤后又不报警就医，这一切都符合家暴致死的特征，可还是没什么直接证据啊。"大宝说，"难道真的只能靠审讯突破吗？"

"尸体变成了这个样子，确实在审讯上有可能突破。"我说，"要是说这个钱大盈和其他家暴者唯一不一样的就是，他对李茹和家庭还是有感情的。"

"你是说他翻相册，把装订绳都翻断了？"大宝问道。

我点了点头，突然感觉到裤子口袋里的手机正在振动，于是我脱去了外层的乳胶手套，从口袋里拿出手机。是林涛打来的，我突然感觉到有些期待。

"你猜我发现了什么？"林涛的台词和我脑海里设想的一模一样。

"指纹。"我说。

"嘿！你怎么知道？！你说神奇不神奇！十八年了！十八年了还能找到指纹！"林涛说，"你们解剖完了吗？解剖完了赶紧到局里来一趟吧！"

我们几个人坐在市局理化实验室的电脑屏幕旁，看着屏幕里的波浪线。虽然看不懂，但我们是用这种姿态来体现我们对这个微量物证检验的关切。

"嗯，不错，确实是汽油。"理化检验师小刘扬了扬自己的下巴，说，"肯定不会错。"

"这个证据可就太关键了。"我长舒了一口气。

"行了，你们先忙着，我还在检验你们带回来的尸体下的泥土。"小刘站起身，把从打印机里吐出来的检验报告递给我，然后转身离去。

指纹也有很多种类型，但无论是灰尘加层指纹还是灰尘减层指纹，过一段时间就会消失或者被覆盖。如果是汗液指纹，保留的时间可能会长一些，但是基本不可能在室外环境保留十八年之久，风吹日晒，也一定会消失。可是，林涛用小毛刷刷掉了行李箱表面的泥土，却意外地在行李箱拉杆上找到了一枚指纹。指纹纹线虽然已经有些模糊不清，但是特征点数量已经足够进行鉴定比对了。什么指纹能留存这么长时间呢？林涛在对指纹进行拍照固定后，将指纹提取了下来，进行了一个理化成分的分析。经过分析，按照指纹的形状黏附在拉杆上的物质，是汽油。因为汽油性质较为稳定，所以将这枚油脂指纹保存了这么久。

汽油，可是有证明价值的，因为当年钱大盈确实去加油站里打了一瓶子汽油，我们分析是准备烧尸的。自己的指纹被汽油黏附着，留在了抛尸的行李箱上，结合调查情况，这就是一个比较好的证据链条了。

"指纹是钱大盈的吗？"我问。

"当然，不是他的，还能是谁的？"林涛说道。

"刚才DNA室也确定死者就是李茹了。"程子砚补充道。

"钱大盈刚刚被派出所放回家去，现在看来，刑警队又要找上他的麻烦了。"我说，"这一次，就算咱们不抛出证据，审讯也拿得下来。"

"你觉得经过十八年的煎熬，他的心态已经大不如前了？他已经扛不住自己内心的愧疚和自责了？"林涛问道。

我点了点头，说："其实当年，他就是有愧疚和自责的。你想想，你刚才看的两个行李箱，一个是装尸体的，一个是装衣服的。你见过哪个人抛尸，把死者的衣服也带上？一般都是家里老人去世，火化的时候把老人生平的衣服和习惯使用的物品一起烧了。"

"这个不好说。"林涛皱了皱帅气的眉毛，说，"因为你别忘了，当年警方问钱大盈，李茹失踪，为什么不报警的时候，他说是以为李茹带着孩子回娘家了。如果连衣服都在家里，凭什么以为自己老婆那么多天不回家是回娘家了？"

"嗯，你分析得也有道理。"我说，"他确实有可能是为了给自己脱罪而丢弃死者的衣服，但是将行李箱拉到山洞里之后，他就可以离开了。可是他没有，他把行李箱打开，又把尸体搬出来，平躺放好，这又说明了什么心理？"

林涛想了想，没再说话，显然是认同了我的观点。

"现在看起来，钱梦后来和钱大盈没有丝毫联系，说明这个钱梦当年可能是自己跑出去的。"我说，"因为钱大盈没有必要冒险，也没有必要把孩子送出去。教会孩子怎么撒谎，岂不是更好掩盖他的罪行？将孩子送走，有被别人发现追问进而暴露的风险，而且，只是李茹失踪，大部分人会以为是李茹跟别人跑了吧。连孩子一起失踪，案件就更大了。"

"小孩子自己跑出去？这附近可都是大山啊。"大宝说，"这太不可思议了。"

"不可思议的事情多着呢。"我说，"当时钱梦可能是因为害怕她的父亲吧。"

"那当时钱大盈恐怕也是担惊受怕吧？"大宝说，"说不定他会以为女儿去报警了。"

"你的意思是想让钱大盈和钱梦，嗯，就是许晶，两个人互相刺激，从而知道两起案件的真相？"程子砚问道。

"如果审讯无果，这应该会是一个好办法。"我说，"不过我觉得，钱大盈此时的心理防线已经接近崩溃了。"

"走吧，钱大盈已经被传唤到刑警队了，刑事拘留的手续正在办。"韩亮说，"我们去听听审讯吧。"

我点点头，收拾起眼前的材料，挥手让大家开车去刑警中队。

来到了刑警中队办案区，我们被民警带进了一个会议室。电视里那种单向玻璃，绝大多数审讯室是没有的，因为没有必要。现在的审讯都是全程录像监控的，画面可以实时传输到会议室的电脑里，包括声音也是。

不知道钱大盈和侦查员前面说了什么，我们看电脑的时候，只见侦查员一脸怒气，从办公桌上拿起一张照片，扔在了审讯椅的台子上。

"你看看，这是谁？"侦查员说。

看来，侦查员是直接把李茹尸体的现场照片丢给钱大盈了。不可否认，对于一个心理防线几近崩溃的人来说，这样的一张尸体照片比任何证据都好使。想起来也不知道什么原因，如果尸体变成了一堆白骨，可能并不会触动什么，但是变成了这样模样可怖的干尸，触动人心的效力可就增强几百倍了。

钱大盈的肩膀猛然间不规律地抖动起来，但还是没有说话。

"十八年了！十八年了！"侦查员的声音有些颤抖，"终究是法网恢恢，不是吗？"

我仔细看了看这名侦查员，瘦高个儿，两条臂膀上的肌肉很结实，从身形上看，像是一个小伙子。可是他那斑白的两鬓和眼角深深的皱纹告诉我，他年纪不小了。

"这就是当年的主办侦查员，万丰，当年他三十一岁，今年已经四十九了。"韩亮似乎注意到了我在看什么，于是补充道，"他一直在刑警岗位上，和这个钱大盈在这十八年里交锋了几十次。"

"这、这是谁？"钱大盈的回答，似乎依旧是抵抗性的，但声音明显是在颤抖着的。

"还装，是吗？"万丰又扔了几张照片给他，说，"行李箱，也不认识了？尸体上剥离下来的衣服，也不认识了？行李箱内的衣服，也不认识了？"

钱大盈颤抖得更剧烈了。

"这是DNA报告。"万丰又在天平上自己的这边，加了最后一块砝码。

哇的一声，钱大盈居然吐了。大家都不明白为什么，他居然对着审讯椅旁边的垃圾桶，吐了一大堆黄色的呕吐物。

"在情绪达到极致的时候，每个人的表现都不一样。"我看着大家惊讶的表情，于是解释道。

"他快招了。"我补充道。

"你们居然还是没让李茹安息。"钱大盈说，"你们还是动了她的身子。"

"不入土，何谓安？"万丰突然文绉绉地来了一句，"沉冤未得雪，灵魂何以安？"

钱大盈没有反驳，从他脸上的表情看，他似乎认同了侦查员的说法。剧烈呕吐后的钱大盈，显得十分虚弱，他就像电视剧里演的那样，找侦查员要了一支烟，然后用十分缓慢的语气，开始讲他的故事了。

"不管你们信不信，我是爱她的。我年轻的时候，喜欢上山采一些中药，就在你们找到她的地方，我第一次遇见了她。那个地方的风景是那么美丽，可是不及她美丽的万分之一。我们一见钟情。哦，对了，梦梦也是在那个地方有了的。"

"和你猜的一样。"大宝拍了拍我的肩膀。

"他什么时候猜了？"程子砚侧头看着大宝。

"那个地方很美，我们每年这个季节都会去，有的时候也会是春天去。后来有了梦梦，我们也带梦梦去过几次，她似乎比我们更喜欢那个地方。当然，那个地方，只有我们一家三口知道。那些年，因为我人缘好、能力强，在我们村办企业坐头把交椅，真是风风光光啊。不仅是收入不错，而且还可以'号令群雄'。回到家里，李茹也把我伺候得舒舒服服的，我到现在还怀念那一段时光。可是，在梦梦几岁的时候，具体几岁，我记不清了，村办企业不知道怎么了，一夜之间销售出现了断崖式下滑。无论我如何想办法，都改变不了局势。那段时间，我的收入锐减，工人们对我也产生了怀疑，其实，这种事能怪我吗？他们不努力，怎么能怪我？"

"说重点。"万丰似乎有点不耐烦钱大盈的赘述。

"反正，我是觉得那段时间李茹看我的眼神，已经从崇拜变成了鄙视。我受不了她的鄙视！她凭什么鄙视我？凭什么……有一天，我就动手了，打得她头上流血了。不过她后来也没说什么，我也没有道歉，她就主动和我说话了，而且那种鄙视的目光似乎消失了。就从那时候起，我知道，女人都是欠教训的。"

"放屁。"大宝说。

"后来，我打她，甚至有时候会打梦梦。其实我是不想打梦梦的，别人都说女儿和父亲最亲了。可是，每次我打李茹，梦梦都会哭闹，都会来阻拦。那时候我在气头上，我怎么控制得住自己？所以我就把她丢到一边，她要再劝，我就打她妈妈更狠些。我就是想让她知道这个家里谁说话才算数。打过她们，我就去喝酒。这样，我似乎能找到一丝心理安慰。"

"你通过家暴，来安慰自己的心？"一名年轻的侦查员拍着桌子说，"你的心是黑的吗？"

万丰打断了年轻侦查员的话，说："我要听案发当天的事情。"

可以理解万丰的急切，十八年的命案未破，在万丰的心里打了个结，现在眼看这个结就要解开了，无论他表现得有多镇定，我相信他的心里一定是波涛汹涌的。

"那天和往常一样，我就那样打了她。"钱大盈说。

"说细节，怎么打的。"万丰提醒道。

"用拳头打，用脚踢。"钱大盈说，"只轻轻踢了一脚，她居然就躺下了，说什么她腿断了。怎么可能？我随便踢一下就能把她腿踢断？我又不是少林寺出来的！见她现在学会了虚张声势，我就更来气了，于是我抄起了桌上的烟灰缸，玻璃做的，往她头上打，打了几下我不知道，但是我看见她双手抱着头，流了不少血。说老实话，虽然我表现得还是怒气冲冲，但当时我的心里是有些害怕的。为了我的威严，为了不露怯，我就离开家了，去外面喝了大概两个小时的酒。"

"具体时间点，我们后面再说。"万丰说，"你说说后来的事。"

"喝酒的时候，我就在想，今天下手是不是有点狠了？毕竟是用烟灰缸照着头砸去的，不会出事吧？我越想越怕，后来就回了家。可没想到，怕什么，来什么，我回家的时候，就发现李茹已经断气了，而梦梦则不见了。梦梦从小就跟妈妈亲，既然李茹死了，她肯定是去报警了。我当时害怕极了，尤其是看见李茹七窍流血的脸，我害怕极了。"

"问一下七窍流血。"我拿起桌上的麦克风，按下按钮说了一句。桌上的麦克风连接着万丰的耳机。

"七窍流血？"万丰果然按捺住接近终点的兴奋心情，插问了一句。

"是啊，她鼻子和嘴巴都在往外流血。"钱大盈说，"两只眼睛瞪着，里面还有血，可吓人了。"

"问一下是不是头上伤口流下来的血，被误认为是七窍流血。"我说。

万丰重复了一遍我的问题。

"不可能。"钱大盈斩钉截铁，"当时我也很奇怪，因为我走的时候，李茹满脸是血。后来可能是她自己清洗了？反正我回来的时候，李茹的脸上是很干净的，头发也是干净的，不过就是鼻孔和嘴角往外流血。我想，肯定是我打出了脑子里的内伤，所以当时没事，后来七窍流血死亡。武侠小说里都是这样写的吧？"

"奇怪，我还仔细检查了李茹的颅底，没有骨折啊。"大宝说。

我咬着嘴唇，半晌，说："是啊，鼻骨也没有骨折，口唇也没损伤，哪来的血？"

"你接着说。"万丰说道。

"我当时想，如果梦梦去报警了，警察十分钟就能赶来。"钱大盈说，"只要我把尸体处理好，到时候再做好梦梦的工作，说是她自己做噩梦去报警的，就可以了。毕竟梦梦已经没有了妈妈，是不能没有爸爸的。于是，我用最快的速度，把尸体和李茹的日常衣服装在两个行李箱里，把染血的床单都塞进了洗衣机开始洗，然后拖着行李箱逃离了。我当时想好了，警察来问我，我就说李茹回娘家了，你们看衣服都带走了。我拖着两个行李箱，想处理尸体，想了很多种办法。先是想找个地方埋了，可是当时的泥土太硬了，我根本就挖不动。后来又想扔进湖里，但是我知道那个湖不是很深，经常有人游泳，即便尸体浮不上来，也会被人发现。再后来，我想到了烧尸，可是我买回汽油才发现，根本就没地方可以烧。没林子的地方，有火光就会被人发现，有林子的地方点了火，说不定就引发山林火灾了。我们的厂子要靠着林子活下去，可不能引发火灾。最后，我想起了我们常去的那地方，我记得那地方有个小山洞，我刚才说了，梦梦就是在那个山洞里有的。那个地方，只有我们一家三口知道，只要我及时做好梦梦的工作，警察就不可能找到那里。"

说到这里，钱大盈有些哽咽。

"后来呢？"

"后来，没有后来了。"钱大盈说，"梦梦没有报警，不知道去哪里了，我猜，她恐怕是害怕，躲进了林子，被野兽吃了吧。每次看到你们去搜山，我都很害怕，但我也在安慰自己，那个地方很少有人经过，经过了也不会发现山洞。对了，你们是怎么找到的？"

"你休息吧，好好想想有什么遗漏的，回头再交代。"万丰说完，像是长长呼出一口气，转身离开了审讯室。

我可没有万丰这么轻松，我的脑海里一直都是李茹的死因问题。

"老秦，小刘那边来了短信，说在你提取的泥土里，找到了溴敌隆的成分。"韩亮放下手机，盯着我，说道。

"溴敌隆？"我差点跳起来。

溴敌隆是一种人工鼠药，当然不会在一个山洞里莫名其妙地出现。溴敌隆是抗凝血机理的杀鼠药，老鼠吃完后，不会立即死亡，这样就会诱使其他老鼠也放心地吃。但是，只要量足够，在两个小时内，就会因为凝血机制被破坏而死亡。死者出现了口鼻出血的情况，很有可能是因为凝血功能遭到破坏而导致的。李茹居然是中毒死亡，而且中的毒是一种并不多见的鼠药！

"是我杀了她！快点枪毙我吧！我要死！"钱大盈坐在审讯室里良久，突然大声叫嚷了起来，两只被审讯椅铐住的手，捶打着审讯椅的台面。几名民警听见声音，跑过去按住他，防止出现什么意外。

"不，他可能不会死。既然他抱着必死的心全招了，自然不会再撒谎。"我沉吟道，"你们别忘了，李茹的腿断了，走不了。那么，究竟是谁帮她洗了脸？又是谁找出了鼠药给她服下？"

我不敢去想，只觉得背后毛骨悚然。

我颤抖着说道："林涛、林涛，快，从玩偶里发现的，那个有许晶指纹的塑料袋，快，让他们送去理化实验室检验。重点方向是，鼠药溴敌隆！"

尾声

法医秦明
VOICE OF THE DEAD

1

　　陈诗羽和程子砚穿着整齐的警服，并肩走在医院的过道中，英姿飒爽，吸引了周围医护人员和病患的目光。

　　打开许晶的特护病房房门，许晶还像往常一样，在病床上一动不动。透明的胃管从她的鼻子进入她的体内，雪白的被子盖在许晶的身上，几根电线从被子下面钻了出来，连接在病床边的仪器上。仪器均匀地发出"嘀嘀嘀"的响声，屏幕上的心电曲线有力而平稳。

　　陈诗羽和程子砚拉过两把椅子，坐在许晶的身边。陈诗羽翻开了笔记本，说："许晶，哦，是钱梦，你好，我们现在代表龙番市公安局来告知你一些鉴定结果。虽然你现在还不愿意醒来，但我觉得还是有必要让你知道这些天来，我们警方调查到的结果。"

　　在说到"钱梦"二字的时候，许晶的面部肌肉微微颤抖了一下，很快就恢复了平静。

　　"首先告知你的是，你的丈夫史方的死因。被鉴定人史方，系因注射过量胰岛素后，致使体内血糖降低，意识不清，反射性自我保护能力丧失；在落水过程中，因头部过度扭转形成剪切力①，导致脑基底动脉破裂引发颅内出血、脑疝而死亡。"陈诗羽顿了顿，说，"也就是说，他不是溺死的，而是胰岛素和摔跌入水两者共同作用导致的死亡。在距离你们落水点三百米的一棵树木下方的灌木中，我们找到了一支新鲜的注射器，注射器上，发现了你的指纹。经过DNA检验部门后期的不懈努力，同时在针管内侧壁，发现了你丈夫史方的微量DNA。还有一项证据，经

----

① 剪切力，又称剪力。此处指在一对相距很近、大小相同、指向相反的横向外力（即垂直于作用面的力）作用下，人体头部的横截面沿该外力作用方向发生的相对错动变形现象。

过龙番市公安局会同食品药品监督管理局的联合清查，对你公司生产的所有胰岛素针剂进行了全面的梳理，发现在你负责销售的胰岛素产品中，有一盒十日用量的胰岛素针剂去向不明。至此，我们有足够的证据证明你盗取胰岛素针剂，给史方进行注射，在其丧失反射性自我保护能力之时，将其推入水中。"

仪器上的心电曲线明显加快了频率，而眼前这个躺着的女人胸口也开始起伏。

坐在一旁观察许晶的程子砚，用眼睛示意了一下陈诗羽，陈诗羽了然于心，继续说："不要以为处于昏迷状态，就可以逃脱法律的制裁，你总会醒来，头上悬着的正义之剑也会落下。"

许晶还是一动不动。

陈诗羽接着说："当然，我们带来的证据，不仅仅是这一起案件的，还有十八年前，李茹，哦，也就是你的生母死亡案件的相关证据。你的身份，我不想多说了，在DNA技术广泛运用的今天，这也没什么好赘述的了。而且，寻找到你生母的尸体，也利用了先进的无人机技术。这就是科技强警的威力吧。是的，你生母的尸体，在森原山的一个山洞内被找到了。经过尸体检验，我们发现她生前遭受了严重的外界暴力，导致全身多处受伤。可是，她并不是被打死的。被鉴定人李茹，系溴敌隆中毒而死亡。经过询问和测谎，侦查部门认为你的生父钱大盈并不清楚溴敌隆这么一回事。倒是我们在从你家中找出的，被你锁着的玩偶里，发现了溴敌隆的外包装袋。直到今日，包装袋内侧还检出了微量溴敌隆成分。结合案情，你父亲藏尸的时候，你已经离家。所以，我们有理由怀疑，你生母的死，和你有关。"

许晶的嘴唇似乎动了动。

程子砚和陈诗羽对视了一眼，陈诗羽深吸了一口气，接下去要说的话，就是攻坚的关键了。

"当然，任何案件的发生，作案动机都非常重要。最开始，我们觉得你之所以要和史方提出离婚，之所以要痛下杀手，是因为你和刘鑫鑫一样，是一个饱受家暴折磨的女子。

"但是，在搜集线索的过程中，我们打开了你们家电脑的密码锁，分析数据时我们发现，在同一台电脑里，有两组加密的日记。这两组日记存在电脑的不同位置，从创建到更新，至少持续了两年。你或许知道，其中一组是你自己写的，但并不知道另一组是你丈夫史方写的。日记代表了你们的内心，明明在一台电脑里，却始终没有向对方敞开心扉。

"你自己写的日记，我就没有必要读给你听了。但是你丈夫史方的日记，我觉得你或许会感兴趣。我找几篇读给你听一下吧。"

晶晶，你好啊。你说我们要一起写日记，婚礼办完这么多天了，我终于有机会偷偷写了。虽然你的父母不在了，但我牵着你的手，你不用怕。我会信守我的承诺，照顾你一辈子。

还记得在你父母的葬礼上，我第一次看到你，你那么弱小，又那么悲伤，我看到你，不知道为什么，就想要去帮助你，照顾你。可能这就是传说中的一见钟情吧。谢天谢地，现在我是你的丈夫了，我会竭尽自己毕生之力，让你过上幸福的生活，让你把过去的苦楚通通忘掉。

好久没写日记了，或许是越来越忙了吧。晶晶怀孕，把我高兴坏了。等有空了再来记录一下。

是不是孕妇都很容易情绪激动呢？晶晶最近跟我吵了好几次。说起来好笑，好几次吵架，甚至都不是因为我们自己家的事。晶晶对闺密太上心了，以前人家谈恋爱，她劝人家慎重，结果人家结婚了，她还要劝人家离婚。人家两口子吵完架，和好如初了，她闺密听她满口都是劝离婚的话，不会对她有意见吗？别人的日子怎么过，只有别人自己知道，我劝她不要掺和那么多，她反而觉得我冷漠无情。唉，晶晶啊。

又吵架了，每次想好了要心平气和地解释，可是被误解了，总是急着辩驳清楚。奔驰从飘窗上掉下去了，摔死了，她觉得是我杀的。不是我，真的不是我。虽然奔驰不听话的时候，我教育过它，但它也是我的狗，它死了我也伤心，我为什么要杀它？

好了，终于有值得高兴的事情了。以后，我要多记录高兴的事情，吵架这种小事就不写了。今天的确值得写一篇纪念一下，因为我上辈子的小情人今天诞生了，她像她的妈妈，皮肤特别白，眼睛特别大。我现在终于知道，爱不释手这个成语的意义了。她是我生命的延续，她和晶晶都将会是我此生最重要的人。我要伸开臂膀，保护她们，爱护她们。对了，我好久没有给晶晶看我的日记了。翻了翻前面的，好多都不是很开心的事情。等以后多记录一些开心的事情，我再给她看吧。

别人都说刚当爸爸会不知所措，会疲惫不堪，我一点也不这样觉得。给她喂奶，给她换尿布，哄她睡觉，确实让我忙得脚后跟打后脑勺，但是我开心啊！看到她一天天长大，看到她爱笑的小样子，我的心都化了。可惜要上班，不然真的恨不得天天把她抱在怀里。

最近真的非常苦恼，晶晶不太理我了，我真的不知道自己哪里做得不对、做得不好，可是我真的已经尽力了。晶晶啊，我真的希望你能看看这几个月我写的日记，那是我的育儿日记，记录了小天使一天天长大的过程。就算不能交换日记也没关系，但至少也和我说说心里话吧？每次我找话题想和你聊聊天，看到你的样子，我又不太敢开口。我也不知道自己究竟做错了什么，为什么你现在总是对我爱搭不理？

很担心她的精神状况，今天在育儿论坛里，看见了"产后抑郁"这个名词，我真的吓坏了。我想尽一切办法，骗她去了精神病院，看了医生。好在医生不觉得晶晶是这个病。可是这次看病，让晶晶很生气，我不知道这是不是产后抑郁的表现，但现在的晶晶，真的太过敏感了，一点小事都能惹毛她，我不敢多说话了。

还是吵架了。晚上女儿饿了，哭闹，我连忙起来给她冲奶喝。因为慌乱，我打翻了晶晶床头柜上的安眠药瓶子，扶正瓶子的时候，没来得及盖盖子。等我哄好了女儿，晶晶也洗好了澡，看见了床头柜上的安眠药没盖盖子，晶晶居然怀疑我为了不让女儿哭闹给她吃了药。我的天哪，我怎么会去做那样的事情？女儿我带得最多，我对她的爱不亚于晶晶对她的爱啊！可是，回头想想，晶晶就是因为太爱女儿，才会担心她受到任何伤害吧，晶晶也没有错。我是因为受了委屈，才没有管理好情绪，说了她"无理取闹"，感觉她很受伤，下次一定要注意。

今天高兴坏了，女儿好像快会说话了！虽然听不清她是在叫"爸爸"还是"大大"，但那明明就是在叫我啊！而且每天还会叫很多次。真的期待她有一天可以清清楚楚地喊出"爸爸"和"妈妈"！

赵达出了车祸，晶晶问我是不是给赵达打了电话，是啊，毕竟是我的同事，我得问候一下吧。但晶晶又生气了。唉。

不行，这样下去我太痛苦了。没有一天能看见她的好脸色，为什么恋爱时的美丽感觉就这样彻底消失了呢？我也睡不着觉了，也得靠药物才能入眠，我们之间究竟为什么会变成这样？不行，我得找一天她心情好的时候，好好和她谈谈。在女儿懂事之前，我们必须恢复以前恩爱的模样。

离婚！她今天向我提出了离婚！我的心都碎了。我已经竭尽全力做好一个丈夫、一个父亲了，可为什么还是要落得如此下场？我们睡在一起，却背对着背。我一夜未眠，一直在回忆，想找出我究竟哪里伤害了晶晶，可是真的没有想出来。快天亮的时候，我悄悄从身后抱住了她。以前她做噩梦的时候，我也会这样抱着她，现在，却只有等到她睡熟了，才能这样温柔地相处……不，我不会离婚的，绝对不会。我知道，我还是爱着晶晶的，我当然也爱我们的女儿。我要想办法，一定可以想出办法探出晶晶是怎么想的，然后留住她。

她终于肯和我谈心了，她约我去郊游，去野餐，我高兴疯了。我这个人太笨，不知道怎么表达。等我们郊游回来，我要把这些日记都拿给她看。晶晶啊晶晶，如果你看到这里，不要笑我的文笔不好，从见到你的第一面起，我就想好好照顾你，这些年，我从来从来从来都没有变过。

在听丈夫日记的整个过程中，许晶开始还面无表情，但听着听着，她紧闭的眼皮无法控制地颤抖起来，越来越无法抑制住自己奔涌而出的泪水；她的手指从僵直，到狠狠握紧，最后带动雪白的床单都一同颤抖着；她将自己的唇都咬破了，才终于痛哭出声。

没有必要再伪装下去了。

她或许到此刻才意识到，自己犯下了一个多么可怕的错误。

"这是最后一篇，可惜，他最后也没能亲手把日记交给你。"陈诗羽合上笔记本，说，"原来我以为你一直承受着被史方家暴的痛苦，现在总算明白了，他并没有家暴你。你的日记里，一直希望自己不要成为玩偶。但实际上，你一直没有从二十多年前的悲剧里走出来，在这段关系中，被精神家暴的那个人，其实是一直爱你的丈夫。"

许晶不自觉地蜷成一团，听着陈诗羽的话，浑身都在发抖。小羽毛看着她痛哭的样子，仿佛看到了那个无助、弱小、没有安全感的钱梦。她好像一直都没有从十岁那年真正长大。

小羽毛把手放在了她的被子上，轻轻说——

"我知道你一直把那个玩偶留在身边。你想保护母亲，想保护还没长大的女儿，也想保护自己，但可惜，你被恐惧和不安遮蔽了双眼，你的爱，变成了无法挽回的伤害。"

许晶哽咽着，问："那……我女儿会怎么样？"

"我相信，她的爷爷奶奶会照顾她的，你的闺密刘鑫鑫也会替你去看望她的。"陈诗羽说道，"对了，刘鑫鑫还拜托我告诉你一声，赵达已经因故意伤害罪，被判处有期徒刑三年。刘鑫鑫对赵达的离婚诉讼，今天开庭宣判，我想，一定是好的结果。虽然你没有机会去，但我会替你站在现场支持刘鑫鑫，因为她一直很相信你。"

2

太迟了。

这个世界上唯一爱我的人，已经被我亲手杀死了。

原来，变成魔鬼的人，不是他，而是我自己。

我恨钱大盈吗？

当然，我一辈子都不会忘记他对妈妈所做的一切。即便他在审讯室里，向我下跪乞求，我也不会原谅他。可原谅不原谅，又有什么意义呢？

在我很小的时候，我觉得我的家庭是幸福的。父母恩爱且宠爱自己，偶尔还会结伴去郊游，也会给我带礼物。我最爱的礼物，当然就是父母一起给我挑选的那个小熊玩偶。那时候的我，是一个活泼可爱的孩子，生活过得无忧无虑。

然而，幸福是短暂的。我们家的噩梦从钱大盈的事业倒塌开始。钱大盈经营的工厂倒闭，失去了作为一名厂长的权威和金钱，而且因为欠债，钱大盈在别人面前抬不起头来。钱大盈开始多疑敏感，某一天，他看到妈妈突然在笑，以为是在嘲笑他，一气之下，残忍地伤害了妈妈。妈妈被家暴了，伤痕累累，她倒在地上几近晕厥。我更是被钱大盈突如其来的暴力惊得愣在原地，我瞪大眼睛看着母亲血流不止的面孔，全身升起一股前所未有的恐惧感。

在这之后，钱大盈向妈妈道歉，说自己一时昏了头脑。妈妈因为心疼他，或者是认为"家丑不可外扬"，而选择了原谅他，可是妈妈没想到这一次让步，就是葬送掉她一生的罪恶种子。

两年间，一旦钱大盈在外遇事不顺，就会迁怒到妈妈身上，妈妈成了他的出气筒，家暴愈演愈烈。妈妈从一开始的隐忍到最后忍无可忍时爆发的话语"你杀了我吧，杀了我吧"，深深烙印在我的脑海里，挥之不去。

而年纪还小的我，在这样的环境下，对钱大盈变幻莫测的脾气感到恐惧，草木皆兵，而且由于母亲的自顾不暇，我越来越没有安全感。我无法从这个家庭里得到爱，唯一的陪伴只剩当年恩爱的父母为我挑选的玩偶。

终于有一天，灾难来临了。那天，我放学了，正在家里写作业。钱大盈下班回来了，阴沉着脸。我当时就很害怕，我知道恐怕又有不好的事情要发生了。妈妈似乎也掌握了这个规律，所以她一直在默默做饭，默默盛饭，话都没说一句。可是，一句话都没说，也能引发钱大盈的怒火。钱大盈说妈妈知道自己厂子效益不好，越来越看不起他，甚至连回家都不跟他说话了。

很多男人会卖惨，说自己唯一的期待就是回家以后能看到一个温暖的眼神。

这可能就是钱大盈可以打人的借口吧。

因为妈妈的眼神不够温暖，因为妈妈没有嘘寒问暖，所以家暴又开始了。这一次，钱大盈彻底没有控制力度，那么厚的玻璃烟灰缸，砸在妈妈的头上，顿时血流如注。妈妈用来护头的手，也瞬间被砸得变了形。即便这样，钱大盈还是不过瘾，他又狠狠踹了妈妈的膝盖，让她跪下。

她没有跪下，因为她躺下了。

见妈妈躺下了，钱大盈也没再打她，他扔了烟灰缸，摔门而出。

我当时怕急了，因为妈妈的头上在流血。

当时没有手机，家里只有一部座机。我就想去打电话，找村里的医生来。可是妈妈喊住了我，是的，确实是她喊住了我，虽然她的声音很微弱，但是我听见了。

她说，我们自己家的事情，不能让别人知道。否则她以后就没脸见人了，我也没脸去上学了。

真的会这样？那我就真的不知道该怎么办了。

妈妈继续用微弱的声音，让我去打热水给她把脸上的血迹洗去，又让我去卫生间的矮柜里拿药。因为，她说她已经不能走路了。

在拿药的时候，我突然发现，角落里有一袋老鼠药。之前妈妈和我说，这个吃了是要死人的，让我绝对不能碰。

在这个时候，妈妈平时的那一声声的"杀了我吧"，涌进了我的脑海。也不知道为什么，我没有拿药，而是拿着那一小袋毒药，走到了妈妈的身边。

说不定，这才是妈妈的归宿？她会不会得以解脱？

但在我将老鼠药递给妈妈的时候，我犹豫了。这样做的话，是不是以后就见不到妈妈了？我又该如何和钱大盈相处？可是，我原本想要退缩的双手被妈妈截住，妈妈二话不说，把药吞了下去……

很快，妈妈开始吐血，然后鼻子也出血了，这就是电视上说的，中毒后的七窍流血吧？但是，妈妈不知道自己是怎么了，她看着自己吐出来的血，显然是害怕极了。不过，短暂的害怕之后，她的意识就开始有些模糊了。她将自己的胳膊伸向我，不知道是不是想让我去抱抱她，去救她。

我当时也是害怕极了，所以我不可能去抱她，因为她在七窍流血。即便她是我的妈妈，我也不敢上前一步。

"不要成为和我一样的人。"

妈妈说完这句话，就没有了意识。

是的，我是杀母凶手。妈妈死了，我伤心欲绝的同时，似乎又觉得妈妈已经上了天堂，说不定，她是被拯救了，她再也不用承受痛苦了。

而我呢？是不是只需要逃离，就等于换了人生？不用再提心吊胆，不用再为父母的事情夜不能寐，我的生活会重新回到自己的掌控之中。

其实我都已经走出了家门，但还是走了回去，因为我要带上一张照片和我最喜欢的玩偶。这样，我才有安全感。这样，我才会在几十年后，还记得我究竟是谁。真的，我当时就是这样想的。所以，我又回了家，拿了我的玩偶，撕了相册最后一页的照片，带了一些饼干，上路了。

接下来的一个月，我也不知道我是怎么过来的。可能是因为太艰难了，所以我都忘记了。反正我翻过了大山，来到了城市。啊，对了，我在山里的时候，下雨了，雨点打湿了我的照片，我很着急。后来我发现，那个装老鼠药的塑料袋，我居然揣在了口袋里。大小也正好合适，所以我把照片装在了塑料袋里，就不怕淋雨了。

后来想想，我真的是命大。在那么大的山里，我居然没有碰见野兽。不敢想象，我当时从大山里走出来的时候，是个什么样子。我想，支撑着我走出大山的，恰恰是妈妈最后的一句话："不要成为和我一样的人。"

对，我要勇敢，我要有勇气走出去！

后来这么多年，我一直把装着照片的塑料袋缝在玩偶里。

来到城市里不久，我就偶遇了养父母。他们是善良的老人，对我来说，他们更像朋友，或者说像是知己。他们为人随和，思想先进。他们从来不追问我亲生父母的事情，对于我的过去，他们毫不在意的态度，给了我一丝心安。而且他们没有擅自处理掉那个玩偶，尽管它很破很脏。最重要的一点是，他们承诺会给我一个温暖的家。

确实，他们实现了诺言，不仅没有擅自抢夺我拥有的东西，还给予了我曾经失去过的美好——温馨的家庭氛围。

就这样，过了十二年。

在这十二年间，我觉得养父母给我的家比原来的好多了，我决定忘记自己的过去，重新开始。

但在我二十二岁的时候，这种美好还是被打破了，缘于一场突如其来的车祸。养父车祸丧生，养母悲伤过度随之而去。

此时的我，还是一个大三学生，我不知道该如何面对失去至亲的事实，更不知道该如何处理养父母的遗体。身心俱疲的我，需要有人来捞一把。

在这个时候，鑫鑫和史方出现在了我的生命当中。

史方和鑫鑫陪着我办完整个葬礼，陪着我与养父母告别。而且，在这之后的几天内，史方时不时地来到我家里，偶尔帮我收拾养父母的遗物，偶尔帮我料理其他事务，偶尔只是陪我坐坐，虚无地度过一天又一天。

　　因为有史方和鑫鑫的陪伴，当然，主要是因为有史方的陪伴，我渐渐恢复了精神，我对这个突然降临在自己身边的男生感到好奇和感恩。我看着这个善良、细心且周到的男孩，意识到正因为有他的陪伴，自己才不至于一直沉浸在至暗的世界里。我的不安，因为史方的出现，而渐渐消失。

　　因此，我们两个人顺理成章地交往，谈了四五年的恋爱。

　　在交往过程中，我渐渐觉得史方是个令人特别有安全感的人。一开始认识的时候，我心里曾经评价过史方的外形：看起来十分瘦弱，没什么攻击力，应该十分安全。交往过后，我发现史方对生活中遇到的任何冲突，都不会有特别激烈的表现，比如被插队，或者被服务员不小心撒到食物之类的事情，史方都温和地回应。所以我觉得，他一定不会伤害我。

　　在我二十六岁生日这天，史方提前精心准备了生日蛋糕和求婚戒指，他向我求婚，还跟我承诺自己会永远对我好，我感动之下，欣然接受了。不久后，我们领证结婚。

　　如今想来，原来他一直信守承诺，我终究是错过了。

　　婚后不久，我怀孕了，公司领导很照顾我，让我在怀孕七个月的时候，就在家休息。而此时，史方正值职业上升期，工作量变多了，经常加班，我感到史方对我的体贴照顾不如恋爱时那么周到了。而且，我发现这段时间他开始变得越来越暴躁。比如，在开车带我去产检的路上，他会因为别人抢道而骂人、按喇叭。这些变化，让我心里逐渐升起一丝不安。

　　有一天，我在路上偶遇了一只流浪狗，它让我不自觉地想到自己逃离家庭流浪的样子，所以我决定收养它。没想到，却得到史方的坚决反对，史方认为孕妇不应该养狗，连自己都顾不上，怎么还有精力去照顾狗呢？当时的我觉得史方强词夺理，于是，我还是收养了奔驰。

　　接下来的日子，我经常发现史方对奔驰表达不满，甚至还会打它。他的表现，让我十分不满。我开始觉得，史方已经和自己刚认识的时候不一样了。我非常担忧他会和钱大盈一样，慢慢变坏。

　　我和史方矛盾的源头，是鑫鑫家的事情。你们应该都知道了，有一次史方的朋友聚餐，我让鑫鑫一同前往。在那次聚餐上，赵达认识了鑫鑫，然后疯狂追求她。在认识后不久，他俩就登记结婚了。

但是过了一段时间，鑫鑫告诉我，她经常会被赵达殴打。我知道此事之后，与史方谈起，我坚定地认为，问题就出在赵达身上，赵达是一个有暴力倾向的人，鑫鑫应该拿起法律的武器，果断离婚。可是史方不这么认为，他觉得这是别人的家事，说不清谁对谁错，我们也不了解情况，所以建议我别去干涉。当时的我，一下子对史方很失望，史方居然认为家暴是正常的！我当然就更加不安起来。

我承认，那段时间，我变得敏感多疑起来。

接下来，就是奔驰坠楼的事件，紧接着我又怀疑史方给女儿下药，既然你们看了我的日记，应该已经掌握了这两件事，我就不赘述了。虽然史方矢口否认，但当时的我坚信是他做的。他和钱大盈一样，变了。

我对他日趋冷淡，他却骗我去医院，想给我做出产后抑郁的诊断。

那时，怨恨的种子在我的心里，开始生根发芽。

后来就发生了赵达和鑫鑫的车祸。看着鑫鑫肿胀的脸，我心痛极了，更是不安极了。更要命的是，我一次无意中听见史方和赵达的通话，通话中他对赵达极端恶劣的家暴行为，轻描淡写。我不服气，找史方询问，他还是那一张面孔，说这不过是鸡毛蒜皮。

如果他被打得鼻青脸肿，也算是鸡毛蒜皮吗？

我决定提出离婚。

可是史方显得很生气，撕毁了我从律所带回来的离婚协议书。我知道，如果我要提起离婚诉讼，的确找不到史方家暴的证据。律师的意思是，坚持离婚，至少要两年的时间。在这期间，鑫鑫那边的离婚想法也是反反复复、犹犹豫豫的，这让我想起了自己优柔寡断的母亲。我焦虑到了极点。

我想过带着孩子离家出走，但好不容易选好的学区房，在这边打下的工作基础，让我有些下不了决心。毕竟，小时候一无所有地离家出走，现在带着孩子，情况已经不一样了。既然自己走不了，那么，是不是只要把史方从自己的家庭中合理"删除"，就可以解决一切问题呢？是不是我就可以重新掌控自己的生活呢？

那一天，我装作温顺地约史方去野餐，他兴冲冲地就答应了，还说把孩子放在父母那里代管一天，我们只过我们的二人世界。

之前，我已经准备好了胰岛素和注射器。据说过量的胰岛素，是可以导致人死亡的。

那天，天气很好，我们在河边吃了午饭后，史方就昏沉沉地睡过去了，甚至打起了鼾。我趁他睡着，用毛细针管注射器，把胰岛素打进了他的肚子，他突然就醒了。我当时很害怕，我怕他看出来了什么。不过他好像没有，而且胰岛素的药效似乎没有那么快。他居然坐在那里，和我说起了贴心的话。说什么是真的爱我，和我一起回忆过去我们恋爱的时光，憧憬着美好的未来。说实话，当时他这么一讲，让我暂时放下了杀意，我有一瞬间的想法：或许，我们还能跟过去一样爱着彼此。

正在我不知所措之际，史方开始出现症状了，他说自己头晕、心慌，他全身都是冷汗。说不定，这些量，并不会让他死呢？我于是扶起他，收拾好野餐垫，准备带他去医院。我想，只要去医院打一针葡萄糖，应该就没事了吧？

我扶着他，沿着河边小路去往我们停车的方向，他的症状越来越严重，喘着粗气，身上在颤抖。我有些害怕，心里狠狠地想着，若不是赵达家暴鑫鑫的话，说不定我不会怀疑史方的为人。于是，我再次提到了赵达对鑫鑫家暴的事情，希望史方以后可以断绝和赵达的来往。

没有想到的是，即便是在这种情况下，史方还是消极对待，他还是说赵达本人为人热情仗义，在公司口碑很好，他和刘鑫鑫的事情，只是他们自己的家事。说什么他们之间没有什么大矛盾，都是鸡毛蒜皮，我们就不用去干涉别人的家事了。

当时的我听完，立刻意识到他根本就没有变，他一定会对我实施家暴，我一定会死在他的手下，那我不如先下手为强。

我重新坚定了"删除"他的想法，可是，这药物实在是靠不住，史方根本就看不出要死了的样子，看来还得采取其他的行动。

于是，我看到了潺潺的小河。虽然史方是会游泳的，但是现在这个状态，应该是游不上来了吧？于是我拉着他，一同掉进了水里。反正，我是可以游上来的。

可是真没有想到，世界上真的有那么多喜欢多管闲事的人。几个不知道从哪里来的人，居然叫喊着要来救我们！完蛋了，我的计谋就要暴露了。

后来我被救上了岸，史方也被救上来了。当时的我，意识有点模糊，但还是听到了岸边的声音。就在我被推上救护车的一刹那，我听见有人在说："不行了，救不活了。"

我的行动成功了。

在医院的时候，我昏迷过一阵子，本来想清醒过来的，毕竟我也不想这么遭罪，又是插胃管，又要在床上大小便。但是当鑫鑫来探望我的时候，我听见她说，警方居然在对我和史方落水的案件深入调查。我很害怕，心想只要再昏迷一阵子，警察就不会再对这案子感兴趣了，因为我坚信他们找不到任何证据。唯一让我放心不下的，就是还在她爷爷奶奶家的女儿，不知道这么久没有看到妈妈，她会不会哭闹呢？

直到那个女警官在我的病床旁边给我出示证据，而且她们还知道了我的身世，我就知道我逃不脱了。正常人怎么会给一个昏迷不醒的人出示证据呢？他们是知道我在伪装。在我听到她们出示的一项项证据的时候，我真的想过放弃抵抗。但是为了女儿，我还是有必要拼一拼，我需要时间想一想，如何抵赖。

可是当她给我念完史方的日记，我再也不想抵抗了。这么长时间以来，我第一次后悔了，我是真真切切后悔了。我到底做了什么？他对我这么好，我居然杀了他！原来在这个家庭里，被暴力对待的人，不是我，而是他。

等到我们在那个世界见面，他会不会原谅我呢？不，我不配再站到他的面前。

那个女警官说，在这个家庭里，没有人家暴我。但我知道，家暴我的，是十岁开始就钻入我内心的一个恶魔。我像是那只陪伴着我二十多年的玩偶一样，光鲜的外表里面，全都是残破的心。

（全书完，敬请期待法医秦明系列下一本新书）

图书在版编目（CIP）数据

法医秦明. 玩偶 / 法医秦明著. —— 北京：北京联
合出版公司, 2021.9
　ISBN 978-7-5596-5446-5

　Ⅰ. ①法… Ⅱ. ①法… Ⅲ. ①长篇小说—中国—当代
Ⅳ. ①I247.5

　中国版本图书馆CIP数据核字(2021)第141867号

法医秦明. 玩偶

作　　者：法医秦明
出 品 人：赵红仕
责任编辑：肖　桓
封面设计：蜀　黍
内文排版：刘珍珍

北京联合出版公司出版
（北京市西城区德外大街83号楼9层　100088）
嘉业印刷（天津）有限公司印刷　新华书店经销
字数378千字　700毫米×980毫米　1/16　22.5印张
2021年9月第1版　2021年9月第1次印刷
ISBN 978-7-5596-5446-5

定价：49.80元

看完《玩偶》后，还有什么值得期待的呢？

1 **播客！**

Abandon、Bed、Corpse、Doll……
26个字母背后，隐藏着26种凶案的可能

识别二维码即可收听：荔枝播客
《法医秦明悬疑夜话A-Z》
带你进入法医眼中的悬疑世界

无论你是剧本杀老玩家，
还是初次接触的新人，
在游戏中你都有机会亲自上阵，
模仿书中喜爱的角色，
第一视角体验法医探案。
法医秦明首部剧本杀，
众生皆有面具，是人是兽，取决于你！

2 **剧本杀！**

就算看完小说《玩偶》
你也猜不到剧本杀《玩偶》的真相

3 **典藏版《幸存者》！**

新婚前夜，是谁在衣柜里暗中窥探？
粪池幼童、深山白骨、豪宅血影……
一场随机开启的杀人游戏，
谁会是最后的幸存者？

典藏版特别新增"沙滩群魂噩梦篇"，
揭开维吉尼亚密码背后的凶手隐线……
翻开《幸存者》试读卡，即可抢鲜阅读！

独家收录法医秦明亲笔手绘案件示意图，
更多神秘彩蛋等你2021年12月揭晓！

法医秦明所有作品

法医秦明系列

万象卷

死亡不是结束，而是另一种开始

第一季《尸语者》

第二季《法医秦明：无声的证词》

第三季《法医秦明：第十一根手指》

第四季《法医秦明：清道夫》

第五季《幸存者》

第六季《偷窥者》

众生卷

众生皆有面具，一念之间，人即是兽

第一季《天谴者》

第二季《遗忘者》

第三季《玩偶》

第四季 正在创作中，敬请期待

守夜者系列

无论黑暗中有什么，我都是你的守夜者

第一季《守夜者：罪案终结者的觉醒》

第二季《守夜者2：黑暗潜能》

第三季《守夜者3：生死盲点》

第四季《守夜者4：天演》

守夜者系列剧场版新作正在创作中，敬请期待

科普书系列

不留心死亡，便看不见生活

《逝者之书》

《法医之书》正在创作中，敬请期待